La chica
que vivió
dos veces

MILLENNIUM[6]

David
Lagercrantz

La chica que vivió dos veces

MILLENNIUM[6]

David Lagercrantz

Traducción de Martin Lexell
y Juan José Ortega Román

Ediciones Destino
Colección Áncora y Delfín

Obra editada en colaboración con Editorial Planeta – España

Título original: *Hon som måste dö*

© 2019, David Lagercrantz & Moggliden AB,
publicado por Norstedts, Suecia.
Publicado de acuerdo con Norstedts Agency

© 2019, Traducción del sueco: Martin Lexell y Juan José Ortega
Román

© Mapas: Emily Faccini

© 2019, Editorial Planeta S.A.- Barcelona, España

Derechos reservados

© 2019, Editorial Planeta Mexicana, S.A. de C.V.
Bajo el sello editorial DESTINO M.R.
Avenida Presidente Masarik núm. 111, Piso 2
Colonia Polanco V Sección, Miguel Hidalgo
C.P. 11560, Ciudad de México
www.planetadelibros.com.mx

Diseño de portada: Planeta Arte & Diseño
Imagen de portada: © Gino Rubert
Fotografía del autor: © Anna-Lena Ahlström

Primera edición impresa en España: agosto de 2019
ISBN: 978-84-233-5606-5

Primera edición en formato epub en México: agosto de 2019
ISBN: 978-607-07-6100-3

Primera edición impresa en México: agosto de 2019
Primera reimpresión en México: octubre de 2019
ISBN: 978-607-07-6099-0

Impreso en los talleres de Litográfica Ingramex, S.A. de C.V.
Centeno núm. 162-1, colonia Granjas Esmeralda, Ciudad de México
Impreso en México –*Printed in Mexico*

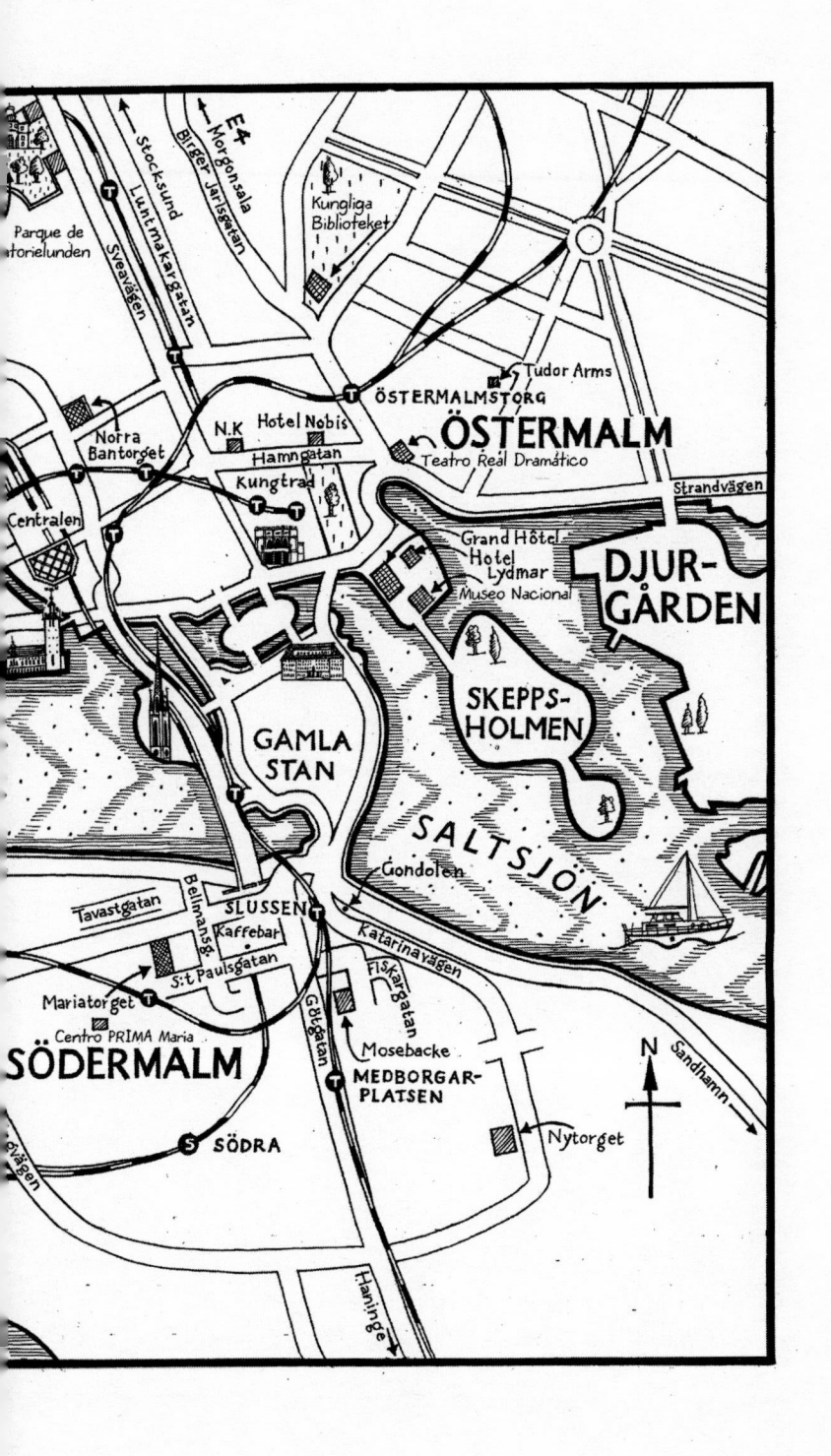

Prólogo

Ese verano apareció un nuevo mendigo en el barrio. Nadie sabía cómo se llamaba, cosa que tampoco importaba a nadie, aunque una joven pareja que pasaba todas las mañanas frente a él lo apodaba «el enano loco», lo cual no era del todo justo. El hombre no era enano en un sentido estricto. Medía un metro cincuenta y cuatro y tenía una constitución proporcionada. Sí era cierto, sin embargo, que se trataba de un enfermo mental, por lo que a veces le daban arrebatos y se levantaba de un salto para agarrar a cualquier transeúnte mientras hablaba de forma ininteligible.

Por lo demás, se pasaba la mayor parte del tiempo sentado sobre un trozo de cartón que había instalado en la plaza de Mariatorget, justo al lado de la fuente de la estatua de Thor, y era entonces cuando llegaba a despertar incluso veneración. Con la cabeza erguida y la espalda recta, podía recordar al jefe de alguna tribu en vías de desaparición, lo que constituía su último recurso y el motivo exacto por el que la gente aún le daba alguna limosna. Intuían que tenían frente a sí a toda una eminencia venida a menos, y no estaban equivocados. Hubo una época en la que se le hacían reverencias.

Pero ya había transcurrido mucho tiempo desde que se lo arrebataron todo, y esa mancha negra que tenía en la mejilla tampoco ayudaba. La mancha parecía un pedazo de la mismísima muerte. Lo único que destacaba era su chamarra de plumas: una Marmot, muy cara, de color azul. Sin embargo, no le otorgaba ningún aire de normalidad, no sólo porque se hallara cubierta de mugre y de manchas de comida, sino también porque parecía más propia del Ártico, y en Estocolmo era verano. Un calor sofocante reinaba en la ciudad y, cuando el sudor se deslizaba por las mejillas del hombre, los transeúntes, incómodos, miraban la chamarra como si el simple hecho de contemplarla hiciera que el calor los atormentara aún más. Pero el mendigo nunca se la quitaba.

Ya no pertenecía a este mundo, y no parecía probable que pudiera constituir una amenaza para nadie. Pero a principios del mes de agosto una expresión más resuelta se vislumbró en sus ojos, y la tarde del día 11 escribió una intrincada historia en unos folios a rayas que esa misma noche pegó en el cristal de la parada de autobús que se encuentra al lado de Södra Station, como si fuera un pasquín.

El relato era la alucinatoria descripción de una terrible tormenta. No obstante, la joven médica en prácticas, Else Sandberg, que estaba esperando el autobús número cuatro, consiguió descifrar partes del inicio, donde se mencionaba a un miembro del Gobierno, aunque ella se centró más bien en intentar emitir un diagnóstico. Pensó que se trataba de un caso de esquizofrenia paranoide.

Pero, cuando se subió al autobús diez minutos después, se le olvidó todo, y lo único que le quedó fue una sensación de malestar. Era como una especie de maldición de Casandra. Nadie creía al hombre porque la verdad que él formulaba se hallaba tan envuelta en la locura que apenas podía verse. Aun así, el contenido de aquellos folios debió de llegar a oídos de alguien, ya que, a la mañana siguiente, un hombre vestido con una camisa blanca se bajó de un Audi y los arrancó.

La madrugada del sábado 15 de agosto, el mendigo se acercó hasta la plaza de Norra Bantorget en busca de alcohol de contrabando. Allí se encontró con otro borracho, Heikki Järvinen, un viejo obrero que había trabajado en una fábrica de Österbotten, en Finlandia.

—Hola, hermano. ¿Tiempos difíciles? —dijo Järvinen.

No recibió ninguna respuesta, al menos de entrada. Pero al cabo de un momento el hombre le soltó una larga parrafada que Heikki consideró una pura fanfarronería llena de mentiras, lo que hizo que le espetara: «¡Menuda mierda!». Y, acto seguido, añadió —un comentario innecesario, como él mismo admitió más tarde—: «No dices más que tonterías, chinito».

—¡*Me Khamba-chen*, odio China! —rugió el mendigo como contestación.

Luego se armó la de Dios. Con su mano sin apenas dedos, el mendigo le propinó un puñetazo a Heikki y, aunque no parecía un golpe muy experto que digamos, había una inesperada autoridad en su modo de ejercer la violencia. Heikki empezó a sangrar por la boca y a proferir insultos y palabrotas en finés. Y, dando tumbos, fue calle abajo hasta el metro de T-Centralen.

Cuando el mendigo fue visto de nuevo, ya estaba de vuelta en su viejo barrio, terriblemente borracho y mareado. Unos hilillos de baba le caían de la boca al tiempo que, con la mano en el cuello, murmuraba:

—Muy cansado. Debe encontrar un *dharamsala*, y un *lhawa*, muy buen *lhawa*. ¿Conoce?

No esperó respuesta; cruzó Ringvägen como un sonámbulo y, a continuación, tiró al suelo una botella de alcohol —desprovista de etiqueta— y desapareció entre los árboles y los arbustos del parque de Tantolunden. Nadie sabe muy bien lo que pasó después, tan sólo que por la mañana cayó una ligera lluvia y sopló el viento del norte. A las ocho amainó y el cielo se despejó; el hombre se hallaba de rodillas, apoyado contra un abedul.

En la calle se preparaba la Carrera de Medianoche, y un ambiente festivo se respiraba en el barrio. El mendigo estaba muerto, rodeado de esa alegría que había en el aire, y a nadie le importaba que hubiera llevado una vida llena de increíbles aventuras y grandes hazañas, y menos aún que no hubiera amado más que a una mujer y que ella también hubiera muerto en una devastadora soledad.

PRIMERA PARTE

Los desconocidos

A muchos muertos no se les da nunca un nombre y, a algunos, ni siquiera una tumba.

A otros se les pone una cruz blanca entre otras miles, como en el Cementerio Estadounidense de Normandía.

A unos pocos se les erige un monumento, como la Tumba del Soldado Desconocido que está bajo el Arco de Triunfo de París o la que hay en los Jardines de Alejandro de Moscú.

Capítulo 1

15 de agosto

La escritora Ingela Dufva fue la primera que se atrevió a acercarse al árbol y comprendió que el hombre estaba muerto. Eran las once y media de la mañana. El cadáver olía mal y las moscas y los mosquitos revoloteaban a su alrededor. Ingela Dufva no fue del todo sincera cuando dijo, un poco más tarde, que había algo conmovedor en aquella persona.

El hombre había vomitado y había tenido una fuerte diarrea. Ella, más que conmoverse, se sintió llena de malestar y tuvo miedo ante su propia muerte. Tampoco los policías que se personaron en el lugar quince minutos después, Sandra Lindevall y Samir Eman, vieron nada sobrecogedor en esa imagen; más bien consideraron aquella misión como un castigo.

Le tomaron fotos al hombre e inspeccionaron los alrededores, aunque no llegaron a acercarse hasta la pendiente que quedaba un poco más abajo de Zinkens väg, donde se encontraba la botella de alcohol medio vacía y con una capa como de grava en el fondo. Si bien ninguno de los dos agentes pensaba que aquello oliera a asesinato, examinaron a conciencia la cabeza y el tórax del fallecido. No detectaron ninguna señal de violencia ni ningún indicio de que la muerte se hubiera producido en circunstancias sospechosas —aparte, si acaso, de la espesa baba que le caía de la boca—, por lo que, tras hablar por teléfono con sus superiores, decidieron no acordonar el lugar.

Mientras esperaban a que acudiera una ambulancia para llevarse el cadáver, registraron los bolsillos de la voluminosa chamarra acolchonada. Encontraron un montón de servilletas de las que se dan en los puestos de salchichas, varias monedas, un billete de veinte coronas y un tíquet de compra de una tienda que vendía material de oficina en Hornsgatan. Sin embargo, no hallaron ningún carnet ni ningún otro documento identificativo.

Aun así, creyeron que sería fácil identificar al hombre, porque sus rasgos resultaban inconfundibles. Sin embargo, ésa era, como tantas otras, una hipótesis errónea. En el Centro de Medicina Forense de Solna, donde se realizó la autopsia, le hicieron unas radiografías de la dentadura. Pero ni éstas ni las huellas digitales concordaban con las de ninguna persona que figurara registrada en los archivos policiales. Después se enviaron una serie de pruebas para su correspondiente análisis al Centro Nacional de Medicina Forense, donde a la doctora Fredrika Nyman se le ocurrió comprobar —a pesar de que en absoluto formaba parte de sus obligaciones— algunos números de teléfono que aparecían en un papel que se había hallado en uno de los bolsillos del pantalón del fallecido hecho una bola.

Uno de esos números era el de Mikael Blomkvist, el periodista de la revista *Millennium*, un hecho al que en un principio no le prestó mayor atención. Pero luego, esa misma tarde, justo cuando acababa de enzarzarse en una fuerte discusión con una de sus hijas adolescentes, se acordó de que sólo en el último año había realizado las autopsias de tres cuerpos a los que habían tenido que enterrar sin nombre, y entonces maldijo todo aquello; maldijo eso y la vida en general.

Tenía cuarenta y nueve años y era madre soltera de dos niñas. Sufría de dolores de espalda e insomnio y a veces la asaltaba el sentimiento de que todo carecía de sentido. De pronto, sin saber muy bien por qué, se le ocurrió llamar a Mikael Blomkvist.

Sonó el teléfono. Se trataba de un número desconocido, de modo que Blomkvist no quiso contestar.

Acababa de salir de su casa y estaba bajando por Hornsgatan en dirección a Slussen y Gamla Stan, aunque sin mucha idea de adónde ir. Llevaba unos pantalones de lino gris y una camisa de mezclilla sin planchar, y durante un buen rato no hizo más que deambular de un lado para otro entre las callejuelas del casco antiguo, hasta que se sentó en una terraza de Österlånggatan y pidió una Guinness.

Eran ya las siete de la tarde, pero todavía hacía calor, y desde Skeppsholmen se oían risas y aplausos. Levantó la mirada al cielo azul mientras disfrutaba de la suave brisa marina que corría y trató de convencerse de que la vida, a pesar de todo, no estaba tan mal. No tuvo demasiado éxito en su intento, y tampoco es que tomarse una cerveza o dos lo ayudara mucho. Acabó musitando algo, pagó y se dispuso a regresar a casa para continuar trabajando o para evadirse del mundo con una serie de televisión o una novela negra.

Pero un segundo después ya había cambiado de opinión y, dejándose guiar por una repentina ocurrencia, enfiló rumbo a Mosebacke y Fiskargatan. En el número nueve de Fiskargatan vivía Lisbeth Salander. No albergaba grandes esperanzas de encontrarla en casa. Tras la muerte de su viejo tutor, Holger Palmgren, había viajado por Europa, y sólo de forma esporádica había contestado a los correos y mensajes de Mikael. Aun así, más que nada para probar suerte, decidió pasar por su casa, de modo que subió la escalera que ascendía desde la plaza y, al llegar arriba, se sorprendió al ver la fachada del edificio que había frente a la casa de Lisbeth. Toda la pared se encontraba cubierta por un nuevo y enorme grafiti. Se trataba de un dibujo que incitaba a adentrarse en él y desaparecer, lleno de detalles surrealistas; entre otros, un pequeño y curioso hombre descalzo y vestido con unos pantalones de cuadros escoceses que estaba de pie en un vagón verde de metro.

Mikael no se detuvo a mirarlo, marcó el código del portal y entró en el ascensor. Se quedó contemplándose fijamente en el espejo. No es que se le notara mucho que el verano estuviera siendo caluroso y soleado. Se vio pálido y ojeroso. Volvió a pensar una vez más en el reportaje sobre la caída de la bolsa con el que había estado bregando todo el mes de julio. Era una historia importante, de eso no cabía duda: una caída que no sólo se había producido por exageradas valoraciones y desmedidas expectativas, sino también por ataques de *hackers* y campañas de desinformación. Pero ahora todo periodista de investigación que se preciara se hallaba indagando en la historia y, aunque él había averiguado algunas cosas —entre otras, cuál de las fábricas de troles rusas había difundido las mentiras más gordas—, tenía la sensación de que el mundo podía arreglárselas muy bien sin sus aportaciones. Debería tomarse unos días libres y empezar a hacer ejercicio, y quizá también ocuparse más de Erika, ahora que se estaba divorciando de Greger.

Cuando el ascensor se detuvo, abrió la reja y salió mientras se convencía, cada vez más, de que la visita sería infructuosa. Seguro que Lisbeth se encontraba de viaje, pasando totalmente de él. Acto seguido, empezó a preocuparse; la puerta del departamento se hallaba abierta de par en par y, de repente, se apoderó de él el miedo que había estado persiguiéndolo todo el verano: que los enemigos de Lisbeth consiguieran dar con ella. Entró a toda prisa en la casa mientras gritaba: «¡Hola, hola... ¿Hay alguien?!». Allí olía a pintura y a detergente.

De pronto, se detuvo en seco. Oyó unos pasos a su espalda. En la escalera, alguien jadeaba y resoplaba como un toro. Se dio la vuelta y se topó con dos fornidos hombres embutidos en sendos overoles azules. Cargaban un objeto grande. Mikael sufrió tal desconcierto que fue incapaz de interpretar la escena de forma normal y corriente.

—¿Qué están haciendo? —preguntó.

—¿Usted qué cree?

Parecían trabajadores de una empresa de mudanzas. Cargaban un sofá azul, un nuevo y elegante mueble de diseño, y no es que Lisbeth —si alguien lo sabía, ése era él— tuviera mucha debilidad por las cosas relacionadas con el diseño ni por la decoración de interiores. Estaba a punto de decirles un par de palabras cuando, desde dentro del departamento, oyó una voz. Por un momento pensó que era la de Lisbeth y se le iluminó la cara. Vanas ilusiones, sin duda, pues aquella voz no se parecía en absoluto a la suya.

—¡Pero qué visita tan grata! ¿A qué debo el honor?

Se volvió de nuevo y se encontró frente a una mujer negra muy alta, de unos cuarenta años de edad, que lo observaba con una mirada pícara. La mujer llevaba pantalones de mezclilla y una elegante blusa gris. Tenía el pelo lleno de trenzas y unos brillantes ojos ligeramente achinados. Mikael se quedó mucho más desconcertado. ¿No la conocía de algo?

—No, no... —tartamudeó—. Es que...

—¿Es que qué...?

—Me equivoqué de piso.

—¿O es que no sabes que la joven que vivía aquí vendió la casa?

No, no lo sabía, y se sintió incómodo, sobre todo porque la mujer seguía sonriendo, de manera que experimentó más bien alivio cuando ella se acercó a los de la mudanza para asegurarse de que no golpearan el sofá con el marco de las puertas y, tras entrar con ellos en la casa, desapareció. Mikael deseó marcharse de allí para intentar asimilar todo aquello, serenarse y tomar otra pinta de Guinness. Aun así, no se movió: permaneció como paralizado mientras, de reojo, miraba el nombre que figuraba en el buzón de la puerta. Allí ya no ponía V. KULLA, sino LINDER. ¿Quién carajos era Linder? Agarró el teléfono, buscó el nombre en Internet y, de inmediato, la mujer que acababa de conocer apareció en la pantalla.

Se trataba de Kadi Linder, psicóloga, miembro de varias juntas directivas de importantes empresas. Se quedó pensando en ella —en lo poco que sabía—, pero sobre todo pensó en Lisbeth. Y cuando Kadi Linder volvió a aparecer por la puerta, él no había conseguido serenarse. Ahora la sonrisa no sólo era pícara, sino también inquisitiva. Mikael esquivó su mirada. La mujer olía ligeramente a perfume y era esbelta, de muñecas delgadas y clavículas marcadas.

—Bueno, dime: ¿de verdad te equivocaste?

—Prefiero no contestar a esa pregunta —dijo al tiempo que se percataba de que no era una buena respuesta.

Pero, por la sonrisa de la mujer, comprendió que ella ya lo había descubierto, que se había dado cuenta de que deseaba salir de aquella situación de la mejor manera posible. Nada le haría revelar que Lisbeth había vivido en esa casa bajo una identidad falsa, con independencia de lo que Kadi Linder pudiera saber.

—Pues no es que eso mitigue mucho mi curiosidad —replicó ella.

Definitivamente, no estaba dispuesto a responderle, y para restarle importancia al asunto se rio, como si aquello careciera de importancia.

—Entonces ¿no has venido para investigarme? —prosiguió la mujer—. Esta casa no es muy barata que digamos...

—A no ser que le hayas cortado la cabeza a algún caballo para dejársela a alguien sobre la cama, no; puedes estar muy tranquila.

—Es cierto que no me acuerdo de todos los detalles de las negociaciones, pero me parece que no había ninguna cabeza de caballo involucrada, no.

—Genial. Entonces te deseo muy buena suerte —contestó con una fingida soltura para, acto seguido, pensar en marcharse con los hombres de la mudanza, que en ese momento salían del departamento.

Pero Kadi Linder, que se toqueteaba con nerviosismo los botones de la blusa y las trenzas, quería, a todas luces, continuar hablando. Mikael se dio cuenta de que lo que él había interpretado como una irritante autoconfianza era, en realidad, una fachada que ocultaba una cosa bien distinta.

—¿La conoces? —preguntó ella.

—¿A quién?

—A la que vivió aquí.

Él le devolvió la pregunta.

—¿Y tú? ¿La conoces?

—No —dijo—. Ni siquiera sé cómo se llama. Pero me cae bien.

—¿Y eso?

—A pesar de todo ese caos que se produjo en la

bolsa, las negociaciones se convirtieron en una carrera al mejor postor bastante loca, y yo no tenía ninguna oportunidad de seguir pujando hasta esas sumas de dinero a las que se llegó, de modo que tiré la toalla. Y, aun así, me quedé con el departamento, ya que «la joven dama», tal y como el abogado la llamaba, así lo deseaba.

—Qué curioso.

—¿A que sí?

—Tal vez hicieras algo que le gustó a la joven dama...

—Bueno, si por algo soy conocida es por haberme peleado con los tipos de los consejos de administración de más de una empresa.

—Pues es muy probable que eso le gustara.

—Sí, quizá. ¿Me dejas que te invite una cerveza para inaugurar la casa? Así me cuentas... He de decirte...

Ella volvió a dudar.

—... que me encantó tu reportaje sobre los gemelos. Me pareció muy conmovedor.

—Gracias —contestó Mikael—. Muy amable. Pero tengo que irme.

Ella asintió con la cabeza y él consiguió pronunciar un «adiós». Por lo demás, apenas recordaba cómo logró marcharse de allí; lo único que recordaba era haber salido al sol de aquella veraniega tarde. En absoluto reparó en el hecho de que en el portal hubieran instalado dos nuevas cámaras de seguridad ni tampoco en que por el cielo, justo encima de él, pasara un globo aerostático. Se limitó a cruzar la plaza de Mosebacke y continuar bajando hacia Urvädersgränd, y no aminoró la marcha hasta que llegó a Götgatan, donde tuvo la sensación de que le flaqueaban las fuerzas. Y eso que lo único que había sucedido era que Lisbeth se había mudado, una noticia que debería haber recibido con satisfacción, pues ahora estaría mucho más segura. Sin embargo, en lugar de alegrarse, fue como si le hubieran dado una bofetada, cosa que, por supuesto, resultaba absurda.

Ella era Lisbeth Salander. Era como era. No obstante, se sintió herido. Al menos podría haberle insinuado algo. Volvió a tomar el celular para enviarle un mensaje, una pregunta, pero no lo hizo. Llegó hasta Hornsgatan y vio que los más jóvenes ya habían empezado a correr en la Carrera de Medianoche. Se quedó mirando boquiabierto a todos los padres que gritaban animando a sus hijos, como si la alegría que manifestaban le resultara incomprensible, y tuvo que esforzarse por encontrar un hueco y cruzar la calle sorteando a los corredores. Al subir hacia Bellmansgatan, los pensamientos seguían sin dejarlo en paz, y se le vino a la mente la última vez que vio a Lisbeth.

Fue en el restaurante Kvarnen, la noche posterior al entierro de Holger Palmgren, y a ninguno de los dos le resultó fácil dar con algo que decir, cosa que, por otra parte, no era especialmente sorprendente. Lo único que recordaba de ese encuentro era la respuesta de Lisbeth a su pregunta:

—¿Qué vas a hacer ahora?

—Voy a ser la cazadora, no la presa.

«La cazadora, no la presa.»

Intentó que se lo explicara. No lo consiguió. Y se acordó de cómo, después, ella desapareció atravesando Medborgarplatsen, vestida con un traje negro hecho a medida que le daba un aire de niño enfadado que, a regañadientes, había tenido que aceptar arreglarse para una celebración festiva. No había pasado tanto tiempo. Fue a principios de julio. Pero a Mikael se le antojó lejano y, según se iba acercando a casa, pensó en eso y en otras cosas. Se encontraba ya bien acomodado en el sofá, con una Pilsner Urquell en la mano, cuando el teléfono volvió a sonar.

Era una médica forense llamada Fredrika Nyman.

Capítulo 2

15 de agosto

Lisbeth Salander estaba sentada en la habitación de un hotel de la plaza del Manège de Moscú, viendo en su computadora portátil cómo Mikael salía del portal de Fiskargatan. No andaba con su habitual porte, más bien parecía como perdido, y Lisbeth sintió una punzada de algo que no supo cómo interpretar con exactitud pero que tampoco le interesaba analizar más a fondo en ese momento. Se limitó a levantar la vista de la pantalla para mirar la enorme cúpula de cristal que brillaba allí fuera con sus múltiples colores.

La ciudad que hacía tan sólo un momento la había dejado indiferente ahora la atraía. Sopesó la posibilidad de olvidarse de todo y salir por ahí a emborracharse. Toda una estupidez, por supuesto. Debía seguir siendo disciplinada. Llevaba un tiempo viviendo prácticamente pegada a la pantalla de la computadora, sin apenas dormir. Aun así, por paradójico que pudiera resultar, ofrecía un aspecto mucho más aseado, como hacía tiempo que no tenía. Ahora llevaba el pelo corto. Los *piercings* habían desaparecido y vestía una camisa blanca y un traje negro, como en el entierro de Holger. En realidad no lo hacía para honrarlo a él, sino porque se había convertido en una costumbre y porque quería llamar menos la atención.

Había decidido atacar primero y no esperar como una presa perseguida agazapada en un rincón. Por eso se había ido a Moscú, y por eso había hecho instalar cámaras de seguridad en su casa de Fiskargatan, en Estocolmo. No obstante, el precio que tuvo que pagar fue más alto de lo que había imaginado. No sólo por haber removido su pasado y no pegar ojo por las noches, sino también porque el enemigo se ocultaba tras cortinas de humo y complejísimos encriptados, de modo que se vio obligada a dedicar horas y horas a limpiar su propio rastro. Vivía como una fugitiva, y nada de lo que buscaba le resultaba fácil de encontrar. Y hasta ahora, tras más de un mes de trabajo, no había sentido que estuviera cerca de lograr su objetivo. Aunque no era fácil saberlo con seguridad, y a veces se preguntaba si tal vez el enemigo, a pesar de todo, no iría un paso por delante.

Ese mismo día, mientras inspeccionaba el terreno y preparaba la operación, se había sentido vigilada, y en más de una ocasión, por las noches, la habían inquietado los ruidos que llegaban desde el pasillo del hotel, especialmente los que se producían cuando pasaba un hombre —estaba segura de que se trataba de un hombre— que tenía una dismetría en el andar, una irregularidad en los pasos que, a menudo, se ralentizaban al llegar a la altura de la puerta de Lisbeth, como si se parara a escuchar.

Echó para atrás la grabación. Mikael Blomkvist volvió a salir del portal de Fiskargatan con cara de perro triste, y Lisbeth se quedó pensando en ello mientras miraba por la ventana. Unas oscuras nubes que amenazaban lluvia pasaron sobre la Duma en dirección a la plaza Roja y al Kremlin. Parecía que se avecinaba una buena tormenta, lo que quizá fuera lo mejor. Lisbeth se levantó y pensó en meterse bajo la ducha o darse un baño. Se contentó con cambiarse de camisa. Escogió una negra. Le pareció una elección acertada. Y de un compartimento secreto de su maleta sacó su Cheetah, una pistola Beretta que había comprado al día siguiente de llegar a Moscú. La introdujo en la funda que llevaba debajo de la chamarra y miró a su alrededor.

Aquella habitación no le gustaba, ni el hotel tampoco. Le resultaba demasiado lujoso y vulgar, y por sus salones no sólo deambulaban hombres como su padre, auténticos cabrones con amantes y súbditos a quienes trataban como si fuesen de su propiedad; además, había ojos que también la miraban a ella, y palabras que podían salir de allí y llegar a oídos de los servicios de inteligencia o de los gánsteres. A menudo se quedaba sentada, como ahora, con los puños apretados, como preparada para entrar en combate en cualquier momento.

Se dirigió al baño y se echó agua fría en la cara. No ayudó gran cosa. A causa del insomnio y del dolor de cabeza, sentía tensión en la frente. ¿Debía marcharse ya? Sí, eso sería lo mejor. Aguzó el oído. En el pasillo no se oía nada, así que salió. Se alojaba en el vigésimo piso. Delante de los ascensores, que no quedaban muy lejos de su habitación, había un hombre de unos cuarenta y cinco años esperando. Tenía el pelo corto y era atractivo. Llevaba pantalones de mezclilla, chamarra de cuero y, al igual que ella, una camisa negra. A Lisbeth le sonaba su cara. Había algo raro en sus ojos: brillos y destellos de distinta intensidad y diferentes colores. Pero no le prestó mayor atención.

Con la mirada gacha, bajó en el ascensor junto a aquel hombre. Salió al vestíbulo y luego a la plaza, donde alzó la vista hacia la enorme cúpula de cristal que brillaba en la oscuridad con su mapamundi giratorio. Por debajo de ésta había un centro comercial de cuatro plantas y, coronándola, una estatua de bronce de san Jorge y el dragón. San Jorge era el patrón de la ciudad y se le veía por doquier, siempre blandiendo su espada. A veces

Lisbeth, en un gesto protector hacia su propio dragón, se llevaba la mano al omoplato. Y de vez en cuando se tocaba una vieja herida de bala que tenía en el hombro y la cicatriz de una cuchillada que le habían dado en la cadera. Era como si quisiera recordar todo aquello que le dolía.

Pensó en incendios y en catástrofes, y en su madre, al tiempo que intentaba que las cámaras de seguridad no la captaran. Por eso caminaba tensa y con paso irregular mientras, apresurada, se dirigía hacia el bulevar Tverskoi, la gran avenida, con sus parques y jardines, y no se detuvo hasta que llegó a Versailles, uno de los restaurantes más elegantes de la ciudad.

Era un sitio parecido a un palacio barroco, con columnas y ornamentos de oro y cristal, un absoluto pastiche del siglo xvii. No había nada que Lisbeth deseara tanto como largarse de allí; sin embargo, esa noche iba a celebrarse en aquel lugar una fiesta a la que acudirían los más ricos de la ciudad. Ya desde lejos pudo ver los preparativos. De momento no habían llegado más que unas cuantas mujeres jóvenes y guapas, sin duda prostitutas contratadas, pero el personal trabajaba sin descanso dando los últimos retoques. Lisbeth se acercó y, entonces, divisó al anfitrión.

Se llamaba Vladimir Kuznetsov y se hallaba en la entrada vestido con un esmoquin blanco y unos zapatos de charol. Aunque no era muy mayor, apenas cincuenta años, se parecía al mismísimo Santa Claus, con su pelo blanco, su barba y una buena barriga que contrastaba con sus delgadas piernas. Oficialmente, su historia era como las que se ven en las típicas películas con final feliz: un ladronzuelo que cambia de bando y que se convierte en un cocinero de éxito especializado en filete de oso y salsa de setas. En realidad, capitaneaba una serie de fábricas de troles que producían falsas noticias, las más de las veces con un tinte racista. Kuznetsov no sólo había sembrado el caos e influido en elecciones políticas, sino que también tenía las manos manchadas de sangre.

Había creado las condiciones propicias para que se cometieran genocidios y había convertido el odio en un negocio importante, así que el simple hecho de verlo en la entrada fortaleció a Lisbeth, quien rozó su Beretta, metida en la funda, mientras miraba a su alrededor. Kuznetsov se mesaba la barba con nerviosismo. Iba a ser su gran noche, y allí dentro se hallaba tocando el cuarteto de cuerda que más tarde —sabía Lisbeth— sería sustituido por la banda de jazz Russian Swing.

Ante la entrada se extendía una alfombra roja bajo un toldo negro. La alfombra estaba delimitada por cuerdas y guardaespaldas. Éstos se encontraban muy cerca unos de otros, llevaban trajes grises y auriculares inalámbricos en los oídos e iban todos armados. Kuznetsov consultó su reloj. Aún no había aparecido ningún invitado. Quizá se tratara de una especie de juego: nadie quería ser el primero.

Sin embargo, en la calle ya se agolpaba mucha gente, cientos de personas que deseaban ver llegar a los invitados. Al parecer, se había difundido la noticia de que unos cuantos peces gordos harían acto de presencia, y eso era bueno, creía Lisbeth. Así pasaría desapercibida. De pronto empezó a llover, chispeando al principio para luego hacerlo a cántaros. Un relámpago iluminó el cielo. Al resonar un fuerte trueno, la gente comenzó a dispersarse. Sólo permanecieron en el lugar algunos valientes provistos de paraguas. Poco tiempo después llegaron las primeras limusinas con los invitados. Kuznetsov los saludaba y les hacía reverencias mientras, a su lado, una mujer iba tachando los nombres en un pequeño cuaderno negro. Poco a poco, el restaurante se llenó de hombres de mediana edad y de muchas jóvenes.

Lisbeth oyó cómo el murmullo procedente del interior se mezclaba con la música del cuarteto de cuerda y fue identificando a algunos de los personajes con los que se había topado en su investigación. Reparó en cómo los movimientos y la expresión de Kuznetsov cambiaban en función de la importancia y del estatus de quienes llegaban. Los invitados recibían la sonrisa y la reverencia que él consideraba que merecían, y a los más distinguidos los obsequiaba, además, con una broma, si bien es cierto que por lo general era Kuznetsov el que más se reía.

Sonreía y dejaba escapar algunas risitas zalameras, como un bufón. Lisbeth se quedó mirando aquel espectáculo, aterida y totalmente empapada; es posible, incluso, que aquello la dejara demasiado absorta, porque uno de los guardias reparó en ella y, con la cabeza, le hizo un gesto a un compañero, lo cual no era nada bueno, en absoluto. Ella fingió marcharse de allí, pero lo que en realidad hizo fue refugiarse en un portal cercano, y entonces se dio cuenta de que sus manos estaban temblando, aunque no creía que se debiera a la lluvia ni al frío.

Se encontraba en estado de máxima tensión. Sacó el teléfono para comprobar que todo estaba preparado. El ataque debía realizarse a la perfección, cronometradamente. Si no, estaría perdida. Y lo repasó todo en su cabeza una, dos y hasta tres veces. Pero el tiempo se le iba de las manos y poco a poco fue perdiendo la esperanza. La lluvia no paraba de caer y allí no pasaba nada; aquello empezaba a asemejarse a otra oportunidad perdida.

Parecía que ya habían llegado todos los invitados. Incluso Kuznetsov entró, y entonces ella se acercó con mucho cuidado y se asomó. La fiesta ya estaba en marcha. Los hombres habían empezado a beber con desenfreno, un vodka tras otro, y a meterles mano a las chicas. Lisbeth decidió regresar al hotel.

Pero justo en ese instante una limusina más se detuvo frente a la entrada. Una de las mujeres que estaban en la puerta entró corriendo en busca de Kuznetsov, quien salió del restaurante con pasos torpes y lentos, la frente sudorosa y una copa de champán en la mano. Entonces, Lisbeth decidió quedarse un rato más. Al parecer, se trataba de alguien importante; se notaba en los guardias, en la inquietud que se respiraba de pronto en el ambiente y en la cara de tonto que se le había puesto a Kuznetsov. Lisbeth se introdujo en el portal. Pero nadie descendió de la limusina.

Ningún chofer salió bajo la lluvia para abrirle la puerta a nadie. El coche se limitó a permanecer allí. Kuznetsov se arregló el cabello, se colocó bien la corbata de moño, se secó la frente, metió barriga y apuró su copa. Y, en ese instante, Lisbeth dejó de temblar. Advirtió que había algo en la mirada de Kuznetsov, algo que conocía demasiado bien, y sin demorarlo ni un segundo más puso en marcha su ataque *hacker*.

Después se metió el teléfono en el bolsillo y dejó que los códigos de los programas trabajaran por sí solos mientras barría los alrededores con la mirada y registraba fotográficamente cada detalle: el lenguaje corporal de los guardaespaldas que se habían dispuesto a lo largo de la alfombra roja, lo cerca que estaban sus manos de las armas y los huecos que había entre los hombros de cada uno de ellos, así como las irregularidades y los charcos de la acera que tenía enfrente.

Lisbeth permaneció quieta contemplándolo todo, casi en estado catatónico, hasta que el chofer salió de la limusina, abrió un paraguas y, acto seguido, una de las puertas traseras. Entonces Lisbeth se acercó con pasos felinos y con la mano en la pistola que llevaba por debajo de la chamarra.

Capítulo 3

15 de agosto

Mikael ya no tenía una buena relación con el teléfono. Hacía tiempo que debería haberse hecho con un número secreto, pero había algo que se lo impedía. Como periodista no quería cerrarle la puerta al público, aunque, a decir verdad, todas esas interminables llamadas lo atormentaban, y le daba la sensación de que, en el último año, algo había sucedido.

El tono se había recrudecido; la gente le reñía y le gritaba, o le venía con las más disparatadas ideas. Por lo general, ya no contestaba si desconocía el número desde el que lo llamaban; simplemente lo dejaba sonar hasta que se cansaban y, cuando en alguna ocasión contestaba, hacía una mueca sin ser consciente de ello. Como ahora.

—Mikael —dijo al tiempo que agarraba una cerveza del refrigerador.

—Perdón —repuso la voz de una mujer—. Si molesto, puedo llamar más tarde.

—No, no, ningún problema —contestó con un tono algo más suave—. ¿De qué se trata?

—Me llamo Fredrika Nyman y soy médica forense en el Centro de Medicina Forense de Solna.

El terror se apoderó de él.

—¿Qué pasó?

—No pasó nada. Bueno, sí, lo de siempre, y seguro que no tiene nada que ver contigo. Pero es que me trajeron un cuerpo...

—¿De mujer? —interrumpió Mikael.

—No, no, se trata de un hombre cien por cien. Ay, ¿por qué habré dicho «cien por cien»?... Qué mal suena, ¿verdad? Pero sí, es un hombre, de unos sesenta años, o tal vez algo menos, que ha pasado por un sufrimiento terrible. Lo cierto es que nunca he visto nada igual.

—¿Puedes ir al grano, por favor?

—Perdona, no era mi intención preocuparte. Me resulta muy difícil creer que lo conocieras. Era un vagabundo, eso está clarísimo, y, sin lugar a dudas, alguien situado muy abajo en la jerarquía social, incluso dentro de su categoría.

—¿Y qué tiene que ver ese hombre conmigo?

—En un bolsillo llevaba un papel con tu número de teléfono.

—Mucha gente tiene mi número —dijo irritado, aunque enseguida se arrepintió de su comentario.

Le pareció que estaba siendo un poco antipático.

—Lo entiendo —continuó Fredrika Nyman—. Seguro que tu teléfono no para de sonar, pero es que esto se ha convertido en un asunto personal.

—¿En qué sentido?

—Es que considero que incluso la persona más miserable del mundo merece morir con dignidad.

—Por supuesto, por supuesto —asintió Mikael con un exagerado énfasis, como para compensar su anterior falta de tacto.

—Bien —prosiguió ella—. Y, en ese aspecto, Suecia siempre ha sido un país civilizado. Pero a medida que pasan los años recibimos cada vez más cuerpos que somos incapaces de identificar, lo cual, si te soy sincera, me entristece mucho, porque creo que todos tenemos derecho a eso. A tener un nombre, y una historia.

—Exacto —respondió con el mismo énfasis que antes, pero ahora había perdido la concentración y, sin ser apenas consciente de lo que estaba haciendo, se acercó a su mesa de trabajo y encendió la computadora.

—Y seguro que esas cosas ocurren porque a veces es una tarea muy difícil —añadió ella—, pero a menudo se debe a la falta de recursos y de tiempo o, peor todavía, a la falta de voluntad. Y eso es justo lo que sospecho en estos momentos; este caso me da mala espina.

—¿Por qué lo dices?

—Porque el muerto aún no ha aparecido en ningún registro, y porque el hombre no parece importarle a nadie. Una persona de las capas más bajas de la sociedad, de esas a las que no queremos mirar cuando las vemos en la calle y que, sencillamente, olvidamos en el acto.

—Sí, es muy triste —convino Mikael.

Estaba repasando los archivos que había creado para Lisbeth a lo largo de los años.

—Espero equivocarme —dijo Fredrika Nyman—. Acabo de enviar unos análisis; es posible que en breve sepamos más cosas sobre ese hombre. Pero ahora estoy en casa y pensé que podría agilizar el proceso. Tú vives en Bellmansgatan, ¿verdad? No está muy lejos del lugar donde hallaron al hombre, tal vez se hayan cruzado. Y hasta es posible que te haya llamado.

—¿Dónde lo encontraron?

—En Tantolunden, junto a un árbol. Si lo has visto alguna vez, seguro que te acuerdas. Tenía la piel del rostro oscura y sucia, con profundas arrugas. Y una barba poco poblada. Con toda probabilidad ha estado expuesto tanto a un exceso de sol como a un intensísimo frío. Su cuerpo presenta lesiones debido a la congelación, le faltan varios dedos de las manos y los pies. Las inserciones musculares muestran señales de haber realizado un esfuerzo extremo. Me atrevería a decir que procede de algún país del sureste asiático. Es posible que en su momento fuera un hombre guapo. Sus facciones son limpias, aunque su cara está muy castigada. La piel presenta un tono amarillento como consecuencia de un hígado dañado. Gran parte de los tejidos de las mejillas están necrosados, llenos de manchas negras. Como seguramente sabes, determinar su edad, en una fase tan temprana como ésta, resulta muy difícil. Pero yo diría que se acerca a los sesenta, como te he comentado antes, y que llevaba mucho tiempo viviendo al límite de la deshidratación. Era de baja estatura, apenas superaba el metro y medio.

—No sé. De momento no me suena —dijo Mikael.

Estaba buscando algún mensaje de Lisbeth, aunque no encontraba nada. Ni siquiera parecía que siguiera *hackeando* su computadora. Su preocupación iba en aumento; era como si sintiera que a Salander la acechaba algún peligro.

—Aún no he terminado —prosiguió Fredrika Nyman—. No he mencionado lo más llamativo de ese hombre: su chamarra de plumas.

—¿Qué le pasa?

—Era tan grande y abrigaba tanto que debería haber llamado la atención en medio de este calor.

—Es verdad, una cosa así debería recordarla.

Cerró la tapa de la computadora y dirigió la mirada hacia la bahía de Riddarfjärden. Pensó de nuevo que, a pesar de todo, Lisbeth había hecho bien en mudarse.

—Pero no la recuerdas.

—No... —contestó dubitativo—. ¿Podrías enviarme una foto?

—No me parecería ético.

—¿Cómo crees que murió?

Seguía sin estar del todo presente en la conversación.

—Como causa directa, yo diría que por una intoxicación provocada por él mismo; supongo, sobre todo, que debido a la bebida. Apestaba a alcohol, pero eso no excluye que haya podido ingerir algo más. Me lo dirán dentro de unos días los del laboratorio. Solicité una prueba de detección sistemática que incluye más de ochocientas sustancias. Pero, como causa indirecta, murió lenta e implacablemente a consecuencia de unos órganos internos deteriorados y un corazón hipertrófico.

Mikael se sentó en el sofá y le dio un trago a la cerveza. Al parecer, había permanecido en silencio demasiado tiempo.

—¿Sigues ahí? —preguntó la médica forense.

—Aquí sigo. Es que estaba pensando en...

—¿En qué?

Pensaba en Lisbeth.

—En que quizá estuviera bien que él tuviera mi teléfono —dijo.

—¿Por qué?

—Porque, por lo visto, consideró que tenía algo que contar, lo que quizá incite a los policías a esforzarse. Es que yo a veces, en mis mejores momentos, consigo meterles miedo a las fuerzas del orden.

Ella se rio.

—Eso seguro.

—Aunque a veces las irrito.

«A veces hasta yo mismo me irrito», pensó.

—Pues esperemos que ahora ocurra lo primero.

—Sí, esperemos que así sea.

Mikael quería terminar la conversación. Quería volver a sumirse en sus pensamientos. Pero Fredrika Nyman deseaba, a todas luces, continuar hablando, por lo que a él le dio reparo colgar.

—Ya te dije que el hombre era una de esas personas a las que olvidamos de inmediato, ¿verdad? —continuó ella.

—Sí, me lo dijiste.

—Pero eso no es del todo correcto, al menos para mí. Es como si...

—¿Como si qué?

—Como si su cuerpo tuviera algo que contarme.

—¿Ah, sí?

—Sí, es como si hubiera estado expuesto tanto al hielo como al fuego. Creo, como te dije, que en mi vida he visto nada semejante.

—Un tipo duro.

—Sí, tal vez. Era un desharrapado y estaba indescriptiblemente sucio. Apestaba. Aun así, poseía cierto aire distinguido. Creo que es eso lo que estoy intentando decirte: que, a pesar de su humillante situación, allí había algo que le imprimía respeto. Me da la sensación de que se trata de un hombre que ha luchado y peleado mucho en la vida.

—¿Un antiguo soldado?

—No se aprecian heridas de bala ni nada por el estilo.

—¿Quizá alguien de alguna tribu indígena?

—Lo dudo. Había recibido asistencia dental y sabía escribir. Tiene un tatuaje con una rueda budista en la muñeca izquierda.

—Ah, bien. Oye, entiendo que esto te haya afectado. Voy a escuchar mi buzón de voz para ver si trató de contactar conmigo.

—Gracias —dijo ella. Y luego era probable que continuaran charlando un poco más; Mikael no se acordaba, seguía distraído.

Cuando colgaron, él se quedó sentado en el sofá, pensativo. Se oían los gritos y los aplausos de la Carrera de Medianoche, que ya había llegado a Hornsgatan. Se pasó la mano por el pelo, haría unos tres meses que se lo había cortado. Debería asumir el control de su vida. Incluso vivir, divertirse como los demás, no sólo trabajar esforzándose al máximo. Y quizá también debería contestar el teléfono de vez en cuando y no obsesionarse tanto con sus malditos reportajes.

Entró en el cuarto de baño, cosa que no lo animó mucho que digamos: tenía ropa tendida, el lavabo estaba manchado de pasta de dientes y crema de afeitar, y en la bañera se podían ver algunos cabellos. «¿Una chamarra acolchonada en pleno verano?», pensó. Había algo raro en ello, ¿no? Pero le resultaba difícil concentrarse; en su cabeza se agolpaban demasiados pensamientos. Limpió el lavabo y el espejo, recogió la ropa y la dobló. Acto seguido, agarró su celular y llamó al buzón de voz.

Tenía treinta y siete mensajes nuevos. Nadie debería tener tantos mensajes nuevos en su teléfono. Angustiado, empezó a escucharlos todos. Dios, ¿qué le pasaba a la gente? Era cierto que muchos llamaban para darle ideas, y se mostraban amables y humildes. Pero la mayoría de ellos sólo estaban enojados. «¡Mienten sobre la inmigración! —gritaban—. ¡Ocultan la verdad de los musulmanes! ¡Protegen a los judíos de la élite financiera!» Tuvo la sensación de que se hundía en el fango, y a punto estuvo de colgar. Pero siguió aguantando estoicamente, hasta que, de pronto, escuchó un mensaje diferente; un mensaje que no transmitía más que un gran desconcierto.

—*Hello, hello* —dijo alguien en un inglés con mucho acento mientras respiraba con pesadez y, acto seguido, tras un momento de silencio, añadió—: Adelante, cambio.

«Adelante, cambio...». Parecía más bien una conversación de *walkie-talkie*. Luego se sucedieron una serie de palabras imposibles de entender, como expresadas en otra lengua, pero eran pronunciadas con una voz que se le antojó desesperada y solitaria. ¿Podría ser ese hombre el mendigo? Tal vez. Aunque también podría ser otra persona. Imposible saberlo. Mikael se dirigió a la cocina pensando en llamar a Malin Frode o a quienquiera que pudiera lograr que se pusiera de mejor humor. Sin embargo, descartó la idea y le envió un mensaje encriptado a Lisbeth. Poco le importaba si ella quería o no quería saber nada de él.

Él seguía y seguiría unido a ella para siempre.

La lluvia caía sobre el bulevar Tverskoi, y Camilla, o Kira, como se hacía llamar en la actualidad, estaba sentada en su limusina, con la mirada posada en sus largas piernas, acompañada de su chofer y sus guardaespaldas. Llevaba un vestido negro de Dior, unos zapatos rojos de tacón alto de Gucci y un collar con un diamante Oppenheimer de color azul que brillaba con una intensa luz un poco por encima del escote.

Kira era de una belleza abrumadora —eso lo sabía ella mejor que nadie—, y a menudo, como ahora, se quedaba un rato más en el asiento trasero del coche antes de bajar. Le gustaba imaginarse cómo se sobresaltaban los hombres cuando ella hacía acto de presencia y cómo muchos no eran capaces de dejar de mirarla o ni siquiera de cerrar la boca. Sólo unos pocos, eso lo sabía por propia experiencia, tenían la suficiente valentía de dedicarle algún cumplido y mirarla a los ojos. Kira siempre había soñado con brillar como ninguna otra mujer, y ahora, sentada en el coche, cerró los ojos mientras escuchaba la lluvia que repiqueteaba sobre la lámina del vehículo. Luego miró por la ventanilla a través de la luna tintada. No había gran cosa que ver.

Sólo un puñado de hombres y mujeres que tiritaban de frío bajo sus paraguas y que ni siquiera parecían interesados en saber quién iba a bajar de la limusina. Irritada, dirigió la mirada hacia el restaurante. En su interior, los invitados bebían y charlaban apretujados. Y al fondo del local, en un pequeño escenario, unos músicos tocaban el violín y el violoncelo. De repente, en la entrada apareció Kuznetsov, con sus ojos de cerdo y su gorda barriga, arrastrando los pies. ¡Dios mío, vaya pinta! Era un payaso, y a ella le entraron ganas de bajarse del coche y abofetearlo.

Pero debía mantener la calma y su glamour, y no revelar ni con una simple mirada el hecho de que hacía poco que había caído en una especie de abismo y de que llevaba un tiempo furiosa porque no habían conseguido encontrar a su hermana. Había creído que sería fácil después de haber dado con su casa y su falsa identidad. Pero Lisbeth continuaba en paradero desconocido, y ni los contactos que Kira tenía en el GRU —ni siquiera Galinov— habían sido capaces de rastrearla. Sabían que se habían realizado sofisticados ataques *hacker* contra las fábricas de troles de Kuznetsov y contra otros objetivos que habían podido vincularse con ella. Aunque no se sabía lo que era obra de Lisbeth y lo que era obra de otros. Sólo una cosa estaba clara: que todo aquello debía acabar. Necesitaba poder disfrutar, por fin, de algo de tranquilidad.

A lo lejos se oyó un trueno. Pasó un coche patrulla, y Kira sacó un espejo y se sonrió como para reunir fuerzas. Luego volvió a levantar la vista y vio cómo Kuznetsov no cesaba de moverse mientras se toqueteaba la corbata de moño y el cuello de la camisa. El muy idiota estaba nervioso, un hecho que, por lo menos, era una buena noticia. Ella quería que sufriera y temblara, y no que le contara sus terribles chistes.

—Ahora —dijo Kira, y vio cómo Sergei, el chofer, se bajaba para abrirle la puerta trasera.

Los guardaespaldas salieron. Kira se tomó su tiempo para asegurarse de que Sergei había abierto el paraguas. Luego extendió la pierna y sacó un pie, esperando, como siempre, que fuera recibido con un suspiro, un jadeo, un «¡Ah!». Pero, a excepción de la lluvia, allí no se oyeron más que los instrumentos de cuerda y el murmullo del local. Decidió mostrarse fría y distante, mantener la cabeza erguida, y tuvo el tiempo justo de ver cómo la cara de Kuznetsov se iluminaba, expectante e inquieta, y cómo alargaba los brazos en un gesto de bienvenida cuando, de pronto, sintió otra cosa: un enorme y auténtico pavor que le taladró el cuerpo.

Un poco más arriba, a su derecha, había algo difuso junto a la fachada de un edificio. Fijó la mirada y se percató de que una figura oscura avanzaba hacia ella ocultando una mano bajo la chamarra, y entonces no supo si llamar a gritos a sus guardaespaldas o tirarse al suelo sin más. No hizo nada de eso; se quedó petrificada, totalmente concentrada, como si hubiera comprendido que se hallaba en una situación en la que cualquier movimiento imprudente, por pequeño que fuera, podría costarle la vida. Era probable que ya en ese mismo instante supiera de quién se trataba, a pesar de que no vislumbró más que un contorno, una mera sombra acercándose.

No obstante, había algo en sus gestos y en la determinación de sus pasos que hizo que Kira tuviera un terrible presentimiento, y enseguida comprendió que estaba perdida.

Capítulo 4

15 de agosto

¿Alguna vez habían tenido la oportunidad de conocerse? ¿De ser algo más que enemigas? Tal vez no fuera imposible, a pesar de todo. Hubo un tiempo en el que, al menos, tuvieron algo en común: el odio a su padre, Alexander Zalachenko, y el miedo a que éste, cualquier día, matara a su madre, Agneta.

Por aquel entonces, las hermanas vivían en el pequeño cuartucho de un departamento de Lundagatan, Estocolmo, y cuando el padre llegaba, apestando a alcohol y tabaco y, a rastras, se llevaba a la madre a la recámara y la violaba, ellas, desde su habitación, oían cada grito, cada golpe y cada jadeo. En alguna ocasión, Lisbeth y Camilla se tomaban de las manos como buscando consuelo. Era cierto que lo hacían a falta de algo o de alguien mejor, pero aun así... compartían el mismo sentimiento de terror y estaban unidas en su indefensión. Sin embargo, también eso se lo arrebataron.

Cuando tenían doce años, aquello fue a más. No sólo por lo que respectaba al grado de violencia, sino también a la frecuencia. Zalachenko empezó a pasar algunas temporadas en casa y a violar a Agneta prácticamente todas las noches. Y entonces la relación que había entre las hermanas también empezó, de un modo imperceptible, a cambiar; un cambio que al principio resultaba imposible de entender, pero que se intuía en el brillo de excitación que aparecía en los ojos de Camilla y en el brío que había adquirido su paso cada vez que salía al encuentro de su padre al llegar éste a casa. Fue en esa época cuando todo se fraguó.

Justo cuando la batalla estaba a punto de convertirse en mortal, eligieron luchar en bandos opuestos. Tras eso ya no hubo posibilidad alguna de reconciliación, sobre todo desde que el padre le dio una paliza tan brutal a Agneta que la dejó con serias e incurables lesiones cerebrales y Lisbeth le lanzó un coctel molotov a Zalachenko para, acto seguido, verlo arder en el asiento del conductor de su Mercedes. Desde aquel día, todo fue una cuestión de vida o muerte. Desde aquel día, el pasado no fue más que una bomba de acción retardada a punto de estallar, y ahora, muchos años después, cuando Lisbeth Salander salió del portal del bulevar Tverskoi, todo aquel tiempo que habían vivido en Lundagatan desfiló por su mente en una serie de secuencias relámpago.

Estaba allí y en ese instante. Vio exactamente el hueco por el que dispararía y cómo huiría a continuación. Pero también recordaba más de lo que ella misma ni siquiera comprendía, por lo que no hacía más que caminar muy despacio. Y hasta que Camilla bajó de la limusina y empezó a andar por la alfombra roja, con sus tacones altos y su vestido negro, Lisbeth no aligeró el paso, aunque todavía avanzaba en silencio y con la cabeza gacha.

Desde el interior del restaurante se oían los instrumentos de cuerda y el tintineo de las copas mientras, allí fuera, seguía lloviendo a cántaros. Las gotas de lluvia repiqueteaban en el asfalto y por la calle pasó una patrulla. Lisbeth lo miró, así como a aquella hilera de guardaespaldas dispuestos sobre la alfombra roja, y se preguntó en qué momento exacto se fijarían en ella. ¿Antes o después de que disparara? Imposible saberlo, no existían garantías. Pero parecían tardar en reparar en su presencia. Era de noche y había niebla, y Camilla atraía toda su atención.

Brillaba como siempre lo había hecho, y a Kuznetsov se le iluminó la mirada, al igual que, en su día —hacía ya mucho tiempo—, se les había iluminado a todos los chicos del patio del colegio. Camilla podía hacer que la vida se detuviera. Ése era el poder con el que había nacido. Lisbeth vio a su hermana avanzar con paso solemne y observó que Kuznetsov enderezaba la espalda y le extendía los brazos en un nervioso gesto de bienvenida mientras algunos invitados se asomaban a la puerta del restaurante y se amontonaban para contemplar la escena. De repente, se oyó una voz, algo que Lisbeth, en realidad, se esperaba: «*Там, посмотрите*». «Allí, mira», y uno de los guardias —un hombre rubio y con la nariz aplastada— dirigió la mirada hacia donde se encontraba Lisbeth, y entonces ella no pudo dudar más.

Puso la mano sobre su Beretta, aún en la funda, y la invadió el mismo y gélido frío que sintió cuando arrojó el tetrapack lleno de gasolina en el interior del coche de su padre. Le dio tiempo a ver cómo Camilla se quedaba paralizada por el terror y cómo al menos tres de los guardaespaldas se disponían a empuñar sus armas y clavaban la mirada en ella, momento en el que pensó que actuaría de forma rápida e implacable.

Sin embargo, se quedó petrificada, y en un principio no entendió por qué. Únicamente sintió cómo una nueva sombra de la infancia la envolvía, al tiempo que comprendía que no sólo había perdido su oportunidad, sino que también estaba expuesta a sus enemigos y que no tenía ninguna escapatoria.

Camilla nunca vio a esa figura dudar. Tan sólo oyó su propio grito y advirtió que había cabezas que se giraban, cuerpos que se sobresaltaban y armas que se desenfundaban. Aun así, estaba convencida de que era demasiado tarde y de que, en cualquier instante, su pecho sería acribillado a balazos. Pero no se produjo ningún ataque, y Camilla pudo precipitarse hacia el restaurante en busca de protección tras la espalda de Kuznetsov; durante un par de segundos, no fue consciente más que de su propia respiración pesada y de una serie de movimientos agitados a su alrededor.

Tardó en darse cuenta de que no sólo estaba a salvo, sino también de que la suerte se había puesto de su parte. Ya no era ella la que se encontraba en peligro de muerte, sino aquella oscura figura cuyo rostro aún no podía ver y que había agachado la cabeza para consultar algo en el teléfono, pero tenía que ser Lisbeth. No podía ser otra. Camilla sintió un palpitante odio y una enorme sed de sangre, un inmenso deseo de ver sufrir y morir a aquella figura. Acto seguido, levantó la vista para mirar a su alrededor por encima de la multitud.

Lo que vio era mejor de lo que ni siquiera podría haber soñado. Mientras ella se hallaba rodeada de guardaespaldas con chalecos antibalas, Lisbeth se encontraba sola en medio de la acera con un montón de armas apuntándola. Una escena sencillamente maravillosa. Camilla quiso alargar ese momento, y supo que lo recordaría una y otra vez. Lisbeth estaba acabada y pronto sería abatida, pero, por si a alguien se le ocurría vacilar, Camilla gritó:

—¡Disparen! Quiere matarme —y, en un santiamén, le pareció oír cómo repiqueteaban las balas.

Un atronador ruido le sacudió todo el cuerpo y, aunque ya no veía a Lisbeth —se lo impedían todos los que corrían delante de ella—, se imaginó que su hermana era alcanzada y moría cosida a tiros tras caer llena de sangre sobre la acera. Pero no..., allí pasaba algo raro. No fueron disparos lo que oyó, sino más bien..., ¿qué?..., ¿una bomba, una explosión? Un infernal estruendo que procedía del restaurante los arrolló, y a pesar de que Camilla no quiso perderse ni un segundo de la humillación y muerte de Lisbeth, no pudo dejar de dirigir la mirada hacia los allí presentes. Aquello resultaba incomprensible.

Los violinistas habían dejado de tocar para observar la escena aterrados. Muchos de los invitados, prácticamente paralizados, se tapaban los oídos con las manos. Otros las tenían sobre el pecho o gritaban de miedo. Pero la mayoría de ellos, presas del pánico, habían echado a correr hacia la salida, y hasta que la puerta se abrió y las primeras personas aparecieron en medio de la lluvia, Camilla no lo comprendió. Tampoco se trataba de una bomba. Era música, pero puesta a un volumen tan demencial que a duras penas se podía calificar de sonido, sino más bien de ataque vibratorio en el espacio aéreo, razón por la que no le extrañó lo más mínimo que un anciano calvo gritara:

—¡Pero ¿qué pasa? ¿Qué pasa?!

Una chica de unos veinte años, que llevaba un vestido corto azul oscuro, se dejó caer de rodillas con las manos protegiéndose la cabeza, como si pensara que el techo estaba a punto de venírsele encima. Kuznetsov, que se hallaba justo a su lado, murmuró algo incomprensible que quedó ahogado en medio de aquel ruido, y en ese momento Camilla se dio cuenta de su error: había desviado su atención; y cuando, furiosa, volvió a mirar hacia la fachada del edificio de enfrente y la acera, su hermana había desaparecido.

Como si se la hubiera tragado la tierra. Desesperada, en medio de aquella locura generalizada de invitados desconcertados que gritaban, Camilla barrió los alrededores con la mirada, y apenas si había tenido tiempo de maldecir su suerte a gritos cuando recibió un violento golpe en el hombro que la hizo impactar contra la acera con el codo y la cabeza. Y mientras las sienes le palpitaban de dolor, los labios le sangraban y un sinfín de pies corrían de un lado para otro, oyó, justo por encima de su cabeza, cómo una familiar y gélida voz le decía:

—La venganza llegará, hermana, llegará.

Camilla no pudo reaccionar con la suficiente rapidez, sin duda por estar demasiado aturdida, porque cuando levantó la cabeza y miró a su alrededor no había ni rastro de Lisbeth, tan sólo una multitud de desorientadas personas que se precipitaban fuera del restaurante. Y entonces volvió a gritar:

—¡Mátenla!

Pero ni ella misma creía que eso fuera posible ya.

Vladimir Kuznetsov no se dio cuenta de que Kira se había estampado contra el suelo. Apenas era consciente de toda aquella locura que se estaba desatando a su alrededor, porque en medio de aquel tumulto había captado algo que lo aterraba más que cualquier otra cosa: unas palabras sueltas que alguien había aullado con un palpitante ritmo, a golpes. Y durante un buen rato se negó a creer que fuera verdad.

Se limitó a mover la cabeza de un lado para otro murmurando «No, no» e intentando apartarlo de su mente como si fuera una terrorífica alucinación, una mala pasada de su exaltada imaginación. Pero, sí, realmente se trataba de esa canción —la banda sonora de sus pesadillas—, y lo único que deseó en ese momento fue que se lo tragara la tierra y morir.

—No puede ser verdad, no puede ser verdad —musitó mientras, atronador, el estribillo le llegaba como la onda expansiva de una granada:

> Killing the world with lies.
> Giving the leaders
> The power to paralyze
> Feeding the murderers with hate,
> Amputate, devastate, congratulate.
> But never, never
> Apologize.

No había ninguna otra canción sobre la faz de la Tierra que le provocara tanto miedo como ésa; a su lado, el hecho de que la fiesta que tanto había ansiado hubiera sido saboteada o la posibilidad de que furiosos oligarcas y poderosos políticos lo denunciaran por haberles roto los tímpanos carecía de importancia. Lo único en lo que pensaba en ese instante era en la música, cosa que no resultaba nada extraño. El mero hecho de que sonara allí y en ese momento indicaba que alguien había descubierto su más horrible secreto. Se arriesgaba a que lo pusieran en evidencia delante de todo el mundo, por lo que un pánico atroz le oprimió el pecho y le dificultó la respiración. Aun así, se esforzó por poner buena cara cuando sus hombres consiguieron silenciar aquel ruido. Incluso fingió suspirar de alivio.

—Disculpen, damas y caballeros —proclamó—. Al parecer, uno no puede fiarse nunca de la tecnología. Les pido mil disculpas. Pero continuemos la fiesta. Les prometo que no les faltarán ni bebida ni otras tentaciones...

Buscó con la mirada a algunas de las prostitutas que iban ligeras de ropa, como si un poco de belleza femenina pudiera salvar la situación. Pero las únicas chicas que encontró se hallaban apoyadas, aterrorizadas, contra la fachada del edificio, por lo que Kuznetsov no terminó la frase. Su voz carecía de convicción, y todos los allí presentes lo notaron. Vieron que estaba descompuesto, y cuando los músicos, al marcharse, pasaron por delante de él con gesto de ostensiva aversión, la mayoría de la gente pareció desear seguir su ejemplo, cosa que, en realidad, a Kuznetsov le daba un poco igual; lo único que deseaba era quedarse a solas con sus pensamientos y su miedo.

Quiso llamar a sus abogados y a los contactos que tenía en el Kremlin para, en el mejor de los casos, recibir un poco de consuelo y que le dijeran que no aparecería en los titulares de los periódicos de todo Occidente como una vergüenza y un criminal de guerra. Vladimir Kuznetsov contaba con poderosos protectores, y era, sin lugar a dudas, un pez gordo que había sido capaz de cometer los más horrendos crímenes sin mayores cargos de conciencia. Pero eso no significaba que fuera una persona fuerte, sobre todo cuando *Killing the World with Lies* sonaba en una fiesta que él mismo había organizado para lucirse.

En momentos así, no era más que aquello que había sido en sus inicios: un rufián, un delincuente de medio pelo que una tarde, por divina casualidad, fue a parar a la misma sauna que dos diputados de la Duma a los que les había llenado la cabeza de cuentos chinos. Aparte de eso, Kuznetsov no poseía ningún talento, no tenía ninguna formación académica ni estaba dotado de una especial inteligencia, aunque sabía contar unas historias tremendas. No necesitó más.

A partir de aquella tarde de hacía ya muchos años, tras emborracharse y no dejar de mentir en aquella sauna, le salieron numerosos amigos influyentes y empezó a trabajar duro. Hoy tenía centenares de empleados, la mayoría de ellos mucho más inteligentes que él: matemáticos, estrategas, psicólogos, asesores del FSB y del GRU, *hackers*, informáticos, ingenieros, expertos en inteligencia artificial y robótica... Era rico y poderoso, pero lo más importante era que de puertas para fuera nadie lo relacionaba con las fábricas de información y sus mentiras.

Haciendo gala de una gran habilidad, había ocultado su responsabilidad y su participación en ellas, y en los últimos tiempos había tenido motivos más que de sobra para agradecerle a su ángel de la guarda que así fuera, y no por haberse visto implicado en la crisis bursátil —todo lo contrario, eso era algo que consideraba más bien un mérito—, sino por las misiones que se llevaron a cabo en Chechenia y que acabaron estallando en los medios de comunicación hasta originar movimientos de protesta, más de un revuelo en la ONU y, lo que era peor, una canción de rock duro que, naturalmente, se convirtió en un éxito mundial.

La canción la había oído en todas esas malditas manifestaciones en las que se protestaba por los asesinatos. En todas y cada una de esas ocasiones había temido que se mencionara su nombre, y hasta esas últimas semanas, durante la preparación de su gran fiesta, su vida no había vuelto a la normalidad. Su risa había regresado, y también los chistes y las historias que contaba, y esa noche, todos los invitados ilustres, uno tras otro, se presentaron en su fiesta, cosa que lo llenó de orgullo y lo hizo disfrutar de lo lindo. Hasta que esa canción empezó a atronar tan fuerte que por poco le estalla la cabeza.

—¡Puta madre!

—¡Pero, oiga!, ¿qué dice?

Un distinguido y anciano caballero que llevaba un sombrero y un bastón, y que él, en su desconcierto, fue incapaz de reconocer, lo contemplaba con una mirada crítica. Y aunque lo que más deseaba era mandar a aquel señor al diablo, tuvo miedo de que quizá fuera más poderoso que él, por lo que le contestó con la mayor educación que pudo reunir:

—Disculpe mi forma de hablar, es que estoy un poco enfadado.

—Debería revisar la seguridad de su sistema informático.

«¡Carajo, si no he hecho otra cosa!», pensó.

—No, esto no tiene nada que ver con eso —dijo Kuznetsov.

—Entonces ¿qué pasó?

—Fue un fallo... eléctrico —continuó él.

«¿Eléctrico?». ¿Se había vuelto loco? ¿De verdad creía que los cables habían producido un cortocircuito para poner la canción *Killing the World with Lies*? Sintió vergüenza de sí mismo, por lo que desvió la mirada y, con la mano, saludó patéticamente a algunos de los últimos invitados, que desaparecieron en sus taxis. El restaurante se fue vaciando de gente, y Kuznetsov buscó con la mirada a Felix, su joven técnico jefe. ¿Dónde diablos se habría metido ese cabrón?

Lo descubrió hablando por teléfono junto al escenario, con su ridícula barba y su grotesco esmoquin, que le sentaba como un saco de papas. Parecía alterado, y por supuesto que debería estarlo. Ese idiota le había prometido que nada saldría mal y, mira nada más, el mundo se les había caído encima. Kuznetsov lo llamó con un irritado gesto de la mano.

Felix le contestó con otro, como pidiendo que no lo interrumpiera, y entonces Kuznetsov tuvo ganas de pegarle un puñetazo en toda la cara o de estamparle la cabeza contra la pared. Sin embargo, cuando por fin Felix se acercó, con paso lento y desganado, actuó de otra manera; hasta su voz sonó desvalida cuando le preguntó:

—¿Te diste cuenta de la canción que era?

—Sí, me di cuenta —respondió Felix.

—Eso quiere decir que alguien de fuera lo sabe.

—Eso parece.

—¿Qué crees que pasará?

—No lo sé.

—¿Nos van a mandar una carta para chantajearnos?

Felix permaneció callado mordiéndose el labio, y Kuznetsov observó la calle con la mirada perdida.

—Creo que debemos prepararnos para algo aún peor —respondió Felix.

«No digas eso —pensó Kuznetsov—. *No digas eso.*»

—¿Por qué?

Se le quebró la voz.

—Porque acaba de llamar Bogdanov...

—¿Bogdanov?

—Uno de los hombres de Kira.

«Kira —pensó—, la deliciosa, la peligrosa

Kira», y luego se acordó: todo había empezado con ella, con su bello rostro torciéndose en una mueca terrible, con su boca gritando «¡Disparen, mátenla!», y los ojos puestos en una oscura figura que había junto a la pared. En su cabeza, todo eso se mezcló con el ruido que siguió.

—¿Y qué dijo Bogdanov? —preguntó.

—Que sabe quién nos ha *hackeado*.

«Eléctrico —se dijo—. ¿Cómo diablos pude decir lo de "eléctrico"?»

—Así que nos ha *hackeado* alguien...

—Eso parece.

—Pero se supone que eso era imposible. ¡Maldito idiota, decías que eso era imposible!

—Sí, pero es que esa persona...

—¿Qué diantres le pasa a esa persona?

—Pues que es una mujer extraordinariamente buena.

—Así que es una mujer...

—Es una mujer, y al parecer no le interesa el dinero.

—¿Y qué es lo que le interesa?

—La venganza —contestó Felix, y entonces Kuznetsov, tras sentir cómo un escalofrío le recorría el cuerpo, le propinó un puñetazo en toda la cara.

Luego se marchó de allí para emborracharse con champán y vodka.

Lisbeth parecía tranquila cuando entró en la habitación de su hotel, y ni siquiera daba la impresión de tener prisa; hasta se sirvió una copa de whisky. La bebió de un solo trago y luego tomó unos frutos secos de un cuenco que había sobre la mesita que se hallaba junto al sofá. Después se puso a hacer la maleta, pero ninguno de sus movimientos denotaba prisa o nerviosismo.

Hasta que cerró la maleta y se levantó no pudo apreciarse que tenía el cuerpo insólitamente tenso, y que su mirada buscaba algo que romper: un jarrón, un cuadro, la lámpara de araña del techo... Se contentó con ir al cuarto de baño y concentrar la vista en el espejo, como si estudiara cada rasgo de su cara, aunque lo cierto es que no veía nada.

Su mente se hallaba todavía en el bulevar Tverskoi. Pensó en su mano aproximándose al arma, y luego en cómo la retiró. Se acordó de lo que había provocado que le resultara sencillo, y también de lo que lo había hecho difícil, y se dio cuenta de que, por primera vez en todo el verano, no sabía cómo proceder. Estaba... Eso, ¿cómo estaba?... Era probable que absolutamente desorientada; ni siquiera se sintió reconfortada cuando agarró su teléfono y se enteró de dónde vivía Camilla.

A través de un satélite de Google Earth, se acercó a mirar una casa de piedra con terrazas, jardines, piscinas y estatuas, y aunque intentó imaginarse prendiéndole fuego a todo aquello, igual que con su padre y su Mercedes en Lundagatan, no le sirvió de mucho. Lo que hasta hacía muy poco tiempo había sido un plan perfecto era ahora un auténtico caos. Pensó en su actual duda y en la de aquellos años, ya lejana, y se dio cuenta de que dudar era peligrosísimo, la discapacitaba. Después masculló algo ininteligible y bebió un poco más de whisky.

Luego pagó por Internet la cuenta del hotel y salió de allí maleta en mano, y, tras haberse alejado unas cuantas manzanas, tiró la pistola a una alcantarilla. Acto seguido, subió a un taxi, desde donde compró, usando uno de sus pasaportes falsos, un boleto de avión a Copenhague en el vuelo que saldría a primera hora de la mañana, y se dirigió al hotel Sheraton, que se encontraba justo al lado del aeropuerto de Sheremétievo.

Ya de madrugada descubrió que Mikael le había enviado un mensaje. Estaba preocupado, le decía, y entonces volvió a pensar en la grabación de Fiskargatan y decidió entrar en la computadora de él por la habitual vía de atrás. No resultaba fácil explicar por qué, pero quizá sus pensamientos necesitaran descansar y centrarse en cosas distintas de las que ahora no cesaban de rondarle la cabeza, de modo que se sentó frente al escritorio.

No tardó mucho en toparse con un par de documentos encriptados que parecían importantes para Mikael. Aun así, tuvo la impresión de que él quería que ella los viera. En los archivos que había creado para Lisbeth le daba pistas y claves que sólo ella podía entender, y tras andar un poco de un lado para otro en el servidor de Mikael, Lisbeth se sumergió en un largo reportaje que hablaba de la caída de la bolsa y de las fábricas de troles; Mikael había conseguido sacar bastantes cosas, aunque no tantas como ella. Leyó el reportaje un par de veces, hizo un añadido al final del texto y adjuntó un enlace con documentos y correspondencia de correos, si bien ya estaba tan cansada que no se dio cuenta de que había escrito mal el nombre de Kuznetsov y de que no se había ajustado mucho a la forma de escribir de Mikael. Sólo era consciente de haber salido de la computadora de su viejo amigo y de haberse tumbado de espaldas en la cama sin quitarse ni el traje ni los zapatos.

Cuando se durmió empezó a soñar con su padre ardiendo en un mar de llamas y diciéndole que ella se había vuelto débil y que no tenía nada que hacer frente a Camilla.

Capítulo 5

16 de agosto

El domingo, Mikael se despertó a las seis de la mañana. Le echó la culpa al calor: hacía un bochorno que anunciaba tormenta. Las sábanas y las fundas de las almohadas estaban empapadas de sudor. Le dolía la cabeza y, por un momento, antes de recordar lo que había sucedido la noche anterior, pensó que tal vez estuviera enfermo. Pero luego se acordó de que había estado bebiendo hasta las tantas y, soltando unas cuantas palabrotas, maldijo eso y la matutina luz que entraba por debajo de las cortinas. Después se tapó la cabeza con el edredón e intentó dormir un poco más.

No obstante, era tan tonto que no pudo evitar mirar el teléfono para ver si Lisbeth había contestado a su mensaje, cosa que, por supuesto, no había hecho, y entonces comenzó a preocuparse otra vez por ella, lo que sin duda no era una buena manera de conciliar el sueño, de modo que acabó incorporándose.

En la mesita tenía unos cuantos libros empezados, por lo que dudó unos instantes entre quedarse en la cama leyendo o continuar con su reportaje. Sin embargo, se dirigió a la cocina y se preparó un *cappuccino*. Luego se acercó al buzón de la puerta, por los periódicos del día, y se sumergió en las noticias antes de contestar a algunos correos, recoger un poco la casa y seguir limpiando el cuarto de baño.

A las nueve y media recibió un mensaje de Sofie Melker, la joven colaboradora de *Millennium*, que acababa de mudarse al barrio con su marido y sus dos hijos. Sofie quería hablarle de una idea que tenía para un reportaje, cosa que a Mikael no se le antojaba mucho que digamos, pero ella le caía bien, así que le propuso verse en media hora y tomar un café en el Kaffebar de Sankt Paulsgatan. Como respuesta, recibió el signo de la mano con el pulgar hacia arriba. No le gustaban los emoticones. Consideraba que la lengua ya estaba bien como estaba. Pero no quería parecer anticuado, de modo que decidió responder con una carita sonriente.

Por desgracia, sus dedos eran demasiado torpes y, en lugar de eso, le envió un corazón rojo. Era verdad que se podía malinterpretar, pero «¡Qué diablos...!, ya ha perdido su verdadero significado de tanto usarse —pensó—; un corazón ya no significa lo mismo que antes, ¿verdad?». Un abrazo era como un «Hasta luego», y el corazón vendría a ser, más o menos, como el «Querido/a» de las cartas. Lo dejó por la paz. Se metió en la ducha, se afeitó y se puso unos pantalones de mezclilla y una camisa azul.

Luego salió a la calle. Hacía buen tiempo: un cielo azul y un sol radiante. Bajó por la escalera de piedra hasta Hornsgatan y llegó a la plaza de Mariatorget, donde permaneció mirando a su alrededor sorprendido de que apenas quedara rastro de la fiesta popular de la noche anterior: en los caminos de grava de la plaza ya no había ni una colilla y los botes de basura ya habían sido vaciados. A su izquierda, delante del hotel Rival, vio a una joven vestida con un chaleco de color naranja que recogía basura del césped con unas largas tenazas. Pasó frente a ella y la estatua.

No había otra en la ciudad ante la que pasara tan a menudo. Y, sin embargo, ni siquiera sabía lo que representaba. Nunca le había prestado atención —como solemos hacer con tantas otras cosas que se hallan ante nuestros ojos—, y era muy probable que, si alguien le hubiera preguntado, le hubiese respondido que representaba a san Jorge y el dragón. En realidad se trataba de Thor luchando contra la Serpiente de Midgård, aunque él, con todos los años que llevaba viviendo en el barrio, nunca se había parado a leer la inscripción de la placa. En esta ocasión tampoco se fijó en la estatua; tenía la mirada puesta en lo que había detrás de ella: en el parque infantil, donde un joven padre con cara de aburrimiento jugaba con su hijo, y en los bancos y el césped, donde había gente sentada y tomando el sol. Parecía la mañana de un domingo cualquiera, pero aun así le dio la sensación de que allí faltaba algo. Sin embargo, dejó de pensar en ello, pues consideró que era una tontería, que se equivocaba. Continuó andando y, al enfilar Sankt Paulsgatan, lo supo.

Lo que allí faltaba era un personaje al que llevaba —ahora cayó en la cuenta— una semana sin ver, un hombre que solía sentarse en un trozo de cartón y que permanecía inmóvil, como un monje en plena meditación. Aquel hombre tenía mutilados algunos dedos, un rostro curtido, anciano, e iba vestido con una chamarra acolchonada muy grande. Hubo un tiempo en el que incluso lo consideró una parte más del paisaje urbano, aunque entonces ese paisaje, tal y como le ocurría cuando trabajaba con intensidad, sólo lo veía como un decorado.

Había estado demasiado encerrado en sí mismo como para ver de verdad. Pero ese pobre diablo había estado siempre en aquel lugar, como una sombra de su subconsciente, y fue precisamente ahora que ya no se encontraba allí cuando acudió a su mente con mayor nitidez; hasta pudo evocar, sin mucha dificultad, toda una serie de detalles: la mancha negra de su mejilla, los labios quebrados y ese halo de orgullo que desprendía y que contrastaba con el dolor que ocasionaba su figura. ¿Cómo podía haberlo olvidado? Creía saber por qué.

Antes, un hombre como él habría llamado la atención y habría sido una herida abierta en una ciudad como Estocolmo. En la actualidad, resultaba difícil andar más de cincuenta metros sin que algún mendigo le pidiera a uno unas cuantas monedas. Por todas partes, en la acera, frente a las tiendas, en los puestos de reciclaje y en las entradas del metro había mujeres y hombres pidiendo. Un Estocolmo nuevo y roto había surgido, y en muy poco tiempo todo el mundo se había acostumbrado a ello. Ésa era la triste realidad.

El número de mendigos había aumentado a medida que los ciudadanos habían dejado de llevar dinero en efectivo y, al igual que todos los demás, él había aprendido a desviar la mirada. Y muchas veces ni siquiera se sentía culpable por hacerlo. Pero ahora lo invadió una melancolía que no tenía que ver necesariamente con ese hombre ni con los mendigos en general, sino más bien con el paso del tiempo y con cómo cambia la vida sin que apenas nos demos cuenta.

Delante del Kaffebar había un camión estacionado tan cerca de los otros coches que era difícil imaginarse cómo sería capaz de salir de allí; dentro del local, como siempre, había demasiados conocidos, algo que no le hacía mucha gracia. Se limitó a saludar sin mucho entusiasmo, más que nada por cumplir, antes de pedir un *espresso* doble y un pan con setas. Se sentó junto a la ventana que daba a Sankt Paulsgatan y permaneció absorto en sus pensamientos. Poco tiempo después sintió una mano en el hombro. Era Sofie. Llevaba un vestido verde, el pelo suelto, y le mostraba una tímida sonrisa. Pidió un té con leche y una botella de Perrier, antes de enseñarle el emoticón con el corazón rojo que le había enviado al celular.

—¿Coqueteo o cortesía de la casa? —preguntó.

—Dedos torpes —contestó Mikael.

—Respuesta incorrecta.

—Bueno, pues cortesía de la casa. Órdenes de Erika: hay que cuidar a los empleados.

—Sigue siendo una respuesta incorrecta, pero está algo mejor.

—¿Cómo está la familia? —preguntó él.

—La madre de esa familia cree que las vacaciones de verano son demasiado largas, y que los niños necesitan que se los entretenga siempre. Son unos maleducados.

—¿Cuánto tiempo llevan en el barrio?

—Unos cinco meses, ¿y tú?

—Cien años.

Ella se rio.

—En cierto modo es verdad —continuó—.

Cuando llevas tanto tiempo en un sitio dejas de ver. Vas por la calle como un ciego.

—¿En serio?

—Sí. Bueno, yo al menos sí lo hago. Pero me imagino que tú, siendo nueva en el barrio, vas con los ojos más abiertos.

—Es posible.

—¿Recuerdas a un mendigo con una chamarra acolchonada enorme que había en Mariatorget? ¿Uno que tenía una mancha negra en la cara y al que le faltaban algunos dedos?

Ella sonrió con tristeza.

—Pues sí, lo recuerdo perfectamente.

—¿Y eso?

—Porque no es fácil olvidar a alguien así.

—Yo sí, me olvidé de él.

Sofie se quedó mirándolo sorprendida.

—¿Qué quieres decir?

—Lo habré visto al menos una decena de veces y, a pesar de eso, nunca me fijé en él. Y es justo ahora que está muerto cuando lo siento más vivo que nunca.

—¿Está muerto?

—La forense me llamó ayer.

—¿Y por qué diablos te llama a ti por una cosa así?

—Resulta que el hombre llevaba un papel con mi número de teléfono en el bolsillo; supongo que ella esperaba que yo la ayudara a identificarlo.

—¿Y no pudiste hacerlo?

—¡Qué va!

—Tal vez ese hombre tuviera algo que contarte.

—Es probable.

Sofie bebió de su taza de té, y durante un rato permanecieron en silencio.

—Hará cosa de una semana se metió con Catrin Lindås —acabó comentando ella.

—¿En serio?

—Se puso como un loco al verla pasar. Lo vi todo desde lejos, desde Swedenborgsgatan.

—¿Por qué?

—No sé, supongo que la habría visto en la tele.

Catrin Lindås salía a veces en la tele. Era periodista, muy conservadora. Escribía columnas de opinión y participaba con frecuencia en debates sobre temas como la ley y el orden, y también sobre la necesidad de que en la escuela primen la disciplina y la adquisición de conocimientos. Era una mujer guapa y con ese atractivo que tienen las chicas formales, se vestía con trajes de corte impecable y con blusas de lazo planchadas a la perfección, y nunca la veías con un solo cabello despeinado. Mikael la consideraba muy severa y desprovista de toda imaginación. Ella lo había criticado en *Svenska Dagbladet*.

—¿Y qué pasó? —preguntó.

—La agarró del brazo y se puso a gritar.

—¿Y qué le gritó?

—Ni idea. El hombre agitaba en el aire una rama o un bastón, algo así. Catrin se alteró mucho. Después intenté calmarla y ayudarla a quitarle una mancha que tenía en la chamarra.

—Uy, eso sí que no le haría ninguna gracia.

No había querido ser tan sarcástico, al menos eso creía. Pero Sofie, inesperadamente, se ofendió y soltó:

—Nunca te ha caído bien, ¿verdad?

—No, no es eso —se excusó él, algo a la defensiva—. No tengo nada en contra de ella, lo que pasa es que tal vez sea algo de derechas y demasiado formal para mi gusto.

—Doña Perfecta, ¿verdad?

—Yo no dije eso.

—Pero es lo que querías decir. ¿Tienes la más mínima idea de toda la mierda que le echan encima en Internet? La gente la ve como a una niña mimada y antipática que estudió en Lundsberg y que desprecia a la gente normal. ¿Acaso sabes cómo ha sido su vida en realidad?

—No, Sofie, no lo sé.

No entendía por qué Sofie se había enojado tanto de repente.

—Pues te lo voy a contar.

—Sí, por favor.

—Se crio en la más absoluta miseria. En una comuna de hippies drogadictos de Gotemburgo.

Sus padres eran adictos al LSD y a la heroína, y su casa era un auténtico caos, llena de basura y de amigos yonquis. Sus trajes y ese aire formal han sido su modo de sobrevivir. Es una luchadora. Es, a su manera, una rebelde.

—Interesante —dijo Mikael.

—Sí, y sé que piensas que es una reaccionaria, pero hace muchas cosas buenas en su lucha contra la *New Age*, la nueva espiritualidad y toda esa mierda con la que creció. Es una mujer mucho más interesante de lo que la gente cree.

—¿Son amigas?

—Somos amigas.

—Gracias, Sofie. La próxima vez intentaré verla con otros ojos.

—No te creo —dijo, y a continuación se rio como para quitarle importancia al asunto, aunque acabó murmurando algo, como si la cosa aún le doliera.

Luego le preguntó a Mikael cómo iba con el reportaje. Y él le respondió que no estaba como para tirar cohetes precisamente. Que la pista rusa no lo conducía a ningún sitio.

—Pero tienes buenas fuentes, ¿no?

—Sí, pero lo que no saben las fuentes tampoco lo sé yo.

—Quizá deberías ir a San Petersburgo e indagar en esa fábrica de troles; ¿cómo se llamaba?

—¿New Agency House?

—¿No era una especie de centro?

—Me da la sensación de que también eso es un callejón sin salida.

—¿Me equivoco o estoy delante de un Blomkvist inusualmente pesimista?

Sí, él también se había percatado de cómo sonaban sus comentarios, pero es que no tenía ningunas ganas de viajar a San Petersburgo. Allí había ya un montón de periodistas, y nadie había podido averiguar ni siquiera quién era el responsable de la fábrica ni hasta qué punto estaban implicados los servicios de inteligencia o el mismísimo régimen. Estaba harto de todo eso. Estaba harto de las noticias y del lamentable desarrollo político del mundo. Tomó un sorbo de café y le preguntó a Sofie por la idea que tenía para su reportaje.

Ella quería escribir sobre el tono antisemita de la campaña de desinformación, cosa que tampoco suponía ninguna novedad, porque, desde luego, los troles no habían podido evitar insinuar que la caída de la bolsa se había debido a una conspiración judía. Era la misma mierda que llevaban siglos oyendo, y ya se había analizado y escrito sobre ello en un sinfín de ocasiones, pero Sofie creía tener un punto de vista diferente, más concreto.

Ella quería hablar de cómo eso afectaba a la gente en su día a día; a estudiantes, profesores, intelectuales, personas normales que antes apenas habían reflexionado sobre el hecho de ser judíos. A Mikael le pareció bien y le dijo que siguiera adelante con la idea. Y, tras hacerle unas cuantas preguntas, la animó y le habló del odio general que existía en la sociedad, y de los populistas y los extremistas, y de los idiotas que dejaban mensajes en su buzón de voz. Luego se cansó de oírse a sí mismo, se despidió de Sofie con un abrazo y, tras pedirle perdón —sin saber muy bien por qué—, regresó a casa. Una vez allí, se cambió de ropa y salió a correr.

Capítulo 6

16 de agosto

Kira se encontraba en su cama de la gran casa de Rublevka, al oeste de Moscú, y oyó que el jefe de sus *hackers*, Yuri Bogdanov, quería verla. Ella le dijo que se esperara. Por si había alguna duda de su estado de ánimo, le tiró un cepillo de cabello a Katya, su empleada de hogar, y se tapó la cabeza con el edredón. Había sido una noche infernal. La perseguían los recuerdos del ruido del restaurante, los pasos, la imagen de su hermana..., y no paraba de tocarse el hombro, que, después del golpe que se había dado contra la acera a causa del empujón, aún le dolía, si bien es cierto que no era un dolor físico, sino más bien una molesta presencia que no la dejaba en paz.

¿Por qué aquello no terminaba nunca? Había trabajado muy duro y conseguido muchas cosas. Sin embargo, el pasado siempre regresaba, aunque ni siquiera era el mismo de siempre; cada vez que lo hacía adoptaba una nueva forma. Su infancia no había sido buena. Y, aun así, había partes de ella que Camilla, a su manera, había amado. Pero también eso le había sido arrebatado.

Ya de niña, Camilla había ansiado marcharse de allí con todas sus fuerzas, marcharse lejos de Lundagatan y de su hermana y su madre, lejos de toda aquella sensación de pobreza e indefensión. Pronto comprendió que se merecía algo mejor. Un recuerdo lejano acudió a su mente y, de repente, se encontró en el patio de luces que había dentro de los grandes almacenes NK y vio a una risueña mujer que iba vestida con un abrigo de pieles y unos pantalones con bonitos dibujos, y que resultaba tan inmensamente hermosa que parecía de otro mundo. Camilla se aproximó y acabó justo al lado de las piernas de la mujer. Y entonces llegó una amiga de ésta, que era igual de elegante, y que, tras besar a la mujer en las mejillas, le dijo:

—Ah, ¿es tu hija?

La mujer se volvió y miró hacia abajo, y, al descubrir a Camilla, le contestó con una sonrisa:

—Ojalá.

Camilla no entendió nada, pero imaginó que sería un cumplido y, al marcharse, oyó una frase más: «Qué niña tan guapa. Qué pena que su madre no la vista mejor», unas palabras que le abrieron una profunda herida. Se quedó mirando a Agneta —ya por aquel entonces llamaba a su madre por el nombre de pila—, que se hallaba junto a Lisbeth mirando el escaparate con las decoraciones navideñas, y fue entonces cuando fue consciente de la abismal diferencia que había: mientras las mujeres que acababa de ver brillaban como si la vida se hubiese inventado para su propio disfrute, Agneta andaba encorvada y tenía la tez pálida, y, además, iba vestida con ropa desgastada y fea. Un sentimiento de injusticia brotó en el interior de Camilla. «Tendría que haber nacido en otra familia», pensó.

Momentos como ése hubo muchos en su infancia, momentos en los que se sentía reconfortada y condenada al mismo tiempo; reconfortada porque la gente decía que era tan bella como una princesita, y condenada por pertenecer a una familia que vivía al margen de la sociedad, como en la sombra.

Bien es cierto que empezó a robar para poder comprarse ropa y pasadores de pelo, poca cosa, eso es verdad, sobre todo monedas, unos cuantos billetes, el viejo broche de la abuela, el jarrón ruso de la estantería... Pero también era verdad que la acusaban de otras muchas cosas, y que tenía la creciente sensación de que Agneta y Lisbeth se confabulaban contra ella. A menudo se sentía extraña en su propio hogar, como una niña a la que hubieran cambiado por otra en la cuna y a la que vigilaban sin cesar; aquello iba a peor cuando

Zala venía a casa y la apartaba como si fuera una perra.

En momentos así, se sentía la persona más sola del mundo y soñaba con huir y con asegurarse de que otra persona cuidara de ella, alguien que la mereciera más. Sin embargo, una luz fue filtrándose paulatinamente en su interior, un brillo falso quizá, pero el único con el que contaba. Comenzó fijándose en algunos detalles —un reloj de oro, fajos de billetes en los bolsillos de los pantalones, un tono autoritario por teléfono—, pequeños signos de que Zala era algo más que su violencia. Poco a poco fue descubriendo también su determinación, su autoridad, la fuerza de sus gestos, ese aire de hombre de mundo, el poder que irradiaba...

Y sobre todo vio cómo él empezaba a verla a ella. Zala podía detenerse a examinarla de arriba abajo, a veces con una ligera sonrisa, y no había modo de resistirse a ello. Es que Zala nunca sonreía. Por eso se quedaba tan impactada cuando lo hacía, porque era como si alguien la iluminara a ella con un foco. Y de pronto, de buenas a primeras, dejó de tenerles miedo a sus visitas y empezó incluso a fantasear con que fuera justo él el que la sacara de allí y la llevara a un lugar más rico, más bonito.

Una tarde en que ni Agneta ni Lisbeth estaban en casa —ella tendría unos once o doce años—, el padre se sentó en la cocina a beber vodka. Camilla se acercó y él le acarició el pelo y le ofreció un vodka mezclado con jugo de naranja. «Destornillador», le dijo. Luego le contó que se había criado en un orfanato de Sverdlovsk, en los montes Urales, donde recibía palizas a diario, pero que se había abierto camino luchando y había llegado a hacerse rico y poderoso, y también que tenía amigos por todo el mundo. A Camilla aquello se le antojó un cuento, y él se llevó un dedo a los labios y le susurró que le guardara el secreto, y entonces ella se estremeció y se atrevió a contarle lo malas que eran Agneta y Lisbeth con ella.

—Te tienen envidia. La gente siempre tiene envidia de alguien como tú y como yo —dijo él para, a continuación, prometerle que serían más buenas con ella. A partir de aquel día las cosas cambiaron en casa.

Zala se convirtió en el gran mundo que venía de visita. Ella lo quería, y no sólo por ser su salvador, sino también porque nada ni nadie podía alterarlo. Nadie. Ni siquiera los hombres de serio semblante y abrigos grises que a veces visitaban la casa, ni aquellos policías de anchas espaldas que, una mañana, llamaron a su puerta. Pero ella sí podía.

Ella conseguía que él fuera dulce y considerado, aunque durante mucho tiempo no fue consciente del precio que estaba pagando ni, mucho menos aún, de que se estaba engañando; únicamente pensaba que aquélla era la mejor época de su vida. Por fin había alguien que le prestaba atención y la hacía feliz. Se alegraba de que el padre fuera cada vez con más frecuencia y de que, a escondidas, le hiciera regalos y le diera dinero. Pero justo entonces, cuando algo nuevo y grandioso parecía estar a la vuelta de la esquina, Lisbeth se lo arrebató todo, y a partir de aquel día la odió con una tremenda furia, y ese odio se convirtió en el rasgo más característico y persistente de su personalidad. Quería devolverle el golpe y destrozar a su hermana, y ahora no tenía intención de echarse atrás sólo porque Lisbeth, de momento, fuera un paso por delante.

Después de la lluvia caída la noche anterior, el sol brillaba tras las cortinas. Se oía el ruido de las cortadoras de césped y de algunas voces lejanas, y Camilla cerró los ojos pensando en los pasos nocturnos que se acercaban al cuarto de Lundagatan que compartía con su hermana. Luego cerró la mano derecha, apartó el edredón de una patada y se levantó.

Iba a recuperar la iniciativa.

Yuri Bogdanov ya llevaba una hora esperando. Pero no había estado ocioso: había estado trabajando, concentrado, con la computadora portátil sobre sus rodillas. Levantó la vista y dirigió una mirada inquieta a la terraza y al enorme jardín que había en el exterior de la casa. No tenía buenas noticias, por lo que lo único que esperaba de Kira era que lo reprendiera y le ordenara trabajos más duros, pero, aun así, se sentía fuerte y motivado. Había movilizado a todos sus contactos. Sonó el teléfono. Rechazó la llamada. Era Kuznetsov de nuevo. Ese estúpido e histérico cabrón de Kuznetsov.

Eran las once y diez. Fuera, los jardineros se habían tomado un descanso para almorzar. Mientras hacía tiempo, se miró los zapatos. Bogdanov se había convertido en un hombre rico que lucía trajes hechos a medida y relojes caros, aunque su pasado callejero seguía estando presente en él; era un viejo yonqui que se había criado en la calle, y esa vida le había dejado una huella imborrable en la mirada y en sus movimientos.

Tenía una cara angulosa, llena de cicatrices, y unos labios muy finos. Era alto y delgado, y llevaba tatuajes caseros en los brazos. Y aunque Kira no quería exhibirlo en elegantes salones, le resultaba de incalculable valor, cosa que lo fortalecía cuando oía resonar sus tacones contra el suelo de mármol. Fue a su encuentro tan divinamente bella como siempre, vestida con un traje azul claro y una blusa roja, con el cuello desabotonado, y se sentó junto a él en un sillón.

—Bueno, ¿qué es lo que tenemos? —preguntó.

—Problemas —contestó él.

—Pues tú dirás.

—La mujer...

—Lisbeth Salander.

—No lo hemos confirmado todavía, pero, sí, tiene que ser ella, sobre todo si consideramos el nivel de intrusión.

—¿Qué tenía de especial?

—Kuznetsov está tan paranoico con sus sistemas informáticos que no para de mandar que los revisen una y otra vez, de arriba abajo. Le habían asegurado que eran imposibles de violar.

—Cosa en la que, a la vista está, se equivocaron.

—En efecto, y aún no sabemos con exactitud cómo procedió, sólo sabemos que la operación, una vez que estuvo dentro, le resultó bastante sencilla. Se conectó a Spotify, y a los altavoces que se habían instalado para la fiesta, y puso una conocida canción de rock.

—Pero la gente estuvo a punto de volverse loca.

—También había un ecualizador que, por desgracia, era tanto digital como paramétrico, y que estaba conectado al wifi.

—Si me lo explicas...

—El ecualizador equilibra el sonido, ajusta los bajos y los agudos. Salander se conectó a él y creó un auténtico *shock* sonoro. Fue extremadamente desagradable, y debió de afectar al corazón de los allí presentes, porque muchos se llevaron la mano al pecho, ajenos al hecho de que aquello no era más que ruido.

—De modo que lo que quería era crear un caos...

—Ante todo quería mandar un mensaje. La canción se llama *Killing the World with Lies* y la escribieron las Pussy Strikers.

—¿Esas zorras pelirrojas?

—Exacto —dijo Bogdanov sin admitir, ni por un instante, que pensaba que las Pussy Strikers eran bastante buenas.

—Continúa.

—La canción se compuso a raíz de las primeras noticias sobre asesinatos de homosexuales que se produjeron en Chechenia, pero en realidad no describe ni a los asesinos ni al aparato estatal, sino a la persona que orquestó la campaña de odio que se llevó a cabo en las redes sociales y que precedió a los actos de violencia.

—O sea, Kuznetsov.

—Exacto, pero el problema es que eso...

—Es algo que nadie debería saber —completó Camilla.

—Nadie debería saber ni siquiera que es él quien se encuentra detrás de esas fábricas de información.

—¿Y cómo es que Lisbeth lo sabía?

—Estamos estudiándolo, y también intentando calmar a los implicados. Kuznetsov ha perdido la cabeza. Anda completamente borracho y muerto de miedo.

—¿Por qué? No es precisamente la primera vez que orquesta una campaña de odio, ¿a que no?

—No, eso es cierto, pero en Chechenia la cosa se descontroló. Llegaron incluso a enterrar vivas a algunas personas —dijo Bogdanov.

—Ése es su puto problema.

—En efecto, pero lo preocupante...

—Suéltalo, anda.

—... es que Kuznetsov no es la prioridad de Salander. No podemos descartar que esté al tanto del compromiso que tenemos con las fábricas de información. Es de ti, y no de él, de quien quiere vengarse, ¿verdad?

—Deberíamos haberla matado hace ya mucho tiempo.

—Hay otra cosa que no he mencionado todavía.

—¿Qué?

Bogdanov sabía que no tenía sentido posponerlo más.

—Después del empujón que ella te dio ayer, tropezó, cayó hacia delante y, para evitar estamparse contra la acera, no le quedó más remedio (o, al menos, eso es lo que pareció) que poner la mano sobre tu limusina, justo por encima de la rueda trasera, cosa que, en un principio, se me antojó de lo más normal. Pero luego estuve revisando las cámaras de seguridad y me dio la sensación de que aquello no parecía una caída. Más que evitar la caída poniendo la mano en la lámina, lo que hizo fue pegar algo en el coche. Aquí está.

Levantó una cajita rectangular.

—¿Qué es eso?

—Es un transmisor GPS que la habrá traído hasta aquí.

—Así que ahora sabe dónde vivo...

Camilla lo murmuró con la mandíbula tensa mientras sentía un sabor a hierro, o sangre, en la boca.

—Me temo que sí —confirmó Bogdanov.

—¡Idiotas! —le espetó.

—Hemos tomado todas las precauciones posibles —continuó Bogdanov con un creciente nerviosismo—. Hemos reforzado la vigilancia, en especial, naturalmente, la del sistema informático.

—De modo que debemos estar a la defensiva, ¿es eso lo que quieres decir?

—No, no, en absoluto. Sólo te informo.

—¡Pues encuéntrala, carajo!

—Mucho me temo que no es tan fácil. Miramos las imágenes de todas las cámaras de seguridad del barrio. Y no la hemos descubierto en ningún sitio, y tampoco hemos podido rastrearla a través de ningún teléfono o computadora.

—Entonces mira en los hoteles. Envía una orden de busca y captura. Remueve cielo y tierra, búscala bajo las piedras...

—Estamos en ello, y estoy convencido de que la encontraremos y de que acabaremos con ella.

—No subestimes a esa bruja.

—No la subestimo. Ni por un segundo. Pero lo cierto es que creo que ha perdido su oportunidad y que las cosas han dado un giro a nuestro favor.

—¿Cómo carajo puedes decir eso cuando se ha enterado de dónde vivo?

Bogdanov dudó, buscaba las palabras exactas.

—Dijiste que Salander quería matarte, ¿no?

—Estaba segura de que sí. Pero, al parecer, anda maquinando algo aún peor.

—Creo que te equivocas.

—¿Qué quieres decir?

—Creo que realmente quería matarte pegándote un tiro. No veo otro motivo para que atacara. Le metió el miedo en el cuerpo a Kuznetsov. Pero por lo demás..., ¿qué ganó? Nada. Sólo se puso en evidencia.

—¿Me estás diciendo que...?

Camilla miró hacia fuera y se preguntó dónde diablos se habrían metido los jardineros.

—Lo que te estoy diciendo es que dudó, y que fue incapaz de apretar el gatillo. Que no lo lleva dentro. Que no es una mujer tan fuerte, a pesar de todo.

—Me gusta lo que dices —contestó Camilla.

—Es que creo que es verdad. Si no, no me cuadra.

De pronto, ella se sintió algo mejor.

—Además, tiene gente que le importa —dijo.

—Sí, tiene unas cuantas amantes.

—Y a su Kalle Blomkvist —añadió Camilla—. Sobre todo tiene a su querido Mikael Blomkvist.

Capítulo 7

16 de agosto

Eran las siete y media de la tarde, y Mikael se encontraba en el restaurante Gondolen de Slussen cenando con Dragan Armanskij, dueño de la empresa de seguridad Milton Security. Se arrepentía de haber ido: había salido a correr por la bahía de Årsta y le dolían las piernas y la espalda, y, además, a decir verdad, se estaba aburriendo bastante. Armanskij no paraba de darle la lata con las posibilidades de desarrollo que tenía la empresa en el Este, o el Oeste, o donde fuera, y, en medio de todo eso, le contó una anécdota sobre un caballo que entró en una carpa que se había montado en Djurgården para dar una fiesta:

—Luego los muy idiotas también tiraron el piano de cola a la piscina.

Mikael no entendía qué tenía que ver eso con el caballo. Pero tampoco es que le estuviera prestando demasiada atención. Al fondo del local había unos cuantos colegas de *Dagens Nyheter*; entre ellos, Mia Cederlund, con la que tuvo una aventura que no llegó a buen puerto. También se hallaba en el restaurante el actor Mårten Nyström, del Teatro Real Dramático, quien no había salido muy bien parado en la investigación que en su día hizo *Millennium* sobre el abuso de poder que existía en ese teatro. Ninguno de ellos parecía muy contento de verlo. Mikael bajó la mirada, tomó un trago de vino y pensó en Lisbeth.

Ella era el tema que los unía. Dragan era el único jefe que Lisbeth había tenido, y seguía echándola de menos, cosa que tampoco resultaba tan rara, pues Lisbeth —a la que Dragan contrató en su momento en una especie de proyecto de caridad social— se convirtió en la colaboradora más brillante de su vida, y hasta era posible que, durante algún tiempo, estuviera enamorado de ella.

—¡Qué locura! —dijo Mikael.

—Ya ves, y ese piano...

—¿Así que tú tampoco tenías ni idea de que Lisbeth se iba a mudar? —lo interrumpió Mikael.

A Dragan le costó cambiar de asunto de forma tan brusca, y tal vez también le molestara que Mikael no tuviera más interés por la historia que le estaba contando: ¡un piano de cola en una piscina! Eso habría despertado la envidia de cualquier estrella de rock. Pero enseguida se puso serio.

—Lo cierto es que no debería decírtelo —contestó.

A Mikael le pareció un buen comienzo, y se inclinó hacia delante para escucharlo con más atención.

Lisbeth había tomado la siesta y se había duchado. Se hallaba en Copenhague, en la habitación de su hotel, sentada frente a la computadora, cuando Plague —su mejor amigo en *Hacker Republic*— le envió un mensaje encriptado. Se trataba de una pregunta de lo más trivial, pero aun así le molestó:

¿Qué tal?

«Fatal», pensó ella. Pero le respondió:

Ya no estoy en Moscú.

¿Y eso?

No tuve valor para hacer lo que tenía previsto.

¿Y qué es lo que tenías previsto?

Lisbeth quería marcharse a la calle y olvidarse de todo. Escribió:

Rematarlo.

¿El qué?

«Hasta luego, Plague», pensó.

Nada.

¿Por qué no fuiste capaz de rematar nada?

«Eso no es asunto tuyo», murmuró Lisbeth.

Porque me acordé de algo.

¿De qué?

«De unos pasos —pensó—, de la susurrante voz del padre y de su propia duda, de su incapacidad para comprender todo aquello, y luego de la silueta de su hermana, que se levantó de la cama y salió de la habitación con Zala, ese cerdo.»
Respondió:

Mierda.

¿Qué tipo de «mierda»?

Tuvo ganas de estampar la computadora contra la pared. En cambio, escribió:

¿Qué contactos tenemos en Moscú?

Estoy preocupado por ti, Wasp. Olvídate de Rusia. Aléjate de ese lugar.

«Déjame en paz», pensó.

¿Qué contactos tenemos en Moscú?

Buenos contactos.

¿Quién podría montar un IMSI-catcher en un lugar difícil?

Plague tardó un rato en contestar. Luego escribió:

Katja Flip, por ejemplo.

¿Quién es?

Una mujer que está algo loca. Antes era miembro de Shaltai-Boltai.

«Lo que significa que es cara», pensó Lisbeth.

¿Es de fiar?

Depende del precio.

Mándame sus datos, le respondió.

Luego apagó la computadora y se levantó para cambiarse de ropa. Decidió que ese día también tendría que conformarse con el traje negro, a pesar de que la lluvia de la noche anterior se lo había arrugado, de que tenía una mancha gris en la manga derecha y de que había dormido con él puesto. Aun así, estuviera como estuviese, no había otra opción. Y tampoco ese día pensaba maquillarse. Se limitó a alisarse el pelo con la mano antes de salir de la habitación y tomar el ascensor hasta la planta baja. Una vez allí, se dirigió al bar y se sentó a tomarse una cerveza.

Justo delante del hotel se encontraba la plaza de Kongens Nytorv, de amplia y abierta superficie; en el cielo habían aparecido unas oscuras nubes. Pero Lisbeth no vio nada de eso; en ella todavía habitaba el recuerdo de esa mano dubitativa del bulevar Tverskoi, así como de esa película del pasado que se repetía una y otra vez en su cabeza. No reparó absolutamente en nada hasta que una voz le preguntó:

—*Are you okay?*

La interrupción la irritó. Eso no era asunto de nadie. Ni siquiera levantó la vista, tan sólo notó que recibía un nuevo mensaje de Mikael.

Dragan Armanskij se inclinó hacia delante y, con una susurrante voz de complicidad, le confesó:

—Lisbeth me llamó en primavera. Quería que hablara con la comunidad de vecinos de su casa de Fiskargatan para que se instalaran cámaras de seguridad frente al portal, lo que me pareció una buena idea —dijo.

—Y te encargaste de ello...

—No es algo que se pueda hacer de un día para otro, Mikael. Hay que solicitar un permiso al delegado del Gobierno y, entre una cosa y otra, es bastante lío. Pero al final lo conseguimos. Yo insistí en todas las amenazas que había sufrido y en el riesgo que corría, y el comisario Bublanski redactó un informe.

—Lo cual lo honra.

—Los dos trabajamos duro, por lo que a principios de julio ya pude mandar a dos chicos para que instalaran un par de Netgear controladas a distancia. Y no hace falta que te diga el cuidado que tuvimos con el encriptado, nadie más que nosotros debía tener acceso a esas imágenes. Les dije a los que tenía en el centro de mando que no levantaran la vista de los monitores. Estaba preocupado por Lisbeth. Temía que fueran por ella.

—Todos lo estamos.

—Pero no esperaba que fuese tan pronto. Sólo seis días después, a la una y media de la noche, Stene Granlund, un trabajador del turno de noche, oyó el ruido de unas motos gracias a los micrófonos que también habíamos instalado. Y justo cuando iba a redirigir las cámaras se encontró con que otra persona ya lo estaba haciendo.

—Uy.

—Exacto. Pero Stene no tuvo mucho tiempo para pensar en eso. Los que aparecieron en pantalla fueron dos hombres que llevaban chamarras de cuero con el emblema de Svavelsjö MC.

—Mierda.

—Pues sí. Resulta que la dirección de Lisbeth ya no era tan secreta, y ya sabes que los de Svavelsjö MC no se presentan en tu casa para tomar café precisamente...

—No, la verdad es que no.

—Por suerte, los tipos dieron media vuelta cuando vieron las cámaras. Así que, como es natural, contactamos con la policía, quien acabó identificándolos; recuerdo que uno de ellos se llamaba Kovic, Peter Kovic. Pero el problema no acabó ahí, claro, de modo que llamé a Lisbeth e insistí en verla cuanto antes. Accedió a regañadientes, pero vino a mi despacho, y ¡carajo, cómo había cambiado! Parecía la nuera que toda suegra quiere tener.

—Suena un poco exagerado.

—Para ser Lisbeth, no. Ya no llevaba *piercings*, se había cortado el pelo y su aspecto era del todo respetable... Carajo, de repente sentí tanto lo mucho que la había echado de menos, a pesar de sus rarezas, que ni siquiera fui capaz de regañarla porque, por supuesto, había sido ella la que había *hackeado* nuestras cámaras. Me limité a decirle que se anduviera con cuidado. «Van por ti», le anuncié. «Siempre ha habido gente que ha ido por mí», me respondió, y entonces me enojé. Le grité que tenía que buscar ayuda y procurarse protección; «Si no, te van a matar», le dije. Pero en ese momento ocurrió algo que me dio miedo.

—¿Qué?

—Bajó la mirada y me soltó: «No, si yo voy un paso por delante».

—¿Qué querría decir con eso?

—Eso fue precisamente lo que yo pensé, y acto seguido me vino a la mente la historia de su padre.

—¿Y eso?

—Pues porque en esa ocasión ella se defendió pasando al ataque, y me dio la sensación de que sus planes iban ahora también en esa dirección; pensé que ella golpearía primero, lo cual me asustó, Mikael. La miré a los ojos y ya me dio igual que tuviera ese aspecto tan formal, de nuera ideal o de lo que fuera. En su mirada podía leerse «Peligro de muerte», era negra como el carbón.

—Creo que exageras. Lisbeth no se expone a riesgos innecesarios. Suele ser muy racional.

—Es racional, sí, pero a su manera, algo loca.

Mikael pensó en lo que Lisbeth le había dicho en el Kvarnen: que ella iba a ser la cazadora, no la presa.

—¿Y qué pasó? —preguntó.

—Nada. Se largó, sin más. Y no he vuelto a saber de ella. Desde entonces no hago más que temer que cualquier día aparezca en el periódico que los locales del club Svavelsjö MC han volado por los aires y que su hermana ha sido hallada muerta en Moscú, achicharrada en el interior de un vehículo.

—A Camilla la protege la mafia rusa. Lisbeth nunca iniciaría una guerra contra ellos.

—¿En serio crees eso?

—No lo sé. Sin embargo, estoy seguro de que ella nunca...

—¿Qué?

—Nada —respondió. Después se mordió el labio y pensó que era un ingenuo.

—Esto no terminará hasta que termine, Mikael. Ésa fue la sensación que tuve. Ni Lisbeth ni Camilla se rendirán hasta que una de las dos muera.

—No seas tan dramático, no creo que lleguen tan lejos —sentenció Mikael.

—¿De verdad?

—Eso espero —se corrigió; bebió un poco más de vino y se disculpó un momento.

Tomó el teléfono y le envió un mensaje a Lisbeth.

Para su gran asombro, ella le respondió al instante:

Tranquilo, Blomkvist. Estoy de vacaciones. Me
mantengo al margen de todo. No voy a hacer
ninguna tontería.

«Vacaciones» quizá fuera mucho decir. Pero algo
por el estilo, porque lo que Lisbeth entendía por
disfrute tenía que ver con el dolor, con un dolor que
remite, y ahora que estaba en el bar del Hôtel
D'Angleterre y acababa de beberse su cerveza, sintió justo eso, un alivio, un peso que se había quitado de encima, como si hasta ese momento no se
hubiera dado cuenta de lo tensa que había estado
todo ese verano, de hasta qué punto la persecución
de su hermana la había llevado al límite de la locura. Y no es que ya se hubiera relajado, ni tampoco
que los recuerdos de la infancia hubieran dejado de
darle vueltas en la cabeza, pero era como si amplia-
ra la mirada y empezara incluso a anhelar algo, no
necesariamente algo especial, sino tan sólo marcharse lejos de todo aquello, cosa que ya de por sí
bastaba para darle una sensación de liberación.

—*Are you okay?*

Oyó el murmullo del bar y luego, de nuevo, esa
misma pregunta. Se volvió y se topó con la mirada
de una mujer joven que estaba a su lado.

—¿Por qué lo preguntas? —le soltó.

La mujer rondaba los treinta años, tenía una
larga y negra melena y unos ojos ligeramente achi-

nados, de intensa mirada. Iba vestida con pantalones de mezclilla, una blusa azul oscura y unas botas de tacón alto. Había en ella algo duro y suplicante al mismo tiempo. Llevaba el brazo derecho vendado.

—No lo sé —dijo la mujer—. Son cosas que se preguntan. Sólo eso.

—Ya.

—Se te ve bastante jodida.

Lisbeth lo había oído muchas veces a lo largo de su vida: gente que se le acercaba y le soltaba que parecía estar de mal humor o molesta o, sencillamente, jodida, cosa que siempre había odiado. No obstante, por alguna misteriosa razón, ahora lo aceptó.

—Supongo que lo he estado —respondió.

—¿Y estás mejor ahora?

—Al menos es diferente.

—Me llamo Paulina, y yo también estoy bastante jodida.

Paulina Müller estaba convencida de que la joven mujer con la que se encontraba hablando también se presentaría. Pero no dijo nada. Ni siquiera la saludó con la cabeza. Sin embargo, no la rehuyó. Paulina se había fijado en ella por su manera de andar. Esa mujer caminaba como si el mundo le trajera sin cuidado y como si jamás fuese a adular a nadie, cosa en la que había algo extrañamente atrayente, y Paulina pensó que era muy posible que ella también hubiera caminado así antes de que Thomas la desposeyera de esos pasos.

Su vida había sido destruida de forma tan lenta y gradual que apenas se había dado cuenta, y aunque ahora, tras mudarse a Copenhague, había empezado a comprender el verdadero alcance de todo aquello, esa mujer hizo que ella fuera mucho más consciente de ello. A su lado, Paulina se sentía sometida. Esa mujer irradiaba una absoluta independencia que provocaba que la gente se sintiese atraída por ella.

—¿Vives en la ciudad? —siguió insistiendo.

—No —dijo la mujer.

—Nosotros acabamos de mudarnos aquí; antes vivíamos en Múnich. A mi marido lo hicieron jefe de toda Escandinavia de Angler, la empresa farmacéutica —continuó ella llena de cierto orgullo petulante.

—Muy bien.

—Pero esta noche me he escapado de él.

—Genial —respondió la mujer.

—Soy periodista y trabajaba en *Geo*, la revista científica, ya sabes, pero la dejé cuando nos vinimos a vivir aquí.

—Genial —repitió la mujer.

—Escribía artículos de medicina y biología sobre todo.

—Muy bien.

—La verdad es que me encantaba —prosiguió Paulina—, pero luego le dieron ese puesto a mi marido y, bueno, aquí estamos. También he hecho algunas cosas como *freelance*.

Continuó respondiendo a preguntas que nadie le había hecho mientras la mujer seguía contestando con sus «Muy bien» y sus «Genial», hasta que le preguntó qué quería tomar, y cuando Paulina le respondió que cualquier cosa, le pidió un whisky, un Tullamore Dew con hielo, y le mostró una sonrisa, o al menos un esbozo de ella. La mujer vestía un traje negro, al que no le habría venido nada mal una visita a la tintorería, y una camisa blanca. No iba maquillada y tenía ojeras, como si llevara mucho tiempo durmiendo poco. Su mirada brillaba con una oscura e inquietante intensidad, y Paulina intentó animar la conversación con bromas y risas.

No obtuvo muy buen resultado. Lo único que sucedió fue que la mujer se le acercó un poco, cosa que a Paulina le gustó; tal vez por eso no cesara de mirar nerviosamente hacia la calle, como si ahora tuviera más miedo de que Thomas apareciera en cualquier instante, y entonces la mujer le propuso tomar otra copa en su habitación.

Paulina dijo que no, ni hablar, eso imposible. «A mi marido no le gustaría nada.» Luego se besaron y subieron a la habitación, donde hicieron el amor. Paulina no recordaba haber experimentado nada semejante, con tanta rabia y tanto deseo al mismo tiempo, y después le habló de Thomas y del drama que estaba viviendo en casa, y entonces la mujer la escuchó poniendo una cara muy rara, como si quisiera matar a alguien. Pero Paulina no sabía si era a Thomas o a todo el mundo a quien quería matar.

Capítulo 8

20 de agosto

Mikael no acudió a la redacción en toda la semana siguiente, ni tampoco volvió a trabajar en su reportaje de las fábricas de troles. Recogió la casa, salió a correr, leyó dos novelas de Elizabeth Strout y cenó con su hermana Annika Giannini, más que nada porque era la abogada de Lisbeth. Pero lo único que Annika sabía de Lisbeth era que se había puesto en contacto con ella para pedirle que le recomendara algún abogado matrimonialista alemán.

Por lo demás, Mikael se limitó a dejar pasar el tiempo. A veces se quedaba horas y horas tumbado en el sofá hablando por teléfono con su vieja amiga y colega Erika Berger sobre cómo iba lo de su divorcio. Había algo paradójicamente liberador en ello, como si fuesen de nuevo adolescentes que no hicieran más que charlar y darles vueltas a sus problemas amorosos; pero lo cierto era que a ella todo ese proceso le estaba resultando muy duro. El jueves, Erika lo telefoneó con un tono de voz completamente diferente con la intención de hablar de trabajo, pero en esa ocasión se enfadaron. Ella le soltó unos cuantos improperios y lo llamó «vanidoso».

—No es vanidad, Ricky —le dijo él—. Estoy agotado. Necesito unas vacaciones.

—Pero ¿no tenías el reportaje casi terminado? Envíanoslo y ya nos encargamos nosotros de darle el retoque final.

—No vale la pena, es muy insulso y no aporta nada nuevo.

—No te creo.

—Pues me temo que es verdad. ¿No has leído el reportaje de *The Washington Post*?

—No, y tampoco pienso hacerlo.

—Pues me superan por completo.

—Bueno, no todo lo que escribas tiene que ser la gran novedad. El simple hecho de que des tu punto de vista ya es muy meritorio. No puedes ser siempre el primero en dar la noticia. Incluso me parece un poco enfermizo planteárselo así.

—Pero es que el reportaje tampoco es bueno. Es aburrido. Lo suprimimos y ya está.

—No vamos a suprimir nada, Mikael. Pero, si te parece bien, lo dejamos reposar hasta el próximo número. Creo que podré reunir suficiente material para sacar la revista.

—Seguro que sí.

—Bueno, ¿y qué vas a hacer?

—Me largo a Sandhamn.

No fue la mejor conversación de sus vidas. Pero lo cierto era que después de hablar con Erika se sintió liberado de una pesada carga, así que sacó una maleta del armario de su habitación y empezó a hacerla. No parecía tener prisa, como si no quisiera irse, y cada dos por tres pensaba en Lisbeth, hasta el punto de que le dio la impresión de que se sentía incapaz de centrarse en otra cosa; y de la rabia que le entró al no poder evitarlo, soltó una maldición: por mucho que ella le hubiera prometido que no iba a hacer ninguna tontería, Mikael estaba preocupado, y hasta era probable que también estuviera enfadado con ella. Se había molestado porque Lisbeth siempre se mostraba tan cerrada y misteriosa... Quería que le contara más detalles de las amenazas que sufría, y de las cámaras de vigilancia, y de Camilla, y de Svavelsjö MC.

No hacía más que darles mil vueltas a las cosas para ver si podía ayudar en algo, y de nuevo repasó lo que Lisbeth le había dicho en el Kvarnen y, una vez más, recordó sus pasos desapareciendo en la noche por Medborgarplatsen. Dejó de meter cosas en la maleta y se dirigió a la cocina, donde bebió yogur líquido directamente del tetrapack. De repente, sonó su celular. Número desconocido. Pensó que, ahora que se había tomado unos días libres, debería contestar, y que incluso podría esforzarse por mostrar alegría al responder: «¡Qué maravilla! Es fantástico que se moleste usted en volver a llamarme para reclamarme».

La médica forense Fredrika Nyman llegó a su casa de Trångsund, a las afueras de Estocolmo, y vio a sus dos hijas adolescentes sentadas en el sofá de la sala absortas en sus teléfonos celulares, lo que le sorprendió tan poco como que el lago se hallara todavía al otro lado de la ventana. Las chicas pasaban el tiempo viendo videos en YouTube o lo que fuera que hicieran, y entonces a ella le entraban unas ganas locas de gritarles que dejaran los teléfonos y que leyeran un libro o tocaran el piano, y que no volvieran a saltarse el entrenamiento con el equipo de baloncesto. O que, por lo menos, salieran un rato y tomaran el sol.

Pero ese día carecía de fuerzas para decirles nada. Había tenido un día horrible y, para colmo, acababa de hablar con un policía idiota que, como todos los idiotas, se consideraba un genio. Controlaba el tema, le había dicho, lo que significaba que había leído un par de textos en Wikipedia; con eso ya era un experto en budismo. «Quizá a ese payaso le dio un ataque repentino y se sintió iluminado.» Era un comentario tan irrespetuoso y estúpido que ella ni siquiera se había molestado en contestar. Se sentó junto a sus hijas en el sofá gris, frente al televisor, con la esperanza de que por lo menos alguna de ellas se percatara de su presencia y le dijera «Hola». Ninguna la saludó. Aunque Josefin, al menos, contestó cuando Fredrika le preguntó qué estaba viendo:

—Una cosa —le dijo.

«Una cosa.»

Era una respuesta tan fantásticamente informativa que a Fredrika le entraron ganas de gritar. Se levantó y se fue a la cocina, donde limpió el fregadero y la mesa, y luego se puso a mirar Facebook en su celular para demostrarse que ella también podía. Durante un buen rato siguió navegando por la red, soñando que se encontraba lejos de allí, y, sin saber cómo, fue a parar a una página web que vendía viajes vacacionales a Grecia.

De pronto tuvo otra idea, con toda probabilidad inspirada por una fotografía de la página —la fotografía de un hombre mayor, con la cara arrugada, que se hallaba sentado en la terraza de un café que había junto al mar—, y volvió a pensar en Mikael Blomkvist. No deseaba llamarlo, no quería ser esa pesada que siempre molesta al famoso periodista. Pero no se le ocurrió otra persona que pudiera estar interesada en su idea, así que marcó su número.

—¡Hola! —exclamó él—. ¡Qué bien que me llames!

Se notaba tan contento que ella enseguida pensó que era lo mejor que le había pasado en el día, lo cual ya decía bastante de cómo había sido.

—Pensaba que... —empezó a excusarse.

—¿Sabes una cosa? —la interrumpió Mikael—. Al final sí me acordé de que, en efecto, vi a tu mendigo. O, bueno, al menos a alguien que tiene que ser él.

—Estupendo.

—Todo coincide: la chamarra, la mancha en la mejilla, los dedos amputados. No puede tratarse de otro.

—¿Dónde lo viste?

—En Mariatorget, y lo cierto es que es de locos —continuó— que se me hubiera olvidado. La verdad es que me cuesta entenderlo. Pero solía estar sentado completamente inmóvil encima de un cartón, junto a la estatua que hay en el centro de la plaza. Debo de haber pasado ante él unas diez o veinte veces.

Ella se dejó llevar por el entusiasmo que Mikael mostraba.

—Me alegra saberlo. ¿Y qué impresión te daba?

—Bueno, pues... no lo sé muy bien —respondió—. Supongo que nunca le presté mucha atención. Pero lo recuerdo desharrapado, aunque con orgullo. Y un poco como tú decías, como si pareciera estar muerto. Con la espalda recta y la cabeza alta, igual que esos jefes indios que salen en las películas. No entiendo cómo podía permanecer sentado sin moverse durante tantas horas.

—¿Te daba la sensación de que se hallaba bajo los influjos del alcohol o de pastillas?

—No lo sé —dijo—. Quizá. Pero si hubiese estado drogado, dudo mucho que hubiera podido mantener esa postura durante tanto tiempo. ¿Por qué lo preguntas?

—Porque esta mañana me han mandado los resultados de las pruebas. Presentaba 2.5 microgramos de zopiclona por gramo de sangre, una tasa muy elevada.

—¿Qué es la zopiclona?

—Es una sustancia que se encuentra en algunos somníferos, en Imovane, por ejemplo. Yo diría que se tomó unas veinte pastillas mezcladas con alcohol, y además algo de dextropropoxifeno, que es un analgésico opiáceo.

—¿Y qué dice la policía?

—Lo que dice la policía es que se trata de una sobredosis o de un suicidio.

—¿En qué se basan?

Ella resopló.

—Se basan en que eso es lo más fácil para ellos, supongo. Me dio la sensación de que el investigador del caso no quería complicarse la vida.

—¿Cómo se llama?

—¿El policía?

—Sí.

—Hans Faste.

—¡Oh, no! —exclamó Mikael.

—¿Lo conoces?

Mikael conocía a Hans Faste. Demasiado bien. En su día, Faste creyó que Lisbeth formaba parte de una satánica banda de rock duro compuesta por lesbianas, y sin ningún fundamento —aparte de su consabida misoginia y de una maravillosa hostilidad hacia todo aquel que fuera diferente— consiguió que fuera sospechosa de un asesinato. Bublanski solía decir que Faste era la penitencia que tenían que cumplir en el cuerpo policial por los pecados cometidos.

—Me temo que sí —dijo.

—Se ha referido al mendigo como «el payaso».

—Muy propio de Faste.

—Al recibir los resultados de los análisis ha dicho que el payaso se había enfiestado con las pastillas.

—Pero tú no estás convencida de ello.

—Que haya sido una sobredosis es, como resulta lógico, la teoría más plausible, pero el hecho de que aparezca precisamente la zopiclona me ha dado que pensar. Se puede usar como droga, por supuesto, pero es mucho más frecuente meterse alguna variante de benzodiazepina, y cuando se lo comenté a Faste y además le dije que el hombre era budista, se produjo un efecto inmediato.

—¿A qué te refieres?

—Pues a que un par de horas más tarde Faste me llamó para comunicarme que había investigado el asunto. La investigación consistía en que había estado buscando información sobre el suicidio en Wikipedia y había leído que los budistas que se consideran particularmente iluminados tienen derecho a quitarse la vida, cosa que, al parecer, le hizo mucha gracia. Me dijo que lo más probable era que ese hombre, sentado allí bajo un árbol, se hubiera sentido iluminado.

—¡Madre mía!

—Pues sí. Me ha sacado de quicio. Sin embargo, no le contesté nada. No tenía fuerzas para discutir, por lo menos hoy. Pero luego he llegado a casa con una sensación general de frustración y entonces he pensado que ahí hay algo que no cuadra.

—¿Y qué es?

—Me he acordado de su cuerpo. En mi vida he visto uno que haya pasado por tanto sufrimiento. Todo en él, cada tendón y cada músculo, habla de una vida que ha sido una terrible lucha. Quizá suene un poco a psicóloga aficionada, pero me cuesta creer que un hombre así deje de luchar de repente y se atiborre de pastillas. Creo que no se puede excluir que alguien lo haya matado.

Mikael se sobresaltó.

—Eso tienes que contárselo a la policía. A ver si así meten a alguien más que a Faste en la investigación.

—Sí, lo haré. Pero antes quería contártelo a ti... Para tener un valor seguro por si la policía no hace bien su trabajo.

—Te lo agradezco —dijo Mikael mientras se le venía a la mente Catrin Lindås, la periodista de la que le había hablado Sofie.

Pensó en sus trajes perfectamente planchados, y en la mancha de su chamarra, y en la comuna hippie en la que se había criado, y se preguntó si no debería informarla del asunto. Quizá ella tuviera algo que decirle a la policía. Pero luego llegó a la conclusión de que debería ahorrarle el suplicio de conocer a Hans Faste. Al menos, por el momento. Al final, sólo le dijo:

—¿Y siguen sin saber quién es?

—Sí, no hemos encontrado nada. Nadie ha denunciado la desaparición de ninguna persona con esas características, aunque tampoco contaba con eso. Lo que tengo es una secuenciación del ADN que acabo de recibir del Centro Nacional de Medicina Forense. Pero, por ahora, la secuenciación no es más que autosómica. Voy a pedir también un análisis de su ADN mitocondrial, y del cromosoma Y, y entonces espero llegar más lejos.

—Si no, seguro que hay mucha gente que se acuerda de él.

—¿Qué quieres decir?

—Llamaba la atención. Yo he andado todo el verano muy metido en mis problemas, pero sé que hay gente que ha reparado en él. La policía debería hablar con los que se mueven por Mariatorget.

—Se lo diré.

Mikael se dio cuenta de que aquel suceso empezaba a interesarle un poco.

—Y, oye...

—Dime.

—Si de verdad esas pastillas se las tomó él, dudo mucho que fuese un médico el que se las recetó —continuó Mikael—. El hombre no tenía pinta de ser de los que sacan cita con el psiquiatra, y sé que hay un mercado negro de ese tipo de medicamentos. Seguro que la policía cuenta con informantes que se mueven en esos círculos.

Fredrika Nyman permaneció callada un instante antes de exclamar:

—¡Mierda!

—¿Perdón?

—He sido una idiota.

—Me cuesta creerlo.

—Sí, de verdad. Oye..., realmente aprecio que te acordaras de él, significa mucho para mí.

Mikael le echó un ojo a su maleta, a medio hacer, y sintió que ya no tenía ganas de ir a Sandhamn.

Mikael Blomkvist le respondió algo cortés, aunque Fredrika Nyman no llegó a oírlo bien del todo. Y es que, justo cuando terminaba la conversación, tenía a Amanda delante preguntándole qué había para cenar; era posible, incluso, que antes le hubiera pedido perdón por haberse mostrado tan antipática hacía tan sólo un momento. Fredrika se limitó a decirle, con voz ausente, que pidieran algo por teléfono.

—¿Y qué pedimos? —le preguntaron.

—Lo que quieran —contestó Fredrika—. Pizza, hindú, tailandés, papas fritas, gomitas azucaradas...

No le preocupó lo más mínimo que las chicas se quedaran contemplándola boquiabiertas, como si estuviera loca. Se limitó a entrar en su despacho, cerró la puerta y escribió al Laboratorio de Medicina Forense para solicitar que se realizara, de inmediato, un análisis segmentario de cabello, algo que, como es lógico, debería haber hecho antes.

Un análisis segmentario de cabello no sólo indicaría qué cantidad de zopiclona y cuánta de dextropropoxifeno presentaba el hombre en el cuerpo en el momento de su fallecimiento, sino también si su grado de concentración se remontaba a semanas o, quizá, a meses. En otras palabras, podría averiguar si el hombre había estado abusando de esas sustancias durante un largo tiempo o si era algo que había ingerido de manera puntual, en una sola ocasión, y eso podría llegar a ser una importante pieza del rompecabezas en aquella historia, lo que la hizo olvidarse de sus hijas, de los dolores de espalda, del insomnio y de la sensación de que su vida no tenía ningún sentido. Lo cierto era que no entendía por qué se había interesado tanto por ese caso, pues estaba más que acostumbrada a investigar muertes sospechosas.

Sin embargo, ese hombre la había fascinado, y quizá ella esperara, incluso, que le hubiera sucedido algo dramático. Era como si su maltrecho cuerpo lo mereciera. Se quedaba horas y horas mirando las fotografías del cadáver, y siempre descubría nuevos y pequeños detalles. Y de vez en cuando pensaba:

«¿Qué cosas habrás vivido, viejo amigo? ¿Qué tipo de infernales viajes habrás hecho?».

Mikael se sentó ante la computadora y buscó a Catrin Lindås en Google. Tenía treinta y siete años y se había licenciado en ciencias políticas y economía por la Universidad de Estocolmo. En la actualidad, era una persona de reconocido prestigio como periodista de opinión y columnista conservadora. Tenía un PÓDCAST con mucho éxito y escribía en *Svenska Dagbladet*, *Axess* y *Fokus*, y también en la revista *Journalisten*.

Estaba a favor de prohibir la mendicidad y hablaba con frecuencia de los riesgos de caer en una dependencia de ayudas económicas, así como de las carencias de la escuela pública sueca. Era monárquica y abogaba por fortalecer la defensa militar del país y proteger a la tradicional familia nuclear, a pesar de que ella misma no parecía haber formado una familia. Se declaraba feminista, aunque a menudo las feministas se posicionaban en su contra. Era objeto de intensas campañas de odio por parte tanto de la derecha como de la izquierda. El hilo del foro de Flashback que se centraba en su persona era preocupantemente largo. «Tenemos que ser exigentes —solía decir—. Las exigencias y las obligaciones nos hacen crecer como personas.»

Odiaba la falta de rigor y lo progre, había escrito, la superstición y las convicciones religiosas, aunque en este último punto se la veía un poco más prudente. En un polémico texto publicado en *Svenska Dagbladet* que hablaba del periodismo constructivo —un periodismo que no sólo denuncia las injusticias sociales, sino que también muestra el camino para salir de ellas—, escribió: «Mikael Blomkvist afirma que quiere combatir el populismo y, sin embargo, al ofrecer un retrato tan negro de la sociedad, no hace más que alimentarlo».

Le preocupaba que los jóvenes periodistas vieran en Blomkvist un modelo que seguir. Había escrito que Blomkvist veía a las personas como víctimas con demasiada facilidad, que se posicionaba en contra de la élite industrial de forma excesivamente rutinaria, y que, más que otra cosa, lo que debería hacer era buscar soluciones y no sólo denunciar problemas. «¿Qué hay de malo en ello?», pensó Mikael.

Había tenido peores críticas, y quizá hubiera algo de verdad en ellas. Y, aun así, Catrin Lindås lo intimidaba de alguna ridícula manera. Era como si, con una simple mirada, fuera capaz de descubrir que no había lavado los platos, que no se había duchado, que no se había subido el cierre o que había bebido yogur directamente del tetrapack. Había algo condenatorio en su mirada, creía él, algo frío en su forma de ser que sólo acentuaba su hierática belleza.

Aun así, no podía dejar de pensar en ella y en el mendigo, en lo paradójico que resultaba que los dos —la reina del hielo y el mendigo desharrapado— se hubieran encontrado, de modo que averiguó su número de teléfono y la llamó. Ella no contestó. «Mejor», pensó Mikael, puesto que no tenía nada que decirle. En toda esa historia no había nada. Debería marcharse a Sandhamn ya, en ese mismo momento, antes de que fuera demasiado tarde, y eligió un par de camisas y un saco del armario por si acaso se iba de fiesta al Seglarhotellet. Entonces sonó el teléfono. Era Catrin Lindås, que se le antojó igual de seria que su apariencia.

—¿De qué se trata? —le preguntó.

Mikael pensó en decirle unas cuantas palabras amables sobre sus columnas con la única pretensión de suavizar un poco su tono de voz.

Pero no fue capaz de hacerlo, así que se contentó con preguntarle si molestaba.

—Estoy ocupada —dijo ella.

—Bueno, entonces te llamo luego.

—Sólo si me dices de qué se trata.

«Estoy escribiendo un reportaje malintencionado sobre ti», deseó decirle.

—Sofie Melker me contó que, hace poco, tuviste un desagradable encuentro con un vagabundo que llevaba una chamarra acolchonada muy grande.

—Yo tengo muchos encuentros desagradables —repuso ella—. Son gajes del oficio.

«Dios mío», pensó Mikael.

—Me interesa lo que ese hombre te dijo.

—Un montón de tonterías ininteligibles.

Mikael volvió a mirar las fotos de Catrin que le habían aparecido en Internet.

—¿Sigues en el trabajo? —le preguntó.

—¿Por qué?

—Había pensado que podría pasar a verte un momento y hablar de ello en persona. Estás en Mäster Mikaels Gata, ¿verdad?

No sabía por qué lo decía. Pero si se iba a enterar de algo, estaba claro que no lo conseguiría por teléfono. Era como si la línea telefónica fuera de alambre de espino.

—De acuerdo, pero sólo un momento —zanjó ella—. Dentro de una hora.

Fuera, en la plaza de la República de Praga, se oyó el ruidoso traqueteo de un tranvía que pasaba frente al hotel. Lisbeth estaba nuevamente pegada a la computadora, dentro de la jaula de Faraday que había creado con unos paneles, y había vuelto a beber demasiado. Era verdad que había vivido momentos de liberación y olvido, aunque siempre con la ayuda del alcohol y del sexo, tras los cuales volvía a sentir rabia e impotencia.

Una especie de locura se apoderaba de ella, y en su cabeza todo su pasado le daba vueltas como en una centrifugadora; más de una vez pensó que aquello no era vida. No podía continuar así. Tenía que hacer algo, no sólo esperar y aguzar el oído por si oía pasos en el pasillo y en la calle, no sólo huir; por eso había intentado volver a recuperar la iniciativa. Pero nada resultaba fácil.

La persona que se escondía tras el alias de Katja Flip, la que Plague le había recomendado, era, por lo visto, una mujer temeraria, extraordinaria, si bien es cierto que durante bastante tiempo Lisbeth sospechó que eso no sería más que pura palabrería, pues Katja no hacía otra cosa que pedirle más dinero y decirle que nadie se metía con ese grupo de la mafia, sobre todo ahora que Ivan Galinov se hallaba involucrado.

Cómo fastidiaba todo el mundo con ese tal Galinov, y también con Kuznetsov, y con las diversas y famosas venganzas de la banda. Y hasta que mantuvo con ella largas conversaciones en Darknet, Lisbeth no consiguió que Katja ocultara un IMSI-catcher en un arbusto de rododendro que se encontraba a unos cien metros de la casa de Camilla, la de Rublevka, y después de mucho más trabajo logró hacerse con los códigos de identificación —los llamados IMEI— del tráfico de celulares que había en la vivienda. Algo era algo. Pero aquello no ofrecía ninguna garantía ni ayudaba a olvidar el pasado que palpitaba y atronaba dentro de Lisbeth, por lo que a menudo se limitaba a permanecer sentada, como ahora, comiendo comida basura y vaciando el minibar de whisky y vodka mientras miraba fijamente la casa de Camilla con la ayuda de un satélite que había *hackeado*.

Eso en sí mismo constituía ya una auténtica locura. Ni siquiera tenía fuerzas para hacer ejercicio ni para salir a la calle, y no se levantó hasta que llamaron a la puerta. Era Paulina, quien, nada más entrar, empezó a hablar por los codos. Pero Lisbeth no escuchó ni una sola palabra de lo que le decía. Y, de pronto, Paulina le soltó:

—¿Qué te pasa?

—Nada.

—Pareces...

—Jodida —completó Lisbeth.

—Algo así, sí. ¿Puedo hacer algo?

«Aléjate de mí —pensó—. Mantente alejada de mí.» Pero, en vez de eso, se tendió en la cama y se preguntó si Paulina se atrevería a acostarse a su lado.

Mikael estrechó la mano de Catrin Lindås. Ella se la tomó con firmeza, pero evitó mirarlo a los ojos. Iba vestida con falda, una blusa blanca abotonada casi hasta arriba, una chamarra azul claro con un pañuelo de cuadros escoceses por encima y unos zapatos negros de tacón alto. Llevaba el pelo recogido en un moño, y aunque la ropa le ceñía el cuerpo y resaltaba sus curvas, su aspecto era como el de una maestra inglesa, de aire estricto y recatado. Al parecer, estaba sola en la oficina. En el corcho que se hallaba por encima de su mesa de trabajo había una foto de ella participando en un debate con Christine Lagarde, la directora del Fondo Monetario Internacional. Parecían madre e hija.

—Impresionante —sentenció Mikael señalando la fotografía.

Catrin hizo caso omiso del comentario. Se limitó a invitarlo a tomar asiento en el sofá que quedaba por detrás de su mesa y luego se sentó en un sillón, frente a él, con las piernas cruzadas y la espalda recta. A Mikael le dio la absurda sensación de encontrarse ante una reina que, de mala gana, le ofrecía audiencia a un súbdito.

—Gracias por recibirme, muy amable —dijo él.

—No hay de qué.

Ella lo examinó con suspicacia, y Mikael quiso preguntarle el porqué de su antipatía hacia él.

—No pienso escribir sobre ti, así que puedes relajarte —le avanzó.

—Puedes escribir lo que quieras de mí —le respondió ella.

—Lo tendré en cuenta.

Él sonrió. Ella no le devolvió la sonrisa.

—Lo cierto es que me he tomado unos días de vacaciones —continuó.

—Qué bien.

—Sí, la verdad es que muy bien.

Sintió unas incomprensibles ganas de provocarla.

—Así que ésa es la razón por la que me he interesado por ese mendigo. Lo encontraron muerto hace unos días con mi número de teléfono en el bolsillo.

—Entiendo —respondió ella.

«Carajo, al menos podrías mostrar alguna reacción al enterarte de que está muerto», pensó Mikael.

—Creo que quizá tuviera algo que contarme; por eso siento mucha curiosidad por saber lo que te dijo.

—No mucho. Más que nada, lo que hizo fue gritar mientras agitaba una rama que llevaba en la mano. Y darme un susto de muerte, claro.

—¿Y qué gritó?

—Las tonterías de siempre.

—¿Y cuáles son las tonterías de siempre?

—Que Johannes Forsell es una persona falsa y mala.

—¿Eso fue lo que gritó?

—Sí... O, en cualquier caso, algo sobre Forsell. Pero la verdad es que yo estaba más preocupada por intentar salir de allí con vida. Me agarró del brazo y fue violento y desagradable, así que perdóname por no haberme parado a escuchar amablemente sus teorías conspirativas.

—Lo entiendo. De veras que lo entiendo —dijo sin poder evitar sonar decepcionado.

Había oído hasta la extenuación las pestes que echaban sobre el ministro de Defensa. Era uno de los temas favoritos de los troles, y la historia no hacía más que empeorar a medida que pasaban los días; daba la sensación de que sólo era una cuestión de tiempo que Forsell abriera una pizzería para pedófilos. Quizá se debiera, en parte, a su inamovible posicionamiento contra los extremistas de la ultraderecha y los xenófobos, así como a su manifiesta preocupación por la política cada vez más agresiva de Rusia, pero también a su personalidad. Era rico, culto y con un cuerpo muy atlético. Corría maratones y había atravesado a nado el canal de la Mancha. Y, sí, en algunas ocasiones sonaba, sin lugar a dudas, algo arrogante; tenía la capacidad de irritar a la gente.

Pero a Mikael le caía bien. Acostumbraba cruzarse con él en Sandhamn y solían intercambiar frases de cortesía, y también había comprobado, a conciencia, los insistentes rumores que afirmaban que Forsell habría amasado una gran fortuna aprovechándose del crac bursátil, e incluso que había contribuido a que ésta se produjera. No había dado con ningún dato que pudiera corroborar esas acusaciones. El patrimonio de Forsell era administrado a través del servicio de gestión discrecional, y no se había realizado ningún movimiento de fondos ni antes de la crisis ni durante ella, y la caída de la bolsa no había reforzado su posición. Hoy en día era el hombre más odiado del Gobierno, cuando lo único que en realidad había hecho había sido aumentar la asignación presupuestaria del Must, el servicio de inteligencia militar, y de la MSB, la agencia sueca de contingencias civiles, cosa que, por otra parte, no eran más que unas medidas obvias, teniendo en cuenta lo que había sucedido.

—No soporto todas las mentiras que se están difundiendo —dijo ella.

—Yo tampoco —contestó él.

—Entonces estamos de acuerdo en algo.

Ese hecho molestó a Mikael.

—Entiendo que no sea nada fácil conversar con un sujeto que está dando de gritos mientras agita una rama —comentó.

—Muy comprensible por tu parte.

—Pero a veces hasta las tonterías merecen ser escuchadas. A veces pueden contener un ápice de verdad.

—¿Vas a darme ahora consejos profesionales?

Su tono de voz sacó de quicio a Mikael, quien sintió unas crecientes ganas de discutir con ella. No obstante, se contuvo.

—¿Y sabes una cosa? —continuó—. Creo que es posible volverse loco si nadie cree en lo que uno dice. Completamente desquiciado.

—¿Qué?

—Ser ignorado año tras año hace que un individuo se rompa.

—¿De modo que ese hombre se convirtió en un vagabundo psicótico porque personas como yo no quisimos escucharlo?

—Yo no dije eso.

—Pues lo parece.

—En ese caso, te pido disculpas.

—Gracias.

—Tú tampoco lo has tenido muy fácil, según me han contado —dijo Mikael intentando congraciarse con ella.

—¿Y eso qué tiene que ver?

—Nada, supongo.

—Muy bien, entonces gracias por la visita.

—¡Madre mía! —murmuró Mikael—. ¿Qué te pasa?

—¿Qué me pasa a mí? —le dijo retomando la pregunta para, acto seguido, levantarse. Durante unos segundos los dos fijaron la mirada con furia en los ojos del otro.

Tuvo la absurda sensación de hallarse en un combate, igual que dos boxeadores en el cuadrilátero, y, sin saber muy bien de qué manera, se acercaron mucho. Mikael percibió el aliento de Catrin y vio cómo sus ojos ardían, su pecho se elevaba y la cabeza se inclinaba ligeramente a un lado, y entonces la besó, y por un momento pensó que había cometido una imperdonable tontería. Pero ella le devolvió el beso, y durante unos breves instantes se quedaron contemplándose asombrados, como si ninguno de los dos pudiera entender lo que había ocurrido.

Acto seguido, ella lo agarró del cuello y lo atrajo hacia sí, y en cuestión de segundos acabaron en el sofá y luego en el suelo, y en medio de toda aquella locura Mikael se dio cuenta de que la había deseado desde la primera vez que vio sus fotos en Internet.

Capítulo 9

24 de agosto

Fredrika Nyman estaba en el trabajo, pensando en sus hijas y preguntándose qué había hecho mal.

—No lo entiendo —le dijo a su colega Mattias Holmström.

—¿Qué es lo que no entiendes, Fredrika? —le preguntó.

—¿Cómo es posible que esté tan enfadada con Josefin y Amanda? Es como si estuviese a punto de estallar.

—¿Y por qué te has enfadado?

—Son tan arrogantes... No me dicen ni hola.

—Carajo, Fredrika, son adolescentes. Es normal. ¿Ya no te acuerdas de cómo eras tú a esa edad?

Fredrika se acordaba. Había sido una chica ejemplar, buena estudiante, buena tocando la flauta y jugando al voleibol, y buena cantando en el coro, y, por supuesto, también se mostraba siempre muy educada y cortés. Era toda sonrisas y amabilidad y siempre decía «Sí, mamá» y «Claro que sí, papá» como una feliz niña soldado. Seguro que había sido insoportable en algún que otro momento, pero... de ahí a ni siquiera contestar cuando te preguntaban algo...

Le resultaba incomprensible, y no podía remediar ponerse de mal humor, perder los nervios por las noches y acabar gritándoles. Estaba demasiado cansada. Necesitaba dormir, descansar y disfrutar de un poco de tranquilidad. La verdad es que debería recetarse unos somníferos en ese mismo instante y, ya puestos, ¿por qué no algo fuerte, alguna droga? Como había sido una adolescente tan ejemplar, se podía permitir portarse mal un poquito y mezclarlo todo con un poco de vino y unos analgésicos. Se rio y, para no quedar mal, le dijo un par de palabras amables a Mattias, quien le dedicó una sonrisa tan encantadora que casi deseó pelear también con él.

Luego volvió a pensar en el mendigo; era lo único de su trabajo con lo que últimamente se comprometía de verdad. Fredrika seguía actuando como si no fuera un caso que la policía ignoraba por completo, y había solicitado con urgencia una datación por radiocarbono, carbono 14, de los dientes, lo que le permitiría conocer la edad del hombre con un margen de error de dos años, y también otro de carbono 13, que determinaría los hábitos alimentarios de su infancia, cuando se le formaron los dientes, y que señalaría, asimismo, la composición del estroncio y del oxígeno.

Además, había cotejado el resultado del análisis autosómico del ADN con la base de datos internationalgenome.org, lo cual había indicado que el hombre, con toda probabilidad, era originario de alguna zona meridional de Asia Central, un dato que no le había sido de gran ayuda, por lo que estaba a la espera de saber los resultados del análisis segmentario del cabello, que, en el peor de los casos, podrían tardar varios meses. Había presionado al laboratorio todo lo que había podido, pero, aun así, decidió llamar una vez más a su secretaria.

—Ingela —dijo—, sé que soy muy pesada.

—Eres la menos pesada de todos. Aunque de un tiempo a esta parte te has superado un poco.

—¿Ya llegaron los resultados del análisis del cabello?

—¿Del hombre desconocido?

—Ese mismo.

—Espera un momento, voy a echar un vistazo a la central de informes.

Fredrika tamborileó en la mesa con los dedos mientras miraba el reloj de la pared. Eran las diez y veinte de la mañana, y ya tenía ganas de comer.

—Vaya, vaya... —dijo Ingela al cabo de un rato—. Sí que se han dado prisa, mira nada más... Ya están aquí. Ahora te los subo.

—No hace falta, dime sólo lo que pone.

—Pues pone... Espera un momento.

Fredrika se sintió extrañamente impaciente.

—Al parecer, tenía el pelo largo —continuó Ingela—. Tenemos tres segmentos y son... todos negativos. No hay rastro de opiáceos, ni tampoco de benzo.

—De modo que no era un toxicómano.

—No, tan sólo un viejo alcohólico. No, espera... Aquí dice que... han encontrado restos de aripiprazol. Eso es un neuroléptico, ¿no?

—Exacto, se usa en la esquizofrenia.

—Y ya está, no veo nada más.

Tras colgar, Fredrika se quedó pensando un buen rato. O sea, que a excepción del aripiprazol, ingerido bastante tiempo atrás, el hombre no había tomado ningún psicofármaco. ¿Qué significaba eso? Se mordió el labio mientras clavaba una mirada irritada en Mattias, que mostraba la misma estúpida sonrisa que antes. Pero resultaba bastante evidente, ¿no? O bien el hombre, de repente —quizá por casualidad— había conseguido hacerse con un montón de somníferos y se los había tragado, o alguien quiso matarlo y le dio una botella envenenada. Y no es que Fredrika supiera qué gusto tenía el alcohol mezclado con zopiclona, seguro que no muy bueno, pero resultaba más que probable que el hombre no fuera de paladar muy exquisito. Aunque, por otra parte, ¿por qué querría alguien matarlo? Imposible saberlo, al menos de momento. No obstante, ya podía descartar que se tratara de un homicidio espontáneo. Eso no se había hecho respondiendo a un impulso repentino. Eso exigía cierta sofisticación: mezclar las pastillas con el alcohol y, encima, añadir unos opiáceos, en concreto dextropropoxifeno.

Dextropropoxifeno.

Había algo en ese opiáceo que despertaba sus sospechas. Con el dextropropoxifeno, el coctel resultaba demasiado perfecto, como si hubiese sido preparado por un farmacéutico o por alguien que hubiera consultado a algún médico. Sintió de nuevo una leve excitación en el cuerpo y pensó en lo que debería hacer. Podía llamar a Hans Faste y recibir, con toda probabilidad, otra lección sobre cómo se comportaban esos payasos. Pero no tenía ganas. En lugar de ello, completó su informe y llamó a Mikael Blomkvist: una vez violado el secreto profesional, ¿qué más le daba seguir contándole detalles?

Catrin Lindås se hallaba en Sandhamn, en la casa de vacaciones de Mikael, intentando redactar un breve editorial para *Svenska Dagbladet*. Pero no le salía. Le faltaba inspiración, y ya estaba cansada de las fechas límite de entrega y harta de tener que dar siempre una opinión sobre cualquier tema. En general, estaba harta de todo menos de Mikael

Blomkvist, lo que, por supuesto, era estúpido, pero ya no tenía remedio. Debería marcharse a casa y cuidar de su gato y de sus plantas, y mostrar un poco de independencia.

No fue capaz de irse a ninguna parte. Estaba como pegada a él y, por extraño que pudiera parecer, no habían discutido en absoluto, tan sólo habían hecho el amor y hablado durante horas y horas, lo que tal vez tuviera que ver con el hecho de que ella —de eso hacía ya unos cien años— hubiera estado algo enamorada de él, como todas las jóvenes periodistas de aquella época. Aunque en realidad pensó que más bien se debiera a su propio asombro, a que lo ocurrido había sido del todo inesperado. Ella tenía claro que él la despreciaba y que sólo deseaba dejarla en evidencia. Por ello se había mostrado arrogante y se había puesto a la defensiva, como solía suceder cuando se sentía presionada, y quiso echarlo del despacho. Ya estaba a punto de hacerlo cuando intuyó algo diferente en sus ojos, un hambre, y entonces la cosa se descontroló. Ella se transformó en la mismísima antítesis de lo que la gente pensaba de su persona, y no le preocupó lo más mínimo que alguno de sus colegas pudiera aparecer por la puerta en cualquier momento. Se abalanzó sobre él con un ardor que todavía la sorprendía, y luego salieron a hartarse de vino, a pesar de que ella jamás consumía nada en exceso.

Se fueron a Sandhamn en un barco-taxi a altas horas de la madrugada y entraron dando tumbos en la casa; luego pasaron los días sin hacer otra cosa más que permanecer tumbados en la cama abrazados, o sentados en el jardín, o navegando en el barco de Mikael. No obstante, ella se negaba a creer que aquello pudiera tratarse de algo serio; tampoco le había comentado nada, todavía, de lo único realmente constante en su vida, de ese terror que nunca la abandonaba, y al día siguiente pensaba marcharse a casa... O quizá esa misma noche. Aunque, a decir verdad, también el día antes y el otro había dicho lo mismo, y, sin embargo, allí seguía... Eran ya las diez y media de la mañana del lunes. Miró por la ventana y observó que en el mar hacía viento. Luego, alzó la mirada al cielo y vio una cometa verde que se movía nerviosa. De pronto, oyó un zumbido.

Era el celular de Mikael. Él había salido a correr, y era evidente que ella no iba a contestar su teléfono. Aun así, miró la pantalla. Ponía «Fredrika Nyman». Tenía que ser esa médica forense de la que él le había hablado, y entonces contestó.

—Teléfono de Mikael —dijo.

—Quería hablar con Mikael.

—Salió a correr. ¿Quiere dejarle algún recado?

—Que me llame —respondió Fredrika—. Dígale que acabo de recibir los resultados de unos análisis.

—¿Se trata del mendigo que iba con la chamarra?

—Eso es.

—¿Sabe que yo me encontré con él? —comentó Catrin.

—¿Ah, sí?

Catrin percibió la curiosidad que había en la voz de la médica.

—Se me echó encima —dijo.

—Perdóneme, pero ¿quién es usted?

—Soy Catrin, amiga de Mikael.

—¿Y qué pasó?

—Se acercó a mí en Mariatorget y empezó a gritar.

—¿Y qué quería?

Se arrepintió de habérselo comentado. Se acordó de la sensación que experimentó en ese momento, la sensación de que algo terrible volvía como un gélido viento del pasado.

—Quería hablar de Johannes Forsell.

—¿Del ministro de Defensa?

—Supongo que querría echar pestes sobre él, como todos. Pero me fui de allí en cuanto pude.

—¿Hubo algo que la hiciera pensar en cuál podría ser su procedencia?

Catrin creía saberlo con bastante certeza.

—No, no tengo ni idea —respondió—. ¿Qué dicen los resultados de esos análisis?

—Eso es mejor que se lo comente a Mikael.

—Sí, quizá sea mejor. Le diré que la llame.

Tras colgar, recordó al mendigo y sintió cómo el miedo volvía a apoderarse de ella; recordó cómo aquel hombre, arrodillado junto a la estatua de la plaza, le había dado una sensación de *déjà vu*, como si hubiera regresado a sus viajes de la infancia, y hasta era posible que le hubiera mostrado una sonrisa ligeramente nerviosa, al igual que había hecho con todos los pobres diablos desharrapados con los que se había encontrado en su vida. Fuera como fuese, el hombre debió de pensar que por fin alguien reparaba en su existencia, y se sintió aceptado. Se levantó de un salto, tomó la rama que yacía en el suelo junto a él, se acercó a ella y le gritó:

—*Famous lady!*, ¡famosa!

Catrin se asombró de que la reconociera. Pero, a medida que aquel hombre fue aproximándose a ella, descubrió los muñones que tenía por dedos y la mancha negra de su cara, así como su amarillenta piel y la desesperación que desprendían sus ojos, y entonces fue como si se quedara paralizada, sin poder moverse: el hombre la agarró de las solapas del bléiser, y hasta que empezó a desvariar sobre Johannes Forsell no consiguió soltarse y marcharse de allí.

—¿No te acuerdas de nada de lo que te dijo? —le había preguntado Mikael.

Ya le había dicho que eran las mismas bobadas

ininteligibles de siempre. Pero quizá no fuera así. Las palabras volvieron a acudir a su mente, y en esta ocasión ya no se le antojaron tan incomprensibles, ni tampoco pensó que fueran los típicos comentarios que solían oírse sobre Forsell. Ahora le susurraban algo muy diferente.

Mikael se acercaba a su casa. Estaba agotado, sudoroso, y se volvió para mirar hacia atrás. No había nadie, y entonces pensó de nuevo: «Es sólo mi imaginación, tonterías». Durante los últimos días había empezado a sospechar que lo estaban vigilando, y le daba la sensación de que resultaba excesiva la frecuencia con la que se había cruzado con un hombre en particular, un tipo que rondaba los cuarenta años, con el cabello recogido en una cola de caballo, barba y los brazos tatuados. Bien era cierto que ese hombre iba vestido como un turista cualquiera, pero aun así le pareció que miraba con demasiada atención como para tratarse de alguien que se encontrara de vacaciones.

En realidad, no pensaba que el hombre tuviera nada que ver con él, y la mayor parte del tiempo se limitaba a evadirse del mundo en los brazos de Catrin y se olvidaba de todo lo demás. Pero de vez en cuando, como ahora, sentía alguna que otra punzada de inquietud, momento en el que casi siempre pensaba en Lisbeth. Y entonces podía imaginarse las cosas más terribles. Levantó la mirada jadeando. El cielo estaba despejado. Según el pronóstico meteorológico, seguiría haciendo calor, pero habría mucho viento —quizá, incluso, vendavales—, y se detuvo en el jardín de su casa, frente a los dos arbustos de grosellas que debería haber podado. Miró hacia el mar y a la gente que se estaba bañando mientras seguía jadeando pesadamente, inclinado hacia delante y con las manos apoyadas en las rodillas.

Esperaba que, al entrar, Catrin le ofreciera una grandiosa bienvenida. Ella lo había mimado tanto que él se había acostumbrado a ser recibido, cada vez que volvía, igual que un soldado que regresaba de la guerra, aunque sólo hubiera estado fuera diez minutos. Sin embargo, la encontró sentada sobre la cama, con la espalda erguida y el semblante serio, y entonces Mikael se preocupó y pensó de nuevo en el hombre de la cola de caballo.

—¿Sucedió algo? —le preguntó.

—¿Qué? No —dijo Catrin.

—¿Y nadie nos visitó?

—¿Esperas a alguien? —le contestó ella.

La respuesta lo tranquilizó un poco y, tras acercarse, le acarició el pelo y le preguntó qué le ocurría.

Catrin le respondió que no le pasaba nada. Mikael no la creyó. Claro que, por otra parte, no era la primera vez que veía esa sombra en ella, aunque solía desaparecer con la misma rapidez con la que aparecía. Y cuando le contó que la forense lo había llamado, decidió no indagar más en lo que le sucedía y llamar a Fredrika Nyman, quien lo informó de los resultados de los análisis del cabello.

—Entiendo —dijo Mikael—. ¿Y qué conclusiones sacas?

—Sinceramente, no lo sé, pero le he dado mil vueltas al tema, y todo me parece muy sospechoso —indicó Fredrika Nyman.

Mikael miró a Catrin, que estaba sentada con los brazos cruzados sobre el estómago. Le sonrió. Ella se esforzó por devolverle la sonrisa, y entonces él miró por la ventana y vio que, con el viento que se había levantado, el mar estaba revuelto. Su fueraborda cabeceaba sobre las olas, tenía que subirla más a tierra.

—¿Qué dice Faste?

—Aún no sabe nada. Pero lo he incluido todo en mi informe.

—Tienes que comentárselo.

—Sí, lo haré. Tu amiga dice que ese pobre hombre habló de Johannes Forsell.

—Forsell es como un virus —contestó Mikael—. Todos los locos están obsesionados con él.

—No lo sabía.

—Es un poco como lo que pasó en su día con el asesinato de Olof Palme. Ese crimen se quedó grabado en el cerebro de todo psicótico. A mí no hacen más que llegarme todo tipo de teorías conspirativas sobre Forsell.

—¿Y por qué pasa eso?

Miró a Catrin, que se levantó para entrar en el baño.

—Nunca se sabe del todo —contestó—. Se supone que determinadas personas públicas provocan, simplemente, que la imaginación de la gente se desate. Pero seguro que, en este caso, se trataba de una operación programada, de una venganza, porque Forsell no tardó en señalar a Rusia como implicada en la crisis bursátil, y porque además lleva un tiempo manteniendo una línea muy dura con el Kremlin. Existen pruebas bastante claras que demuestran que ha sido objeto de una campaña de desinformación.

—¿No es Forsell también un tipo al que le gusta correr riesgos, todo un aventurero?

—Sí, pero creo que está limpio. Lo he investigado de arriba abajo —dijo—. ¿Sigues sin saber la procedencia del mendigo?

—Sólo sé que el análisis de radiocarbono revela que es más que probable que se criara en un ambiente muy pobre, pero de eso ya estaba al corriente. Parece haberse alimentado a base de verduras y cebada. Tal vez sus padres fueran vegetarianos.

Mikael dirigió la mirada hacia el cuarto de baño, donde seguía Catrin.

—¿No te resulta muy raro todo esto? —preguntó a continuación.

—¿A qué te refieres?

—A que ese hombre aparece de buenas a primeras, como surgido de la nada, y de repente lo encuentran muerto con un coctel mortal en el cuerpo.

—Sí, la verdad es que sí.

A Mikael se le ocurrió una idea.

—¿Sabes? Yo tengo un amigo en la brigada de homicidios, un comisario que ha trabajado con Faste, al que, por cierto, considera un auténtico idiota —continuó.

—Un hombre inteligente, sin lugar a dudas.

—Mucho. Puedo preguntarle si tiene tiempo para echarle un vistazo al caso; igual así agilizamos el proceso.

—Eso sería fantástico.

—Gracias por llamarme. Volveré a comunicarme contigo.

Colgó, contento de tener un motivo para llamar a Bublanski. Se conocían desde hacía mucho, y era muy posible que la relación no siempre hubiera estado exenta de complicaciones. No obstante, en los últimos años se habían hecho amigos, y siempre era un bálsamo para el alma hablar con él, como si Bublanski, tan sólo con su carácter reflexivo, le ofreciera una perspectiva más amplia de la existencia y lo liberara de ese incesante aluvión de noticias acerca del mundo que era su vida, pero que a veces le daba la sensación de que se ahogaba a causa de tantos escándalos y locuras.

Bublanski y él se habían visto por última vez en el entierro de Holger Palmgren, donde, tras hablar de Lisbeth y de las palabras que pronunció sobre los dragones en la iglesia, prometieron verse pronto. Sin embargo, ese encuentro —como suele suceder con ese tipo de promesas— aún no se había producido. Mikael tomó el teléfono para marcar su número. Pero algo lo hizo dudar, y entonces decidió llamar a la puerta del baño.

—¿Estás bien? —preguntó.

Catrin no tenía ganas de responder. Pero comprendió que era necesario hacerlo, por lo que dijo, aunque con una voz apenas audible: «Espera un momento». A continuación se levantó de la taza del baño y se echó agua en la cara intentando conseguir, sin demasiado éxito, que sus ojos parecieran menos rojos. Luego abrió la puerta, salió y se sentó en la cama. No se sintió muy cómoda cuando Mikael se le acercó y le acarició el pelo.

—¿Cómo vas con el editorial?

—Fatal.

—Conozco esa sensación. Pero hay algo más, ¿a que sí? —preguntó él.

—Ese mendigo... —empezó ella.

—¿Qué le pasa?

—Me puso histérica.

—Sí, ya lo sé.

—Pero no sabes por qué.

—Supongo que no del todo —respondió él, y por un instante ella dudó, pero luego, mirándose las manos, le empezó a contar:

—Cuando tenía nueve años, mis padres me comunicaron que estaría un año sin ir a la escuela. Mi madre convenció a la dirección del colegio de que tanto ella como mi padre se encargarían de mi educación, así que supongo que les darían toda clase de material y ejercicios para hacer en casa de los que yo, sin embargo, no vi ni una letra. Luego viajamos a la India y a Goa, y, sí, puede que al principio lo viera como una aventura: dormíamos en la playa o en hamacas, y yo jugaba con otros niños, y aprendí a hacer joyas y a tallar figuras de madera, y jugaba al futbol y al voleibol, y por las noches bailábamos y encendíamos hogueras. Mi padre tocaba la guitarra y mi madre cantaba. Durante un tiempo regentamos un café en Arambol, donde yo preparaba y servía sopa de lentejas con leche de coco a la que bautizamos como *Catrin's soup*. Pero poco a poco aquello se salió de control. La gente empezó a aparecer desnuda en el café, y muchos venían con pinchazos de jeringuillas en los brazos. Otros estaban completamente idos y algunos de ellos me metían mano o intentaban asustarme con sus locos arrebatos.

—¡Qué horror!

—Una noche me desperté y vi los ojos de mi madre ardiendo en la oscuridad. Se estaba inyectando algo. Mi padre se mecía a su lado diciendo «Uy, uy» con voz somnolienta. Los problemas no tardaron en llegar: mi padre comenzó con sus ataques de paranoia y no hacíamos más que hablar de eso. Yo preguntaba: «¿Qué le pasa a papá?». «Son sólo paranoias», contestaba mi madre. Las paranoias de mi padre. Nos mudamos no mucho tiempo después, como si así esperáramos poder alejarnos también de las paranoias. Recuerdo que estuvimos andando horas, días, semanas, tirando de un carro que tenía unas viejas ruedas de madera medio podridas y que iba cargado de chales, ropa y bisutería barata que mi madre intentaba vender. Luego, supongo que nos deshicimos de todo porque, de la noche a la mañana, nos vimos sin prácticamente nada, obligados a movernos en tren y a pedir aventón. Acabamos en Benarés y luego en Katmandú, donde vivimos en Freak Street, la vieja calle de los hippies, y fue entonces cuando me di cuenta de que nuestro negocio se había transformado en algo muy diferente. Mis padres no sólo eran adictos a la heroína, sino que también la vendían. La gente venía a nuestra casa diciendo «*Please, please*», y en algunas ocasiones había hombres que nos perseguían por la calle. A muchos les faltaban dedos en las manos, o a veces un brazo o una pierna; iban vestidos con harapos y tenían la piel amarillenta y manchas en la cara. Todavía hoy aparecen en mis pesadillas.

—Y el mendigo te los recordó.

—Es como si todo aquello hubiera vuelto.

—Lo siento —dijo Mikael.

—Es lo que hay. Llevo mucho tiempo viviendo con esos recuerdos.

—No sé si te servirá de algo, pero ese hombre no era toxicómano. Ni siquiera tomaba pastillas.

—Ya, pero se parecía a ellos —contestó Catrin—. Lo vi igual de desesperado.

—La forense piensa que lo mataron —prosiguió Mikael con un tono de voz diferente, como si ya hubiese olvidado la historia de Catrin.

Entonces ella se sintió ofendida, o tal vez sólo cansada de sí misma, y dijo que necesitaba salir un poco, y, aunque Mikael hizo un pequeño intento de detenerla, era obvio que ya tenía la cabeza en otra parte.

Cuando, ya en la puerta, Catrin se volvió para mirarlo, vio que estaba marcando un número en el celular, de modo que pensó que no era necesario que se lo contara todo y que, en cualquier caso, podía comprobar aquello por sí misma.

Capítulo 10

24 y 25 de agosto

Jan Bublanski era la clásica persona que siempre dudaba por todo; en ese mismo instante, sin ir más lejos, dudaba de si se merecía comer en condiciones. Quizá debería comer sólo un sándwich de la máquina del pasillo y seguir trabajando, aunque, pensándolo bien, lo del sándwich tampoco era una buena idea. Debería tomar una ensalada. O, simplemente, nada. Había subido de peso durante sus vacaciones en Tel Aviv —donde había estado con su novia, Farah Sharif— y había perdido más pelo. Pero así era la vida, de modo que no tenía ningún sentido preocuparse. Se concentró en su trabajo y se enfrascó en la lectura de las actas de un interrogatorio —mal redactadas— y en una investigación criminalística —mal efectuada— de Huddinge, lo que tal vez provocara que se pusiera a pensar en otras cosas, porque, cuando Mikael Blomkvist lo llamó, le respondió —al menos, eso creía él— con toda sinceridad:

—Qué casualidad, Mikael, justo ahora estaba pensando en ti.

Pero quizá fuera en Lisbeth Salander en quien estuviera pensando en realidad, aunque es posible que también eso se tratara de una simple sensación.

—¿Cómo estás? —continuó.

—Bueno, supongo que bien, a pesar de todo.

—Menos mal que lo has formulado con algo de escepticismo, ya empiezo a estar un poco harto de los que están contentos sin más. ¿Has tenido vacaciones?

—Estoy intentando disfrutar de ellas ahora mismo.

—Pues haces muy mal llamándome. Se trata de tu chica, ¿verdad?

—Nunca ha sido mi chica —dijo Mikael.

—Sí, ya lo sé. Alguien como ella está muy lejos de ser la chica de nadie. Es un poco como el ángel caído, ¿verdad? No pertenece a nadie, no sirve a nadie.

—Resulta incomprensible que seas policía, Jan; deberías haberte dedicado a otra cosa.

—Mi rabino dice que debería retirarme... En fin, ahora en serio, ¿sabes algo de ella?

—Dice que está apartada del mundo y que no va a cometer ninguna tontería. Y de momento le creo.

—Me alegro. No me gustan nada esas amenazas. No me gusta que los de Svavelsjö MC anden detrás de ella.

—Eso no le gusta a nadie.

—Supongo que sabes que le hemos ofrecido protección.

—Sí, lo sé.

—¿Y sabes también que la rechazó y que desde entonces no hemos podido contactar con ella?

—Bueno... Sí.

—Aunque...

—Aunque nada —lo interrumpió Mikael—. Mi único consuelo es que nadie sabe esconderse tan bien como ella.

—¿Te refieres a la inteligencia de señales y ese tipo de cosas? —preguntó.

—No se la puede rastrear a través de ninguna estación base ni dirección IP.

—Algo es algo. Entonces tendremos que esperar.

—Sí, supongo que sí. Quería pedirte una cosa diferente.

—Dime.

—A Hans Faste le ha caído un caso por el que no parece mostrar el más mínimo interés.

—A veces eso es mejor que cuando muestra interés.

—Mmm, sí, quizá. Pero se trata de un mendigo del que la forense Fredrika Nyman piensa que puede haber sido asesinado.

Mikael le contó la historia. Después, Bublanski salió de su despacho y compró dos sándwiches de queso envueltos en plástico de la máquina del pasillo así como una tableta de chocolate, y luego llamó a su colega, la inspectora Sonja Modig.

Catrin se puso un guante de jardinero que estaba tirado en el césped y comenzó a quitar las ortigas que habían crecido bajo los groselleros de Mikael. Cuando levantó la vista, vio cómo un hombre con cola de caballo, chamarra de mezclilla y una ancha y amenazante espalda se alejaba y desaparecía cerca de la orilla. Sin embargo, no le dio mayor importancia y dejó que sus pensamientos vagaran libremente, con la misma inquietud que dentro de la casa.

Tal vez fuera verdad que el mendigo de Mariatorget no se parecía del todo a aquellos yonquis de Freak Street. Pero estaba convencida de que procedía de la misma parte del mundo, y de que había sido tratado por el mismo tipo de negligentes médicos. Se acordaba de sus mutilados dedos y de esa extraña forma de andar que tenía, como si careciera de centro de gravedad bajo los pies. Se acordó de la fuerza con la que la había agarrado y de sus palabras:

—Yo saber algo terrible de Johannes Forsell.

Estaba convencida de que iba a oír la misma mierda que entraba a raudales todos los días en su correo acompañada del odio que ese hombre pudiera profesarle a ella, de modo que se quedó aterrorizada ante la posibilidad de que se pusiera violento. Pero, justo cuando se hallaba más paralizada, él le soltó el brazo y le dijo con un tono de voz más triste:

—Yo agarrar a él. Dejar *Mamsabiv*, terrible, terrible.

O quizá no fuera «*Mamsabiv*» exactamente, sino algo parecido, una palabra más o menos larga pronunciada marcando la primera y la tercera sílaba. Aquella palabra retumbaba en su cabeza cuando salió corriendo de allí y se topó con Sofie Melker en Swedenborgsgatan. Luego, es probable que la hubiese olvidado, y hasta que habló con la forense no volvió a pensar en ella ni a preguntarse lo que podría significar. Tal vez mereciera la pena investigar un poco.

Se quitó el guante y se puso a buscar en el celular más variantes de la palabra, aunque no encontró nada que significara algo en alguna lengua. Lo único interesante fue que Google le preguntó si había querido decir «Mats Sabin» y, sí, era posible: podría tratarse de Mats Sabin, pero pronunciado como si fuese una sola palabra. Al menos no resultaba del todo improbable, sobre todo cuando descubrió que Mats Sabin había sido comandante de la artillería costera y más tarde historiador militar de la Academia Superior de la Defensa, por lo que muy bien podría haber tenido que ver con el antiguo oficial de inteligencia, y experto en Rusia, Johannes Forsell.

Catrin realizó una búsqueda con los dos nombres juntos —más que nada para probar suerte— y enseguida le quedó claro no sólo que se conocían, sino que también habían sido enemigos, o que, como mínimo, habían tenido sus fuertes desavenencias, y entonces pensó en entrar en la casa para contárselo a Mikael. Pero no, aquello le resultaba demasiado rebuscado, de modo que se quedó en el jardín, volvió a ponerse el guante y empezó a arrancar hierbas y a quitar ramitas de los arbustos mientras, llena de pensamientos encontrados, dirigía la mirada hacia la orilla.

Lisbeth seguía en Praga, en el hotel Kings Court, sentada ante el escritorio que había junto a la ventana y con la mirada clavada en la gran casa que Camilla poseía en Rublevka, al oeste de Moscú. Pero aquello ya había dejado de ser una obsesión o una parte integrante del proceso que estaba llevando a cabo para recordar. La casa empezaba a parecerse cada vez más a una fortificación, a un cuartel general. La gente no cesaba de entrar y salir, incluso peces gordos como Kuznetsov, y allí revisaban a todo el mundo y, conforme pasaban los días, el número de guardias aumentaba, y no cabía ninguna duda de que la seguridad informática se revisaba una y otra vez.

Gracias a la estación base que Katja Flip había

instalado, para luego quitarla al cabo de unos cuantos días, Lisbeth pudo seguir cada paso que Camilla daba con sólo rastrear su celular. No obstante, aún no había logrado *hackear* el sistema informático, por lo que no le quedó más remedio que contentarse con hacer conjeturas sobre lo que estaba pasando allí dentro. La única certeza que tenía era que la actividad se había intensificado.

Toda la casa irradiaba una nerviosa energía, como cuando se hallaban ante una importante operación. Justo un día antes habían llevado a Camilla al Acuario, como llamaban al cuartel general que el GRU tenía en Chodinka, a las afueras de Moscú, lo cual tampoco era una buena señal. Daba la impresión de que Camilla estaba buscando toda la ayuda que pudiera recibir.

Pero de momento no parecía tener ni idea de dónde se encontraba Lisbeth, lo que, a pesar de todo, le daba relativa tranquilidad. Mientras su hermana permaneciera en la casa de Rublevka, ella y Paulina no debían de correr ningún riesgo. Aunque no se podía asegurar nada.

Lisbeth se desconectó del satélite y miró lo que Thomas, el marido de Paulina, estaba haciendo. Nada, al parecer. A través de la cámara web lo vio sentado frente a la computadora con su habitual cara de ofendido.

Nadie podía afirmar que Lisbeth hubiera estado muy habladora últimamente. Aunque sí era cierto que se había pasado las noches escuchando horas y horas a Paulina, razón por la cual ya sabía más que de sobra de su vida, en especial la historia de la plancha. En Alemania, Thomas, que en ese momento se sonó la nariz delante de la cámara web, siempre había llevado sus camisas a planchar, pero en Copenhague dejó que las planchara Paulina, «para que tuviera algo que hacer durante el día». Pero un día se le olvidó planchar, y también lavar los platos, y se limitó a andar por la casa, bebiendo whisky y vino tinto, vestida con unas pantaletas y una de las camisas sin planchar de Thomas.

La noche anterior él le había dado una paliza y le había partido el labio, motivo por el que Paulina quiso emborracharse lo suficiente como para atreverse a acabar con la relación o, al menos, llevarlo todo hasta sus últimas consecuencias. Por eso perdió cada vez más el control y, sin querer, rompió un jarrón y, acto seguido —esta vez adrede—, copas y platos. Luego —en cierto sentido, también adrede— manchó la camisa de vino tinto y las sábanas con whisky. Terminó durmiéndose, borracha y desafiante, con la convicción de que por fin se atrevería a mandar a su marido a la mierda.

Sin embargo, se despertó con Thomas sentado sobre ella, aprisionándole los brazos y pegándole en la cara. Después la arrastró hasta la tabla de planchar y se puso a planchar la camisa que ella llevaba puesta. Paulina no recordaba nada más, le dijo, tan sólo el olor a piel quemada y un dolor indescriptible, así como sus propios pasos dirigiéndose hacia la puerta. Lisbeth pensaba en eso de vez en cuando, y aunque en algunas ocasiones, como ahora, fijaba la mirada en los ojos de Thomas, la cara de éste se fusionaba a menudo con la de su padre.

Cuando estaba cansada, todo se mezclaba en su mente: su infancia, Camilla, Zala..., todo. Y entonces sentía una opresión en el pecho y las sienes tan fuerte que debía hacer un gran esfuerzo para respirar.

En la calle se oía música y alguien afinando una guitarra. Estiró el cuerpo para ver mejor y miró por la ventana. En la plaza había mucha gente entrando y saliendo del centro comercial Palladium. En un gran escenario que se había montado a la derecha se preparaba un concierto. Quizá ese día fuera sábado, o festivo; ¿a ella qué más le daba? ¿Dónde se había metido Paulina? Seguro que había ido a dar uno de sus eternos paseos por las calles de la ciudad. Con la esperanza de dispersar un poco sus pensamientos, Lisbeth miró la bandeja de entrada de su correo electrónico.

Como ya se imaginaba, no encontró nada de *Hacker Republic*, ni una sola respuesta a las preguntas que había hecho a lo largo del día; sí había, en cambio, unos documentos encriptados de Mikael, y entonces, a pesar de todo, sonrió un poco. «De modo que al final has podido leer tu propio reportaje», pensó. Pero no, los archivos no tenían nada que ver con Kuznetsov ni con sus mentiras. Era más bien... Sí, ¿qué era aquello?

Eran un montón de interminables series de números y letras: xy, 11, 12, 13, 19... Se trataba de una secuenciación de ADN, pero ¿de quién y para qué? Escaneó los documentos con la mirada, y también el informe, y comprendió que se trataba de un hombre cuya edad, según una prueba de carbono 14, oscilaba entre los cincuenta y cuatro y los cincuenta y seis años. Procedía de algún lugar del sur de Asia Central. Tenía algunos dedos amputados, tanto de las manos como de los pies, y estaba bastante maltrecho y alcoholizado. Se hacía constar que había muerto de una intoxicación de zopiclona y dextropropoxifeno.

Mikael había escrito:

Si es verdad que tienes vacaciones y no te dedicas a hacer tonterías, quizá puedas intentar averiguar quién es este hombre. La policía no tiene ningún nombre, nada. Una forense muy buena que se llama Fredrika Nyman cree que podría haber sido asesinado.

Lo encontraron el 15 de agosto junto a un árbol de Tantolunden. Te mando un análisis del ADN —uno autosómico— y algunas otras cosas más: los resultados de una prueba de carbono 13 y de un análisis del cabello, así como la fotografía de un papel en el que se ve cómo escribía el hombre. (Sí, es mi número de teléfono.)

M

«Y una mierda —murmuró ella—. Saldré a buscar a Paulina y me emborracharé de nuevo, o lo que sea, pero desde luego no voy a perder el tiempo con unos análisis de ADN ni a ayudar a ninguna forense.»

No obstante, tampoco en esta ocasión llegó a abandonar la habitación porque enseguida sonaron los pasos de Paulina por el pasillo, y entonces sacó dos botellitas de champán del minibar y la recibió con los brazos abiertos en un valeroso intento de no parecer que estaba jodida.

Desde luego, la idea era toda una locura. Pero Mikael se sentía solo y triste desde que Catrin le había dicho que tenía que ir a casa para cuidar de su gato y de sus plantas —era una sensación especialmente fantástica verse como perdedor frente a unas plantas— y, tras despedir a Catrin en el puerto, regresó a casa y llamó a Fredrika Nyman.

Le comentó que conocía a una renombrada genetista que tal vez pudiera ver algo más en los análisis de ADN. Por supuesto, Fredrika quiso saber de quién se trataba y qué especialización tenía. Mikael contestó de forma evasiva que la persona en cuestión era catedrática en una universidad de Londres, una mujer muy resuelta y perseverante, y especializada en rastrear el origen de las personas. Pura invención, por supuesto. Aunque, a decir verdad, Lisbeth realizaba unos brillantes análisis de ADN. Había hecho una serie de ambiciosos intentos para encontrar una explicación a por qué su familia resultaba tan extrema en lo concerniente a la genética. Porque no sólo estaba su padre, Zala, con su gran inteligencia y su maldad, sino que también estaba su hermanastro, Ronald Niedermann, con su fuerza y su incapacidad para sentir dolor. Y luego estaba Lisbeth, con su memoria fotográfica. En esa familia había personas con características excepcionales, y aunque Mikael no tenía ni idea de lo que Lisbeth había averiguado, sabía que había aprendido la metodología científica en un tiempo récord, y, tras unos cuantos tira y afloja con Fredrika Nyman, ella accedió a pasarle el material genético del que disponía.

Luego se lo mandó a Lisbeth, y no precisamente porque tuviera demasiada confianza en su disponibilidad o en sus ganas; tal vez sólo fuera una manera de intentar contactar con ella. En fin, que fuera lo que tuviera que ser. Dirigió la mirada al mar: el viento arreciaba. Las últimas personas que se habían bañado estaban recogiendo sus cosas para marcharse a casa, y Mikael se quedó absorto en sus pensamientos.

¿Qué le había sucedido a Catrin? En tan sólo unos días habían intimado tanto que él había llegado a pensar que... Eso, ¿qué era en realidad lo que había llegado a pensar? ¿Que de verdad se pertenecían el uno al otro? ¡Vaya tontería! Eran como la noche y el día, debería olvidarse de ella y llamar a Erika, a la que tendría que compensar por los problemas que le había ocasionado no entregando su reportaje. Tomó el teléfono y llamó a... Catrin. No era ésa su intención, pero... Retomaron la conversación donde más o menos la habían dejado cuando se despidieron en su casa, tanteando la situación, algo tensos. Luego ella dijo:

—Perdón.

—¿Por qué?

—Por haberme largado.

—Que nunca se muera ninguna planta por mi culpa.

Ella se rio con cierta melancolía.

—¿Y ahora qué vas a hacer? —continuó Mikael.

—La verdad es que no lo sé. Tal vez sentarme y comprobar que soy incapaz de escribir nada.

—No suena muy divertido.

—No —dijo ella.

—Pero necesitabas irte, ¿no?

—Creo que sí.

—Te vi por la ventana mientras arrancabas las hierbas del jardín.

—¿Ah, sí?

—Parecías preocupada.

—Sí, quizá.

—¿Te ha pasado algo?

—No exactamente.

—¿Entonces...?

—Pensaba en el mendigo.

—¿Y qué pensabas?

—Que no te había contado lo que me dijo cuando empezó a despotricar contra Forsell.

—Dijiste que era lo de siempre.

—Pues quizá no lo fuera.

—¿Por qué dices esto ahora de repente?

—Porque lo recordé mejor al hablar con la forense.

—¿Y qué fue lo que dijo?

—Algo así como «Yo agarrar Forsell. Dejar *Mamsabiv*, terrible, terrible». O algo parecido, no sé.

—Suena raro.

—Sí.

—¿Cómo lo interpretas?

—Ni idea. Pero busqué en Google *«Mamsabiv»*, *«Mansabin»* y todo tipo de palabras relacionadas, y me apareció «Mats Sabin». Fue lo más parecido que conseguí.

—¿El historiador militar?

—¿Lo conoces?

—De joven yo era uno de esos chicos que leían todo lo que caía en sus manos sobre la Segunda Guerra Mundial.

—¿Y sabes también que Sabin murió haciendo senderismo en Abisko hace cuatro años? Murió congelado junto a un lago. Creen que sufrió un derrame cerebral y que no logró resguardarse del frío.

—No lo sabía —dijo Mikael.

—Bueno, tampoco es que piense que tiene algo que ver con Forsell...

—Pero... —la ayudó Mikael.

—Pero no pude evitar hacer una búsqueda con los dos nombres juntos, y entonces vi que Forsell y Sabin han tenido unos cuantos encontronazos en los medios.

—¿Sobre qué?

—Sobre Rusia.

—¿Sobre qué exactamente?

—Mats Sabin cambió de opinión tras su jubilación y de ser un halcón pasó a ser alguien con una actitud menos hostil hacia Rusia, y en varias de sus intervenciones en prensa (entre otros, en un artículo de *Expressen*) escribió que Suecia sufría de rusofobia y de paranoia, y que deberíamos ser mucho más comprensivos con ese país. Y entonces Forsell le contestó con otro artículo, le dijo que sus palabras eran idénticas a las de la propaganda rusa e insinuó que Sabin era un lacayo pagado, y después de eso se armó la trifulca. Se habló de juicios por calumnias y de querellas de todo tipo antes de que Forsell se echara atrás y pidiera disculpas.

—¿Y qué tiene que ver el mendigo en todo eso?

—Ni idea. Aunque...

—¿Qué?

—El mendigo dijo «Dejar *Mansabin*», o algo parecido, y eso sí podría cuadrar, al menos en teoría... Mats Sabin murió solo y abandonado a su suerte.

—Es un hilo del que jalar —concluyó Mikael.

—Seguro que es una tontería.

—No necesariamente.

Permanecieron en silencio y Mikael se quedó contemplando el mar.

—¿Y no podrías subirte a un barco y venir aquí para que lo aclaremos juntos? Y ya que estamos, también podríamos hablar del sentido de la vida y de todo eso...

—Otra vez será, Mikael. Otra vez será.

Él quiso persuadirla, rogárselo, suplicárselo... Pero se sintió patético, de modo que le dio las buenas noches y, acto seguido, colgó. Después se levantó, agarró una cerveza del refrigerador y se preguntó qué hacer. Lo razonable, por supuesto, sería olvidarse tanto de Catrin como del mendigo. Ninguno de los dos lo conduciría a nada, pensó.

Debería continuar con su reportaje sobre las fábricas de troles y la caída de la bolsa o, aún mejor, tomarse vacaciones de verdad.

Pero él era como era: necio, y hasta un estúpido si lo apuraban. ¿Qué le iba a hacer? No podía olvidarse de las cosas, así que después de lavar los platos, recoger el rincón donde tenía instalada la cocina y dirigir de nuevo la mirada al mar, se puso a buscar a Mats Sabin en Google y se quedó atrapado en una extensa necrológica publicada en *Norrländska Socialdemokraten*.

Mats Sabin se crio en Luleå y se hizo oficial y comandante de la artillería costera —participó en las fuerzas de caza de submarinos durante los años ochenta—, aunque también estudió historia, y durante un tiempo abandonó la carrera militar para realizar una tesis doctoral en la Universidad de Uppsala sobre la invasión de Rusia por parte de Hitler. Acabó como profesor titular de la Academia Superior de Defensa, pero también publicó, como Mikael no ignoraba, libros de divulgación popular sobre la Segunda Guerra Mundial. Durante mucho tiempo fue un defensor de la entrada de Suecia en la OTAN. Estaba seguro de que lo que había perseguido en el mar Báltico eran submarinos rusos y ninguna otra cosa. Aun así, durante sus últimos años de vida, se hizo amigo de los rusos y defendió la intervención que éstos realizaron en Ucrania y Crimea, al tiempo que elogiaba a Rusia como una fuerte defensora de la pacificación de Siria.

No quedaba muy claro por qué había cambiado de postura; lo único con lo que se contaba eran sus propias palabras: «Las opiniones están para que las modifiquemos a medida que nos hacemos mayores y más sensatos». Se decía de él que había sido un destacado corredor de campo a través y un buen buceador. Murió con sesenta y siete años. Acababa de enviudar cuando le dio por recorrer la conocida ruta que va de Abisko a Nikkaluokta, en Laponia. Estaba en «buena forma», decían. Fue a principios de mayo, y el pronóstico meteorológico era bueno. Pero la noche del 3 de mayo las temperaturas bajaron hasta alcanzar los ocho grados bajo cero. Era más que probable que Sabin sufriera un derrame y se desplomara allí mismo, no muy lejos del río Abiskojåkka; nunca consiguió llegar a ninguna de las cabañas situadas a lo largo del camino. Un grupo de senderistas de Sundbyberg lo encontró muerto la mañana del 4 de mayo. No había, se comentó, ninguna circunstancia sospechosa, ni tampoco rastros de violencia.

De todas maneras, Mikael intentó averiguar dónde se hallaba ese día Johannes Forsell, que también era un gran deportista. Pero no encontró nada al respecto en Internet. Eso había sucedido en mayo de 2016, casi un año y medio antes de que Forsell fuese nombrado ministro de Defensa, y además, por aquel entonces, ni siquiera la prensa local de Östersund, la ciudad en la que residía, estaba interesada en sus actividades. Aun así, Mikael pudo constatar que Forsell tenía ciertos intereses comerciales en la zona. En cualquier caso, no resultaba imposible que ese día se hubiera encontrado en Abisko.

Fuera como fuese, lo cierto era que, de momento, aquello resultaba demasiado rebuscado y especulativo como para seguir investigando. Mikael se levantó y se dirigió a su recámara con la intención de tomar uno de los libros de la librería. Pero la mayoría de ellos eran novelas negras, y ya las había leído todas. Entonces llamó a Pernilla, su hija, y a Erika, sin conseguir contactar con ninguna de las dos, y, tras sentirse cada vez más aburrido e inquieto por no tener nada que hacer, se fue a cenar al puerto, a Seglarhotellet. Cuando regresó a casa, era como si todas las ganas de seguir con ese tema se le hubiesen esfumado.

Paulina dormía. Lisbeth tenía la mirada fija en el techo. Era lo normal; eso, o que las dos estuvieran despiertas tumbadas en la cama. Ninguna de las dos dormía mucho y ninguna se encontraba muy bien. Pero esa noche se habían consolado mutua y satisfactoriamente con champán, cerveza y un par de orgasmos, tras lo cual se durmieron de inmediato, cosa que de poco le sirvió a Lisbeth, pues un rato después se despertó sobresaltada y sintió cómo penetraban en ella, como un gélido viento, los recuerdos y las preguntas de Lundagatan y de su infancia. ¿Qué les había pasado a todos?

Antes de que Lisbeth se interesara por la ciencia, solía decir que había un error genético en su familia, cuando, durante mucho tiempo, lo único que quiso decir en realidad fue que muchos de los miembros de su familia llegaban a límites insospechados y hacían gala de una maldad extrema. No obstante, hacía tan sólo un año que había decidido llegar al fondo del asunto, y con la ayuda de una serie de ataques *hacker* al Laboratorio Genético de Linköping, consiguió hacerse con el cromosoma Y de Zalachenko.

Pasó largas noches aprendiendo a analizarlo y leyó todo lo que pudo de los haplogrupos. En todas las generaciones se producen pequeñas mutaciones. Los haplogrupos muestran a qué rama mutacional de la humanidad pertenece cada individuo. A Lisbeth no le sorprendió lo más mínimo que el grupo de su padre fuera muy poco frecuente, algo que también confirmó según fue retrocediendo en el tiempo. Por todas partes encontró una sobrerrepresentación no sólo de alta inteligencia, sino también de psicopatía, cosa que ni la puso más contenta ni le aclaró nada.

Sin embargo, le enseñó a dominar la técnica

ADN, y ahora que eran más de las dos de la madrugada y no hacía más que recordar, sentir escalofríos y mirar fijamente la alarma de incendios del techo, que parpadeaba como un malvado ojo rojo, se preguntó si, a pesar de todo, no debería echarle un vistazo al material que le había enviado Mikael. Así, por lo menos, se distraería un rato.

Por eso se levantó de la cama sin hacer ruido, se sentó frente al escritorio y abrió los archivos. «A ver —murmuró—. Vamos a ver. ¿Qué será esto?» Se trataba de un ADN autosómico preliminar con una serie de los llamados marcadores STR (Short Tandem Repeat), de modo que activó el Bam Viewer del Broad Institute, que la ayudaría a analizarlos. Al principio no le prestó mucha atención, y de vez en cuando hacía una pausa para mirar las imágenes de la casa de Camilla que le enviaba el satélite. Pero había algo en aquel material que, poco a poco, acabó fascinándola, y entonces constató que el hombre no tenía ni antepasados ni parentesco en los países nórdicos y que provenía de un lugar muy lejano.

Volvió a leer las actas de la autopsia, sobre todo el análisis 13 y las descripciones de los daños y las amputaciones, y se le vino a la mente una idea asombrosa. Permaneció un buen rato inmóvil, inclinada hacia delante y apretándose con la mano la vieja herida de bala que tenía en el hombro.

Luego realizó una serie de búsquedas en Internet y murmuró algo entre dientes. ¿Sería verdad? Le costaba creerlo, y se preparó para *hackear* el servidor de la forense.

Sin embargo, se le ocurrió la poco convencional idea de intentarlo primero de manera tradicional. Le escribió un correo y, tras tomarse lo único que le quedaba en el minibar, una Coca-Cola y una pequeña botella de coñac, se limitó a dejar pasar las horas y a esperar a que llegara la mañana, por lo que era más que posible que se quedara dormida un buen rato en la silla. Pero más o menos cuando Paulina abrió los ojos y ya se empezaban a oír ruidos en el pasillo, recibió un aviso en el celular y se conectó de nuevo al satélite, y, aunque en un principio sólo miró las imágenes con cierto cansancio y los ojos entornados, luego vio algo que la hizo dar un respingo y despertarse por completo.

En la pantalla aparecieron su hermana y otros tres hombres —uno de ellos, inusualmente alto— abandonando la casa de Rublevka y subiendo a una limusina. Lisbeth los siguió durante todo el trayecto hasta el Aeropuerto Internacional de Domodédovo, en las afueras de Moscú.

Capítulo 11

25 de agosto

Fredrika Nyman no cesaba de dar vueltas en la cama sin poder dormir. Acabó mirando el despertador que estaba sobre la mesita: esperaba que fueran, al menos, las cinco y media. Pero sólo eran las cuatro y veinte, y entonces soltó una palabrota: no había dormido más que cinco horas. Sin embargo, no se molestó en intentar conciliar el sueño de nuevo. Sentía —con ese autoconocimiento que tienen los insomnes— que eso no sería posible, por lo que se levantó, se dirigió a la cocina y se puso a preparar una tetera de té verde. Los periódicos matutinos aún no habían llegado. Se sentó junto a la mesa, teléfono en mano, y se quedó escuchando el trino de los pájaros. Echaba de menos la ciudad. Echaba de menos tener un hombre, o una persona, la que fuese con tal de que no se tratara de un adolescente.

—Esta noche tampoco pude dormir bien, y me

duelen la cabeza y la espalda —le diría a esa persona. Pero lo cierto es que lo dijo en voz alta, aunque sólo para sí misma, por lo que se contestó—: Pobre Fredrika.

Miró por la ventana. El lago permanecía tranquilo después de las fuertes ráfagas de viento de la noche anterior; dos cisnes se deslizaban muy juntitos por su superficie. A veces le daban envidia, no porque pudiera resultar muy divertido ser un cisne, sino porque eran dos. Podían dormir mal juntos. Quejarse el uno al otro en el lenguaje de las aves. Miró el correo electrónico. Había recibido un mensaje de alguien que se hacía llamar Wasp. Ponía:

Blomkvist me envió los marcadores STR y los informes de la autopsia. Tengo una ligera idea sobre el origen del hombre. Interesante lo del carbono 13. Pero necesito una secuenciación entera. Supongo que lo más rápido sería con UGC. Diles que se den prisa. No puedo esperar mucho tiempo.

«Carajo, vaya tonito —murmuró—. Y tampoco lo ha firmado... Pues secuénciate tú misma», pensó Fredrika. No soportaba a ese tipo de investigadoras que se comunican a lo aspergiano. Su marido había sido igual, un tipo insoportable, ahora que lo pensaba. Luego volvió a leer el correo y se tranquilizó un poco. Resultaba maleducado y mandón en el tono, pero al fin y al cabo decía lo que ella misma pensaba, y ya hacía una semana que había enviado una prueba de sangre al Centro de Genomas de Uppsala para que los bioinformáticos realizaran una secuenciación completa de la estructura genética.

Les había insistido mucho y les había pedido, además, que marcaran en rojo todas las mutaciones y las variantes extrañas que encontraran. Esperaba que le contestaran de un momento a otro. Por eso decidió escribirles a ellos en lugar de a esa maldita investigadora y, ya de paso, se dirigiría a ellos con el mismo tono que ésta:

Necesito la secuenciación ya.

Confiaba en que la hora en la que había mandado el correo también los sorprendiera. Todavía no eran, ni siquiera, las cinco de la mañana, y hasta los cisnes de allí fuera parecían estar algo cansados y no tan condenadamente contentos de ser dos, a pesar de todo.

La tienda de electrónica que Kurt Widmark tenía en Hornsgatan aún no había abierto. Pero la inspectora Sonja Modig vio a un hombre mayor algo encorvado dentro del local, de modo que llamó a la puerta y el hombre se acercó a abrirle con pasos lentos y una forzada sonrisa.

—No está abierto todavía. Pero pase —le dijo.

Sonja se presentó y le explicó el motivo que la había llevado hasta allí, y entonces el hombre se puso tenso y la miró con cierta irritación en los ojos. Suspiró y estuvo un rato lamentándose. Era de tez pálida, tenía la cara un poco torcida e iba peinado con un largo flequillo cubriéndole la calva. Había un deje de amargura en torno a su boca.

—Las cosas ya están lo suficientemente difíciles —explicó—. Las compras por Internet y los grandes almacenes nos están ganando la batalla.

Sonja sonrió e intentó mostrarse comprensiva. Se había pasado buena parte de la mañana dando vueltas por el barrio y preguntándole a la gente por el mendigo del que le había hablado Bublanski. Y había sido un chico joven que trabajaba en la peluquería de al lado el que le había dicho que ese mendigo se paraba con frecuencia frente al escaparate de la tienda y se quedaba mirando las pantallas de televisión.

—¿Cuándo lo vio por primera vez? —le preguntó.

—Hará un par de semanas. Entró en la tienda como Pedro por su casa, se puso delante de un televisor y clavó la mirada en la pantalla —comentó Kurt Widmark.

—¿Qué estaban dando?

—Las noticias; le estaban haciendo una entrevista bastante dura a Johannes Forsell sobre el crac bursátil y la defensa total.

—¿Por qué le interesaba eso al mendigo?

—Ni idea.

—¿Nada en absoluto?

—Pues no, ¿cómo diablos voy a saber yo eso? Me preocupé más por intentar sacarlo de una forma educada de aquí. A mí me da igual la pinta que lleve la gente, pero le hice ver que asustaba a mis clientes.

—¿De qué manera?

—Murmuraba cosas para sus adentros, olía mal y parecía estar completamente loco.

—¿Llegó a oír algo de lo que decía?

—Sí, me preguntó si Forsell era ahora un hombre conocido, y yo le contesté, un poco sorprendido, que sí, que vaya si era conocido. Era ministro de Defensa y un hombre muy rico.

—Entonces ¿parecía conocer a Forsell de antes?

—No lo sé. Pero recuerdo que me comentó: «*Problem*, ¿ahora tiene *problem*?». Y lo dijo como si esperara un sí por respuesta.

—¿Y usted qué le respondió?

—Que sí, que tenía unos problemas enormes. Había hecho muchos chanchullos en la bolsa con sus acciones, y era el responsable, en la sombra, de más de un golpe palaciego.

—Pero eso se supone que no son más que rumores...

—Bueno, a mí me lo ha dicho mucha gente.

—¿Y qué pasó con el mendigo? —preguntó Sonja.

—Empezó a dar de gritos y a hacer un alboroto, de modo que lo agarré del brazo para sacarlo de la tienda, pero tenía mucha fuerza. Luego, señalándose la cara, me gritó: «*Look at me!* ¡Mira qué ha pasado a mí! Y yo agarrar a él. *I took him*». O algo por el estilo. Lo vi desesperado, así que lo dejé quedarse un rato. Después de la entrevista de Forsell dieron una noticia sobre la escuela sueca y sacaron, una vez más, a esa mujer tan mimada y arrogante, ¡vaya bruja!

—¿De qué mujer me habla?

Sonja Modig sintió una creciente irritación.

—Carajo, de Lindås, la tipa esa que anda siempre dándoselas de perfecta. Pero el mendigo se quedó con la mirada puesta en ella, como si hubiera visto un ángel, y murmuró: «*Very, very beautiful woman*. Muy bonita. ¿También contra Forsell?». Y yo intenté decirle que esa noticia no tenía nada que ver con la otra, aunque no pareció entenderlo. Estaba absolutamente fuera de sí, y poco tiempo después desapareció.

—¿Y volvió?

—Durante más o menos una semana estuvo viniendo todos los días a la misma hora, justo antes de cerrar. Se quedaba frente al escaparate mirando fijamente para dentro y le preguntaba a la gente por periodistas y otras personas a quienes poder llamar, y al final aquello me irritó tanto que llamé a la policía, pero nadie movió ni un solo dedo, claro.

—Entonces ¿no sabe su nombre ni tiene ninguna otra información sobre su identidad?

—Dijo que se llamaba Sardar.

—¿Sardar?

—«Yo Sardar», me dijo una tarde mientras intentaba echarlo de la tienda.

—Bueno, algo es algo —respondió Sonja Modig. Le dio las gracias por la información y, tras despedirse, salió de allí y se dirigió a Mariatorget.

Ya en el metro, camino de Fridhemsplan y la jefatura de policía, buscó *Sardar* en Google. Era una antigua palabra persa que denominaba a príncipes y a aristócratas, o, en general, a líderes de un grupo o de una tribu. La palabra se usaba también en Oriente Medio, Asia Central y el sureste asiático. También podía escribirse *Sirdar*, *Sardaar* o *Serdar*. «Un príncipe —pensó Sonja Modig—. Un príncipe vestido de mendigo... Qué buena historia. Como en el cuento. Pero la vida nunca es como en los cuentos.»

Habían tardado mucho en salir, y no sólo porque se hubieran entretenido en intentar detectar, sin éxito, algún rastro de Lisbeth Salander, sino también porque Ivan Galinov, el viejo agente del GRU, había estado ocupado con otras cosas. Camilla insistía en que él los acompañara costara lo que costase. Galinov tenía sesenta y tres años y era un hombre con una buena formación académica, así como con una larga experiencia en trabajos de inteligencia e infiltración.

Era políglota. Hablaba once lenguas con fluidez y podía adoptar sus variantes regionales sin ningún problema, de modo que le resultaba muy fácil que lo tomaran por nativo de Gran Bretaña, Francia o Alemania. Además, era atractivo y elegante, a pesar de que su rostro se asemejaba ligeramente al de un pájaro. Era alto, esbelto y fuerte; tenía el pelo canoso y unas blancas patillas, y siempre se mostraba educado y caballeroso. Aun así, solía intimidar a la gente, y se contaban historias sobre su vida que habían llegado a formar parte de su carácter, como si fuesen una prolongación de su propio cuerpo.

Una de esas historias versaba sobre el ojo que perdió en la guerra de Chechenia. Lo había sustituido por un ojo de cristal, el mejor de cuantos se encontraban en el mercado, según se decía. Contaba la leyenda —inspirada en un viejo chiste sobre el director de un banco— que nadie era capaz de determinar qué ojo era el auténtico y cuál el falso; hasta que uno de sus subordinados dedujo la terrible verdad, que «el ojo que mostraba un pequeño destello de humanidad era el de cristal».

Otra de las historias que circulaban sobre su persona tenía como escenario el crematorio que había en la planta menos dos del cuartel general del GRU, en Chodinka. Se rumoreaba que Galinov llevó allí a un colega que había vendido material clasificado a los británicos y que luego lo incineró vivo. Se decía también que sus movimientos se volvían más lentos y que dejaba de parpadear cuando torturaba a sus enemigos. Con toda seguridad, la mayor parte de esos relatos no eran más que habladurías, exageraciones mitificadas, y aunque Camilla se había aprovechado de la fuerza de esas leyendas para conseguir sus propósitos, no tenía nada que ver con el verdadero motivo por el que ella buscaba su compañía.

Galinov había sido una persona muy cercana a su padre, al que, al igual que ella, había querido y admirado, y por el que, al igual que ella, había sido traicionado, cosa que los unió. Más que crueldad, lo que Camilla recibía de Galinov era comprensión y consideración paternas; a ella nunca le había resultado difícil saber qué ojo era el bueno. Galinov le había enseñado a seguir adelante con su vida, y no hacía mucho, cuando Camilla entendió lo duro que había sido para él que Zalachenko desertara a Suecia, le preguntó:

—¿Cómo sobreviviste?

—De la misma manera que tú, Kira.

—¿Y yo cómo lo hice?

—Imitando a tu padre.

Unas palabras que no había olvidado. Unas palabras que la asustaban pero que también le daban fuerza y que, a menudo, como en esos momentos en los que el pasado la perseguía, la hacían anhelar tener a Galinov a su lado. Ante él, Camilla se atrevía a mostrarse frágil. Él era el único que la había visto llorar de mayor. Por eso ahora que se hallaban volando hacia el aeropuerto de Arlanda, en Estocolmo, a bordo de su avión privado, buscó su sonrisa.

—Gracias por acompañarme —le dijo ella.

—La atraparemos, querida. La atraparemos —contestó él mientras le daba unas tiernas palmaditas en la mano.

Lisbeth debía de haberse quedado dormida después de ver cómo Camilla y todo su séquito se montaban en la limusina y ponían rumbo al aeropuerto de Domodédovo, porque se despertó y descubrió un papelito sobre la mesita de noche que decía que Paulina había bajado a desayunar. Eran las once y diez. El comedor ya estaba cerrado, de modo que decidió quedarse en la habitación, aunque maldijo su suerte cuando se acordó de que ya había acabado con toda la comida basura del minibar. Bebió agua de la llave y comió unos restos de papas fritas que quedaban en torno a la computadora. Luego se duchó, se puso unos pantalones de mezclilla y una camiseta negra y se sentó frente al escritorio para mirar el correo. Había recibido dos archivos de más de diez gigabytes y, con ellos, un mensaje de la médica forense Fredrika Nyman.

Hola, no soy idiota. Como comprenderás, ya había pedido un genoma completo. Lo recibí esta misma mañana. No sé hasta qué punto los bioinformáticos han sido minuciosos, pero han señalado ciertas rarezas. Por supuesto, cuento con mis propios especialistas, pero supongo que no pasa nada si le echas un vistazo tú también. Adjunto tanto un archivo con anotaciones como un FastQ con los datos tal cual, por si prefieres trabajar directamente con ellos.
Agradecería una respuesta rápida.

F

Lisbeth no notó nada en absoluto de la rabia ni de la irritación que había bajo esas líneas, aunque tampoco es que estuviera muy concentrada. Sí advirtió, en cambio, que Camilla se encontraba ahora en Suecia, de camino al centro de Estocolmo por la E4, y entonces apretó los puños y se preguntó si no debería ir ella también allí de inmediato. Sin embargo, se quedó sentada frente al escritorio, abrió los archivos que le había mandado Fredrika Nyman y dejó que las páginas pasaran frente a sus ojos, como un centelleante microfilm. ¿Debería mandarlo todo a la mierda?

Al final decidió que podría mirarlo mientras pensaba en un plan de acción. Por ello, a pesar de todo, se puso manos a la obra; una vez metida en faena ella era especial, eso lo había sabido siempre.

Lisbeth solía hacerse enseguida una idea general, hasta cuando se trataba de documentos muy complejos. Por ese motivo prefirió, tal y como Fredrika Nyman había sospechado, trabajar directamente con los datos, así no se dejaría influir por los puntos de vista y las anotaciones de otros, y, con la ayuda del programa Sam Tools, convirtió toda esa información en un archivo Bam, un documento que incluía el genoma completo, lo cual no era cualquier cosa.

Se trataba, en cierto sentido, de un gigantesco criptograma, formulado con cuatro letras: A, C, G y T, las bases nitrogenadas de adenina, citosina, guanina y timina. A primera vista, aquello no parecía más que un montón de datos incomprensibles, pero lo cierto era que ocultaba la historia de toda una vida. Lisbeth empezó intentando encontrar anomalías, las que fueran, mediante la búsqueda de índices y estudios de gráficos. Luego hizo uso de su Bam Viewer, su IGV, y comparó una serie de fragmentos seleccionados al azar con las secuencias de ADN de otras personas que halló en el Proyecto 1000 genomas, el cual recoge información genética de todo el mundo. Fue entonces cuando descubrió una anomalía en la frecuencia rs4954 del así llamado gen EPAS1, que regula la producción de hemoglobina.

Eso le resultó tan llamativamente diferente que la hizo consultar, en el acto, la base de datos Pub-Med, y no tardó mucho en soltar una palabrota y negar con la cabeza: ¿sería eso posible? Había sospechado algo así, pero no pensaba que pudiera confirmarlo tan pronto. Se sumió en tal concentración que hasta se olvidó de que su hermana se encontraba en Estocolmo, y ni siquiera se dio cuenta de que Paulina entraba en la habitación y la saludaba con un «Hola, hola», ni de que, a continuación, se había dirigido al cuarto de baño.

Lisbeth permaneció absorta en esa variante del gen EPAS1. No sólo porque fuese inusualmente rara, sino también porque poseía una espectacular historia que se remontaba hasta el homínido de Denísova, una rama de la especie de los *Homo* que llevaba cuarenta mil años extinguida.

La ciencia había estado mucho tiempo sin saber de su existencia, y no se lo catalogó hasta 2008, cuando unos arqueólogos rusos descubrieron el fragmento de un hueso y el diente de una mujer en la cueva de Denísova, en los montes Altái, Siberia. Al parecer, el homínido de Denísova se había apareado con representantes del *Homo sapiens* del sureste asiático, por lo que una parte de sus genes, entre otros, la variante EPAS1, había llegado hasta algunas personas de nuestros días.

La variante en cuestión ayuda al cuerpo a sacar provecho de cantidades muy pequeñas de oxígeno, puesto que se asegura de que la sangre se haga menos espesa y de que circule a mayor velocidad, lo que reduce el riesgo de que se produzcan trombos o edemas. La variante es muy favorable para quien viva o trabaje en zonas de gran altitud, donde el porcentaje de oxígeno que hay en el aire es menor, un hecho que corroboraba la primera suposición que había hecho Lisbeth, basada en las lesiones que presentaba el mendigo, así como en sus amputaciones y en el análisis del carbono 13.

No obstante, a pesar de contar con unos indicios tan concretos, no estaba segura. La variante era rara y, sin embargo, se encontraba muy extendida por el mundo. Por eso realizó diversas búsquedas en el cromosoma Y del hombre y en su ADN mitocondrial, y entonces descubrió que pertenecía al haplogrupo C4a3b1, lo que puso fin a sus dudas.

Ese grupo sólo se hallaba presente en personas que vivían en las laderas de las altas cumbres del Himalaya, en Nepal y en el Tíbet, y que a menudo trabajaban como porteadores o como guías de expediciones de alta montaña.

El hombre pertenecía a la etnia *sherpa*.

SEGUNDA PARTE

La gente de la montaña

Los *sherpas* son una etnia del Himalaya, Nepal. Muchos de ellos trabajan como guías o porteadores en expediciones de grandes alturas.

La mayoría de esos *sherpas* profesan el Nyingma, una antigua tradición del budismo, y creen que los dioses y los espíritus pueblan las montañas. Los dioses deben ser respetados y adorados, y hay que rendirles culto mediante determinados rituales religiosos.

Se piensa que los *lhawa*, los chamanes, tienen poderes para ayudar a un *sherpa* que está enfermo o que ha sufrido un accidente.

Capítulo 12

25 de agosto

Se había levantado mucho viento en el mar. Mikael se hallaba en su casa de Sandhamn sentado frente a la computadora, navegando por Internet sin buscar nada concreto, aunque atraído en todo momento por la idea de averiguar más cosas sobre Forsell. Algún que otro verano se había cruzado con él en el supermercado y en el puerto, si bien es cierto que también lo entrevistó en una ocasión. De eso hacía ya casi dos años; fue en octubre de 2017, justo cuando Forsell acababa de ocupar el cargo de ministro de Defensa. Mikael se acordó de cómo lo estuvo esperando en una gran habitación con mapas en las paredes y de cómo Johannes Forsell asomó la cabeza por la puerta como si fuese un alegre niño que acabara de llegar a una fiesta.

—¡Mikael! —dijo—. ¡Qué alegría verte!

No resultaba muy habitual que los políticos lo saludaran de esa manera; tal vez debería haberlo ignorado por considerar que no se trataba más que de un intento de adularlo, sin embargo, había en el ministro un genuino entusiasmo que se le antojó sincero. Mikael recordó que se sintió estimulado por la conversación: Forsell era rápido pensando, estaba bien preparado, contestaba en serio, como si de verdad le interesaran las preguntas, y evitaba, además, hacer propaganda de su partido político. Pero lo que mejor recordaba Mikael eran los *wienerbröd*; ante sus ojos había un plato lleno de esos deliciosos panes, y eso que Forsell no parecía ser precisamente alguien que acostumbrara a comer harinas.

Era alto y atlético, un espécimen perfecto que podría haber pasado sin problemas por modelo profesional. Corría cinco kilómetros y hacía doscientas flexiones todas las mañanas, decía, y no daba muestras de tener ninguna debilidad, así que quizá esos panes no fueran más que un intento de ofrecer una imagen más humana, el afán de un elitista por resultar normal, igual que cuando lo entrevistaron en *Aftonbladet* y comentó que le encantaba el «Melodifestivalen», sin que después fuera capaz de contestar siquiera a una sola de las preguntas que, con el fin de comprobarlo, le hicieron sobre el televisivo concurso.

Mikael y él tenían la misma edad, constataron, aunque Forsell parecía, sin duda, más joven y habría recibido muchas más felicitaciones en un reconocimiento médico. Irradiaba energía y optimismo. «Puede que parezca que el mundo anda mal, pero avanza, y hay cada vez menos guerras. Que no se te olvide», le dijo. Luego le regaló un libro de Steven Pinker que todavía estaba sin leer en alguna parte.

Johannes Forsell nació en Östersund, en el seno de una familia de pequeños empresarios que regentaba un hostal y unas cabañas turísticas en Åre. Destacó pronto en el colegio y se convirtió en toda una promesa del esquí de fondo. Estudió el bachillerato en Sollefteå, en un instituto especializado y dirigido a jóvenes esquiadores de fondo, tras lo cual fue elegido para realizar el servicio militar en la prestigiosa escuela de intérpretes, donde aprendió ruso. Y después entró como oficial en el Must, el servicio de inteligencia militar. Los años pasados allí resultaban ser, por razones obvias, los más secretos de su vida. Pero era muy posible que se dedicara a investigar las actividades del GRU en Suecia; eso era, al menos, lo que se había insinuado en unas informaciones filtradas al periódico *The Guardian* justo cuando Forsell, en el otoño de 2008, fue expulsado de Rusia, donde había trabajado en la embajada sueca.

En febrero del año siguiente murió su padre. Entonces Forsell dimitió, se encargó de la empresa familiar y, en muy poco tiempo, la convirtió en un gran grupo. Construyó hoteles en Åre, Sälen,

Vemdalen y Järvsö, e incluso en Noruega, en las localidades de Geilo y Lillehammer. En 2015 vendió la empresa a un grupo empresarial turístico de Alemania por una suma que rondó los doscientos millones de coronas, aunque se quedó con algunas actividades menores en Åre y Abisko.

Ese mismo año se afilió al partido socialdemócrata y, sin tener en realidad ninguna experiencia política, fue elegido alcalde de Östersund. Rápidamente ganó popularidad y empezó a ser conocido por su capacidad de iniciativa y resolución, así como por su incondicional amor por el equipo de futbol de la ciudad. Luego, de la noche a la mañana, fue nombrado ministro de Defensa, una elección que, durante mucho tiempo, pareció ser muy acertada, todo un golpe de efecto publicitario por parte del Gobierno.

Lo retrataron como a un héroe y un aventurero, debido sobre todo a dos de las grandes hazañas que realizó al margen de su carrera política: el cruce a nado del canal de la Mancha, en el verano de 2002, y la subida al Everest que efectuó seis años más tarde, en mayo de 2008. Pero los vientos no tardaron en cambiar; hasta se podría fechar, sin duda, el momento en que eso ocurrió: el día en el que, con una categórica y absoluta convicción, declaró que Rusia había apoyado en secreto a Sverigedemokraterna, el partido xenófobo sueco, en la campaña electoral.

Los ataques hacia su persona se recrudecieron

cada vez más, aunque aquello no fue nada comparado con lo que le esperaba. Después de la crisis bursátil de junio, se empezaron a difundir un montón de falsedades sobre su persona. Resultó fácil simpatizar con su mujer, una noruega llamada Rebecka, quien, en una entrevista concedida a *Dagens Nyheter*, calificó esas mentiras de vergonzosas y contó que incluso se habían visto obligados a contratar a dos guardaespaldas para proteger a sus dos hijos. Había un ambiente crispado, enconado, que no hizo más que intensificarse.

En sus más recientes fotografías, Forsell ya no aparentaba ser ese hombre de inagotable energía. Se veía cansado y muy delgado, y una noticia del viernes anterior afirmaba que se había tomado una semana de vacaciones; hasta se llegó a rumorear que se trataba de una grave crisis nerviosa. Fuera como fuese, lo cierto era que, por muchas vueltas que Mikael le diera a todo aquello, no podía remediar sentir cierta simpatía por él. Aunque, bien pensado, quizá fuese ésa una postura estúpida si realmente iba a investigar si existía una conexión entre Forsell y el mendigo, e incluso tal vez con Mats Sabin, el historiador militar.

Como era lógico, Forsell no siempre podía ser ese hombre intachable y lleno de entusiasmo. En la campaña general de difamación que se había orquestado contra él, hubo quien aseguró que se había agarrado a la barca que lo acompañó a lo largo de su travesía a nado por el canal de la Mancha, y luego estaban, por supuesto, los comentarios de quienes afirmaban que no era cierto que hubiera subido al Everest, como él decía. Pero Mikael no encontró ni un solo fundamento en todas esas acusaciones, exceptuando el hecho de que los dramáticos acontecimientos del Everest habían sido el resultado de un terrible caos —una especie de tragedia griega, si se quiere— del que, por mucho que se hubiera escrito, no se pudo saber nada con certeza.

Sin embargo, Forsell no era la persona sobre la que versaban aquellos artículos. Él se encontraba lejos del epicentro del drama en el que murieron, a una altura de ocho mil trescientos metros, la despampanante y rica americana Klara Engelman y su guía, Viktor Grankin. Por eso Mikael no dedicó más tiempo a investigar esas muertes, sino que se concentró en saber más cosas sobre la carrera militar de Forsell.

El mero hecho de que hubiera sido oficial del servicio de inteligencia debería, sin duda, haber sido información clasificada. Pero el dato se filtró a raíz de que lo expulsaran de Rusia, y aunque ahora, en esa tormenta de odio que se había desatado, surgían los rumores más disparatados, Lars Granath, el comandante en jefe de las fuerzas armadas suecas, seguía refiriéndose a la actuación de Forsell en Moscú como algo exclusivamente «honorable».

Por lo demás, había pocos datos concretos que rastrear, así que Mikael acabó dejando el tema y se limitó a constatar que Johannes y Rebecka Forsell tenían dos hijos, Samuel y Jonathan, de once y nueve años de edad respectivamente. La familia vivía en Stocksund, a las afueras de Estocolmo, pero también poseía una casa de vacaciones en la parte sureste de la isla de Sandön, no demasiado lejos de donde se encontraba Mikael. ¿Estarían allí ahora?

Mikael tenía el número particular de Forsell. «No dudes en llamarme si tienes alguna pregunta que hacerme», le había dicho con su inimitable espontaneidad. No obstante, Mikael no vio ningún motivo para molestarlo en esos momentos. No, lo que debería hacer era olvidarse de todo y tomar una siesta. Estaba infinitamente cansado. Pero no, no quería descansar, de modo que llamó al comisario Bublanski para volver a hablar de Lisbeth y contarle lo que con toda posibilidad había dicho el mendigo acerca de Mats Sabin, aunque no sin antes añadir, por si acaso: «Seguro que no es nada».

Paulina Müller salió del cuarto de baño del hotel con un albornoz blanco y vio que Lisbeth todavía estaba concentrada en su computadora. Se acercó a ella y, con toda suavidad, le puso una mano sobre el hombro. Lisbeth ya no miraba esa gran casa de las afueras de Moscú, como solía hacer, sino que estaba leyendo un artículo, y como ya era habitual, Paulina no pudo seguir su ritmo. Nunca había conocido a nadie que leyera con tanta rapidez. Las frases pasaban volando por la pantalla.

Aun así, vio las palabras «*Denisovan genoma and that of certain South Asian...*», lo que despertó su interés. Ella había escrito, en la revista *Geo*, un reportaje sobre el origen del *Homo sapiens* y su parentesco con el hombre de Neandertal y con el homínido de Denísova, por lo que le comentó:

—Yo escribí sobre eso.

Lisbeth no contestó, cosa que sacaba de quicio a Paulina. Aunque Lisbeth la invitaba siempre y la protegía, a menudo se sentía sola, excluida. No soportaba sus silencios ni las interminables horas que pasaba frente a la computadora. Por las noches, Paulina se volvía loca, porque las noches eran ya de por sí lo bastante duras. Todo lo malo que Thomas le había hecho retumbaba en su interior, por lo que ella no paraba de soñar con vengarse y hacer justicia. En momentos así necesitaba a Lisbeth.

Pero Lisbeth vivía su propio infierno. En algunas ocasiones tenía el cuerpo tan tenso que Paulina ni siquiera se atrevía a arrimarse a ella. ¿Y cómo era humanamente posible dormir tan poco? Cada vez que Paulina se despertaba, Lisbeth estaba a su lado con los ojos abiertos, aguzando el oído por si había ruidos en el pasillo, o la hallaba sentada frente al escritorio mirando secuencias de imágenes de cámaras de vigilancia y de satélites. Paulina sentía cada vez más que ya no soportaba que la mantuviera al margen de todo eso, sobre todo viviendo tan juntas; de modo que su único deseo ahora fue gritarle: «¡¿Quién te persigue?! ¡¿En qué lío andas metida?!».

Le preguntó:

—¿Qué estás haciendo?

Tampoco esta vez hubo respuesta. Pero al menos Lisbeth se volvió y le dirigió una mirada que, a pesar de todo, ella interpretó como si le hubiese tendido la mano un poco. En sus ojos había ahora un nuevo brillo, más dulzura.

—¿Qué haces? —le preguntó de nuevo.

—Intento averiguar la identidad de un hombre —respondió Lisbeth.

—¿Un hombre?

—Un *sherpa*, de unos cincuenta años, ya está muerto; probablemente fuese del valle de Khumbu, en el noreste de Nepal, y aunque también podría ser de Sikkim o de Darjeeling, en la India, casi todo habla a favor de Nepal y de los alrededores de Namche Bazaar. Procede del este del Tíbet. Parece haber comido poquísima grasa en su infancia —respondió, cosa que, viniendo de Lisbeth, a Paulina se le antojó toda una conferencia.

Se le iluminó la cara y se sentó en una silla junto a ella.

—¿Algo más? —le preguntó.

—Tengo su ADN y el informe de la autopsia. Considerando sus lesiones, estoy bastante segura de que fue porteador o guía en ascensos de grandes alturas, y creo que lo hizo muy bien.

—¿Qué te lleva a decir eso?

—Tiene una cantidad inusualmente alta de fibras musculares del tipo 1, de modo que debería haber podido llevar una carga bastante pesada sin consumir demasiada energía. Pero, sobre todo, el gen que regula el nivel de hemoglobina en la sangre. Ese hombre debe de haber sido muy fuerte y haber resistido muy bien condiciones ambientales con poco oxígeno. Creo que vivió algo terrible. Presentaba graves lesiones de congelación y rotura de fibras, de vasos sanguíneos, y algunos de los dedos tanto de las manos como de los pies estaban amputados.

—¿Tienes sus datos Y?

—Tengo todo el genoma.

—¿Y no vas a contrastarlo con Y-Full?

Y-Full era una empresa rusa sobre la que Paulina había escrito hacía tan sólo un año. La llevaba un grupo de matemáticos, biólogos y programadores que recogían datos de la secuenciación del cromosoma Y de individuos de todo el mundo, de personas que o habían participado en estudios universitarios o habían enviado una prueba de saliva para enterarse de más cosas sobre su origen.

—Pensaba contrastarlo con Familytree y Ancestry, pero ¿dijiste Y-Full?

—Creo que son los mejores. Es una empresa dirigida por gente como tú, una pandilla de completos frikis de las computadoras.

—OK —repuso Lisbeth—. Pero creo que va a ser difícil.

—¿Por qué dices eso?

—Supongo que el hombre pertenece a un grupo que no se presta a que se analice su ADN con mucha frecuencia.

—¿Y no habrá material de parientes en informes científicos? Sé que se han realizado estudios sobre los motivos por los que los *sherpas* son tan eficaces en grandes altitudes —comentó Paulina, orgullosa de repente de poder aportar algo.

—Es verdad —dijo Lisbeth, ya no del todo presente.

—Y se trata de una población bastante pequeña, ¿no?

—Apenas hay veinte mil *sherpas* en el mundo.

—Pues vamos, ¿qué estamos esperando? —añadió con la esperanza de poder investigar juntas.

Sin embargo, Lisbeth pinchó otro enlace en su computadora. Parecía un plano de Estocolmo.

—¿Por qué es tan importante para ti?

—No es importante.

La mirada de Lisbeth se volvió todavía más oscura.

Entonces Paulina, molesta, se levantó, se vistió en silencio y la dejó sola. Salió a la calle y puso rumbo al castillo de Praga.

Capítulo 13

25 de agosto

Rebecka Forsell, que en aquella época se apellidaba Loew, se había enamorado de la fuerza de Johannes, así como de su buen humor. Rebecka había sido la médica que había estado al frente de la expedición al Everest de Viktor Grankin, aunque durante mucho tiempo se mostró escéptica con su cometido y no fue insensible a la crítica que se les hacía. En aquellos años se hablaba mucho de una comercialización del Everest.

Se hablaba de clientes que compraban un lugar en la cima —al igual que otros se compran un Porsche—, y no sólo se pensaba que mancillaban la mismísima y pura idea de escalar montañas, sino que también se decía que los riesgos aumentaban, razón por la cual a Rebecka le preocupaba que muchos de los del grupo fueran demasiado inexpertos, sobre todo Johannes, que ni siquiera había escalado por encima de los cinco mil metros.

Pero cuando llegaron al campamento base y algunos empezaron a toser, a sufrir dolor de cabeza y a ser asaltados por las dudas, el que menos le preocupó fue Johannes. Avanzaba por la morrena que daba gusto y se hizo amigo de todos, incluida la población local, quizá porque los trató con mucho y ningún respeto al mismo tiempo; les tomaba el pelo igual que a los demás, y se reía y les contaba chistes.

Era así, ni más ni menos, y la gente lo consideraba auténtico, cosa que Rebecka no sabía si resultaba cierta; ella lo veía más bien como un intelectual que, de manera totalmente consciente, había elegido adoptar una actitud positiva frente al mundo. Aunque, en realidad, eso no hacía más que aumentar su encanto, por lo que a menudo a ella le entraban ganas de irse con él y abrazar la vida a su lado.

Bien es verdad que, tras la muerte de Klara y Viktor, él sufrió una profunda crisis. Por alguna razón, la tragedia le afectó más que al resto.

Pasó por una época muy oscura antes de volver a ser el hombre alegre y enérgico de siempre. Luego la llevó a París y Barcelona, y en abril del año siguiente —tan sólo unos meses después del fallecimiento del padre de Johannes—, se casaron en Östersund. Ella dejó su casa de Bergen, Noruega, y nunca la echó de menos.

Le gustaba Östersund y Åre, y el esquí. Quería mucho a su marido y no le sorprendió nada que su empresa creciera y que la gente se sintiera atraída por él, ni siquiera el hecho de que lo nombraran ministro. Johannes era un fenómeno. Era como si nunca dejara de correr hacia delante y, aun así, le diera tiempo a pensar por el camino. Sólo en muy contadas ocasiones la sacó de quicio, quizá debido precisamente a eso, a que nunca paraba, a que estaba convencido de que todos los problemas podían resolverse arremangándose la camisa y luchando un poco más, y a que a menudo les exigía demasiado a los chicos.

«Pueden hacerlo mejor», no cesaba de decirles, y aunque siempre los apoyaba y los animaba, rara vez encontraba un momento para escuchar los problemas que ella tenía.

La mayor parte del tiempo se limitaba a besarla y a decirle: «Tú puedes, Becka, tú puedes». Trabajaba cada vez más, sobre todo desde que ocupó el cargo de ministro, claro, y a menudo se quedaba hasta muy tarde, y, sin embargo, se levantaba pronto y corría sus cinco kilómetros y hacía sus *navy seals*, como él decía, una rutina de ejercicios en los que utilizaba nada más que su propio cuerpo. Era un ritmo inhumano. Pero ella creía que a él le gustaba y que ni siquiera le preocupaba que el viento soplara en contra y que él, que había sido tan admirado, fuera ahora tan odiado.

Fue ella la que se lo tomó más a pecho. Día y noche escribía en Google, de forma compulsiva, el nombre de su marido, y seguía los hilos de los foros donde la gente se expresaba y realizaba las acusaciones más horribles, y a veces, en sus horas más negras, le daba por pensar que todo aquello había sucedido por su culpa, por tener ascendencia judía. Incluso Johannes, con su pinta de perfecto ejemplar ario, había sido víctima de campañas de odio antisemitas y, aun así, había conseguido durante mucho tiempo no sólo apartar de su mente esos ataques, sino también continuar siendo optimista: «Nos hará más fuertes, Becka. Y las cosas pronto cambiarán».

Pero al final las mentiras debieron de llegarle también a él, a pesar de que no se quejó ni se lamentó ni un solo instante. Sin embargo, su entusiasmo entró más bien en modo «piloto automático», lo que lo llevó —el pasado viernes y sin dar ninguna explicación— a tomarse una semana de vacaciones, cosa que debió de causarle bastantes problemas a su equipo. Ése era el motivo de que ahora se encontraran en la isla de Sandön, en esa gran casa que poseían junto al mar. Los chicos estaban con la abuela, pero los guardaespaldas los acompañaban, esos eternos protectores a los que Rebecka no cesaba de entretener y con los que siempre conversaba. Johannes se refugiaba en la planta de arriba, en su despacho. La noche anterior lo había oído dando de gritos por teléfono, y esa mañana ni siquiera había hecho ejercicio. Había desayunado en silencio y luego había vuelto a subir, para esconderse de nuevo.

Algo iba mal. Y era grave, lo sentía. Fuera, el viento arreciaba. Rebecka estaba en la cocina preparando una ensalada de betabel con queso feta y piñones. Pronto sería la hora de comer, pero a ella le daba reparo la sola idea de decírselo.

Aun así subió y, a pesar de que debería haber aprendido a no hacerlo, entró en su despacho sin llamar a la puerta y, de inmediato, él apartó nerviosamente unos papeles. Si no hubiese actuado de forma tan sospechosa, ella no les habría echado ni una sola mirada, pero lo hizo, y consiguió ver que se trataba del historial psiquiátrico de una persona, lo que le resultó muy raro, si bien es cierto que podría tratarse del control de seguridad de algún colaborador, de modo que intentó sonreír, como siempre.

—¿Qué hay? —preguntó él.

—La comida ya está lista.

—No tengo hambre.

«¡Carajo, si tú siempre tienes mucha hambre!», quiso gritarle.

—¿Qué es lo que te pasa? —le preguntó con cautela.

—Nada.

—Vamos, cuéntamelo, sé que te pasa algo —le dijo al tiempo que sentía cómo la rabia palpitaba en su interior.

—No, no me pasa nada.

—¿Estás enfermo o algo?

—¿Por qué me preguntas eso?

—Veo que estás leyendo historiales médicos, así que es normal que me pregunte si te sucede algo —le soltó enfadada. Lo que fue un error.

Lo entendió enseguida. Él la miró con unos ojos tan llenos de angustia que le dio un susto de muerte, y entonces ella murmuró «Perdón». Al salir de allí notó que las piernas a duras penas la sostenían.

«¿Qué pasó? —pensó—. Con lo felices que éramos.»

Lisbeth sabía que Camilla se encontraba ahora en un piso de Strandvägen, en Estocolmo. Sabía que la acompañaban Yuri Bogdanov, el *hacker* de Camilla, e Ivan Galinov, el viejo agente del GRU y gánster, lo que la hizo comprender que debía pasar a la acción de inmediato, aunque dudaba en cuanto a la manera de hacerlo; y a pesar de que había decidido olvidarse del asunto, siguió investigando sobre el *sherpa* de Mikael. Quizá fuera, en parte, un modo de evadirse de lo otro. No lo sabía. Con la ayuda de su Bam Viewer, logró sacar sesenta y siete marcadores diferentes de la secuencia de ADN y, cuando los repasó uno a uno, consiguió dar con un haplogrupo también en la parte paterna.

Se trataba del DM174, y era asimismo muy poco frecuente, cosa que podía ser buena o mala, eso dependía. También realizó una búsqueda del grupo en Y-Full, la empresa rusa de secuenciación de ADN que Paulina le había recomendado. Aguardó. Pero tardaban mucho.

—¡Vaya mierda, carajo! ¿Cómo pueden ser tan lentos?

No lo podía creer, y la verdad era que no entendía qué diablos estaba haciendo. Debería mandarlo todo al diablo y concentrarse en Camilla. Pero, de buenas a primeras, le llegó una respuesta y soltó un silbido. El grupo había dado 212 resultados, repartidos en 156 apellidos. Eso era mejor de lo que esperaba. Cerró los ojos, se dio un par de bofetadas y se puso a repasarlo todo, buscando otras variantes raras en el segmento, tras lo cual un nombre aparecía sin cesar. No podía ser. Pero ese nombre seguía apareciendo. Se trataba de Robert Carson, de Dénver, Colorado.

Bien era cierto que tenía un aire asiático. Pero, por lo demás, era estadounidense de pura cepa, corredor de maratones, esquiador alpino y geólogo en la universidad de la ciudad. Tenía cuarenta y dos años y tres hijos, y era un demócrata muy activo políticamente, así como un férreo opositor del *lobby* Asociación Nacional del Rifle, la NRA, desde que su hijo mayor fue testigo de un tiroteo perpetrado en un colegio de Seattle.

Robert Carson se dedicaba a la investigación genealogista en su tiempo libre, y dos años antes había efectuado un extenso análisis de su cromosoma Y, a raíz del cual pudo constatar que presentaba la misma mutación que el mendigo de su EPAS1.

«Tengo el supergén», había escrito en la página web <rootsweb.ancestry.com> bajo una foto donde, todo orgulloso y vestido con ropa deportiva y una gorra del equipo de hockey Colorado Avalanche, presumía de bíceps junto a un arroyo de las Montañas Rocosas.

Contaba en esa misma página, asimismo, que su abuelo, Dawa Dorje, había vivido en el sur del Tíbet, no muy lejos del Everest, pero que huyó del país en 1951, durante la ocupación china, y que se instaló en casa de unos parientes en el valle de Khumbu, a no mucha distancia del monasterio budista de Tengboche, en Nepal. Carson también había publicado una fotografía en la que se veía a su abuelo acompañando a sir Edmund Hillary con motivo de la inauguración del hospital del pueblo de Kunde. El abuelo había tenido seis hijos, y uno de ellos se llamaba Lobsang, «hombre algo alocado, guapo, presumido y, lo crean o no, un incondicional fan de los Rolling Stones», había publicado Robert.

Y continuaba:

Nunca lo conocí. Pero mi madre me contó que era el escalador más fuerte de la expedición y, sin lugar a dudas, el más guapo y carismático. (Ahora bien, respecto a ese asunto, mi madre no era del todo imparcial. Y yo tampoco.)

Al parecer, Lobsang Dorje había participado en una expedición inglesa que pretendió escalar la vertiente occidental del Everest en septiembre de 1976. En el grupo también había una estadounidense, Christine Carson. Era ornitóloga, y durante el ascenso estudió la vida aviar —«la gran diversidad de paseriformes»— de las laderas del Himalaya. Christine Carson tenía entonces cuarenta años, estaba soltera, sin hijos, y trabajaba de profesora en la Universidad de Míchigan. Estando en el campamento base sufrió un fuerte mareo y enormes dolores de cabeza, por lo que decidió regresar a Namche Bazaar para que la viera un médico. El 9 de septiembre se enteró de que seis de los miembros de la expedición —entre ellos, Lobsang Dorje— habían fallecido muy cerca de la cima.

Cuando regresó a su tierra, ya llevaba en su vientre al hijo de Lobsang Dorje. El asunto era delicado: Lobsang tenía tan sólo diecinueve años, veintiuno menos que ella, y estaba comprometido con una chica del valle de Khumbu. Pero Christine decidió tener a la criatura y dio a luz a Robert en abril de 1977, en Ann Arbor, Míchigan. Aunque no se podía determinar nada con certeza —el azar siempre desempeña un papel importante en la selección genética—, era más que posible que Robert y el mendigo fueran primos de tercer o cuarto grado. Debían de haber tenido un ancestro común en el siglo XIX, y a pesar de que no se trataba de un hallazgo exageradamente valioso, Lisbeth creyó que Mikael sería capaz de completar los huecos, en especial teniendo en cuenta que Robert Carson parecía estar interesado en el tema, además de ser un hombre dicharachero y enérgico. Lisbeth encontró fotos suyas de un año antes, cuando se reunió con sus familiares en el valle de Khumbu.

Luego, le escribió a Mikael:

> Tu hombre es un *sherpa*. Es muy probable que fuera porteador o guía de expediciones de grandes alturas en Nepal, como, por ejemplo, en el Lhotse, el Everest o el Kanchenjunga. Tiene un pariente en Dénver. Adjunto información de éste en el anexo. ¿No vas a seguir con tu reportaje sobre las fábricas de troles?

Borró la última frase. Carajo, era cosa suya si quería hacer su trabajo o no. Luego envió el mensaje y salió en busca de Paulina.

Jan Bublanski estaba dando un paseo por Norr Mälarstrand con Sonja Modig. Se trataba de una de sus últimas ocurrencias: celebrar reuniones de trabajo caminando. «Creo que así se piensa mejor», le explicó. Pero era probable que se debiera a que quería controlar su sobrepeso e intentar hacer algo para mejorar su condición física.

En la actualidad jadeaba por nada, y no le resultaba fácil seguir el ritmo de Sonja. Ya habían hablado de un montón de temas, pero ahora estaban en el asunto por el que Mikael se había interesado. Sonja le refirió su visita a la tienda de televisores de Hornsgatan, y entonces Bublanski suspiró. ¿Por qué tenía la gente esa fijación por Forsell? Era como si todo el mundo pensara que no había mal en la sociedad tras el cual no se hallara él. Bublanski le pedía a Dios que no tuviera nada que ver con el hecho de que la esposa de Forsell fuera judía.

—Pues vaya... —dijo.

—Sí, y es que, además, todo parece tan absurdo...

—¿Y crees que puede haber otros motivos?

—Envidia, quizá.

—¿Y qué tenía ese pobre hombre para dar envidia?

—La envidia también existe en las capas más bajas de la sociedad.

—Sí, supongo.

—He hablado con una mujer de Rumanía. Mirela, se llama —continuó Sonja—. Me contó que ese hombre llegó a reunir más dinero que los demás mendigos del barrio. Había cierta dignidad en su persona que hacía que la gente fuera generosa con él, y he sabido que provocaba bastante rabia entre los que ya llevaban mucho tiempo en la zona.

—Pero eso no me convence como motivo de asesinato.

—Puede que no, pero el hombre disponía de un capital nada despreciable, relativamente hablando. Era cliente habitual del puesto de salchichas de la plaza de Bysis y del McDonald's de Hornsgatan y, por supuesto, del Systembolaget de Rosenlundsgatan, donde solía comprar vodka y cervezas. Y además...

—¿Sí?

—Al parecer, en algunas ocasiones lo vieron en la parte alta de Wollmar Yxkullsgatan, donde compraba alcohol de contrabando.

—¿Hacía eso?

Bublanski se sumió en sus pensamientos.

—Creo que sé lo que estás pensando —comentó Sonja—: que deberíamos hablar con los que lo venden.

—Sí, deberíamos hacerlo —dijo antes de inspirar hondo para afrontar la subida de la cuesta que desembocaba en Hantverkargatan, y de nuevo pensó en Forsell y en su mujer, Rebecka, quien le había causado muy buena impresión el día en que la conoció en la congregación judía.

Ella era alta, seguramente mediría más de un metro ochenta y cinco. Tenía una esbelta figura, un paso elegante y ligero y unos ojos grandes y os-curos que rezumaban calor y energía, y por un momento le pareció comprensible que la pareja fuera objeto de tanta rabia.

Está claro que la gente se molesta con personas que irradian una energía así de inagotable. Ese tipo de personas hacen que los demás nos sintamos miserables y fatigados.

Capítulo 14

25 de agosto

Mikael leyó el mensaje de Lisbeth y murmuró: «Carajo». Eran ya las cinco de la tarde. Inquieto, se levantó de la mesa y miró hacia el mar. El viento se había intensificado y, más lejos, en la bahía, un barco de vela navegaba hacia barlovento en medio de la tempestad. «Un *sherpa* —pensó—, un *sherpa*... Eso tiene que significar algo, ¿no?»

No es que pensara que pudiera tener algo que ver con el ministro de Defensa, pero, aun así, no podía ignorar el hecho: Johannes Forsell escaló el Everest en mayo de 2008, lo que incitó a Mikael, a pesar de todo, a llegar al fondo del asunto. No faltaba precisamente material escrito sobre aquellos trágicos incidentes, cosa que se debía, como ya había podido constatar, a Klara Engelman.

Klara Engelman era todo glamour, y una mujer hecha como para que se hablara de ella. Era guapa, tenía el pelo teñido de rubio, se había operado los labios y los pechos y estaba casada con el famoso magnate industrial Stan Engelman, que poseía hoteles e inmuebles en Nueva York, Moscú y San Petersburgo. Klara, por su parte, no procedía de la alta sociedad, sino que era una exmodelo húngara que, en su juventud, durante un viaje a Estados Unidos, había ganado un concurso de Miss Bikini en Las Vegas y conocido a Stan, que era miembro del jurado, lo cual, como era natural, no dejaba de ser un detalle picante que encantaba a la prensa amarilla.

Pero en 2008 tenía treinta y seis años y era madre de Juliette, el único fruto del matrimonio, la cual contaba ahora once años de edad. Klara se había sacado el título de relaciones públicas en el St. Joseph's College de Nueva York, y parecía querer demostrar que podía valerse por sí misma. Ahora, más de una década después, no resultaba del todo fácil entender la indignación con la que se encontró en el campamento base. Era cierto que su blog, que se publicaba en *Vogue*, contenía algunas fotografías suyas en las que se la veía vestida con ropa de moda y que habían sido retocadas exageradamente hasta la ridiculez, pero, en retrospectiva, quedaba muy claro que la habían tratado con un desprecio de lo más sexista. Los reporteros la convirtieron en la típica rubia tonta estadounidense y la presentaron como la antítesis de las montañas y la población local. Ella era la vulgaridad del

Occidente adinerado, que se contraponía a la pureza del paisaje.

Klara Engelman formaba parte de la misma expedición que Johannes Forsell y que el amigo de éste, Svante Lindberg, quien en la actualidad era su secretario de Estado. Los tres habían pagado setenta y cinco mil dólares para ser guiados hasta la cima, lo que sin duda también aportaba su granito de arena al enfado general, pues durante esa época se hablaba de que el Everest se había convertido en un refugio para ricos que querían hinchar su ego. La expedición fue organizada y liderada por el ruso Viktor Grankin, y se componía de tres guías, un jefe de campamento base, una médica y catorce *sherpas*. Y diez clientes. Se requería mucha gente para lograr subir a esos clientes.

¿Podía el mendigo haber sido uno de esos *sherpas*? La idea se le ocurrió a Mikael de inmediato, y antes de continuar investigando, buscó información sobre sus vidas. ¿Podía alguno de ellos haber acabado en Suecia o haber tenido una relación especial con Forsell? No resultaba fácil comprobarlo, y de la mayoría no encontró ninguna información. La única conexión que halló fue la del joven *sherpa* Jangbu Chiri.

Jangbu Chiri y Forsell se vieron en Chamonix tres años más tarde y tomaron una cerveza. Y por supuesto que después de ese encuentro podrían haberse convertido en enemigos mortales, pero en la foto que había en Internet se los veía mirando a la cámara con el dedo pulgar levantado y dando muestras de hallarse muy contentos y satisfechos. Por lo que Mikael pudo comprobar, tampoco ninguno de los *sherpas* de la expedición había pronunciado ni una mala palabra acerca de Forsell. Había acusaciones anónimas —aparecidas ahora, con motivo de la campaña de desinformación— que aseguraban que Forsell habría contribuido a la muerte de Klara Engelman, porque, al ser incapaz de seguir el ritmo, retrasó al grupo. Sin embargo, otros testimonios coincidieron en que más bien se trató de lo contrario: la que demoró la expedición fue la propia Klara Engelman, y cuando sobrevino la tragedia, Forsell y Svante Lindberg ya habían dejado atrás a los demás para seguir subiendo solos hacia la cima.

No, Mikael seguía sin creérselo. ¿O no quería creérselo? Siempre solía intentar —era parte de su trabajo— mantenerse alerta para no caer en esas trampas que el deseo de que las cosas sean como uno quiere puede tender durante la investigación periodística, y en aquel asunto realmente le costaba mucho imaginarse que el hombre al que los troles de Internet dirigían todo su odio estuviera implicado en el envenenamiento de un pobre mendigo de Estocolmo. Aunque... «Vamos, carajo, a seguir investigando.»

Continuó, y volvió a leer el mensaje de Lisbeth

y el documento adjunto sobre Robert Carson, ese supuesto pariente de Colorado. Carson le pareció —con toda probabilidad influenciado por la investigación que estaba realizando— una persona bastante parecida a Forsell, un tipo alegre y enérgico, y, sin pensarlo mucho, marcó el número que Lisbeth le había mandado.

—Bob —contestó una voz.

Mikael se presentó y luego se quedó dudando sobre cómo explicar lo que quería. Decidió empezar halagándolo.

—He visto en Internet que tienes un supergén.

Robert Carson se rio.

—Impresionante, ¿eh?

—Mucho. Espero no haber llamado en mal momento.

—En absoluto. Estoy leyendo una tesis aburridísima. Prefiero hablar sobre mi ADN. ¿Trabajas para alguna revista científica?

—No exactamente. Estoy investigando una muerte sospechosa.

—¡Uy!

Aquello pareció inquietarlo.

—Se trata de un vagabundo de entre cincuenta y cuatro y cincuenta y seis años de edad, con algunos dedos de los pies y de las manos amputados, que fue hallado muerto hace unos días junto a un árbol de un parque de Estocolmo. Tiene la misma variante en su gen EPAS1 que tú. De modo que es probable que sean parientes de tercer o cuarto grado.

—Vaya, lo lamento. ¿Y cómo se llama?

—Ése es el problema. No lo sabemos. De momento sólo sabemos que es pariente tuyo.

—¿Y cómo puedo ayudar yo?

—Si te soy sincero, no lo sé. Pero una colega piensa que el hombre podría haber sido porteador en expediciones de gran altura, y que sus lesiones tal vez procedan de algún episodio trágico vivido en alguna de ellas. ¿Hay *sherpas* en tu familia, alguien que pueda encajar en esa descripción?

—Dios mío, son unos cuantos, supongo, si tenemos en cuenta a toda la familia. Lo cierto es que somos bastante extremos.

—¿Alguna persona en concreto?

—Si me dejas pensarlo un poco, seguro que sí. Hice un árbol genealógico en el que anoté algunos datos biográficos. ¿Podrías enviarme más información?

Mikael lo pensó un momento y luego le dijo:

—Si me prometes tratarlo con la máxima discreción, puedo mandarte el informe de la autopsia y el análisis de ADN.

—Te lo prometo.

—Pues te lo mando ahora mismo. Te agradecería muchísimo que le echaras un vistazo cuanto antes.

Robert Carson permaneció callado un momento.

—¿Sabes? —contestó al fin—. Sería un honor. Haber tenido un pariente en Suecia me parece muy bonito, aunque es triste que la haya pasado tan mal.

—Por desgracia, así parece ser. Tengo una amiga que se cruzó con él.

—¿Y qué ocurrió?

—Estaba muy alterado y hablaba de forma incoherente y medio ininteligible de nuestro actual ministro de Defensa, el señor Johannes Forsell, quien escaló el Everest en mayo de 2008.

—¿En mayo de 2008, dijiste?

—Sí.

—¿No es ése el año en el que murió Klara Engelman?

—Exacto.

—Qué raro.

—¿Por qué lo dices?

—Es que yo tenía un familiar que participó ese año en esa expedición, casi una leyenda, la verdad. Pero murió hace tres o cuatro años.

—Entonces es bastante difícil que apareciera por Estocolmo.

—Sí.

—Puedo enviarte una lista de los *sherpas* que sé que se hallaban en la montaña por aquel entonces, quizá eso te dé algunas pistas.

—Me sería muy útil, sí.

—En realidad, no es que yo crea que esa muerte tenga algo que ver con el Everest —dijo Mikael, más que nada para sí mismo—. Me parece que hay un mundo entre ese hombre y nuestro ministro de Defensa.

—O sea, que es una investigación sin ideas preconcebidas.

—Supongo que sí. Ha sido muy interesante leer la historia de tu vida.

—Gracias —dijo Robert Carson—. Estamos en contacto.

Mikael colgó y, tras sumirse en sus pensamientos, escribió a Lisbeth dándole las gracias y comentándole lo de Forsell y el Everest, y lo de Mats Sabin, y todo lo demás. Mejor que Lisbeth lo supiera todo.

Lisbeth vio el correo a las diez de la noche, pero no lo leyó. Tenía otras cosas en las que pensar. Además, se hallaba en medio de una discusión.

—¿Es que no puedes dejar de mirar esa maldita computadora? —le espetó Paulina.

Lisbeth dejó de mirar su maldita computadora y miró a Paulina, que se hallaba junto al escritorio con la larga melena suelta y sus expresivos ojos, ligeramente achinados, llenos de lágrimas y de rabia.

—Thomas me va a matar.

—Pero ¿no me dijiste que podrías irte a Múnich, a casa de tus padres?

—Pero se presentará allí y les comerá el coco. Lo quieren con locura, o al menos eso es lo que creen.

Lisbeth asintió con la cabeza intentando pensar con lucidez. ¿Debería aguardar, a pesar de todo? No, no, sentenció. Ahora no podía echarse atrás y, por supuesto, tampoco llevarse a Paulina a Estocolmo. Debía ir allí de inmediato, y sola. Ya no podía continuar sin hacer nada ni estando atrapada en el pasado. Tenía que volver a actuar, y seguir la caza más de cerca. Si no, otros sufrirían, en especial ahora, con personas como Galinov presentes. Entonces contestó:

—¿Quieres que hable con ellos?

—¿Con mis padres?

—Sí.

—Jamás.

—¿Por qué no?

—Porque tú eres una marciana social, Lisbeth, ¿no lo sabías? —le soltó Paulina antes de agarrar su bolsa de un jalón, salir de la habitación y cerrar de un portazo.

Lisbeth se preguntó si debería ir tras ella. Pero, como siempre, se quedó congelada frente a la computadora, decidida, en cambio, a perseverar en sus esfuerzos por *hackear* las cámaras de vigilancia de los alrededores del departamento de Strandvägen, donde Camilla se hallaba todavía. Sin embargo, le costaba concentrarse. Había demasiadas cosas que competían por su atención. Y no sólo el arrebato de Paulina. Todo tipo de cosas. También el correo de Mikael, por ejemplo, aunque eso quizá le pareciera ahora lo menos acuciante.

Él le había escrito:

No entiendo cómo lo haces. Aplausos, aplausos y más aplausos. Me quito el sombrero. Quizá debería informarte de que el mendigo desvariaba acerca del ministro de Defensa, Johannes Forsell. «*Yo agarrar a él. Dejar Mamsabin*», dijo. O algo así. (Quizá Mats Sabin.) No está del todo claro. Pero es verdad que Johannes Forsell escaló el Everest en mayo de 2008 y, por lo visto, hubo momentos en los que estuvo a punto de morir. Te mando una lista de los *sherpas* que se hallaban entonces en la vertiente sur del monte. Quizá encuentres algo también ahí. Hablé con Robert Carson y prometió que intentará ayudarme.

Cuídate. Y, oye, gracias.

M

P. D. Hay un tal Mats Sabin, viejo comandante de la artillería costera e historiador de la Academia Superior de Defensa, que murió en Abisko hace unos años y que tuvo un encendido enfrentamiento con Forsell.

«Bien —murmuró—, bien.» Nada más. Lo dejó de lado y siguió centrándose en las cámaras de vigilancia. Pero sus dedos parecían tener vida propia, porque tan sólo media hora después empezó a buscar los nombres de Forsell y Everest juntos, y se quedó enganchada en infinitos reportajes sobre una mujer llamada Klara Engelman.

Klara Engelman poseía cierta semejanza con Camilla, pensó; era como una copia barata de su hermana, aunque con el mismo carisma, y parecía adoptar, con idéntica naturalidad, la costumbre de ser siempre el centro de atención, por lo que Lisbeth no quiso dedicarle ni un solo minuto de su tiempo. Tenía otras cosas que hacer. Aun así, siguió leyendo, si bien es verdad que no muy concentrada. Le escribió a Plague para preguntarle por las cámaras y llamó a Paulina sin recibir respuesta, pero, poco a poco, fue haciéndose una idea general de los acontecimientos, sobre todo en lo que concernía a la subida de Johannes Forsell al Everest.

Forsell y su amigo Svante Lindberg habían alcanzado la cima a la una del mediodía del 13 de mayo de 2008. Como el cielo estaba despejado, se quedaron un rato allí arriba para disfrutar de la vista, tomar fotos e informar al campamento base. Pero poco después, al llegar al escarpado paso Hillary, de camino a la cumbre sur, empezaron a tener problemas. Y el tiempo pasaba.

A las tres y media —cuando no habían llegado más que al llamado «Balcón», a una altura de ocho mil quinientos metros—, comenzaron a preocuparse porque pensaron que el oxígeno que llevaban no les bastaría, o que simplemente no lograrían llegar con vida hasta el campamento cuatro, que se encontraba más abajo. Las vistas empeoraron, y aunque Forsell no entendía lo que estaba ocurriendo a su alrededor, sospechó que algo grave había sucedido.

Por el radiotransmisor había oído voces desesperadas. Pero en esos momentos estaba demasiado agotado como para poder comprender lo que decían, tal y como explicó más tarde. Se limitó a seguir bajando con tambaleantes pasos, apenas capaz de mantenerse en pie.

Poco después, el mal tiempo se apoderó de la montaña y el caos más absoluto se instaló. El frío era extremo, hasta sesenta grados bajo cero, y el viento los azotaba sin piedad. Estaban congelados y casi no podían distinguir lo que era arriba y lo que era abajo, por lo que quizá no fuese tan raro que ninguno de ellos fuera capaz de ofrecer una explicación demasiado detallada de cómo consiguieron descender hasta las tiendas de la cresta sureste.

Pero si existía un intervalo de tiempo en el que pudiese haber ocurrido algo que se desconocía, ése era el comprendido entre las siete y las once de la noche, y, aunque no representaba gran cosa, Lisbeth también descubrió ciertas discrepancias en sus historias, sobre todo en lo referido a la verdadera gravedad en la que se encontraba Forsell.

Era como si, superado el momento, la crítica situación de Forsell se hubiera atenuado. Aun así, seguro que no era nada demasiado digno de atención, creyó Lisbeth, al menos en comparación con el verdadero drama que estaba teniendo lugar en otro punto de esa montaña, donde Klara Engelman y su guía, Viktor Grankin, murieron aquella tarde. No era de extrañar que hubieran corrido ríos de tinta sobre eso. De toda la gente que se hallaba allí aquel día, ¿por qué murió, precisamente, el cliente más prestigioso? ¿Por qué fue, precisamente, la persona sobre la que más se había escrito y que más escarnio había aguantado la que tuvo que perecer?

Durante un tiempo se habló de que lo que estaba detrás de aquella muerte no era sino pura envidia, clasismo y misoginia. Pero cuando la primera oleada de rumores se apaciguó, quedó claro que no se habían escatimado esfuerzos para salvar a Klara Engelman, y que ella, ya desde el primer momento —desde que se cayó en la nieve—, se encontró lejos de cualquier posibilidad de ayuda. El guía auxiliar Robin Hamill llegó incluso a decir: «No fue poco lo que se hizo para rescatar a

Klara, sino demasiado. Era tan importante para Viktor y la expedición que pusimos en riesgo muchas otras vidas para tratar de salvarla», cosa que parecía lógica, pensó Lisbeth.

El valor de la publicidad que se había difundido sobre Klara Engelman era tan grande que nadie se atrevió a mandarla al campamento. Cuando ella avanzaba arrastrando a duras penas los pies, toda la expedición se frenaba... Y cuando ella, poco antes de la una, motivada por algún tipo de desesperación, se quitó la máscara de oxígeno, no tardó en debilitarse.

Se desplomó, cayó de rodillas y se dio un golpe en la cabeza. Pánico total. Viktor Grankin, quien al parecer no había tenido un día muy bueno, les gritó a todos que se detuvieran, y se realizaron considerables intentos para bajarla. Pero luego el tiempo empeoró y se desató una tormenta de nieve, y otros miembros del grupo —en particular, el danés Mads Larsen y la alemana Charlotte Richter— enfermaron de repente, y durante un par de horas parecieron enfrentarse a una catástrofe de gran escala.

Pero los *sherpas* de la expedición, sobre todo Nima Rita, el sardar de todos los *sherpas*, trabajaron duramente en medio de la tormenta bajando a gente con cuerdas o haciendo que se apoyaran en sus hombros. Cuando cayó la noche, todos se encontraban ya a salvo, todos, con la excepción de Klara Engelman y Viktor Grankin, quien se negó a abandonar a Klara, algo así como el capitán de un barco que se niega a dejar la nave cuando ésta se está hundiendo.

En su día se realizó una profunda investigación de lo acontecido, de modo que hoy todos los interrogantes parecían tener ya una respuesta. Lo único que no se había explicado de forma satisfactoria —aunque se suponía que se debió a las fuertes corrientes que hay allí arriba— era que Klara Engelman fuese hallada un kilómetro más abajo, a pesar de que todos los testigos dijeron que ella y Viktor Grankin habían muerto juntos.

Lisbeth pensó en eso y en todos los cuerpos que todos los años se quedan tirados allí arriba, en las laderas de la montaña, sin que nadie sea capaz de bajarlos y enterrarlos. A medida que pasaban las horas les daba más vueltas a todas las historias, hasta que empezó a pensar que allí había realmente algo que no cuadraba. Entonces se puso a leer cosas sobre ese Mats Sabin al que Mikael había mencionado, pero acabó abandonándolas y se enganchó a los hilos de chismorreo de algunos foros. De pronto, se le ocurrió otra idea, aunque algo la interrumpió.

La puerta se abrió de par en par y Paulina entró bastante borracha y comenzó a discutir con ella, al tiempo que la acusaba de ser un absoluto engendro, razón por la que Lisbeth se enojó y también la reprendió. Hasta que una de ellas se abalanzó sobre la otra e hicieron el amor con rabia, con una común sensación de desarraigo y desesperación.

Capítulo 15

26 de agosto

Esa mañana, Mikael estuvo corriendo diez kilómetros junto a la orilla del mar, y al llegar a casa sonó el teléfono. Era Erika Berger. El próximo número de *Millennium* iría a imprenta al día siguiente, y aunque Erika no se mostró muy contenta, tampoco la notó demasiado disgustada.

—Hemos vuelto a un nivel normal —le comentó, y, acto seguido, le preguntó en qué andaba metido.

Mikael le respondió que estaba de vacaciones y que había empezado a correr de nuevo, pero que también se había interesado un poco por el ministro de Defensa y por la campaña de odio que se había orquestado contra él, a lo que Erika contestó que le parecía curioso.

—¿Por qué te parece curioso? —preguntó Mikael.

—Porque Sofie Melker lo comenta en su reportaje.

—¿Y de qué habla?

—De los ataques que han sufrido los hijos de Forsell y de los policías que han tenido que patrullar delante del colegio judío.

—Sí, ya me enteré.

—Oye...

Erika sonó inquietantemente pensativa, como siempre que se le ocurría una idea para un reportaje.

—Como te niegas a continuar con tu reportaje sobre la crisis bursátil, ¿por qué no haces un retrato de Forsell y sacas su lado humano? Si mal no recuerdo, ustedes se entienden bien.

Mikael posó la mirada en el mar.

—Sí, supongo que nos entendíamos bien.

—Bueno, ¿qué me dices? Así también podrías ayudar a nuestros lectores a comprobar los hechos de su vida.

Mikael se quedó callado un momento.

—Quizá no sea mala idea —dijo.

Pensó en el *sherpa* y el Everest.

—Acabo de leer que Forsell se ha tomado, de forma inesperada, una semana de vacaciones. ¿No tenía una casa cerca de la tuya?

—Al otro lado de la isla.

—Pues ya está —sentenció Erika.

—Lo pensaré.

—Antes no pensabas tanto. Actuabas más.

—Yo también estoy de vacaciones —respondió.

—Tú nunca estás de vacaciones.

—¿Ah, no?

—Tú eres un viejo adicto al trabajo demasiado cargado de culpa como para entender lo que significa *estar de vacaciones*.

—¿Me estás diciendo que ni siquiera vale la pena intentarlo?

—Sí —dijo ella riéndose, y entonces Mikael se sintió obligado a reírse también y pensó que era un alivio que Erika no le preguntara si le gustaría que fuese a verlo.

No quería complicar más la relación con Catrin, de modo que, tras desearle buena suerte, se despidió de ella. Luego se quedó absorto en sus pensamientos mientras dirigía la mirada al mar, azotado por el temporal. ¿Qué iba a hacer? ¿Demostrar que sí comprendía lo que significaba «estar de vacaciones»? ¿O seguir trabajando?

Llegó a la conclusión de que podía contemplar la posibilidad de ver a Forsell, pero en ese caso tendría que estudiar más a fondo toda esa mierda que se había escrito sobre él, y tras un rato de lamentos, quejas y suspiros, y después de una larga ducha, se puso manos a la obra. Al principio le resultó desesperante y sofocante, como si hubiera vuelto a descender a la misma ciénaga a la que bajó cuando investigó las fábricas de troles.

Pero poco a poco se sintió absorbido por el tema y dedicó no pocos esfuerzos a intentar rastrear la procedencia de todas esas afirmaciones y a analizar cómo se habían propagado y distorsionado, y cuando se estaba acercando una vez más a los acontecimientos del Everest, pegó un respingo: su teléfono sonó, pero esa vez no era Erika, sino Bob Carson, de Dénver.

Mikael lo notó nervioso.

Charlie Nilsson se hallaba sentado en un banco frente al centro de rehabilitación de adicciones PRIMA Maria —o el «Detox», como él lo denominaba— y frunció el ceño. No le gustaba nada hablar con la policía, en especial cuando sus amigos lo veían. Pero la mujer, que se llamaba Sonja o Ronja, o algo así, le daba miedo, y él no quería meterse en líos.

—Pero bueno, déjame en paz —le soltó—. Yo no vendo botellas con alcohol adulterado.

—Ah, ¿no lo haces? ¿Y cómo lo sabes? ¿Es que las pruebas todas antes?

—No me fastidies.

—¿Fastidiarte? —dijo Sonja o Ronja—. Tú no tienes ni idea de cómo soy cuando fastidio a alguien.

—¡Bueno ya! —exclamó deseando terminar la conversación—. Cualquier persona podría haberle pasado una botella envenenada, ¿no? ¿Sabes cómo llaman a este sitio?

—No, Charlie, no lo sé.

—El triángulo de las Bermudas. La gente pasa entre el Detox, el Systembolaget y ese bar cutre de allí, y luego desaparece, sin más.

—¿Qué quieres decir?

—Que por aquí pasa un montón de chusma. De vez en cuando aparecen unos tipos jodidamente raros que venden droga de mala calidad y pastillas que son una puta mierda. Pero los que llevamos un negocio serio, los que estamos aquí llueva o truene, noche tras noche, no podemos permitirnos ese tipo de cosas; tenemos que vender mercancía buena y poder dar la cara por ella al día siguiente. Si no, estaríamos jodidos.

—No te creo nada —dijo Modig—. Estoy convencida de que no son tan escrupulosos. Y, por cierto, me gustaría decirte que te has metido en un buen lío. ¿Ves a aquellos hombres de uniforme?

Charlie los miró. Había sido consciente en todo momento de su presencia, y había sentido cómo clavaban la mirada en él.

—Tendrás que venirte con nosotros ahora mismo si no nos cuentas lo que sabes. Has dicho que hiciste negocios con ese hombre —continuó Sonja Modig.

—Sí, hice negocios con él, pero me daba miedo, así que me mantuve todo lo alejado que pude.

—¿Por qué te daba miedo?

—Tenía unos ojos que espantaban, y muñones

por dedos, y una mancha en la puta cara, y luego no dejaba de delirar. «Luna, Luna», decía. Eso es español, ¿no? O italiano.

—Creo que sí.

—Bueno, al menos lo hizo una vez. Apareció por Krukmakargatan cojeando y golpeándose el pecho con la mano, y decía que Luna estaba sola y que lo llamaba, ella y alguien llamado *Mam Sabib*, o una mierda así, y me asusté. Estaba completamente ido, así que le di sus cosas a pesar de que no llevaba suficiente dinero. No me sorprendió nada que luego se pusiera violento.

—¿Se puso violento?

«Carajo, ya la cagué», pensó Charlie Nilsson. Había prometido no decir nada, pero ya lo había dicho, así que no le quedó más remedio que seguir, pasara lo que pasase.

—Sí, pero no conmigo.

—¿Con quién?

—Con Heikki Järvinen.

—¿Y ése quién es?

—Un cliente. Uno de mis clientes, aunque con un poco más de clase, la verdad. Heikki se cruzó en plena noche con ese tipo, en Norra Bantorget. Debió de ser él, seguro; Heikki habló de un pequeño chino sin dedos y con una chamarra enorme que deliraba y decía que había estado caminando entre las nubes o por donde fuese, y como Heikki no se lo creyó, el tipo le dio un puñetazo tan fuerte que le dejó la cabeza retumbando. El chino era fuerte como un oso, dijo Heikki.

—¿Y dónde podemos contactar con Heikki Järvinen?

—Con Järvinen nunca se sabe, es uno de esos que van y vienen.

La agente de policía llamada Sonja o Ronja tomaba apuntes y asentía con la cabeza mientras seguía presionándolo un poco más. Luego desapareció, y Charlie Nilsson suspiró aliviado. Él ya sabía, pensó, que pasaba algo raro con ese chino. Acto seguido, se apresuró a telefonear a Heikki Järvinen antes de que la policía lo localizara.

Mikael percibió de inmediato que la voz de Bob Carson había cambiado, como si hubiese estado toda la noche sin dormir o le hubiera dado un resfriado .

—Ahí es una hora decente, ¿verdad? —preguntó el estadounidense.

—Totalmente.

—Aquí no. Y es como si mi cabeza estuviera a punto de estallar. ¿Te acuerdas de que te dije que tenía un pariente que participó en la expedición de 2008?

—Me acuerdo.

—¿Y recuerdas que además te referí que estaba muerto?

—Perfectamente.

—Y así era. O, al menos, eso fue lo que nos dijeron. Pero quizá sea mejor que te lo cuente todo desde el principio.

—Sí, mejor.

—Llamé a mi tío, el de Khumbu; él funciona como una especie de central de información de la zona. Repasamos la lista de nombres que me enviaste, y al único familiar a quien encontramos fue a esa persona, así que pensé en darme por vencido: si realmente había muerto, no podía aparecer en Estocolmo y volver a morir allí. Pero luego me enteré de que nunca encontraron su cuerpo, y entonces miré el informe y me di cuenta de que la edad encajaba, y la altura también.

—¿Cómo se llama?

—Nima Rita.

—Era uno de los líderes, ¿no?

—Era el sardar, el jefe del grupo de los *sherpas*, y el que más duro trabajó en la montaña aquel día.

—Lo sé, lo sé. Salvó a Mads Larsen y a Charlotte no sé qué.

—Exacto, puso todo su empeño en que la catástrofe no fuera a más. Pero pagó un precio muy alto. Corrió de aquí para allá como un condenado, lo que le produjo graves lesiones por congelación en la cara y el pecho. Y, además, tuvieron que amputarle la mayoría de los dedos de los pies y las manos.

—¿De modo que crees que se trata de él?

—Tiene que ser él, no puede ser otro. Llevaba un tatuaje en la muñeca: una rueda budista.

—¡Dios mío! —dijo Mikael.

—Sí, y encima todas las piezas encajan. Nima Rita es mi primo tercero, como se dice, así que es normal que compartamos esas variantes especiales del cromosoma Y que tu colega señaló.

—¿Tienes alguna explicación lógica para el hecho de que acabara en Suecia?

—No, no la tengo. Pero hay una segunda parte muy interesante.

—Cuéntamela. Todavía no me ha dado tiempo a estudiarlo todo.

—Para empezar, los guías auxiliares, Robert Hamill y Martin Norris, se llevaron todo el mérito por los trabajos de rescate, si es que se puede hablar de méritos tras la muerte de Klara Engelman y Viktor Grankin —continuó Bob Carson—. Pero cuando los reportajes más extensos salieron a la luz quedó claro que, en realidad, fueron Nima Rita y sus *sherpas* los que desempeñaron un papel decisivo. Aunque no sé si eso alegró mucho a Nima.

—¿Por qué?

—Porque en esa época su vida ya era un infierno. Sus lesiones por congelación eran de cuarto grado y tremendamente dolorosas, y los médicos esperaron hasta el último momento para llevar a cabo las amputaciones. Sabían que, para él, las escaladas resultaban de capital importancia para su sustento. Es cierto que Nima Rita había ganado mucho dinero, muchísimo para un nativo del valle de Khumbu, aunque muy poco en comparación con un europeo, y el dinero se le fue de las manos. Bebía mucho y no tenía ahorros, pero lo peor fueron los comentarios de la gente, además de ser despellejado vivo por sus propios demonios.

—¿A qué te refieres?

—Resulta que, en secreto, había recibido dinero de Stan Engelman para que se ocupara de Klara, cosa en la que fracasó por completo, y después fue acusado de haber puesto trabas a la escalada de la mujer. No creo que eso fuera verdad. Nima Rita era una persona muy leal. Pero, como tantos otros *sherpas*, también era tremendamente supersticioso, y veía el Everest como a un ser vivo que castiga a los escaladores por sus pecados, y Klara Engelman... Supongo que habrás leído algo sobre ella.

—Leí los reportajes que se publicaron en su momento.

—Ella irritaba a muchos *sherpas*. Se murmuraba en el campamento base que podía traer mala suerte en la montaña, y lo más seguro es que Nima también estuviera irritado por su culpa. Fuera como fuese, lo cierto es que después él padeció todos los tormentos del infierno. Tenía alucinaciones, decían, lo que tal vez pueda explicarse desde un punto de vista neurológico: al haber pasado tanto tiempo por encima de los ocho mil metros, habría sufrido graves daños cerebrales. Se volvió cada vez más amargado y raro. Perdió a muchos de sus amigos. Nadie lo soportaba. Nadie excepto su mujer, Luna.

—Luna Rita, supongo que sería su nombre completo por aquel entonces. ¿Y dónde está?

—Pues a eso voy. Luna cuidó de Nima tras las operaciones, y lo mantenía. Horneaba pan, cultivaba papas y a veces cruzaba la frontera e iba al Tíbet para comprar lana y sal que luego vendía en Nepal. Pero todo eso no bastaba, por lo que buscó trabajo en las empresas que organizaban las escaladas. Ella era mucho más joven que Nima, y muy fuerte, y de ser ayudante de cocina pasó rápidamente a ser guía. En 2013 participó en una expedición holandesa que subió al Cho Oyu, la sexta montaña más alta del mundo, y cuando ya se encontraban a una gran altura, se cayó en la hendidura de una roca. Las circunstancias fueron caóticas. Hubo un alud y el viento soplaba con toda su fuerza, por lo que los escaladores se vieron obligados a regresar al campamento y a abandonarla. Dejaron morir a Luna en aquella grieta. Nima se volvió loco, y no tardó en ver aquello como algo racista. Si hubiese sido un *sahib*, lo habrían rescatado enseguida, les gritó.

—Pero, encima, se trataba de una mujer pobre de la población local.

—Ignoro si eso influyó. Lo dudo mucho. Por lo general, tengo a la gente que se dedica a las escaladas en gran estima. Pero a Nima aquello se le quedó clavado en el corazón, e intentó organizar una expedición para subir y darle a su mujer un entierro digno. No consiguió a una sola persona, por lo que al final se fue solo, estando ya algo mayor y, por lo visto, no estando tampoco muy sobrio.

—Madre mía.

—Si hablas con mis familiares de Khumbu, te dirán que es esa escalada, más que todas sus escaladas a la cumbre del Everest, la que consideran su hazaña más grandiosa. Subió y descubrió a Luna tirada en aquella grieta, conservada en la nieve para toda la eternidad, y entonces decidió bajar hasta ella y acostarse a su lado para que pudieran renacer juntos. Pero entonces...

—¿Qué?

—La diosa de la montaña le susurró que en vez de eso debería recorrer el mundo y contarle a la gente lo que había ocurrido.

—Resulta...

—... completamente demencial, ya lo sé —continuó Bob Carson—. Y aunque empezó a recorrer el mundo, al menos hasta Katmandú, y fue contando lo sucedido, nadie lo entendía. Se expresaba de forma cada vez más inconexa, y en más de una ocasión fue visto llorando bajo las banderas de la estupa de Boudhanath. A veces escribía textos y los colgaba en los tablones de anuncios de las zonas comerciales de Thamel, redactados en un inglés bastante malo y con una letra aún peor. Y seguía hablando de Klara Engelman.

—¿Y qué decía?

—No olvides que por esa época ya estaba muy enfermo psíquicamente, así que quizá lo mezclara todo: Luna, Klara... Se hallaba completamente hundido, y tras haber atacado a un turista inglés y pasar un día detenido, sus familiares consiguieron ingresarlo en el hospital psiquiátrico de Jeetjung Marg, en Katmandú, donde pasó algunas temporadas hasta finales de septiembre de 2017.

—¿Y qué ocurrió entonces?

—Lo que ya había ocurrido tantas otras veces. Se escapó para poder emborracharse con cerveza y vodka. Siempre se mostraba muy suspicaz con la medicación que le mandaban los médicos y decía que lo único que podía acallar los gritos de su cabeza era el alcohol, y yo creo que al final el personal, aunque en contra de su voluntad, claro, dejó que se fuera. Se lo permitieron porque sabían que siempre acababa volviendo. Pero en aquella ocasión estuvo un buen tiempo desaparecido, y en el hospital se inquietaron cada vez más. Sabían que esperaba una visita con mucha ansia y expectación.

—¿Qué visita?

—No lo sé. Pero no resulta imposible que fuera la de un periodista. Ante el décimo aniversario de la muerte de Viktor Grankin se preparaban bastantes artículos y documentales, y Nima, por lo visto, estaba muy contento de que por fin alguien quisiera escucharlo.

—Pero ¿no sabes nada más de lo que quería contar?

—Tan sólo que eran historias prácticamente incomprensibles, y muchas cosas de espíritus y fantasmas.

—¿Y nada de Forsell, nuestro ministro de Defensa?

—Que yo sepa, no. Pero que conste que sólo tengo información de segunda mano, y no creo que el hospital permita consultar los historiales de sus pacientes así como así.

—¿Y qué pasó cuando vieron que no volvía?

—Lo buscaron, claro, sobre todo por los lugares que solía frecuentar. Pero sin éxito. Ni rastro de él, quitando que un día les llegó la noticia de que su cadáver había sido visto no muy lejos del río Bagmati, donde queman a los muertos. Pero nunca encontraron su cuerpo, así que un año más tarde archivaron el caso. Ya habían perdido la esperanza, y sus familiares celebraron, en Namche Bazaar, un funeral en su memoria, o, bueno, no sé muy bien cómo llamarlo..., una reunión para rezar por su alma. Al parecer, fue un momento muy bonito. Durante los últimos años no había tenido muy buena reputación, así que con ello repararon un poco su honor. Nima Rita había alcanzado la cima del Everest once veces sin la ayuda de oxígeno, once veces, y su subida al Cho Oyu fue...

Bob Carson continuó hablando acelerado. Mikael ya no le prestaba mucha atención. Estaba buscando el nombre de Nima Rita en Internet, y a pesar de que se había escrito bastante sobre su persona y de que había una página de Wikipedia en inglés y alemán, únicamente dio con dos fotografías. En una de ellas, Nima Rita aparecía junto a la estrella del alpinismo austríaco, Hans Mosel, tras la subida que realizaron al Everest en 2001 por la vertiente norte. En la otra, más reciente, se lo veía de perfil delante de una casa de piedra de Pangboche, un pueblo de Khumbu, y, al igual que la primera foto, estaba hecha a demasiada distancia, demasiada, al menos, como para poder introducirla en un programa de identificación facial. Pero a Mikael no le cupo la menor duda. Reconoció sus ojos, y su pelo, y aquella mancha negra en la mejilla.

—¿Sigues ahí? —preguntó Bob Carson.

—Sí, es sólo que estoy un poco en *shock* —dijo Mikael.

—Lo entiendo. Qué historia te ha caído encima.

—Desde luego. Pero, oye, Bob, sinceramente...

—¿Sí?

—No me extraña que tengas supergenes. Has estado fantástico.

—Los supergenes son para las escaladas, no para el trabajo de detective.

—Pues creo que también debes analizar tus genes detectivescos.

Bob Carson se rio algo cansado.

—¿Puedo pedirte que, de momento, mantengas esta historia en secreto? —continuó Mikael—. No sería bueno que se difundiera antes de que sepamos más cosas.

—Pues ya se la conté a mi mujer.

—Está bien, pero que no salga de la familia.

—Te lo prometo.

Después Mikael escribió a Fredrika Nyman y a Jan Bublanski para comunicarles lo que había conseguido averiguar. Acto seguido, continuó investigando a Johannes Forsell, y luego, esa misma tarde, lo llamó con la esperanza de que le concediera una entrevista.

Johannes encendió la vieja chimenea. Rebecka percibió el olor desde la cocina, que se encontraba en la planta de abajo, y lo oyó deambular de un lado para otro. No le gustaban nada esos pasos y no soportaba el silencio de su marido ni su apagada mirada. Habría dado cualquier cosa por verlo sonreír como antes.

«Algo va mal —pensó de nuevo—, muy mal.» Ya estaba a punto de subir para exigirle que hablaran cuando él bajó por la curvada escalera. Al principio ella se alegró. Él se había puesto ropa de deporte, y sus tenis Nike, lo que debería interpretarse como que había recuperado un poco el ánimo. Pero en torno a su figura había también un aire de otra cosa, algo que no le había visto jamás y que le dio miedo, y entonces se acercó a él y le acarició la mejilla.

—Te quiero —dijo ella.

Él la miró con tal desesperación que ella se echó hacia atrás. Tampoco su respuesta la reconfortó:

—Y yo a ti. No lo olvides.

Le sonó a despedida, y entonces lo besó. Pero él la apartó enseguida y le preguntó por los guardaespaldas. Ella retrasó un poco la respuesta. En la casa había dos terrazas, y los guardias estaban en la de la parte oeste, la que daba al mar; ahora tendrían que cambiarse y correr con él, como siempre, si es que en realidad tenía previsto salir a correr, y, como siempre, a ellos les costaría seguirle el ritmo. A veces solía correr un poco de adelante hacia atrás para que ellos no acabaran exhaustos.

—En la terraza de la parte oeste —dijo ella, y entonces él dudó.

Pareció querer decirle algo. Su pecho se hinchó. Sus hombros estaban tensos y en una posición poco natural, y tenía manchas rojas en el cuello que ella nunca le había visto.

—¿Qué pasa? —preguntó Rebecka.

—Intenté escribirte una carta. Pero no pude.

—¿Y por qué diablos quisiste escribirme una carta? ¡Si estoy aquí!

—Es que yo...

—Es que tú, ¿qué?

Ella estaba a punto de romperse en mil pedazos, pero decidió no rendirse hasta que él le hubiera contado lo que estaba sucediendo exactamente, y por eso le agarró las manos y lo miró a los ojos. Pero entonces ocurrió lo peor que podría haberse imaginado.

Él se soltó de sus manos, le dijo «Perdón» y se fue, no hacia los guardaespaldas, sino en dirección a la otra terraza, que daba al bosque, y desapareció en un santiamén. Ella empezó a gritar llena de desesperación, y cuando los guardaespaldas irrumpieron corriendo en la estancia, murmuró completamente fuera de sí:

—¡Se ha ido, se ha ido!

Capítulo 16

26 de agosto

Johannes Forsell corría tanto que le palpitaban las sienes. En sus pensamientos retumbaba toda una vida, pero en ninguna etapa de esa vida —ni siquiera en la más feliz— había sido capaz de vislumbrar el menor atisbo de luz. Intentó pensar en Becka y en sus hijos, pero a su mente sólo acudieron la decepción y la vergüenza que imaginaba en sus ojos, y cuando, a lo lejos, como desde otro mundo, oyó el trino de los pájaros, se le antojó incomprensible. ¿Cómo podían esas criaturas querer cantar y vivir?

Lo veía todo negro y sin esperanza. Aun así, no sabía lo que quería. Si se hubiese encontrado en la ciudad, lo más probable es que se hubiera arrojado bajo las ruedas de un camión o a las vías del metro. Allí sólo tenía el agua y, aunque lo atraía, cayó en la cuenta de que era un nadador muy bueno, y de que, en medio de su desesperación, afloraría su indomable instinto de supervivencia, al que no sabía si sería capaz de apaciguar.

Por eso se limitó a seguir corriendo, no como solía hacerlo, sino como si quisiera huir de su propia vida. ¿Cómo había llegado hasta allí? Imposible entenderlo. Pensaba que podría con todo. Creía que era fuerte como un oso. Pero había cometido un error, y se había visto involucrado en algo con lo que no podía vivir, eso le había quedado claro. Era verdad que al principio deseó defenderse y luchar. Pero lo tenían. Sabían que lo tenían acorralado. Y, ahora, allí estaba él... Los pájaros revoloteaban a su alrededor, y un poco más adelante un corzo asustado se alejó dando saltos. «Nima, Nima.» Que de todos fuese precisamente él... No había ninguna lógica en ello.

Quiso mucho a Nima, aunque quizá *querer* no fuera la palabra más adecuada, pero bueno, lo cierto es que... existió un vínculo entre ellos, una fuerte unión. Fue Nima el primero que se dio cuenta de que, por las noches, Johannes entraba a escondidas en la tienda que Rebecka tenía en el campamento base, cosa que lo inquietó: a su diosa del Everest la ofendería que se mantuvieran relaciones sexuales en sus dominios.

Dijo que la montaña se enfadaría, y al final Johannes no pudo evitar tomarle el pelo, y a pesar de que todos le advirtieron que no lo hiciera —«No se le puede tomar el pelo a ese hombre»—, Nima lo tomó bien y se rio; con toda probabilidad ayudó un poco que Rebecka y Johannes estuviesen solteros.

Más problemática era la relación que existía entre Viktor y Klara, los dos casados cada uno por su lado. Eso era mucho peor. En todos los sentidos. Johannes se acordó de Luna, la maravillosa y valiente Luna, que alguna que otra mañana les subía pan recién hecho, queso de cabra y mantequilla de yak, y se acordó también de su decisión de ayudarlos; sí, quizá fue ahí donde todo empezó. Él les dio dinero, como si les pagara una deuda que aún no sabía que había contraído.

En fin, ¿qué más daba ya? Ahora se limitó a seguir corriendo, atraído, a pesar de todo, por el mar. Al llegar a la playa, se quitó los tenis de un tirón, y luego los calcetines y la camiseta, y, tras meterse en el agua, empezó a nadar de la misma manera que había corrido, salvaje, desesperadamente, como si se tratara del tramo final de los cien metros libres, y no tardó en advertir que había oleaje, que hacía más frío y que había más corriente en la bahía de lo que esperaba. Pero en lugar de aminorar el ritmo, lo aumentó.

Quería nadar y olvidar.

Los guardaespaldas habían pedido refuerzos. Mientras tanto, Rebecka, sin saber muy bien qué hacer, subió al despacho de Johannes. Quizá esperara encontrar algo que la ayudara a entender lo que estaba pasando. Pero no vio nada que le diera ninguna pista, tan sólo los restos de unos papeles que se habían quemado en la chimenea. Llena de rabia, pegó un manotazo en el escritorio y, acto seguido, oyó un zumbido justo a su lado, por lo que, por un instante, pensó que había sido ella la que lo había provocado.

Pero era el teléfono de Johannes, en cuya pantalla pudo leer «Mikael Blomkvist», y entonces dejó que siguiera sonando. Lo último que deseaba ahora era hablar con periodistas; habían intoxicado su vida. Ella sólo quería llorar y gritar: «¡Vuelve a casa, tonto! ¿Es que no sabes que te queremos?». Lo que sucedió a continuación lo ignoraba por completo. Quizá se le doblaran las piernas.

Porque de pronto se encontró sentada en el suelo rezando —a pesar de no haber rezado desde que era niña—, y entonces el teléfono volvió a sonar. Se levantó a duras penas y vio que era Blomkvist otra vez. «Blomkvist», pensó. ¿No los había defendido? Creía que sí, y tal vez él supiera algo; no era del todo imposible. Y en un repentino arrebato le contestó y, al oírse, se dio cuenta de la desesperación que había en su voz.

—El teléfono de Johannes. Rebecka.

Mikael comprendió en el acto que había ocurrido algo, pero no sabía si era grave. Podía haber sido una discusión matrimonial. Podía haber sido cualquier cosa, por lo que dijo:

—¿Llamo en mal momento?

—Sí... O no.

Mikael sospechó que se encontraba muy alterada.

—¿Quieres que llame más tarde?

—¡Salió corriendo, sin más! —gritó ella—. Se escabulló de sus guardaespaldas. ¿Qué está pasando aquí?

—¿Están en la isla?

—¿Qué...? Sí —murmuró ella.

—¿Qué crees que va a hacer?

—Me horroriza que pueda cometer alguna tontería —contestó ella, y entonces Mikael la tranquilizó diciéndole que ya vería cómo todo se arreglaría.

Luego fue corriendo en busca de su lancha, que estaba amarrada en el muelle, y se hizo a la mar. Tenía una pequeña fueraborda, aunque no demasiado veloz, y Sandön era grande, unas cincuenta y cuatro hectáreas, y la casa de la familia Forsell quedaba bastante lejos. Le llevaría su tiempo. Hacía mucho viento, la embarcación era pequeña e inestable y el agua le salpicaba continuamente en la cara. Y entonces se maldijo. ¿Qué carajos estaba haciendo? No lo sabía del todo. Pero así manejaba él las situaciones de crisis: actuando, poniéndose en marcha. Un instante después, oyó un helicóptero en el cielo.

Supuso que tenía que ver con Forsell, y volvió a pensar en su mujer. Era como si ella hubiese hablado con todo el mundo y, al mismo tiempo, con nadie: «¿Qué está pasando aquí?». Mikael había advertido la profunda angustia de su voz. Miró a su alrededor. Tenía el viento a favor, cosa que ayudaba un poco, y cuando ya se estaba acercando al sur de la isla, una lancha de carreras se le cruzó de forma demasiado rápida e imprudente, tras lo cual el bote de Mikael quedó a merced de las olas que se produjeron. Sin embargo, intentó no alterarse ni perder el tiempo reprendiendo a unos niños malcriados con las hormonas revolucionadas.

Se limitó a seguir avanzando todo lo rápido que pudo mientras paseaba la mirada por los alrededores, y advirtió que no había mucha gente en la orilla. Tampoco nadie parecía estar nadando, y justo acababa de empezar a preguntarse si no sería mejor atracar y ponerse a buscar a Johannes en el bosque cuando, de pronto, muy lejos de la playa, por donde pasaban los barcos, divisó un pequeño punto cabeceando sobre las olas que, acto seguido, desapareció. Y entonces Mikael se dirigió hacia allí gritando:

—¡Eh! ¡Espera!

Los vientos ahogaron su voz y, además, Johannes Forsell se hallaba inmerso en su propio mundo. El brutal esfuerzo de sus músculos y los calambres que empezó a sufrir en los brazos le resultaron más bien liberadores. Estaba muy concentrado en seguir avanzando hasta que pudiera abandonarse a su suerte y hundirse, escapar de la vida. Aun así, nada resultaba fácil. No quería vivir. Pero eso no significaba que estuviera seguro de querer morir. Había perdido la esperanza. Tan sólo le quedaban la vergüenza y una palpitante rabia que ya no era más que una fuerza de implosión, una espada contra sí mismo. Carecía ya de fuerzas para seguir. No aguantaba más.

Pensó en sus hijos, Samuel y Jonathan, y entonces vio con toda claridad que no soportaría ni una cosa ni la otra: ni traicionarlos muriendo ni vivir y permitir que lo consideraran una vergüenza de hombre. Por eso continuó nadando, como si el mar fuese capaz de dar respuesta a su pregunta. Oyó un helicóptero sobre su cabeza y tragó agua. Creía que era una ola que lo había tomado por sorpresa. Pero era su falta de fuerzas.

Le costaba mantenerse a flote y se puso a nadar a braza. No ayudó gran cosa: las piernas le pesaban, y de repente, sin comprender cómo, el agua lo arrastró hacia abajo. No pudo subir, y entonces el pánico se apoderó de él y, mientras agitaba los brazos, una penetrante lucidez se apoderó de él: aunque quería morir, no quería morir así, de modo que luchó para subir a la superficie, por aire; jadeando, dio media vuelta para dirigirse hacia la playa y consiguió avanzar unos cinco o diez metros.

Luego volvió a hundirse, y ahora sí que fue verdaderamente presa del terror. Contuvo la respiración. Hasta que no aguantó más. Tragó agua de nuevo y sufrió lo que los médicos llaman *laringoespasmo reflejo*. Dejó de respirar. Su cuerpo lo protegió cuanto pudo. Luego, sin poder evitarlo, empezó a hiperventilar impulsado por la galopante angustia que le produjo pensar que iba a morir, y los pulmones y el estómago se le encharcaron de agua.

Fue como si el pecho y la cabeza quisieran estallarle de dolor y terror. Perdió la conciencia unos instantes y luego la recuperó. Pero ya iba camino del fondo del mar, y pensó —en la medida en que fuera capaz de formular un pensamiento— en su familia, en todo y en nada, y en sus labios se dibujó un «Perdón» o un «Socorro», difícil saberlo.

Aquella cabeza que había visto entre las olas aparecía y desaparecía constantemente, y Mikael gritó: «¡Aguanta, ya voy!». Pero su lancha era demasiado lenta y, cuando volvió a mirar, no vio más que olas y el vuelo de una gaviota, y, mar adentro, un barco de vela de color azul. Entonces intentó calcular dónde había visto la cabeza por última vez. Podría haber sido allí..., o allí. No le quedó más remedio que arriesgarse y esperar a que hubiera suerte; luego apagó el motor y fijó la mirada en el agua. Estaba turbia, y él sabía por qué —lo había leído—: era por culpa de la lluvia, el florecer de las algas, los productos químicos y las partículas de humus. Con los brazos, le hizo señas al helicóptero sin tener ni idea de si serviría de algo. A continuación se quitó los zapatos y los calcetines y se quedó quieto un instante, de pie, en medio de la embarcación, que se mecía con fuerza al viento. Acto seguido, se tiró al agua.

Estaba más fría de lo que esperaba. Empezó a bucear y a mirar a su alrededor, pero no consiguió ver nada. Era imposible, totalmente inútil, y un minuto después volvió a subir para tomar aire y se dio cuenta de que el bote se había alejado bastante. Pero ¿qué le iba a hacer? Volvió a bajar, esta vez en dirección contraria, y descubrió un cuerpo hundiéndose, rígido, como si fuese un pilar precipitándose hasta el fondo, y entonces se acercó nadando y agarró aquel cuerpo por debajo de los brazos. Pesaba como el plomo, pero Mikael se esforzó al máximo, dando patadas mientras ascendía, y poco a poco, centímetro a centímetro, consiguió subirlo hasta la superficie. Aunque había llegado a una conclusión falsa.

Había pensado que, una vez arriba, todo sería más fácil. Pero Mikael tuvo la sensación de que cargaba con un tronco. El hombre se hallaba maltrecho y resultaba igual de pesado sobre la superficie. No daba señales de vida, y Mikael se percató, de nuevo, de lo lejos que se encontraban de tierra. No sería capaz de llevar a ese hombre hasta la orilla. Aun así, no se rindió. Mucho tiempo atrás, en su juventud, había hecho un curso de salvamento marítimo, de modo que no paró de cambiar de técnica a fin de agarrar mejor el cuerpo.

Sin embargo, el cuerpo pesaba cada vez más. Mikael luchó con todas sus fuerzas, pero los pulmones empezaron a llenársele de agua y los músculos a darle calambres. Ya no podía más. Tendría que soltar al hombre. Si no, también él sería arrastrado hasta las profundidades marinas, y entonces decidió darse por vencido. Un instante después se arrepintió y siguió peleando hasta que todo se oscureció.

Capítulo 17

26 de agosto

Era tarde, pero Jan Bublanski todavía se encontraba en su despacho, navegando por diferentes páginas web de noticias. El ministro de Defensa, Johannes Forsell, se hallaba en coma en la UVI del hospital Karolinska tras haber estado a punto de ahogarse en el mar. Su estado era crítico. Aunque recuperara la conciencia, corría el riesgo de haber sufrido graves lesiones cerebrales. Aparte de éstas, se hablaba también de paro cardíaco, de edema pulmonar osmótico, hipotermia y arritmia. No pintaba bien.

Incluso en los medios más serios se comentaba que podría haberse tratado de un intento de suicidio, lo que significaba, sin lugar a dudas, que alguien de su círculo más íntimo había filtrado la noticia. Era de dominio público que Forsell era un excelente nadador, así que la explicación más lógica habría sido que había sobreestimado sus capacidades al meterse mar adentro, y que, una vez allí, había sido arrastrado por las frías corrientes. Sin embargo, no resultaba fácil saberlo. Se decía que había sido salvado por una persona que pasaba por la zona y que luego un barco de salvamento marítimo los rescató y los trasladó en helicóptero al hospital.

Por debajo de la noticia se habían publicado artículos que más bien parecían necrológicas y que le dedicaban elogios como «un ministro fuerte y resuelto en constante lucha por los valores humanos fundamentales». Comentaban, asimismo, que «había combatido la intolerancia y el nacionalismo destructivo» y que había sido «un optimista empedernido que siempre intentaba adoptar soluciones políticas consensuadas». Se señalaba que había sido víctima de «una campaña de difamación profundamente injusta», cuyo origen podía rastrearse hasta las fábricas de troles de Rusia.

—Un poco tarde para decir eso ahora —murmuró Bublanski para, acto seguido, asentir aprobador mientras leía una columna de *Svenska Dagbladet* en la que Catrin Lindås sostenía que lo que había sucedido era una consecuencia lógica de «un clima social que instiga a la gente a acosar y a demonizar a las personas».

Luego se volvió hacia Sonja Modig, que estaba sentada junto a él, en el desgastado sillón que había en su despacho, con la computadora portátil en el regazo.

—Bueno —dijo—, ¿se va aclarando la historia o no?

Sonja alzó la vista y lo miró desorientada.

—No, no mucho. Seguimos sin dar con el paradero de Heikki Järvinen. Pero acabo de hablar con una de las personas del equipo médico que se ocupó de Nima Rita en el hospital psiquiátrico de Katmandú que Blomkvist mencionó.

—¿Y qué dijo ese médico?

—No, no es médico, sino médica, y dijo que Nima Rita presentaba un grave cuadro psicótico y que a menudo oía voces y gritos de socorro. Estaba desesperado por no poder hacer nada para acallarlos. Ella cree que Rita revivía algo continuamente.

—¿Como qué?

—Cosas que había vivido en la montaña, momentos en los que se había sentido impotente. Me contó que intentaron medicarlo y someterlo a tratamientos de electrochoque, pero que fue difícil.

—¿Le preguntaste si llegó a hablar de Forsell?

—Sólo me dijo que le sonaba el nombre. Que Rita hablaba, más que nada, de su mujer y de Stan Engelman, y que era evidente que le tenía miedo... Creo que deberíamos intentar averiguar por qué. Por lo que yo sé, Engelman es un hombre sin muchos escrúpulos. Pero, sobre todo, me enteré de otra cosa que me pareció interesante.

—¿Cuál?

—Después de la tragedia del Everest de 2008,

todos los periodistas querían hablar con Nima Rita, aunque ese interés terminó pronto. Cuando quedó claro que se trataba de un hombre enfermo y con confusiones mentales, se olvidaron de él casi por completo. Pero con motivo del décimo aniversario del suceso, contactó con él una periodista de *The Atlantic* llamada Lilian Henderson que estaba escribiendo un libro sobre el incidente. Nima habló por teléfono con Lilian desde el hospital.

—¿Y qué le contó?

—En realidad, nada, por lo que tengo entendido. Pero acordaron verse cuando ella viajara a Nepal para investigar sobre el terreno, si bien es cierto que cuando llegó, él ya no estaba, así que al final no se publicó ningún libro. La editorial temía que les pusieran alguna querella.

—¿Por parte de quién?

—De Engelman.

—¿Y de qué tenía Engelman tanto miedo?

—Eso es lo que creo que deberíamos averiguar.

—Entonces ¿estamos completamente seguros de que el mendigo y Nima Rita son la misma persona? —continuó Bublanski.

—Yo creo que sí. Existen demasiadas coincidencias, y el parecido es obvio.

—¿Y cómo se enteró Mikael Blomkvist?

—Lo único que sé es lo que te escribió a ti. He intentado localizarlo, pero nadie parece saber dónde se encuentra, ni siquiera Erika Berger. Y está muy preocupada. Acababa de hablar con él para que hiciera un reportaje sobre Forsell. Dice que después del accidente lo ha estado llamando sin parar y que no le contesta.

—¿No tiene también Blomkvist una casa en Sandön? —preguntó Bublanski.

—Sí, en Sandhamn.

—¿Y no será que el Must o la Säpo lo han detenido para interrogarlo? Hay mucho secretismo en torno al suceso.

—Sí, es verdad. Hemos informado a las autoridades militares, pero no sueltan prenda.

—Qué cautelosos.

—Y tampoco sabemos si Mikael nos lo contó todo. Tal vez descubrió que había un vínculo entre el *sherpa* y Forsell.

—¿No te parece toda esta historia muy desagradable? —comentó Bublanski.

—¿En qué sentido?

—Forsell critica a Rusia y la acusa de haber influido en las elecciones suecas, y, de repente, todo el mundo lo odia y las mentiras relativas a su persona se extienden hasta tal punto que lo llevan a la desesperación. Luego, de buenas a primeras, aparece, como surgido de la nada, un *sherpa* muerto que lo señala directamente a él. Me da la sensación de que alguien va por él.

—Dicho así, no suena muy bien.

—Pues no —respondió Bublanski—. ¿Seguimos sin saber cómo entró en Suecia el mendigo?

—Me acaban de llamar de Inmigración y dicen que no consta en ninguno de sus registros.

—Qué raro.

—Debería haber aparecido en nuestras bases de datos.

—Puede que los servicios de inteligencia hayan ocultado también eso —murmuró.

—No me sorprendería.

—¿Y tampoco podemos hablar con la mujer de Forsell?

Sonja Modig negó con la cabeza.

—Debemos tomarle declaración cuanto antes, tendrán que entenderlo. No pueden seguir obstaculizando nuestro trabajo —prosiguió Bublanski.

—Por desgracia, me da la sensación de que piensan que sí pueden.

—¿Tendrán miedo?

—Eso es más bien lo que parece.

—Bueno, es lo que hay, habrá que aceptarlo y seguir trabajando con lo que tenemos.

—Exacto.

—Vaya enredo —comentó Bublanski, y no pudo evitar continuar mirando en Internet las páginas de noticias.

El estado de Johannes Forsell seguía siendo crítico.

Thomas Müller llegó tarde a casa, a ese enorme ático que tenía en Østerbrogade, Copenhague. Al ir por una cerveza al refrigerador, vio que el fregadero estaba sucio y que nadie había metido los platos del desayuno en el lavavajillas, lo que lo hizo soltar unos cuantos insultos. Acto seguido, se puso a dar vueltas por el departamento: allí no había limpiado nadie.

Las señoras de la limpieza, las muy brujas, lo habían mandado a la mierda y se habían largado. Como si él no tuviera ya bastantes problemas. En el trabajo, no paraban de darle la lata y quejarse. Su secretaria era idiota, de encefalograma plano. Ese mismo día había tenido que reprenderla tanto que hasta le dolían las sienes, y luego, claro, por si fuera poco, Paulina. Ya no soportaba esa situación. ¿Cómo se había atrevido? ¡Después de todo lo que él había hecho por ella! Cuando se conocieron, ella no era nadie, una insignificante periodista de un pequeño periódico local. Y él se lo dio todo sin ni siquiera —cosa que, naturalmente, había sido un gran error— hacerle firmar un acuerdo prematrimonial. ¡Puta lesbiana!

Cuando volviera toda arrepentida y hundida, él fingiría ser bueno. Y luego le daría su merecido. Jamás la perdonaría, sobre todo después de la postal que acababa de recibir. «Te dejo —le había escrito—. He conocido a una mujer. Estoy enamorada.» Eso era todo. Y, al verla, rompió su celular y un jarrón de cristal y hasta tuvo que tomar una licencia por incapacidad. No, no quería pensar en ello.

Se quitó el saco y, tras sentarse en el sofá cerveza en mano, pensó en llamar a Fredrike, su amante. Pero de ella también se había cansado. Encendió el televisor y vio que el ministro de Defensa sueco se debatía entre la vida y la muerte, cosa que lo traía sin cuidado. Ese imbécil era el típico idiota políticamente correcto, además de un hipócrita y un corrupto. Eso lo sabía todo el mundo. A continuación, puso las noticias de economía de Bloomberg y dejó que sus pensamientos vagaran. Ya debía de haber cambiado al menos unas diez veces de canal cuando alguien llamó a la puerta. Maldijo. «¿A quién demonios se le ocurre llamar a la puerta a las diez de la noche?» Pensó en no abrir.

Pero luego pensó que tal vez fuese Paulina, por lo que se levantó, no sin poco esfuerzo, y, tras arrastrar los pies hasta la puerta, abrió de golpe. No era su mujer. Era una chica con el pelo negro y cara de pocos amigos, vestida con pantalones de mezclilla y una sudadera con capucha. Estaba en el pasillo con una bolsa en la mano y la mirada clavada en el suelo.

—No quiero nada —dijo él.

—Vengo a limpiar —respondió ella.

—Pues ya puedes decirle a tu jefe que se vaya a la mierda —le soltó él—. No voy a perder el tiempo con limpiadoras que no hacen su trabajo.

—La empresa de limpieza no tiene ninguna culpa —repuso la chica.

—¿De qué me hablas?

—La que anuló la limpieza fui yo.

—¿Que has hecho qué?

—La anulé para ocuparme yo en persona.

—Pero ¿no entiendes? ¡Que no quiero que nadie limpie! ¡Fuera de aquí! —exclamó antes de disponerse a cerrar de un portazo.

No lo logró. La mujer había puesto un pie en la puerta y entró, y fue en ese momento cuando él descubrió que había algo raro en ella. Andaba de una forma extraña, sin mover los brazos ni la parte superior del cuerpo, y ladeaba ligeramente la cabeza, como si contemplara algo al fondo del departamento, junto a las ventanas. Y entonces a él se le ocurrió pensar que esa chica podía ser una delincuente o bien una perturbada mental. Sus ojos eran fríos e inexpresivos, hacían que tuviera un aire ausente. Thomas sacó a relucir toda su autoridad y le dijo:

—Si no te largas ahora mismo, llamaré a la policía.

Ella no le contestó. Ni siquiera parecía haberlo oído. Se limitó a agacharse y a sacar de su bolsa una larga cuerda y un rollo de cinta aislante, ante lo cual él, en un principio, fue incapaz de articular palabra.

—¡Fuera! —gritó después, para, acto seguido, agarrarle la mano a la mujer.

Pero, sin saber cómo, fue ella la que lo agarró a él y lo empujó hasta la mesa de la cocina, lo que provocó que él se enfureciera al tiempo que se asustaba. Logró soltarse y se dispuso a pegarle y empujarla contra la pared, pero no le dio tiempo a hacer nada. Ella se abalanzó sobre él con tanta virulencia que acabó en la mesa, tendido boca arriba. Un segundo después, ella ya estaba encima de él mirándolo con los mismos ojos fríos e inexpresivos que antes, y, rápida como un rayo, lo ató con la cuerda y le dijo con su monótona voz:

—Ahora voy a plancharte la camisa.

Luego lo amordazó con la cinta mientras le clavaba la mirada, igual que hace un depredador cuando observa a su presa. Thomas Müller no había sentido tanto terror en toda su vida.

También Mikael se había enfriado considerablemente y presentaba una gran cantidad de agua en los pulmones, por lo que también a él se lo llevaron en el mismo helicóptero que a Forsell. Estuvo más o menos inconsciente durante algún tiempo, pero, a pesar de todo, se recuperó con bastante rapidez. Ya bien entrada la noche, después de la visita de los médicos y de tres interrogatorios del servicio de inteligencia militar, le devolvieron sus pertenencias, así como el teléfono que había en su lancha, la cual hallaron a la deriva en la bahía.

Le comunicaron que podía irse a casa si quería, aunque los médicos le recomendaron que pasara la noche en el hospital, y también lo informaron de que un fiscal llamado Matson le había prohibido que divulgara lo acontecido, razón por la que quiso protestar y llamar a su hermana, la abogada Annika Giannini.

Él sabía que las disposiciones legales que obligaban a los periodistas a guardar silencio estaban sujetas a interpretación, y además pensaba que los chicos de los servicios de inteligencia se habían comportado de una manera bastante arbitraria y despótica. Pero de momento lo dejó estar: de todos modos, no iba a escribir nada hasta que hubiese llegado al fondo de la historia, así que se limitó a quedarse un buen rato sentado en la cama intentando serenarse. Aunque no lo dejaron en paz mucho tiempo.

Volvieron a llamar a la puerta. Una mujer alta de unos cuarenta años, con el pelo castaño y los ojos inyectados en sangre, entró y se dirigió hacia él y, por alguna razón —quizá porque en ese momento estaba mirando todas las llamadas perdidas que tenía en el teléfono—, tardó mucho en entender que se trataba de Rebecka Forsell. Llevaba un bléiser gris y una camiseta blanca, y le temblaban las manos. Le dijo que tenía que darle las gracias antes de que se marchara.

—¿Está mejor? —preguntó Mikael.

—Lo peor ya pasó. Pero aún no sabemos si ha sufrido daños cerebrales. Todavía es pronto para decirlo.

Mikael le pidió que se sentara en la silla que había junto a él.

—Ya —contestó.

—Dicen que estuviste a punto de morir por salvarlo.

—¡Qué exagerados!

—Bueno, pero aun así..., ¿entiendes lo importante que es para nosotros lo que hiciste? ¿Lo entiendes? Es muy grande.

—Me vas a emocionar —dijo—. Gracias.

—¿Hay algo que podamos hacer por ti? —preguntó Rebecka.

«Contarme todo lo que saben de Nima Rita —pensó—. Toda la verdad.»

Respondió:

—Asegúrense de que Johannes se ponga bien y de que se busque un trabajo más tranquilo.

—Hemos pasado por una época terrible.

—Ya imagino.

—¿Sabes...?

Parecía desorientada, y frotaba nerviosamente su mano derecha contra el brazo izquierdo.

—¿Sí?

—Acabo de leer en Internet algunas cosas sobre Johannes. De pronto todo ha cambiado y la gente se está mostrando de nuevo benevolente; no toda, claro, pero sí mucha. Resulta casi ideal. Es como si, al verlo, hubiera sido cada vez más consciente de la pesadilla que hemos vivido.

Mikael se inclinó hacia delante y tomó la mano de Rebecka.

—Fui yo la que llamó a *Dagens Nyheter* para contarles que se trataba de un intento de suicidio, aunque no lo sabía seguro. ¿Hice muy mal? —continuó ella.

—Imagino que tendrías tus razones.

—Quería que supieran hasta dónde habíamos llegado.

—Parece lógico.

—Los chicos del Must me contaron algo muy raro —dijo ella antes de lanzarle una mirada desesperada.

Mikael preguntó con toda la tranquilidad que fue capaz de reunir:

—¿Qué fue lo que te contaron?

—Que tú habías averiguado que Nima Rita había sido hallado muerto en Estocolmo.

—Sí, es muy raro. ¿Lo conocieron?

—No sé si atreverme a decir nada. No hacen más que insistirme en que debo callarme y no hablar de eso.

—A mí también me insisten mucho sobre ese

tema —contestó Mikael, tras lo cual añadió—: Pero ¿tenemos que ser tan obedientes?

Ella sonrió con tristeza.

—Quizá no.

—Bueno, ¿lo conocieron?

—Sí, coincidimos con él en el campamento base. Nos cayó muy bien, y creo que fue mutuo. *«Sahib, sahib»*, le decía siempre a Johannes. *«Very good person.»* Tenía una esposa encantadora.

—Luna.

—Luna —repitió Rebecka—. Nos mimaba a todos, y no paraba de hacer cosas. Después los ayudamos a construir una casa en Pangboche.

—Qué bonito.

—Pues no sé yo... Es que todos nos sentimos tan culpables de lo que le pasó...

—Y si supuestamente estaba muerto, ¿tienes idea de cómo pudo desaparecer de Katmandú, aparecer en Estocolmo tres años más tarde y después morir de nuevo?

Ella lo miró desesperada.

—Pensar en eso me da dolores de estómago —le contestó.

—Lo entiendo.

—Deberías haber visto a los chicos de Khumbu.

—¿Qué les pasaba?

—Lo adoraban. Él salvaba vidas, y pagó un terrible precio por ello.

—Su carrera de escalador acabó.

—Destruyeron su reputación.

—No todos pensarían así, ¿no?

—Pero muchos sí.

—¿Quiénes?

—Los más allegados a Klara Engelman.

—¿Como su marido?

—Sí, claro, él también.

Mikael percibió un cambio en la voz de Rebecka.

—Eso no se oyó muy bien.

—Ya, es posible. Pero tienes que entender que... la historia es más complicada de lo que la gente cree, y ha habido un montón de abogados implicados en el asunto. Hace cosa de un año, una editorial estadounidense tuvo que retirar un libro que iban a publicar sobre lo sucedido.

—Los abogados de Engelman, ¿verdad?

—Exacto. Engelman es un magnate inmobiliario, un empresario de puertas para fuera, pero en el fondo no es más que un gánster, un mafioso; ésa es, al menos, mi opinión. Además, sé que los últimos días no estaba muy contento con su mujer.

—¿Por qué?

—Porque Klara se enamoró de nuestro guía, Viktor Grankin, y quería dejar a Stan. Pensaba divorciarse, dijo, y salir en la prensa revelando hasta qué punto él se había comportado como un cerdo narcisista con ella, y eso es lo que Engelman, con mucha habilidad, logró silenciar, aunque seguro que en Internet encuentras alguno que otro chisme al respecto.

—Entiendo —dijo.

—La situación era muy delicada.

—¿Nima Rita lo sabía?

—Lo mantuvieron muy en secreto, pero seguro que sí. Es que él cuidaba de ella.

—También sobre eso guardó silencio.

—Creo que sí. Al menos, mientras su estabilidad psicológica fue medianamente buena. Pero, tras la muerte de su mujer, parece ser que perdió el norte, de modo que no me sorprendería nada que hubiera andado delirando por ahí, diciendo tonterías sobre eso y otras cosas.

Mikael miró a Rebecka Forsell. Primero a los ojos. Y luego se detuvo en su largo cuerpo, acurrucado en la silla. Después, aunque con desgana, le dijo:

—En sus últimos días también deliraba e iba haciendo comentarios sobre tu marido.

Una enorme rabia se apoderó de ella. Pero se cercioró de que no se le notara y, además, sabía, sin duda, que enfadarse con él no sería justo: al fin y al cabo, ése era su trabajo. Y había salvado la vida de su marido. Sin embargo, sus palabras la hicieron recordar la sospecha que más le preocupaba: que Johannes le ocultaba algo sobre el Everest y Nima

Rita, porque, a decir verdad, nunca había creído que fuese la campaña de odio que se orquestó contra él lo que lo destrozó.

Johannes era un luchador, un loco exageradamente optimista que avanzaba sin cesar contra viento y marea; las únicas veces en las que lo había visto abatido habían sido en esos días pasados en Sandön y tras la escalada al Everest. Por eso había empezado a creer que existía un vínculo entre aquella época y el momento presente, lo cual era —suponía— lo que le daba tanta rabia, no las palabras de Mikael. Ella sólo deseaba matar al mensajero.

—No lo comprendo —acabó diciendo Rebecka.

—¿Nada de nada?

Permaneció callada unos instantes y luego dijo algo de lo que se arrepintió de inmediato:

—Deberías hablar con Svante.

—¿Lindberg?

—Sí.

Svante ya no le caía bien: habían tenido una violenta discusión en casa cuando Johannes lo nombró su secretario de Estado. De puertas para fuera, Svante era una copia de Johannes, con la misma energía y campechanía militar. Pero, en realidad, era un hombre muy diferente. Mientras que Johannes siempre confiaba en la bondad de todo y de todos —hasta que se demostrara lo contrario—, Svante era, en secreto, una persona constantemente calculadora y manipuladora.

—¿Qué me podría contar Svante Lindberg? —quiso saber.

«Te contará cualquier cosa que defienda sus propios intereses», pensó Rebecka.

—Lo que sucedió en el Everest —respondió para, a continuación, preguntarse si con esas palabras no habría traicionado a Johannes.

Claro que, por otra parte, Johannes la habría traicionado a ella si no le había contado todo lo que ocurrió en la montaña. Se levantó, abrazó a Mikael Blomkvist y, tras darle las gracias una vez más, regresó a la UVI.

Capítulo 18

Noche del 26 al 27 de agosto

La inspectora Ulrike Jensen se puso al mando del primer interrogatorio que se realizó, en el Rigshospitalet de Copenhague, a una víctima que se llamaba Thomas Müller y que había acudido al hospital a las once y diez de la noche con quemaduras en los brazos y el tórax. Ulrike tenía cuarenta y cuatro años, era madre de dos niños y había estado mucho tiempo trabajando en delitos sexuales. Pero ahora la habían trasladado a la brigada de violencia, donde a menudo se encargaba de los turnos de noche —de momento, ésa era la mejor solución para la familia—, razón por la cual se había topado con su buena dosis de testimonios confusos y testigos borrachos. Sin embargo, de todo cuanto había oído, esa historia se llevaba la palma.

—Ya sé que le duele mucho y que está bajo la influencia de la morfina —dijo—. Pero hagamos un esfuerzo por concentrarnos en la descripción de la agresora.

—Nunca había visto unos ojos así —murmuró.

—Sí, eso ya me lo dijo. Pero ha de darme algo más concreto. ¿Tenía esa mujer alguna característica especial?

—Era joven y bajita. Tenía el pelo negro y hablaba como un fantasma.

—¿Y cómo habla un fantasma?

—Sin sentimientos, o más bien... como si pensara en otra cosa. Como si estuviera ausente.

—¿Qué fue lo que le dijo? ¿Puede repetirlo para que nos hagamos una idea un poco más clara de lo sucedido?

—Me dijo que ella nunca planchaba su ropa, y que por eso se le daba mal, y que era importante que me quedara quieto.

—Qué cruel.

—Una loca.

—¿Nada más?

—Sí, que vendría por mí de nuevo si yo no...

—Si usted no, ¿qué? —lo ayudó Ulrike Jensen.

Thomas Müller se revolvió y la miró con impotencia.

—Si usted no, ¿qué? —repitió la inspectora Jensen.

—...dejaba en paz a mi mujer. Que ni se me

ocurriera volver a verla. Y que tenía que pedirle el divorcio.

—Me dijo que su mujer está de viaje, ¿no?

—Sí, ella...

Murmuró algo inaudible.

—¿Le hizo usted algo? —continuó la inspectora.

—Yo no le hice nada. Es ella la que...

—¿La que qué?

—La que me abandonó.

—¿Y por qué cree que lo dejó?

—Es una...

Estaba a punto de decir algo terrible, pero tuvo la suficiente cordura como para no concluir la frase, aunque Ulrike Jensen sospechó que allí había una historia que no era muy bonita. No obstante, de momento lo dejó en paz.

—¿Alguna otra cosa de la que se acuerde que nos pudiera ser útil? —preguntó.

—La mujer dijo que yo tenía «mala suerte».

—¿Y le explicó por qué?

—Sólo que se había pasado el verano acumulando mierda en su interior sin llegar a resolver nada, y que al final eso la había vuelto más o menos loca.

—¿Y qué quiso decir con eso?

—¡Y yo qué sé!

—¿Cómo se fue?

—Me quitó la cinta de la boca y me lo repitió todo una vez más.

—¿Que se mantenga alejado de su mujer?

—Sí. Y lo voy a hacer. No quiero volver a verla en mi vida.

—Muy bien —le respondió—. De momento creo que es lo más sensato. Entonces ¿tampoco ha hablado con su mujer esta noche?

—¡Pero si no sé ni dónde está, ya se lo dije! ¡Carajo, maldita...!

—Diga.

—Tienen que moverse ya, hacer algo... Esa persona está fatal de la cabeza. Es peligrosísima.

—Haremos todo lo que esté en nuestras manos —contestó Ulrike Jensen—. Se lo prometo. Aunque por lo visto...

—¿Por lo visto qué?

—Todas las cámaras de seguridad del barrio se hallaban fuera de servicio en esos momentos, de modo que no contamos con muchas pistas —prosiguió ella, tras lo cual se sintió, de repente, muy harta de su trabajo.

Era poco más de la medianoche y Lisbeth iba en un taxi, camino de Arlanda, buscando información sobre una abogada matrimonialista que Annika Giannini le había recomendado, cuando recibió un mensaje encriptado de Mikael. Sin embargo, se encontraba demasiado fatigada y desanimada para leerlo. De pronto, dejó de investigar a la abogada y se limitó a mirar fijamente por la ventanilla. ¿Qué le estaba pasando?

Paulina le gustaba. Hasta era posible que se hubiera enamorado de ella, a su retorcida manera. ¿Y cómo se lo había manifestado? Mandándola a Múnich, a casa de sus padres, cuando se encontraba totalmente desesperada, y luego encargándose de su marido, como si el propio acto de vengarla compensara las carencias de su amor. No era capaz de matar a su hermana —que había causado tanto daño—, pero podría haberle quitado la vida a Thomas Müller sin pestañear.

Cuando estaba sentada sobre él, con la plancha en la mano, desfilaron por su cabeza recuerdos de Zalachenko, y del abogado Bjurman, y de todos los hijos de puta de este mundo, como Teleborian, el psiquiatra. En ese momento, fue como si algo se rompiera dentro de ella. Como si quisiera vengar toda su vida, y sólo con una enorme fuerza de voluntad consiguió impedir que la cosa se descontrolara por completo. A la mierda toda esa historia. Ahora tenía que concentrarse.

Si no, seguiría siempre así: dudando cuando necesitaba resolución y volviéndose loca cuando lo que se exigía era calma.

En todo eso que comprendió en el bulevar Tverskoi había algo que la había desequilibrado. No sólo el hecho de haberse quedado como paralizada, sin hacer nada, cuando Zala iba en busca de

Camilla por las noches, sino también que su madre no hubiera movido ni un solo dedo. ¿Llegó a saber algo? ¿Cerró también ella los ojos ante la verdad? Era un pensamiento que la corroía por dentro cada vez más, y que la hacía tener miedo de sí misma, miedo de su indecisión; miedo de ser una pésima guerrera en aquello a lo que se vería irremediablemente abocada: la gran batalla de su vida.

Desde que Plague la había ayudado a *hackear* las cámaras de vigilancia de los alrededores de Strandvägen, sabía que los de Svavelsjö MC habían visitado a Camilla. Supo, así, que su hermana la estaba buscando por todos los medios y que era difícil, si es que se le presentaba la oportunidad, que dudara en cumplir su cometido. De modo que sí, carajo, tenía que centrarse. Tenía que ser fuerte y resuelta de nuevo. Pero lo primero era buscar algún sitio en el que alojarse.

Como ya no poseía ninguna casa en Estocolmo, pensó en varias alternativas. Y, a pesar de todo, leyó con rapidez el mensaje de Mikael: hablaba de Forsell y del *sherpa*, una historia muy interesante tal vez, pero ella no tenía fuerzas para ocuparse de eso ahora. Se limitó a responderle, en una repentina ocurrencia que hasta a ella le sorprendió:

Estoy en la ciudad. ¿Nos vemos ahora? En un hotel.

No se trataba tan sólo de una proposición inde-cente, pensó, o de una reacción provocada por ha-berse sentido muy sola y desesperanzada, sino también... de una medida de seguridad, porque no era del todo improbable que Camilla y sus compin-ches, a falta de pistas sobre ella, fueran por sus amigos; así que no era mala idea encerrar a Kalle Blomkvist en la habitación de un hotel.

Claro que, por otra parte, que se encerrara donde le diera la gana, y como no contestó ni en diez, ni en quince, ni en veinte minutos, Lisbeth bufó, cerró los ojos y sintió que podría dormir una eternidad, y quizá se quedó algo traspuesta, por-que cuando Mikael, por fin, respondió, se sobre-saltó como si la hubieran atacado.

Su hermana, Annika, le había dado ropa nueva y za-patos, y lo había llevado a Bellmansgatan en su coche. Mikael creyó que iba a caer rendido en la cama. Sin embargo, se sentó delante de la computadora y buscó información sobre Stan Engelman. Engelman tenía en la actualidad setenta y cuatro años, se había vuelto a casar y estaba siendo investigado por delitos de so-borno y amenazas relacionados con la venta de tres hoteles en Las Vegas, y, aunque no se sabía nada a ciencia cierta —él, como era evidente, lo negaba todo—, su imperio parecía estar tambaleándose. Se comentaba que les había pedido ayuda a los contactos que tenía en Rusia y Arabia Saudí.

Stan Engelman no se había pronunciado ni una sola vez sobre Nima Rita. En cambio, había irrumpido en violentos ataques contra el fallecido guía Viktor Grankin, que había contratado a Nima como sardar, además de haber demandado a la empresa de Grankin, Everest Adventures Tours. Las dos partes litigantes llegaron a un acuerdo en un juzgado de Moscú, lo que, de inmediato, causó la quiebra de la empresa de Grankin. Allí había, sin lugar a dudas, una rabia dirigida contra la expedición en la que Nima Rita había participado. Pero no explicaba por qué el *sherpa*, de entre todos los lugares del planeta, apareció, de buenas a primeras, en Estocolmo. Mikael dejó el asunto, de momento —se encontraba demasiado cansado como para ponerse a investigar minuciosamente todos los negocios inmobiliarios de Engelman, sus líos de faldas y sus estúpidas declaraciones—, y buscó información sobre Svante Lindberg, quien, como era lógico, debía de ser el hombre que más sabía de lo que le había sucedido a Forsell en el Everest.

Svante Lindberg era teniente general a la vez que antiguo soldado de élite de la infantería de marina, y hasta era probable que también oficial de los servicios de inteligencia, al igual que Forsell, del que era amigo desde su juventud. Svante Lindberg era un experimentado alpinista. Antes del Everest había escalado otras tres cumbres de más de ocho mil metros: el Broad Peak, el Gasherbrum y el Annapurna. Quizá fuese por eso por lo que Viktor Grankin dejó que él y Johannes Forsell ascendieran hasta la cumbre antes que los demás, cuando, esa mañana del 13 de mayo de 2008, el ritmo del grupo se ralentizó. Pero ya intentaría más tarde —con toda probabilidad al día siguiente— llegar al fondo de lo que en realidad sucedió en la montaña. De momento, se limitó a constatar que Svante Lindberg también había sido víctima de la campaña de odio que se orquestó contra Forsell.

En varios sitios se afirmaba que Lindberg era quien de verdad dirigía el Ministerio de Defensa. Sin embargo, rara vez concedía entrevistas, y lo más personal que Mikael encontró sobre él fue una amplia semblanza que le habían hecho en la revista *Runner's World* hacía ya tres años, y es posible que Mikael también la leyera. Después se acordó de la frase «Cuando te sientes completamente rendido, te queda aún el setenta por ciento», pero debía de haberse quedado adormilado.

Se despertó delante de la computadora, con temblores por todo el cuerpo y una imagen en la retina: la de Johannes Forsell hundiéndose en el agua, y entonces se dio cuenta de que no sólo estaba exhausto, sino que también se hallaba en estado de *shock*. Tuvo que hacer un enorme esfuerzo para llegar hasta la cama: allí —creía él— le daría otra vez sueño al instante, pero había demasiados pensamientos revoloteando por su cabeza, por lo que acabó agarrando el teléfono y vio que Lisbeth le había contestado:

Estoy en la ciudad. ¿Nos vemos ahora? En un hotel.

Se encontraba tan cansado que tuvo que leerlo dos veces. Luego sintió... ¿qué? ¿Vergüenza?, ¿incomodidad? No lo sabía. Sólo sabía que quería hacer como si no lo hubiera visto, algo que, tratándose de Lisbeth, seguro que no funcionaba. Ella ya tendría, sin ninguna duda, la confirmación de que lo había leído. ¿Qué iba a hacer? Se sentía incapaz de decirle que no. Pero tampoco se veía con fuerzas para decirle que sí. Cerró los ojos e intentó organizar sus pensamientos. De modo que Lisbeth estaba en Estocolmo y quería verlo en ese mismo momento en un hotel... ¿Significaba eso algo más que la simple idea de que quería encontrarse con él en un hotel?

—Carajo, Lisbeth —murmuró.

Acto seguido, se levantó y se puso a deambular nervioso por la casa, como si ella hubiera alterado aún más todo su sistema, y en algún momento de su deambular miró por la ventana y vio, junto al Bishops Arms de Bellmansgatan, la figura de un hombre al que reconoció enseguida: era aquel tipo con cola de caballo que había visto en Sandhamn, y entonces se sobresaltó, como si le hubiesen propinado un puñetazo en el estómago, porque ahora ya no cabía ninguna duda.

Lo estaban vigilando, y volvió a soltar una palabrota y a maldecir su suerte. Le palpitó el corazón y se le secó la boca. Pensó que debería contactar con Bublanski o con alguien de la policía de inmediato. Sin embargo, le escribió a Lisbeth:

Me están siguiendo.

Ella le respondió:

Culpa mía. Te ayudaré a quitártelos de encima.

Mikael quiso gritar que él no tenía fuerzas para quitarse de encima a nadie, y que lo único que deseaba era dormir y continuar con sus malditas vacaciones y olvidarse de todo lo que no fuera sencillo o tranquilo.

Aun así, escribió:

De acuerdo.

Capítulo 19

27 de agosto

A Kira no le habría importado cortar por lo sano con Svavelsjö MC. Le habría encantado correr a esos putos delincuentes con sus ridículos chalecos y sus tachuelas, sus capuchas y sus tatuajes... Pero los necesitaba de nuevo; por eso los había bañado en dinero, les había hablado de Zalachenko y se lo había descrito todo como una manera de honrar su memoria.

Sin embargo, estaba hasta el copete de ellos, y quería decirles de todo por ser unos corrientes y unos perdedores, y mandarlos a la peluquería y al sastre. A pesar de ello, mantuvo la frialdad y la dignidad, y volvió a alegrarse de que Galinov se encontrara a su lado. Ese día llevaba un traje de lino blanco y unos zapatos marrones de piel, y se hallaba sentado en el sillón rojo que había frente a ella, leyendo un artículo sobre el parentesco que hay entre la lengua sueca y el bajo alemán o lo que fuese, como si todo eso sólo fuera una excusa para profundizar en sus estudios lingüísticos. Pero él le daba tranquilidad, la vinculaba con el pasado y —lo que era mejor— intimidaba a los motociclistas.

Cuando se enfrentaban a ella porque tenían problemas en aceptar órdenes de una mujer, Galinov sólo necesitaba bajarse un poco los lentes de leer y lanzarles, con esos ojos azules, una gélida mirada para que se callaran y obedecieran. Ella suponía que ellos sabían muy bien de lo que era capaz, y por eso el hecho de que él mostrara tanta pasividad no la preocupaba demasiado: ya le llegaría el turno de realizar su cometido... Y, además, la caza de Lisbeth la llevaban Bogdanov y la banda de criminales.

Hasta el momento no habían encontrado nada, ni rastro. Era como si persiguieran a una sombra, y esa noche, por si fuera poco, se les había cerrado otra puerta, motivo por el que habían llamado a Marko Sandström, el presidente de Svavelsjö MC, que ahora entraba en la sala acompañado de otro de sus esbirros, Krille, creía ella, aunque lo cierto era que su nombre le daba lo mismo.

—No quiero excusas —se adelantó a decir Kira—. Lo único que quiero es que me informen lisa y llanamente de cómo es posible que esto haya ocurrido.

Marko sonrió con inquietud, cosa que a ella le gustó. Era un tipo igual de fornido y con el mismo aire intimidatorio que los demás miembros de Svavelsjö, pero tenía el buen gusto de no haberse dejado barba ni llevar el pelo largo. Tampoco tenía barriga, y su cara aún conservaba la belleza de antaño. Además, seguía luciendo un tórax en el que ella todavía podía imaginarse clavando las uñas igual que antes.

—Nuestra misión es imposible —sentenció Marko en un intento de mostrar algo de autoridad, aunque no pudo evitar mirar de reojo a Galinov, quien ni siquiera alzó la mirada, cosa que también le gustó a Camilla.

Ella dijo:

—¿Y por qué la consideras imposible? Sólo quería que la vigilaran, nada más.

—Ya, pero veinticuatro horas al día —apostilló Marko—. Eso requiere contar con mucho personal. Además, no estamos hablando de cualquier persona.

—¿*Cómo... ha podido... ocurrir?* —insistió ella, acentuando cada palabra.

—Ese cabrón... —empezó a decir el hombre que Camilla creía que se llamaba Krille.

Marko lo interrumpió:

—Déjame a mí. Verás, Camilla...

—Kira.

—Perdón, Kira —se corrigió Marko—. Ayer por la tarde, Blomkvist subió rápidamente a su lancha y desapareció. No tuvimos ninguna oportunidad de seguirlo y, encima, todo se complicó en muy poco tiempo. La isla se llenó de policías y militares, y como no sabíamos adónde se había ido, nos vimos obligados a dividirnos. Jorma se quedó en Sandhamn y Krille se fue a Bellmansgatan, a esperar.

—¿Y Mikael apareció allí?

—Por la noche, pero tarde. En un taxi. Parecía estar destrozado. No había nada que indicara que no se quedaría a dormir en casa, y creo que debemos aplaudir a Krille por haber aguardado allí. Mikael apagó la luz. Pero a la una de la madrugada salió con una bolsa en la mano y puso rumbo a Mariatorget. No se volvió ni una sola vez. Se metió en el metro y, ya en el andén, permaneció sentado en un banco con la cara apoyada en las manos.

—Parecía estar enfermo —añadió Krille.

—Exacto —continuó Marko—. Y eso hizo que nos relajáramos, que bajáramos la guardia. Una vez dentro del vagón, apoyó la cabeza contra la ventana y cerró los ojos. Se lo veía completamente agotado. Pero luego...

—¿Sí?

—En Gamla Stan, justo antes de cerrarse las puertas, salió disparado como una bala y desapareció. Lo perdimos.

Kira no pronunció palabra. Tan sólo intercambió una mirada con Galinov y vio que Marko lo advertía. Luego se miró las manos y se mantuvo inmóvil. Una de las primeras cosas que había aprendido era que el silencio y la quietud asustan más que cualquier arrebato de rabia, y, aunque quiso gritar y darles una buena reprimenda, se limitó a decir con un tono neutro:

—¿Hemos identificado a esa mujer que Blomkvist se llevó a su casa de Sandhamn?

—Sí. Se llama Catrin Lindås y vive en el número seis de Nytorget. Es famosa, es una de esas zorras que salen en la tele.

—¿Significa algo para él?

—Bueno... —terció Krille de nuevo.

Krille tenía cola de caballo, barba y unos ojos pequeños de mirada acuosa, y no parecía precisamente un experto en relaciones amorosas. Pero, aun así, por lo visto quiso hacer un intento.

—A mí me pareció que estaban enamorados. Cuando estaban en el jardín no podían quitarse las manos de encima —continuó.

—Bueno, muy bien —dijo Camilla—. Entonces, quiero que la vigilen también a ella.

—Carajo, Camilla..., perdón, Kira, nos pides mucho. Son ya tres las casas que tenemos que vigilar —se quejó Marko.

Ella volvió a quedarse en silencio. Luego les agradeció que hubieran acudido y se llenó de satisfacción al ver que Galinov se levantaba con su largo y esbelto cuerpo para acompañarlos a la salida, y hasta era posible, en el mejor de los casos, que les dijera un par de palabras de esas que en un principio parecen una cortesía, pero que, al final, cuando se asimilan, producen un miedo atroz.

Galinov era experto en ese tipo de cosas, lo cual era necesario, creía Camilla, porque ella había vuelto a perder la iniciativa. Enfadada, recorrió con la mirada la vivienda: era un departamento de ciento setenta metros cuadrados que había comprado a través de testaferros hacía dos años, aunque todavía estaba poco amueblado y le faltaba personalidad. Sin embargo, era lo que había, así que tenía que valer. Acto seguido, soltó una palabrota, se levantó y, sin llamar a la puerta, entró en una pequeña habitación que había al fondo, a la derecha, donde Yuri Bogdanov, apestando a sudor, estaba pegado a sus computadoras.

—¿Cómo vas con la computadora de Blomkvist? —preguntó.

—Depende.

—¿Y eso qué significa?

—He conseguido entrar en su servidor, como te dije.

—Pero ¿ninguna novedad?

Al rebullirse en la silla, Camilla intuyó que él tampoco tenía buenas noticias.

—Ayer, Blomkvist buscó en Internet a Forsell, el ministro de Defensa, y eso, claro está, resulta interesante, no sólo porque Forsell sea un blanco del

GRU y haya tratado con Galinov, sino también porque ayer el ministro intentó...

—Me importa una mierda Forsell —le espetó enfadada—. Sólo me interesan los enlaces encriptados que Blomkvist haya recibido o enviado.

—No he conseguido romper el encriptado.

—¿Cómo que no? Pues tendrás que seguir intentándolo.

Bogdanov se mordió el labio y bajó la mirada.

—Ya no estoy dentro.

—¿Qué me estás diciendo?

—Anoche, alguien echó a mi troyano.

—¿Cómo diablos hizo eso?

—No lo sé.

—Se supone que no hay nadie que pueda con tus troyanos.

—Ya, pero...

Se quitó un padrastro con los dientes.

—¿Qué pasa?, ¿que es un puto genio? —le soltó furiosa.

—Eso parece —murmuró, y entonces Kira enloqueció, pero luego se le ocurrió otra cosa: en lugar de gritarle y armar alboroto, le mostró una sonrisa.

Entendió que Lisbeth estaba más cerca de lo que se habría atrevido a soñar.

Mikael se encontraba tendido en la cama del hotel Hellsten de Luntmakargatan, mientras Lisbeth, sentada en un sillón rojo frente a la ventana, que tenía las cortinas corridas, le dirigía una mirada ausente. Mikael no había dormido más que un par de horas. No estaba seguro de que hubiera sido una buena idea ir allí. No habían pasado una noche muy romántica que digamos, ni siquiera había sido un reencuentro de amigos. Ya en la puerta, todo se había ido al traste.

Ella se había quedado con la mirada fija en él, como si quisiera arrancarle la ropa de inmediato, un hecho ante el que él, a pesar de haber pensado en Catrin mientras se dirigía al hotel, tal vez no hubiese podido contenerse. Pero no era él lo que a ella le interesaba, sino su teléfono y su computadora. Prácticamente se los quitó de las manos y, tras encerrarse entre unas negras pantallas que había desplegado antes en el suelo, se puso en cuclillas en una extraña posición. No obstante, permaneció un buen rato sin moverse; sólo los dedos trabajaban a un ritmo frenético mientras el tiempo pasaba, hasta que Mikael no aguantó más. Se desquició y le soltó que había estado a punto de ahogarse en el mar. Le había salvado la vida a un puto ministro. Tenía que dormir o al menos hablar de qué mierda estaba haciendo ella.

—Cállate —le espetó Lisbeth.

—¡Al carajo!

Se estaba volviendo loco; lo único que deseaba era largarse de allí y no volver a ver a esa mujer en su vida. Pero al final se rindió, se quitó la ropa, se metió entre las sábanas en uno de los lados de la cama de matrimonio y se durmió, emberrinchado como un niño. En algún momento de la noche, casi al amanecer, Lisbeth se acostó junto a él y le susurró al oído, como un truco de seducción de lo más enfermizo:

—Tenías un troyano, tontito. —Y con esas palabras se fastidió la noche.

Se asustó. Se preocupó por sus fuentes, y le exigió que le contara de inmediato lo que estaba pasando, cosa a la que ella, aunque a regañadientes, accedió. Y poco a poco Mikael comprendió toda aquella locura o, mejor dicho, casi toda, porque Lisbeth, como de costumbre, no fue muy prolija en palabras, y además se le cerraban los párpados. Y, tras recostar la cabeza en la almohada, se levantó y lo dejó solo y alterado en la cama. Entonces él soltó una palabrota y se convenció de que no podría conciliar el sueño. Pero lo cierto es que, de un modo u otro, acabó haciéndolo a pesar de todo y, cuando se despertó, hacía un momento, Lisbeth estaba sentada en ese sillón rojo, en calzones y con una camisa negra demasiado grande, absorta —se le antojó—, en un estado comprendido entre el sueño y la realidad. Asombrado, le miró los músculos de las piernas y las ojeras para, acto seguido, dirigir la vista hacia la puerta. Y entonces oyó su voz:

—El desayuno está ahí fuera.

—Muy bien —dijo él, y un instante después entró con dos bandejas que depositó sobre la cama. Preparó café en la Nespresso que había junto a la ventana. Luego se sentó en la cama y ella lo hizo frente a él. La miró, como si fuera una extraña y una amiga íntima al mismo tiempo, y entonces lo vio más claro que nunca: la entendía y no la entendía.

—¿Por qué dudaste? —le preguntó él.

A Lisbeth no le gustó nada la pregunta de Mikael. Ni tampoco la cara que puso. Quería salir de allí o echarlo sobre la cama y, de este modo, cerrarle la boca, y entonces pensó en Paulina y en su marido, y en lo que le había hecho con la plancha, y en otras cosas mucho peores que ya quedaban lejos, cosas de su infancia. No estaba nada segura, ni siquiera de que le fuese a responder. No obstante, le dijo:

—Me acordé de una cosa.

Mikael clavó la mirada en ella, y Lisbeth se arrepintió enseguida de no haberse callado.

—¿De qué?

—De nada.

—Vamos, dímelo.

—De mi familia.

—¿Y de qué te acordaste exactamente?

«Olvídalo ya —pensó—. Olvídalo.»

—Me acordé de... —empezó como si no pudiera remediarlo, o como si hubiera algo en su interior que, a pesar de todo, quisiera contar.

—¿De qué? —preguntó Mikael.

—Mi madre sabía que Camilla nos robaba y que mentía a la policía para proteger a Zala. Sabía que Camilla hablaba mal de nosotras a los servicios sociales y que había contribuido a crear el infierno que vivíamos en casa.

—Ya lo sabía —dijo Mikael.

—¿Lo sabías?

—Holger me lo contó.

—¿Y también sabes que...?

—¿Qué?

¿Se lo iba a decir?

Lo escupió:

—¿Que al final mi madre no pudo más y amenazó con echar a Camilla de casa?

—Eso no lo sabía.

—Pues así fue.

—Pero Camilla era tan sólo una niña.

—Tenía doce años.

—Aun así...

—Tal vez sólo fuese un arrebato y no significara nada. Mi madre siempre se ponía de mi parte, eso lo sé. Camilla no le gustaba.

—Eso sucede en muchas familias: uno de los hijos se convierte en favorito.

—Pero en mi familia tuvo consecuencias. Nos cegó.

—¿Ante qué?

—Ante lo que estaba pasando.

—¿Y qué estaba pasando?

«Detente —pensó—. Detente.»

Quiso gritar y salir corriendo de allí. Sin embargo, continuó hablando, como impulsada por una fuerza incontrolable:

—Creíamos que Camilla iba con Zala. Que éramos dos contra dos en esa guerra: mi madre y yo contra Zala y Camilla. Pero no fue así. Camilla estaba sola.

—Todas estaban solas.

—Para ella fue peor.

—¿Por qué?

Lisbeth desvió la mirada.

—A veces, Zala entraba por las noches en nuestra habitación —le explicó—. En su momento no entendí por qué. Pero tampoco me paré mucho a pensar sobre ello. Él era malo y hacía lo que le daba la gana. La situación era la que era, y en esa época yo sólo pensaba en una cosa.

—Querías poner punto final a los malos tratos que sufría tu madre.

—Quería matar a Zala, y sabía que Camilla se había confabulado con él. No tenía ningún motivo para preocuparme por Camilla.

—Es comprensible.

—Pero, sin duda, debería haberme preguntado por qué cambió Zala.

—¿Cómo que cambió?

—Por las noches se quedaba cada vez más en casa, y eso no encajaba mucho con la imagen que yo tenía de él. Estaba acostumbrado al lujo y a todo tipo de atenciones. Y, de buenas a primeras, se conformó con nuestro departamento, lo que sin duda tenía que deberse a que había una nueva ficha en juego, y estando en el bulevar Tverskoi lo comprendí: se sentía atraído por Camilla, como todos los hombres.

—Así que por las noches iba a buscarla a *ella*...

—Siempre le pedía que fuese con él a la sala, y cuando los oía hablar sonaban como si estuvieran urdiendo alguna mierda contra mí y mi madre. Pero es probable que también oyera otras cosas que, en esa época, fui incapaz de interpretar. A menudo salían a dar una vuelta con el coche.

—La violaba.

—La destrozaba.

—No te lo reproches —sentenció Mikael.

Ella tuvo ganas de gritar.

Dijo:

—Sólo he contestado a tu pregunta. Ahora sé que ni yo ni mi madre movimos un dedo para ayudarla. Ésa fue la cosa de la que me di cuenta y que me hizo dudar.

Mikael permaneció en silencio, sentado en la cama frente a ella; parecía que estuviera tratando de asimilar lo que acababa de oír. Luego puso una mano en el hombro de Lisbeth. Ella se la apartó y miró hacia la ventana.

—¿Sabes lo que pienso? —le preguntó él.

Ella no contestó.

—Creo, sencillamente, que tú no eres una persona que vaya matando a gente así como así.

—No digas estupideces.

—No lo creo, Lisbeth. Nunca lo he creído.

Ella agarró un *croissant* de la bandeja y murmuró, más para sus adentros que para Mikael:

—Pero debería haberla matado. Porque ahora viene por nosotros, por todos nosotros.

Capítulo 20

27 de agosto

Jan Bublanski le había llevado al testigo una bote-lla de whisky Grant's de doce años que tenía en casa desde hacía una eternidad, una condescendencia que, evidentemente, iba en contra de sus princi-pios. Pero como el testigo le había pedido whisky, decidió saltarse el reglamento. Desde el día ante-rior estaba centrado en la investigación de la muer-te de Nima Rita, razón por la que no había escati-mado esfuerzos en intentar encontrar al último testigo que —sabían— había visto al *sherpa* con vida. Dio con él en el extrarradio, en Haninge, en un pequeño departamento de un edificio amarillo de la calle Klockarleden.

La vivienda no era de las peores que Bublan-ski había visto, aunque, sin lugar a dudas, tam-poco era la mejor. Olía mal, y había botellas, ce-niceros y restos de comida por doquier. Y, sin embargo, aquel testigo irradiaba cierta elegancia bohemia. Llevaba una camisa blanca y una boina parisina.

—Señor Järvinen —dijo Bublanski.

—Señor comisario.

—¿Le parece bien esto?

Le enseñó la botella y recibió una sonrisa por respuesta. Luego, los dos se sentaron en la cocina, en unas sillas azules de madera.

—En la madrugada del 15 de agosto, usted conoció a la persona que hoy en día sabemos que era Nima Rita, ¿verdad?

—Exacto..., sí... Así es. Un tipo completamente loco. Yo no me encontraba muy allá, y estaba esperando a un hombre que solía ponerse a vender bebida por Norra Bantorget. De pronto, apareció ese mendigo: caminaba torcido y tambaleándose; yo no debería haberle dicho ni una palabra... Se veía a leguas que el tipo estaba loco. Pero soy sociable por naturaleza, de modo que le pregunté correcta y educadamente cómo se encontraba, y entonces empezó a gritar como un poseso.

—¿En qué idioma?

—En inglés y en sueco.

—¿Sabía sueco?

—Saber, lo que se dice saber..., no sé yo. Pero dijo unas cuantas palabras. Resultaba imposible entender nada. Gritó algo así como que había estado ahí arriba, en las nubes, peleándose con los dioses y hablando con los muertos.

—¿Podría ser del Everest de lo que estaba hablando?

—Podría ser. No le presté mucha atención, la verdad. Yo estaba bastante nervioso, así que no tenía tiempo para tonterías.

—Entonces ¿no se acuerda de nada en concreto de lo que dijo?

—Que había salvado la vida de un montón de gente. «Yo salvado muchas vidas», me explicó, y me mostró las manos con los dedos amputados.

—¿Hizo alguna referencia a Forsell, el ministro de Defensa?

Heikki Järvinen lo miró asombrado, se sirvió —con manos temblorosas— un poco de whisky en un vaso y se lo bebió de un trago.

—Es curioso que diga eso —comentó.

—¿Por qué?

—Porque tuve la impresión de que hablaba de Forsell, pero no estaba seguro. Aunque, bueno, quizá tampoco sea tan raro: todo el mundo habla de él.

—¿Y recuerda usted qué dijo exactamente?

—Que lo conocía, creo. Que conocía a muchas personas importantes, cosa que tampoco resultaba demasiado creíble que digamos. Me aturdió la cabeza, era insoportable. Así que le solté una estupidez.

—¿El qué?

—Bueno, a ver..., nada racista ni nada por el estilo. Pero quizá no fuera muy correcto. Lo llamé «chinito», y entonces se enojó y me pegó un puñetazo que me dejó tan aturdido que no tuve ninguna posibilidad de devolverle el golpe. Si he de serle sincero, me dio una paliza de campeonato. ¿Se lo puede creer?

—Lo que creo es que debió de ser muy desagradable.

—Sangré como un cerdo —continuó Järvinen excitado—. Todavía tengo una herida. Aquí.

Se señaló el labio y, efectivamente, allí había una herida. Claro que ese hombre tenía cicatrices y moratones por todas partes, así que Bublanski no se impresionó demasiado.

—¿Y qué pasó luego?

—Se largó sin más, y tuvo una suerte tremenda, aunque, bueno, si murió al día siguiente, quizá *suerte* no sea la palabra más exacta, pero me lo pareció entonces... Es que se cruzó enseguida con un vendedor, cerca de Vasagatan.

Bublanski se inclinó sobre la mesa.

—¿Un vendedor de alcohol?

—Un hombre lo paró en la acera por donde el hotel ese, ya sabe, y le dio una botella, o al menos eso me pareció a mí. Pero estaban bastante lejos, así que es posible que me equivoque.

—¿Qué puede decirme de ese hombre?

—¿Del vendedor?

—Sí.

—Nada... Que era moreno, delgado y alto. Llevaba una chamarra negra, pantalones de mezclilla y una gorra. Pero no le vi la cara.

—¿Le dio la impresión de que estuviera borracho o de que fuese drogadicto?

—No me lo pareció. No andaba así.

—¿Qué quiere decir?

—Que andaba con pasos demasiado ligeros y rápidos.

—¿Como si se encontrara en forma?

—Quizá.

Bublanski guardó silencio durante un buen rato contemplando a Järvinen, y tuvo la sensación de estar frente a un hombre que, a pesar de hallarse atravesando una profunda crisis, se esforzaba por mantener una fachada decente. Allí había todavía un espíritu de lucha.

—¿Vio adónde fue?

—Hacia la estación central. Por un momento pensé en seguirlo. Pero no podría haberlo alcanzado.

—Quizá su intención no fuese vender alcohol. Tal vez sólo quisiera darle una botella a Nima Rita...

—¿Está diciendo que...?

—No estoy diciendo nada. Pero Nima Rita murió envenenado y, conociendo su vida, no resulta inverosímil que el veneno se encontrara en una botella de alcohol, así que, como comprenderá, me interesa mucho ese hombre.

Heikki Järvinen se tomó otro trago y dijo:

—Pues entonces quizá debería contarle otra cosa.

—¿Cuál?

—Dijo que habían intentado envenenarlo antes.

—¿Cómo?

—Bueno..., eso tampoco lo entendí muy bien. Empezó a armar alboroto y a hablar en voz alta de todas las cosas fantásticas que había hecho y de todas las personas importantes que conocía. En ese momento tuve la sensación de que había estado ingresado en un manicomio y de que se había negado a tomar su medicación. «¡Ellos querer envenenar a mí!», gritó. «Pero yo correr. Bajar montaña hasta lago.» Al menos, eso me parece que fue lo que dijo. Que había podido huir de unos médicos.

—¿De una montaña a un lago?

—Creo que sí.

—Y ese hospital psiquiátrico donde había estado..., ¿le dio a usted la impresión de que se encontraba en Suecia o en el extranjero? —preguntó Bublanski.

—En Suecia, creo. Señaló hacia atrás, como si estuviese por allí. Pero, por otra parte, no paraba de apuntar en todas direcciones, como si el cielo y los dioses con los que había luchado también rondaran por el barrio.

—Entiendo —dijo Bublanski, deseoso de salir de aquel lugar en cuanto pudiera.

Lisbeth se hallaba sentada frente al escritorio de la habitación del hotel y pudo constatar que los hombres de Svavelsjö MC —entre otros, su presidente, Marko Sandström— salían del departamento de Strandvägen. Se preguntó qué hacer, pero no llegó a ninguna conclusión.

Apagó la computadora y vio que Mikael se había vestido y que estaba sentado en la cama leyendo algo en el teléfono, y entonces pensó que debería dejarlo en paz. No soportaría que le hiciera más preguntas sobre su vida, ni tampoco que le viniera con esas teorías de que ella, en el fondo, era una buena persona, o lo que fuera aquello que Mikael había querido decir.

Le preguntó:

—¿Qué haces?

—¿Qué?

—¿Qué estás haciendo?

—La historia del *sherpa* —contestó.

—¿Y cómo te va?

—Estoy estudiando a ese tal Stan Engelman.

—Un tipo de lo más simpático, ¿verdad?

—Totalmente. Justo tu tipo.

—Y luego está ese Mats Sabin —añadió ella.

—Sí, él también.

—¿Y qué me dices de él?

—Aún no he tenido tiempo para ver mucho.

—Creo que puedes olvidarlo —dijo Lisbeth.

Mikael levantó la mirada con curiosidad.

—¿Por qué dices eso?

—Porque adivino que es una de esas cosas con las que te cruzas y que te excitan porque hay varios puntos que encajan en tu historia. Pero no lo creo.

—¿Por qué no?

Lisbeth se levantó, se acercó a la ventana y, por una rendija de las cortinas, dirigió la mirada a Luntmakargatan mientras pensaba en Camilla y en Svavelsjö MC. Se le ocurrió una idea. Quizá debería presionarlos, a pesar de todo.

—¿Por qué no? —repitió él.

—Lo encontraste muy rápido, ¿a que sí? Antes de que ni siquiera estuvieras seguro de lo que se había dicho.

—Es verdad.

—Más bien deberías ir hacia atrás en la historia, hasta la época colonial.

—¿Cómo?

—¿No es el Everest un resto del colonialismo, con escaladores blancos y gente de otro color de piel cargando con sus cosas?

—Sí, quizá.

—Creo que deberías pensar en eso y fijarte en cómo solía expresarse Nima Rita.

—¿Puedes hablar claro por una vez en tu vida?

Mikael seguía sentado en la cama esperando la respuesta de Lisbeth, pero advirtió que ella volvía a estar ausente, tal y como había hecho esa misma mañana sentada en el sillón, y entonces pensó que lo mejor sería olvidar lo que acababa de decirle y comprobarlo personalmente. Luego empezó a introducir sus cosas en la bolsa. «Mejor moverse rápido»; ya se encontrarían más tarde... Guardó su computadora, se levantó y se le ocurrió que podría intentar darle un abrazo a Lisbeth y pedirle que tuviera cuidado. Pero ni siquiera cuando se le acercó hubo reacción alguna por parte de ella.

—Planeta Tierra llamando a Lisbeth —dijo Mikael sintiéndose ridículo, y fue en ese momento cuando a ella se le aclaró la mirada. Acto seguido, se fijó en su bolsa.

Era como si la bolsa le dijera algo.

—No puedes irte a casa —le comentó.

—Pues me iré a otro sitio.

—Te lo digo en serio —continuó ella—. No puedes irte a casa, ni tampoco a casa de nadie con quien tengas algún tipo de relación. Te están vigilando.

—Sé cuidarme solito.

—No, no sabes. Dame tu teléfono.

—¡Vamos! Otra vez no, por favor.

—Dámelo.

Mikael pensó que Lisbeth ya había manipulado su teléfono lo suficiente, de modo que se dispuso a guardárselo en el bolsillo. Pero entonces ella se lo arrebató, y él se molestó casi hasta enfurecerse, aunque a la vista estaba que no le sirvió de nada. Ella ya se había puesto manos a la obra con sus códigos de programación, así que la dejó seguir. Lisbeth siempre había hecho lo que le había dado la gana con sus computadoras. A pesar de todo, acabó hartándose y le espetó:

—¿Qué estás haciendo?

Ella levantó la mirada. En su cara se esbozó una sonrisa.

—Me gustan —dijo.

—¿Qué es lo que te gusta?

—Esas palabras.

—¿Qué palabras?

—«¿Qué estás haciendo?». Pero ¿por qué no lo dices en plural? Con el mismo tono de voz...

—¿De qué estás hablando?

—Anda, dilo.

Ella le acercó el teléfono.

—¿Qué?

—«¿Qué están haciendo?»

—«¿Qué están haciendo?» —repitió Mikael.

—Muy bien, perfecto.

Lisbeth hizo algo más con el teléfono antes de devolvérselo.

—¿Qué hiciste?

—Voy a poder ver dónde estás y oír lo que ocurre a tu alrededor.

—¿Qué diablos...?

—Eso mismo.

—¿Y no voy a poder tener intimidad?

—Tendrás toda la intimidad que quieras, y no pienso escuchar si no es necesario, a menos que digas esas palabras.

—Entonces ¿puedo seguir hablando de ti a tus espaldas?

—¿Qué?

—Era una broma, Lisbeth.

—Bueno.

Mikael sonrió.

Ella sonrió, quizá, o posiblemente no, y entonces él agarró su teléfono, la miró a los ojos y le dijo:

—Gracias.

—No llames mucho la atención —repuso ella.

—Te lo prometo.

—Bien.

—Es una suerte no ser una persona conocida.

—¿Qué?

Tampoco entendió la ironía, y entonces él le dio un abrazo antes de salir a la calle, donde intentó pasar desapercibido. Sin mucho éxito. Nada más llegar a Tegnérgatan, un chico quiso tomarse una selfi con él. Luego continuó hasta Sveavägen y, a pesar de que seguramente habría sido mejor no hacerlo en un lugar así, se sentó en un banco, no muy lejos de la biblioteca municipal, y se puso a buscar en el teléfono más información sobre Nima Rita: se quedó enganchado a un largo artículo publicado en *Outside* en agosto de 2008.

En ningún otro sitio Nima Rita había podido explayarse tanto como en esa revista. Pero sus palabras no daban motivo alguno para entusiasmarse, al menos a primera vista. Eran cosas que Mikael ya había visto con anterioridad: palabras de cumplido o de lamento sobre Klara Engelman. Aun así, al cabo de un rato se sobresaltó, aunque al principio no entendió por qué. Pero se trataba de una sencilla y desesperada frase:

«Yo intenté cuidar de ella. Lo intenté. Pero *mamsahib* cayó, y llegó la tormenta, y la montaña se enfadó, y no pudimos salvarla. Estoy muy muy triste por *mamsahib*».

«*Mamsahib*.»
Claro. *Mamsahib* o *memsahib*, el femenino de *sahib*, por lo que vio, la denominación que recibían los blancos en la India colonial. ¿Por qué no había pensado en eso antes? Con la de veces que había leído, mientras investigaba, que muchos *sherpas* se referían a los escaladores occidentales de esa manera...
«Yo agarrar Forsell y dejar *mamsahib*.»
Era eso lo que debía de haber dicho, y sin duda hablaba de Klara Engelman. Pero ¿qué significaban esas palabras? ¿Había salvado a Johannes Forsell en lugar de a ella? Eso no cuadraba con el desarrollo de los acontecimientos.

Klara y Johannes se encontraban en diferentes lugares de la montaña, y seguro que Klara ya estaría muerta cuando Forsell se vio en dificultades. Pero aun así... ¿Ocurrió algo grave allí arriba que se había ocultado? Podía ser. O podría haber pasado algo muy diferente. De repente le entraron unas intensas ganas de vivir y trabajar, y comprendió que las vacaciones, definitivamente, habían acabado y que tenía que llegar al fondo de esa historia. Aunque antes le envió un mensaje a Lisbeth:

¿Por qué tienes que ser siempre tan jodidamente lista?

Capítulo 21

27 de agosto

Paulina Müller estaba en casa de sus padres, en Bogenhausen, Múnich, sentada en la cama de la habitación que tenía cuando era joven. Hablaba por teléfono, en pijama, mientras se tomaba un chocolate caliente. Su madre corría de un lado para otro atendiéndola como si tuviera diez años de nuevo, cosa que, a pesar de todo, no estaba tan mal.

Deseaba volver a ser una niña, librarse de tantas responsabilidades y sólo llorar. Además, se había equivocado. Sus padres sabían a la perfección la clase de hombre que era Thomas. Ella no detectó ni la menor sombra de duda en sus ojos cuando les contó lo que él le había hecho. Pero ahora estaba encerrada en su cuarto y le había dicho a su madre que no quería que la molestaran.

—De modo que no sabe quién es esa mujer... —le estaba diciendo por teléfono la inspectora Ulrike Jensen en un tono de voz que revelaba que no

324

le creía en absoluto. Naturalmente, tenía motivos de sobra para hacerlo.

Paulina no sólo supo al instante quién era la mujer de la plancha de la que le hablaba la inspectora. También vio una oscura lógica en aquel hecho, y le dio mucho miedo pensar que ella, de una u otra manera, la había incitado a ello. ¿Cuántas veces no se habría repetido mientras se dirigía a casa de sus padres «No puedo volver a verlo. No puedo. Antes prefiero morir»?

—No —respondió—. No creo que sea nadie que yo conozca.

—Thomas me contó que había conocido usted a una mujer de la que se había enamorado —continuó Ulrike Jensen.

—Eso lo escribí sólo para fastidiarlo.

—Aun así, parecía que tenía vínculos sentimentales con usted. Me da la sensación, incluso, de que *usted* fue tanto el motivo como la finalidad del ataque. Su marido tuvo que jurar que nunca más la molestaría.

—Qué raro.

—¿De verdad? Los vecinos me contaron que unos días antes de marcharse llevaba usted una venda en el brazo. Les dijo que se había quemado con la plancha.

—Correcto.

—Pero no todos le creyeron, Paulina. Habían oído gritos en su casa. Gritos y peleas.

Ella dudó antes de contestar.

—¿Ah, sí? —preguntó.

—Así que tal vez fuese Thomas el que en realidad la quemó.

—Tal vez.

—De modo que, como comprenderá, sospechamos que se trata de una venganza llevada a cabo por alguien cercano a usted.

—Pues no lo sé.

—No lo sabe...

Continuaron así un buen rato, dándole vueltas al asunto, hasta que Ulrike Jensen, de improviso, cambió de tono y dijo:

—Por lo demás...

—¿Sí?

—No creo que tenga que preocuparse por él.

—¿Qué quiere decir?

—Su marido parece tenerle miedo a esa mujer. Creo que se mantendrá alejado de usted.

Paulina dudó de nuevo. Luego preguntó:

—¿Eso es todo?

—De momento, sí.

—Pues entonces sólo me queda dar las gracias.

—¿A quién?

—No lo sé —respondió Paulina y, acto seguido, añadió, porque pensó que quedaría bien, que esperaba que Thomas mejorara pronto.

Aunque tampoco eso era verdad. Nada más colgar, se quedó sentada en la cama intentando

asimilar la información, pero de repente el teléfono volvió a sonar. Era una abogada matrimonialista llamada Stephanie Erdmann sobre la que Paulina había leído algo en los periódicos. Erdmann le
comunicó que quería representarla, y no hacía falta que se preocupara por los honorarios, ya estaban pagados.

Sonja Modig se cruzó con él en el pasillo de la comisaría y negó con la cabeza. Bublanski supuso
que eso significaba que Nima Rita tampoco aparecía en los registros de la Diputación Provincial.
Al menos habían conseguido la autorización para
realizar la búsqueda, cosa que, ya de por sí, constituía todo un triunfo, si bien era cierto que se
habían encontrado con algunos obstáculos por el
camino. Las conversaciones con los servicios de inteligencia militar habían sido, hasta el momento,
una comunicación unilateral, algo que irritaba a
Bublanski cada vez más. Y, tras mirar a Sonja, dijo
pensativo:
    —Quizá tengamos un sospechoso.
    —¿Lo tenemos?
    —Aunque ningún nombre, y apenas una des-
cripción.
    —¿Y a eso lo llamas tú «sospechoso»?
    —Bueno, es una pista.
    Le habló del hombre que Heikki Järvinen ha-

bía visto por la plaza de Norra Bantorget en algún momento comprendido entre la una y las dos de la madrugada del sábado 15 de agosto, y que quizá le hubiera dado una botella de alcohol de contrabando a Nima Rita.

Sonja lo apuntó mientras entraban en el despacho de Bublanski. Se sentaron frente a frente, y en un principio permanecieron callados. Bublanski se rebulló en su silla. Algo más rondaba por su subconsciente y quería salir a flote.

—Entonces ¿no has encontrado nada que demuestre que ha mantenido algún tipo de contacto con la sanidad sueca? —preguntó.

—De momento, no —contestó ella—. Pero no me rindo. Quizá se registrara con otro nombre, ¿no? Ahora estamos intentando conseguir una autorización judicial para poder seguir buscando de forma más amplia basándonos en sus características físicas.

—¿Sabemos desde cuándo se lo vio en la ciudad? —preguntó Bublanski.

—Aunque siempre resulta problemático cuando se trata de la noción del tiempo de la gente, no hay nada que indique que haya estado en ese barrio más de un par de semanas.

—¿Podría haber venido de otro barrio, o de otra ciudad?

—Es que no me cuadra. Algo me dice que no.

Bublanski se reclinó en la silla y miró hacia

Bergsgatan por la ventana. Y de repente cayó en la cuenta de qué era lo que le estaba rondando por la mente.

—Södra Flygeln —dijo.

—¿Qué?

—La unidad cerrada de psiquiatría de Södra Flygeln. Creo que podría haber estado ingresado allí.

—¿Por qué crees eso?

—Porque cuadra.

—¿Por qué?

—Es justo el tipo de sitio donde se metería a alguien a quien se quiere mantener oculto. Södra Flygeln ni siquiera depende de la Diputación. Es una fundación independiente, y hace tiempo que sé que los militares colaboran con la clínica. ¿Te acuerdas de Andersson, el viejo soldado de las tropas de la ONU destinadas en el Congo que empezó a atacar a gente por la calle? Él estuvo ingresado allí.

—Sí, me acuerdo —respondió Sonja—. Pero, aun así, me suena demasiado rebuscado.

—Pues espera, que aún no he terminado. Ahora viene lo bueno.

—Adelante, comisario.

—Según Järvinen, Nima dijo que había bajado desde una montaña para ser libre, hasta un lago, y eso también cuadra, ¿verdad? Södra Flygeln está ubicado en un sitio que tiene un paisaje imponente, como de película, casi en el borde de un acantilado que hay sobre la bahía de Årsta. Además, tampoco está demasiado lejos de Mariatorget.

—Muy bien pensado —contestó Sonja.

—Pero quizá no esté dando más que palos de ciego.

—Pues luego lo compruebo.

—Estupendo, aunque...

—¿Aunque qué?

—Aunque así fuese, no explicaría cómo pudo Nima Rita acabar en Suecia y pasar todos los controles de pasaporte sin que su nombre quedara registrado —sentenció.

—No, no lo explicaría —le respondió Sonja—. Pero es un comienzo.

—Y un buen comienzo también sería poder hablar con Rebecka Forsell. Pero, por lo visto, tampoco nos dejan hacer eso.

—No, pero... —dijo Sonja mientras lo miraba pensativa.

—¿Qué?

—Hay otra mujer en la ciudad que conocía a Nima Rita y a Klara Engelman.

—¿Y quién es?

Sonja se lo contó.

Catrin Lindås paseaba por Götgatan e intentó llamar a Mikael una vez más. Tampoco ahora contestó —y eso que en algunas de las ocasiones en las que marcaba su número él comunicaba—, así que empezó a maldecirlo. De todos modos, ¿por qué se preocupaba por ese hombre? Ella tenía cosas más importantes en las que pensar. Acababa de terminar la grabación de su pódcast, donde había debatido con la ministra de cultura, Alicia Frankel, y el catedrático de periodismo Jörgen Vrigstad la persecución mediática que se estaba llevando a cabo contra Johannes Forsell, aunque el hecho de haber finalizado la grabación no había contribuido en nada a subirle el ánimo. Le había dado un bajón, como le sucedía la mayoría de las veces.

Siempre había algún comentario o alguna pregunta que la reconcomía, y ahora tenía miedo de haber empezado con demasiada dureza, de haber estado igual de ciega que esos medios a los que criticaba, de haber exigido matices cuando ella no había matizado nada... Claro que, por otra parte, siempre era muy crítica consigo misma, y era consciente de que el acoso que había sufrido Forsell se le había metido bajo la piel. Quizá se tratara más de ella que de él.

Catrin sabía demasiado bien hasta qué punto el odio y las mentiras distorsionan la realidad y destruyen a las personas, y aunque ella nunca se había planteado quitarse la vida, a veces perdía el punto de apoyo y se deprimía y se practicaba cortes en el cuerpo, como en la adolescencia, y todo ese día, desde que se levantó por la mañana temprano y empezó a preparar la grabación, había sentido una extraña desazón, como si algo oscuro del pasado estuviera a punto de volver. Sin embargo, no le había hecho mucho caso. Götgatan estaba llena de gente. Delante de ella, un grupo de niños de una guardería alborotaban en la acera provistos de globos. Giró para enfilar Bondegatan y puso rumbo a Nytorget, donde se tranquilizó un poco.

Nytorget se consideraba uno de los lugares más chic de todo el barrio de Söder, y aunque también podía ser un sitio que despertaba antipatías por estar asociado a las camarillas de la élite de los medios de comunicación, las calles que había en torno a esa plaza le proporcionaban una sensación de tranquilidad, como si se encontrara en casa y en un sitio exótico al mismo tiempo. Pagaba una hipoteca desorbitada, eso era verdad. Pero desde que su pódcast tenía tanto éxito —había llegado a ser el más escuchado del país—, no le preocupaba mucho, y siempre le quedaría la posibilidad de vender su casa y mudarse a algún barrio del extrarradio. Que en cualquier momento se lo pudieran arrebatar todo era algo absolutamente normal para ella.

Comenzó a andar más deprisa. ¿Había oído pasos a su espalda? No, sólo eran imaginaciones suyas, viejos demonios. De todas formas, deseaba regresar a casa cuanto antes, olvidarse del mundo y zambullirse en alguna comedia romántica o en alguna otra cosa que no tuviera nada que ver con su vida.

Mikael estaba sentado en el balcón de una vivienda del barrio de Östermalm, haciéndole una entrevista a la mujer de la que le había hablado Sonja Modig. Tras haberse pasado el día buscando información en la Kungliga Biblioteket, empezaba a quedarle claro el curso que habían adquirido los acontecimientos, o, mejor dicho, a saber las piezas del rompecabezas que le faltaban y lo que aún debía averiguar.

Por eso se había invitado a la casa de Elin, en Jungfrugatan. Elin tenía treinta y nueve años, estaba casada y se apellidaba Felke. Se trataba de una mujer elegante, de aire algo estricto, esbelta figura y facciones limpias. En el año 2008, antes de casarse, se apellidaba Malmgård y era una célebre estrella del *fitness* —con su propia columna de consultas en *Aftonbladet*— que había participado en la expedición al Everest del estadounidense Greg Dolson.

El grupo de Dolson había ascendido a la cumbre el mismo día que los escaladores de Grankin, el 13 de mayo. Además, las dos expediciones vivieron muy cerca durante el período de aclimatación en el campamento base, y Elin estableció una relación muy estrecha con sus compatriotas, Forsell y Svante Lindberg, pero también se hizo amiga de Klara Engelman.

—Gracias por recibirme —dijo Mikael.

—No hay de qué. Aunque, como comprenderá, estoy bastante cansada de esa historia. He dado casi doscientas conferencias sobre ella.

—Buen negocio —sentenció Mikael.

—Por aquel entonces estábamos en plena crisis financiera, si se acuerda, así que no fue tan bueno como antes.

—Lo siento. Pero hábleme de Klara Engelman. Sé que ella y Grankin mantuvieron una relación, así que no hace falta que sea discreta.

—¿Me va a citar?

—No, si usted no quiere. Lo que más me interesa es saber la verdad.

—De acuerdo. Sí, tenían una relación. Pero la llevaron con discreción. No había muchos que lo supieran. Ni siquiera en el campamento base.

—¿Y usted sí?

—Me lo contó Klara.

—¿No le parece un poco raro que Klara perteneciera a la expedición de Viktor Grankin? ¿No debería ella, con su dinero y sus contactos, haber elegido alguna de las estadounidenses, como la de Dolson, por ejemplo, que sin duda era de más prestigio?

—Grankin también tenía muy buena reputación, pero había algún tipo de relación entre Viktor y Stan Engelman. Se conocían de algo.

—Y, aun así, ¿Grankin le echó el ojo a su mujer?

—Sí, seguro que fue un golpe muy duro.

—Leí que al principio le pareció que Klara Engelman era infeliz.

—No, en absoluto —contestó—. Al principio, sólo me pareció la típica mujer engreída. Pero con el tiempo comprendí que se sentía muy desgraciada, y me di cuenta de que toda aquella aventura del Everest no era más que una liberación. Ella esperaba que le diera el valor necesario para divorciarse. Una noche en la que estábamos bebiendo vino en su tienda, me contó que había contratado a un abogado.

—Charles Mesterton, ¿verdad?

—Sí, quizá se llamara así, no lo sé, y luego, que había contactado con una editorial. Dijo que no sólo quería escribir sobre su escalada al Everest, sino también sobre los vínculos turbios de Stan, sus contactos criminales, sus relaciones con estrellas porno y prostitutas.

—Es lógico suponer, entonces, que tal vez Stan Engelman se sintiera amenazado por ella.

—No creo.

—¿Por qué?

—Si Klara tenía un abogado, él tenía veinte, y yo sé que ella vivía con miedo. «Me va a destrozar», dijo.

—Pero luego pasó algo.

—Luego el héroe de todos le hizo ojitos y sacó sus armas de seducción.

—Grankin.

—Exacto.

—¿Y cómo lo hizo?

—No lo sé. Pero era fácil dejarse seducir por Grankin. Irradiaba una maravillosa calma ante los problemas concretos, ante cualquier dificultad. Sólo necesitábamos verlo cuando surgía algún contratiempo para tranquilizarnos y pensar: «Esto lo soluciona Viktor». Tenía un carisma fantástico, desprendía la seguridad y la tranquilidad de un oso, y le quitaba importancia a cualquier peligro con una deliciosa sonrisa. Recuerdo que todos envidiábamos a la otra expedición por tenerlo como jefe de grupo.

—Y Klara se enamoró de él.

—Perdidamente.

—¿Por qué cree que fue?

—Algún tiempo después me pregunté si no tendría que ver con Stan. Creo que Klara pensó que con Viktor a su lado podría ganar la batalla contra su marido. Viktor parecía el típico sujeto que era capaz de encontrarse bajo una lluvia de balas sin perder la sonrisa.

—Pero luego algo cambió.

—Sí.

—Cuéntemelo.

—Incluso a Viktor le vimos algo nervioso en la

mirada, lo que nos inquietó a todos. Fue como cuando en un avión, de repente, a la azafata le empieza a temblar la mano durante el vuelo, ese momento en el que comienzas a pensar que te vas a estrellar.

—¿Qué cree usted que pasó?

—Ni idea. Pero quizá estuviera nervioso por su aventura con Klara. Tal vez se hubiera dado cuenta de que con Stan no se jugaba, y de que habría consecuencias, y si le soy sincera...

—¿Sí?

—Creo que hizo bien en preocuparse. En esa época yo era tan joven que la historia me pareció muy linda; era como si me hubiesen contado el mayor secreto del mundo. Pero ahora, en retrospectiva, lo veo como algo tremendamente irresponsable, y no pienso en Stan ni en la mujer de Viktor, sino en los escaladores de la expedición. Se suponía que Viktor debía ocuparse de todos, sin favorecer a nadie. Y los traicionó al obsesionarse con Klara; creo que ése es uno de los motivos por los que la cosa salió tan mal. Él quería lograr que ella alcanzara la cumbre, costara lo que costase.

—Debería haberla mandado para abajo.

—Sí, pero lo más probable es que no soportara la idea de hacerlo, y no sólo porque ella tuviera un gran valor publicitario, sino también porque estaba furioso por toda la mierda que la prensa le

337

echaba a Klara encima. Quería demostrarle al mundo que ella podía conseguirlo.

—Hay quien afirma que Grankin, desde que empezaron a subir desde el campamento cuatro, había cambiado, que ya no era el mismo.

—Yo también he oído eso. Quizá se agotara intentando mantener unido al grupo.

—¿Cómo era su relación con Nima Rita?

—Viktor le tenía un enorme respeto.

—¿Y cómo era la relación de *Klara* con Nima?

—Ésa, en cambio, era bastante... especial.

—¿En qué sentido?

—No estaban en el mismo planeta.

—¿Ella lo trató mal?

—Es que él era muy supersticioso.

—¿Y se metía con él por eso?

—Sí, quizá, pero no creo que le afectara. Él se limitó a seguir trabajando. Lo que destruyó su relación fue otra cosa.

—¿El qué?

—Nima tenía una mujer.

—Luna.

—Sí, exacto, Luna se llamaba. Ella lo era todo para él. A Nima podías decirle cualquier cosa, tratarlo fatal, ignorarlo, como si no existiera... Le daba igual. Pero si decías una sola palabra en contra de su mujer, se le oscurecía la mirada. Una mañana, Luna subió al campamento base con una bonita cesta decorada y llena de pan recién hecho, queso, mangos, lichis..., en fin, muchas cosas ricas y suculentas que fue repartiendo por las tiendas. A todos se les iluminó la cara y todos se mostraron muy agradecidos, pero cuando pasó por la tienda de Klara, resbaló y cayó sobre unos crampones, creo, o sobre algún bolso que Klara en absoluto necesitaba allí arriba. Luna se desolló las manos y el contenido de la cesta quedó esparcido por la grava. Y, bueno, en realidad no es que fuese una cosa muy importante; el problema fue que Klara se hallaba sentada justo al lado y, en lugar de ayudarla, le soltó «¡Mira por dónde vas!», y empezó a armar alboroto y a portarse como una diva y... Bueno, que se comportó como una idiota. Y entonces Nima estuvo a punto de estallar. Lo vi y tuve miedo de que perdiera el control. Pero antes de que pasara nada, Johannes Forsell se acercó y ayudó a Luna a levantarse, y luego recogió el pan y las frutas.

—Entonces ¿Forsell se llevaba bien con ellos?

—Forsell se llevaba bien con todos. ¿Lo conoce? Quiero decir: ¿lo conocía antes de que todo el mundo empezara a odiarlo?

—Lo entrevisté cuando fue nombrado ministro de Defensa.

—En ese caso, seguro que no sabe cómo era. En esa época todo el mundo lo adoraba. Era como un torbellino. Avanzaba como una fuerza de la naturaleza y levantaba los pulgares, siempre optimista y siempre con una sonrisa en los labios, pero quizá tenga razón en que su relación con Nima era especialmente cercana. Decía sin cesar cosas como «Dejen que le muestre mis respetos a toda una leyenda de la montaña» y no paraba de alabar a Luna: «¡Qué esposa tan maravillosa! ¡Qué mujer tan guapa!», lo que ponía a Nima radiante de felicidad.

—¿Y Nima le devolvía luego el favor?

—¿Qué quiere decir?

Mikael no sabía cómo formularlo, y tampoco quería lanzar acusaciones sin fundamento.

—Me pregunto si tal vez Nima ayudara a Johannes Forsell en la montaña en detrimento de Klara Engelman.

Elin lo miró desconcertada.

—No sé cómo podría haber hecho eso —respondió—. Nima estaba con Viktor y Klara, ¿no?, y Svante y Johannes salieron antes hacia la cumbre, solos.

—Ya lo sé. Pero, después de eso, ¿qué sucedió? Por todas partes han escrito que Klara se hallaba lejos de poder ser salvada. Pero ¿lo estaba realmente? —preguntó Mikael, y entonces ocurrió algo inesperado.

Elin montó en cólera.

—¡Claro que sí, carajo! —le espetó—. Ya estoy harta de oír eso. Y de esos idiotas que no se han visto cerca de esas alturas ni por asomo y que, encima, se creen unos expertos. Pero le diré una cosa...

Era como si le costara dar con las palabras exactas.

—¿Puede hacerse una mínima idea del frío que se pasa allí arriba? Apenas tienes fuerzas para pensar. El frío es insoportable y todo pesa mucho, y en el mejor de los casos eres capaz, como máximo, de reunir las energías suficientes para ocuparte de ti. Para dar un paso y luego otro. Nadie, ni siquiera Nima Rita, puede bajar a una persona tirada sin vida en la nieve y con la cara congelada a una altura de ocho mil trescientos metros, como estaba ella. Los vimos cuando bajábamos; lo sabe, ¿no? Viktor y ella, abrazados en la nieve.

—Lo sé.

—Y ya era tarde. No había ni la más ínfima posibilidad de hacer nada. Ella estaba muerta.

—Sólo estoy intentando entender lo que pasó, encajar las piezas del rompecabezas —dijo Mikael.

—¡Vaya idiotez! Pretende insinuar algo, ¿verdad? Va por Forsell como todos los demás.

«¡No, no voy por él! —deseó gritarle—. ¡Se equivoca!» Pero, en vez de hacerlo, inspiró hondo.

—Le pido disculpas —respondió—. Es sólo que pienso que...

—¿Qué?

—Que hay algo que no cuadra en esa historia.

—¿Como qué?

—Como que el cuerpo de Klara no fuera hallado luego junto al de Viktor. Sé que hasta el año siguiente no se descubrió, y que pudo suceder cualquier cosa mientras: avalanchas y terribles tormentas, pero aun así...

—¿Qué?

—Tampoco me gusta lo que escribió Svante Lindberg. Me da la sensación de que no ha dicho toda la verdad.

Elin se tranquilizó y miró hacia el patio.

—Bueno, eso sí que puedo entenderlo —reconoció.

—¿Por qué?

—Porque Svante era el gran misterio del campamento base.

Capítulo 22

27 de agosto

Catrin Lindås estaba en su casa, cerca de Nytorget, acurrucada en el sofá con su gato mientras miraba el celular. Había intentado contactar con Mikael demasiadas veces ya, cosa que la avergonzaba y la enojaba al mismo tiempo. Se había puesto en evidencia y no había recibido más que un misterioso mensaje de su parte:

> Creo que el mendigo te dijo «*mamsahib*», como en «*mamsahib* Klara Engelman». ¿No te acuerdas de nada más? Cualquier cosa, por pequeña que sea, sería muy valiosa.

«*Mamsahib*», pensó, y, acto seguido, lo buscó: «Palabra que se utiliza en la India colonial para referirse a una mujer blanca y que indica respeto. Por lo general, se escribe *memsahib*». Sí, era probable que hubiera dicho eso; ¿a ella qué

343

más le daba? ¿Y quién diablos era Klara Engelman?

Le importaba tres pepinos, y Mikael otros tres. Ni siquiera una pequeña frase de cortesía, ni un simple «Hola, ¿cómo estás?». Nada... Y mucho menos, claro, algo similar a un «Te echo de menos», unas palabras que ella le había escrito en un incomprensible momento de debilidad. ¡Que se fuera a la mierda!

Entró en la cocina en busca de algo para comer. Pero se dio cuenta de que no tenía hambre, por lo que cerró el refrigerador de un portazo y se limitó a tomar una manzana de un frutero que había encima de la mesa, aunque no llegó a comérsela, quizá porque en ese mismo instante un resorte saltó en su cabeza. ¿Klara Engelman? Le resultaba familiar. En cierto sentido, sonaba glamuroso, y al buscar el nombre recordó toda la historia.

Había leído un reportaje en *Vanity Fair* que hablaba de todo aquello, y, a falta de otra cosa mejor que hacer, estuvo mirando las fotografías de Klara Engelman, en especial aquéllas en las que posaba delante del campamento base, y también vio fotografías de Viktor Grankin, el guía que murió con ella en el Everest. Klara era guapa, si bien era cierto que su belleza resultaba algo vulgar, pero también se la veía triste, le dio la sensación, o quizá más bien mostraba una alegría forzada, como si necesitara sonreír constantemente para mantener a raya la depresión, mientras que él, Grankin, más bien parecía... Sí, ¿qué parecía?

Era ingeniero y alpinista profesional, habían escrito, así como antiguo consultor de una agencia de viajes especializada en viajes de aventura, pero tenía más aire de militar, pensó Catrin, de soldado de élite, sobre todo en una de las fotos que se había hecho en el Everest y en la que posaba erguido al lado de... ¡Johannes Forsell! Soltó una palabrota y hasta se le olvidó que se había enfadado con Mikael Blomkvist. Le escribió:

¿Qué has averiguado?

Hacía tan sólo un momento, Elin Felke estaba indignada y furiosa. Ahora parecía insegura e inquisitiva, como si en un instante hubiese ido de un extremo al otro.

—Sí, madre mía, ¿qué quiere que le diga de Svante? Pero qué confianza tenía ese hombre en sí mismo. Es algo demencial. Podía convencer a la gente de que hiciera cualquier cosa. Consiguió, incluso, que todos los del campamento empezáramos a tomar su maldita sopa de arándanos. Debería haber sido vendedor o algo así. Pero quizá las cosas no salieran exactamente como a él le habría gustado.

—¿Por qué lo dice?

—Svante fue uno de los que descubrieron que

Viktor y Klara estaban involucrados, lo que, de alguna manera, le molestó.

—¿Y por qué piensa eso?

—No lo sé, me dio esa sensación. Quizá tuviera celos, yo qué sé, y creo que Viktor se dio cuenta. Creo, incluso, que ése fue uno de los motivos por los que se puso cada vez más nervioso.

—¿Y por qué le iba a afectar una cosa así?

—Pues algo lo alteró, como le dije. De ser la roca firme del campamento pasó a ser una persona con más ansiedad cada vez; hasta he llegado a preguntarme si no sería porque le tenía un poco de miedo a Svante.

—¿Por qué?

—Puestos a especular, imagino que temía que Svante le contara todo a Stan Engelman.

—¿Hay algo que la haga pensar que Svante y Stan mantenían algún tipo de contacto?

—Quizá no, pero...

—¿Qué?

—En cierto sentido, Svante era un tipo algo ladino, eso me fue quedando cada vez más claro, y en algunas ocasiones hablaba de Engelman como si lo conociera. Había algo en su manera de pronunciar «Stan» que sonaba como... familiar. Aunque quizá no sean más que imaginaciones mías, y además, es difícil recordarlo tanto tiempo después. Sólo sé que también la gracia de Svante fue a menos. Andaba como de puntitas.

—De modo que él también estaba nervioso por algo...

—Todos estábamos nerviosos.

—Sí, claro —dijo Mikael—, pero se ha referido usted a él como «el gran misterio del campamento base».

—Sí. La mayor parte del tiempo se lo veía más confiado en sí mismo que el mismísimo emperador, e, incluso así, se le notaba que estaba nervioso y paranoico. Magnánimo y generoso, pero también malvado. Podía adularte sólo para, al minuto siguiente, soltarte un comentario desagradable.

—¿Cómo era su relación con Johannes Forsell?

—Algo parecida a eso, creo. Una parte de él quería a Johannes.

—Pero las otras...

—Lo vigilaban. Intentando conseguir algo que pudiera utilizar en su contra.

—¿Por qué lo dice?

—No lo sé. Supongo que me ha influido toda esa mierda que han lanzado contra Forsell en los medios.

—¿Qué quiere decir?

—Todo me parece muy injusto, y a veces me pregunto si Johannes no estará sufriendo las consecuencias de algo que hizo Svante... Uy, ahora sí que estoy hablando más de la cuenta.

Mikael se rio discretamente.

—Quizá sí. Pero me alegra mucho que me

ayude a pensar y, como ya le dije, no se preocupe por mi reportaje: me encanta especular. Sin embargo, en mis artículos no me queda más remedio que atenerme a los hechos.

—Qué aburrimiento.

—Ja, ja. Sí, es posible. Aunque supongo que es un poco como escalar una montaña. No sabes nunca dónde se encontrará el próximo saliente de la roca. Tienes que saberlo. Si no, tendrás problemas.

—Es verdad.

Mikael miró el teléfono y vio que Catrin le había contestado. Y lo había hecho con una pregunta, cosa que se le antojó un buen motivo para terminar la entrevista. Tras despedirse amablemente de Elin Felke, salió a la calle con su bolsa sin tener ni idea de adónde dirigirse.

Fredrika Nyman llegó bastante tarde a su casa de Trångsund, pero encendió la computadora y vio que había recibido un largo correo del psiquiatra Farzad Mansoor, médico jefe de la unidad cerrada de psiquiatría de Södra Flygeln. Tanto ella como la policía le habían enviado información detallada acerca de Nima Rita para que les dijera si alguien con esas características había sido paciente de la clínica.

Fredrika no se lo creía. El *sherpa* se hallaba demasiado maltrecho como para haber sido ingresado en una institución, pensaba ella, aunque lo cierto era que la presencia de fármacos antipsicóticos en su sangre indicaba lo contrario. Por eso estaba ansiosa por ver lo que Farzad le había escrito, y no sólo debido a la investigación...

Farzad tenía un tono de voz suave y bonito por teléfono, y, encima, a Fredrika le gustó lo que había visto de él en Internet: el brillo de su mirada y la calidez de su sonrisa, y, también, ¿por qué no?, su afición por el vuelo en ala delta, según había podido comprobar en su página de Facebook. Pero lo que ahora ponía en el correo —que iba dirigido tanto a Bublanski como a ella— era todo un alegato en defensa propia que emanaba una gran dosis de irritación:

Estamos conmocionados y tristes, y debo apresurarme a decir que el incidente sucedió durante la época menos oportuna de todo el año, durante la única semana, en el mes de julio, en la que ni yo ni el jefe de la clínica, Christer Alm, estábamos presentes, por lo que, lamentablemente, nadie se encargó del asunto y éste fue olvidado.

«¿De qué incidente habla? ¿A qué asunto se refiere?», pensó Fredrika algo molesta, como si la ofendiera que su dulce piloto de ala delta fuese capaz de perder los estribos por completo. Pero después de haber leído todo el correo, que era largo y enrevesado, comprendió que Nima Rita había sido paciente de Södra Flygeln, aunque bajo otro nombre, y que se había escapado la noche del 27 de julio sin que nadie, en un principio, denunciara su desaparición, cosa que, por lo visto, se debió a una serie de motivos como —sobre todo— que los responsables de la clínica se encontraran de vacaciones. Aunque también al hecho de que existiera un determinado protocolo de actuación, confidencial, que había que seguir en lo concerniente al paciente, pero que habían ignorado, quizá por miedo o por su sentimiento de culpa.

Farzad Mansoor había escrito:

> Como tal vez sepan, Christer y yo nos hicimos cargo de la dirección de Södra Flygeln en marzo de este año. Y fue entonces cuando descubrimos una serie de irregularidades, como, por ejemplo, que se había encerrado a varios pacientes y que se los había expuesto a varias medidas de coacción que —consideramos— sólo tuvieron efectos negativos. Uno de esos pacientes era un hombre que fue ingresado en octubre de 2017 y que se registró con el nombre de Nihar Rawal. Carecía de documentación, pero, según los datos que figuran en su historial, tenía cincuenta y cuatro años de edad, sufría de esquizofrenia paranoide y de una serie de lesiones neurológicas de difícil diagnóstico. Al parecer, procedía de Nepal, de la región montañosa.

Fredrika miró a sus hijas, que, como siempre, estaban en el sofá con sus teléfonos. El correo de Mansoor continuaba diciendo:

El paciente ni siquiera había recibido asistencia dental ni había sido visto por ningún cardiólogo, de lo que estaba en urgente necesidad. Sí le prescribieron, en cambio, una fuerte medicación, y durante algunos períodos lo mantuvieron inmovilizado, algo totalmente inaceptable. Existían informes —cuya confidencialidad me impide comentarlos con más detalle— que indicaban que se hallaba en peligro. Es posible que no comprendiéramos la gravedad de la situación, y de ninguna manera nos negamos a asumir nuestra responsabilidad, pero para Christer y para mí —eso tienen que entenderlo— la prioridad era anteponer a todo lo demás lo que fuera mejor para el paciente. Deseábamos mostrarle algo de humanidad, intentar que recuperara su confianza en nosotros. El paciente parecía desorientado. Nunca sabía a ciencia cierta dónde se encontraba. Y al mismo tiempo estaba lleno de rabia, rabia porque nadie había querido escuchar su historia. Por eso redujimos considerablemente la medicación y empezamos con un tratamiento terapéutico que, me temo, tampoco fue muy exitoso.

Sus delirios eran demasiado graves, y por mucho que quisiera hablar, había desarrollado una gran suspicacia contra toda nuestra unidad. Pero al menos pudimos corregir algunos malentendidos. Empezamos, por ejemplo, a llamarlo Nima, algo que era importante para él, «sardar Nima», le decíamos. Nos dimos cuenta también de que estaba obsesionado con su fallecida esposa, Luna. Por las noches deambulaba a menudo por los pasillos del hospital gritando su nombre. Decía que la oía llorar y pedir ayuda. En arrebatos de cólera, de difícil interpretación, también hablaba de una mujer, de una *Mam Sahib*. Tanto Christer como yo creímos que se trataba de otro nombre de su esposa, había grandes similitudes en las historias. Pero al leer ahora lo que ustedes han podido averiguar sospechamos que no sólo se trataba de un trauma, tal y como creíamos nosotros, sino de dos.

Es posible que el hecho de que no pudiéramos obtener más datos de su vida se vea como una absoluta incompetencia, pero las condiciones fueron muy malas desde el principio. Aun así, me atrevo a afirmar que también se produjeron algunos avances. A finales de junio recuperó su chamarra de plumas, ésa por la que tanto había preguntado y que parecía proporcionarle una sensación de tranquilidad. Bien es cierto que no paraba de pedir alcohol —sin duda una consecuencia de que le hubiéramos reducido la dosis de sedantes—, pero nos dio la impresión de que había noches en las que ya no oía las voces y de que el terror que experimentaba iba disminuyendo.

Recuerdo que Christer y yo nos fuimos de vacaciones con cierta esperanza, a pesar de todo. Sentimos que íbamos por el buen camino, tanto en lo que se refería a él como a la clínica en general.

«Seguro —pensó Fredrika—. Seguro.» Pero Nima Rita acabó muriendo, y era más que evidente que la dirección de la clínica no había entendido hasta qué punto Nima Rita poseía una desesperada voluntad de escapar de ese lugar. Sin duda, resultaba comprensible que lo dejaran salir a la terraza, pero debería haber ido en contra de todo reglamento que pudiera estar allí solo, sin que nadie del personal se hallara presente.

Desapareció la tarde del 27 de julio. Gracias a un pequeño trozo de tela que se desgarró de los pantalones, se supo que había conseguido escapar por el pequeño hueco que quedaba entre el techo y la alta valla de la terraza. Luego debió de bajar por los escarpados acantilados que hay delante de la clínica para después desaparecer de la bahía de Årsta y buscar un sitio donde vivir en Mariatorget.

Lo más escandaloso de todo, sin embargo, fue que no informaron de su desaparición hasta el 4 de agosto, el día en el que Christer Alm volvió de vacaciones, y entonces tampoco se denunció el hecho a la policía, ya que el protocolo de actuación dictaba con absoluta claridad que «todo suceso o incidente concerniente a dicho paciente deberá comunicarse a la persona de contacto indicada». ¡Vaya lenguaje tan burocrático y tan endiabladamente enrevesado! ¡Aquello apestaba de lejos a asunto clasificado! En cualquier caso, no cabía ninguna duda de que alguien les estaba ocultando algo importante, y después de buscar más información general sobre la clínica de Södra Flygeln y de mantener una larga conversación con el comisario Bublanski, Fredrika hizo lo mismo que antes.

Llamó a Blomkvist.

Mikael aún no le había contestado a Catrin. Se hallaba sentado en el Tudor Arms de Grevgatan tomando una Guinness e intentando diseñar un plan de actuación. Por supuesto, debería hablar con Svante Lindberg. Era una de las personas clave de aquel drama, de eso estaba cada vez más seguro. Aunque algo le decía que debería prepararse más antes de hacerlo, y la fuente de información más lógica era el propio Johannes Forsell.

Pero Mikael no sabía cómo estaría y, en cualquier caso, no lograba contactar ni con él ni con Rebecka Forsell, ni siquiera con su secretario de prensa, Niklas Keller, por lo que acabó decidiendo que se tomaría un descanso y buscaría algún lugar donde alojarse antes de proseguir. Tenía que encontrar un sitio donde trabajar y dormir. Ya continuaría más tarde con la historia. Pero no le dio tiempo a cumplir su propósito. De repente, sonó el teléfono.

Era Fredrika Nyman, que afirmaba haber encontrado algo interesante. Y entonces él le pidió que colgara para, acto seguido, escribirle un mensaje en el que le decía que instalara la app Signal. Así podrían hablar a través de una línea segura. Ella le contestó:

No puedo. No las entiendo. Odio las apps. Me sacan de quicio.

A lo que Mikael le respondió:

¿Tú no tenías unas hijas que se pasaban todo el día con los teléfonos en la mano?

¿Tiene el papa un gorro raro?, contestó Fredrika.

Pues pídeles a tus hijas que te instalen la app. Diles que tienen que ayudar a su madre a convertirse en una espía.

Ja, ja. Voy a intentarlo, escribió ella.

Como Fredrika tardaba en contestar, Mikael siguió bebiendo su Guinness mientras dirigía la mirada hacia la calle, donde dos mujeres paseaban a sus bebés en sus cochecitos. Dejó vagar sus pensamientos hasta que recibió un nuevo mensaje con un tono diferente:

Hombre, ¿de verdad eres Mikael Blomkvist? Qué fuerte.

Decidió demostrar sus habilidades tecnológicas y contestó con una selfi en el que se lo veía haciendo la señal de la victoria con los dedos.

Genial.

No exageres.

¿Y mamá va a ser una espía?

Claro que sí, contestó. Y entonces recibió una carita sonriente, tras lo cual pensó que toda esa tecnología no se le daba tan mal. Aunque debía dejar de enviar corazones porque, si no lo hacía, seguro que acabaría en la portada de *Expressen*. Empezó a darle instrucciones a la chica, que se llamaba Amanda, para instalar la app, y quince minutos después Fredrika Nyman lo llamó. Salió a la calle y respondió.

—Acabo de ganar reputación ante mis hijas —dijo ella.

—Pues ya hice algo bueno hoy. ¿Qué es lo que pasó?

Fredrika Nyman estaba tomando una copa de vino blanco en la cocina y le contó a Mikael lo que acababa de saber.

Mikael dijo:

—De modo que nadie tiene ni idea de cómo ni por qué llegó hasta allí...

—Existe algún tipo de confidencialidad en torno al caso. Secreto militar, creo.

—¿Como si fuera una cuestión de seguridad estatal?

—No lo sé.

—Aunque es posible que, más que al Estado, se quiera proteger a ciertos individuos —comentó.

—Podría ser, claro.

—¿No te resulta todo esto muy extraño?

—Sí —contestó ella algo dubitativa—, y también un gran escándalo. Al parecer, si lo he entendido bien, se pasó un buen tiempo encerrado en un pequeño cuarto sin poder ver a nadie, sin que ni siquiera lo viera un dentista. No sé si conoces el sitio.

—En su momento leí la declaración de intenciones de Gustav Stavsjö —dijo.

—Que sonaba muy elegante y políticamente correcta, ¿verdad? Los más enfermos debían recibir los mejores cuidados. La dignidad de una sociedad se define por cómo cuidamos de nuestros ciudadanos más débiles.

—Pero se lo veía muy entregado a su causa, ¿no crees?

—Seguro —continuó—. Aunque era otra época y su fe en la terapia y en conversar con el paciente resultaba algo ingenua, al menos para ese grupo de enfermos mentales. Toda la psiquiatría ya se estaba moviendo en otra dirección, hacia la prescripción de más medicamentos y la aplicación de más medidas de coacción. Y esa clínica, que se encuentra ubicada en un lugar tan maravilloso, cerca del mar, y que parece más bien una residencia, se fue convirtiendo cada vez más en un almacén de casos perdidos, un depósito, sobre todo, de traumatizados refugiados de guerra, por lo que empezó a ser difícil reclutar personal para trabajar allí. La clínica adquirió muy mala reputación.

—Eso tengo entendido.

—Había serias intenciones de cerrarla y trasladar a los pacientes a hospitales públicos. Pero los hijos del fundador, que dirigían la fundación de Gustav Stavsjö, consiguieron impedirlo convenciendo al doctor Christer Alm, que gozaba de un excelente prestigio, de que asumiera el mando. Alm empezó a renovar y a modernizar los tratamientos, y fue durante ese proceso cuando él y su colega descubrieron a Nima, o Nihar Rawal, que era el nombre que figuraba en su historial.

—Al menos pudo conservar sus iniciales.

—Sí. Pero hay algo raro en ello. Él tenía una

persona de contacto especial, alguien cuyo nombre la clínica se niega a revelar y que debía ser informado, antes que nadie, de todo cuanto le sucediera al paciente. No sé, pero me da la sensación de que se trata de algún pez gordo, alguien que ha intimidado al personal y lo ha mantenido a distancia.

—Como el secretario de Estado Lindberg.

—O el ministro de Defensa Forsell.

—Esto es desesperante.

—¿Qué quieres decir?

—Hay demasiadas preguntas.

—Sí, demasiadas.

—¿Y tampoco te dijeron nada acerca de si Nima mencionó a Forsell durante sus intentos de terapia en la clínica? —preguntó.

—No, tampoco.

—Entiendo.

—Pero quizá sea verdad lo que piensa Bublanski: que su fijación con Forsell empezó en el mismo momento en que lo vio por televisión en esa tienda de Hornsgatan. Y también es probable que fuese entonces cuando consiguió tu número de teléfono.

—Tendré que llegar al fondo de todo eso.

—Buena suerte —le deseó Fredrika.

—Gracias, creo que la necesitaré.

—¿Puedo preguntarte otra cosa que no tiene nada que ver con esto? —añadió ella.

—Sí, claro.

—Esa investigadora de ADN con la que me pusiste en contacto..., ¿quién es?

—Una amiga —le aclaró.

—Es bastante antipática.

—Tiene sus motivos.

Tras despedirse y darse las buenas noches, Fredrika se quedó sentada contemplando el lago y los cisnes, que nuevamente se divisaban a lo lejos.

Capítulo 23

27 de agosto

Lisbeth Salander recibió un mensaje encriptado de Mikael. Pero no se molestó en leerlo. Estaba ocupada con otras cosas. Durante el día no sólo se había hecho con una nueva arma, una Beretta 87 Cheetah, el mismo modelo que había llevado a Moscú, y un IMSI-catcher, sino que también había ido a buscar su moto, su Kawasaki Ninja, al garaje de Fiskargatan, donde la encontró tal y como la había dejado.

Había colgado su traje en el armario y se había puesto una sudadera con capucha, unos jeans y unos tenis deportivos. Estaba sentada en una de las habitaciones del hotel Nobis, que se hallaba en Norrmalmstorg, no muy lejos de Strandvägen, pendiente de una serie de cámaras de vigilancia e intentando despertar el mismo deseo de venganza que había sentido hacía tan sólo unos días. Pero el pasado no la dejaba en paz, cosa que no le gustaba ni un ápice.

No tenía tiempo para el pasado.

Ahora debía centrarse en su objetivo, sobre todo porque ahora Galinov se encontraba allí. Galinov era un tipo despiadado. Y no es que ella supiera demasiado de él —a excepción de todos los rumores que circulaban por Darknet—, pero había podido confirmar algunos hechos de su vida, los cuales le bastaban: para empezar, Ivan Galinov había trabajado con su padre; no sólo había sido su discípulo, sino también su aliado dentro del GRU.

A menudo, su misión consistía en infiltrarse en grupos de rebeldes y de contrabandistas de armas. Se decía de él que poseía una enorme capacidad para pasar desapercibido: se integraba a la perfección en todos los ambientes, y no precisamente porque se adaptara o porque tuviera talento de actor. Todo lo contrario: siempre hacía de él, nunca cambiaba, y eso, decían, inspiraba confianza, como si un hombre con esa seguridad en sí mismo tuviera que ser, a la fuerza, uno de ellos.

Hablaba once lenguas con fluidez, era culto y muy receptivo y, debido a su estatura, su apariencia y su distinguido rostro, se hacía con el dominio de cualquier estancia en la que entrara. También eso obraba a su favor, pues a nadie se le ocurriría pensar que los rusos habían enviado como espía e infiltrado a una persona que poseía esa capacidad de llamar la atención. Por si fuera poco, nunca ponía obstáculos a los niveles de lealtad que se le exigían: si era necesario, podía hacer gala de una enorme crueldad con la misma facilidad con que se mostraba tierno y paternal.

Se había convertido en el mejor amigo de las personas a las que no tendría ningún reparo en torturar después. Ahora hacía ya mucho tiempo que había abandonado los servicios de inteligencia o que se había infiltrado en algún sitio, de modo que, cuando se le preguntaba por su ocupación, casi siempre contestaba «hombre de negocios» o «intérprete», un eufemismo, claro está, de «gánster». Sin embargo, aunque se hallaba vinculado sobre todo al sindicato del crimen Zvezda Bratva, a menudo colaboraba con Camilla, para quien resultaba un importante recurso. Su mero nombre constituía un valioso activo.

No obstante, lo que realmente preocupaba a Lisbeth era la red de contactos de Galinov y las relaciones que tenía con el GRU. Él disponía de medios más que suficientes para, tarde o temprano, acabar localizándola, razón por la cual ella no podía seguir manteniéndose indecisa y por la que ahora, sentada en la habitación del hotel, junto a la ventana que daba a Norrmalmstorg, estaba dispuesta a hacer lo que llevaba todo el día preparando: ejercer presión sobre ellos. Intentar forzar un error. No obstante, antes de eso le echó un vistazo al mensaje de Mikael:

Preocupado por ti. Sé que odias que te lo diga.
Pero creo que debes buscar protección policial.
Bublanski se encargará. He hablado con él.

Por lo demás, Nima Rita estuvo ingresado bajo una
identidad falsa en la clínica psiquiátrica de Södra
Flygeln. Da la sensación de que los militares están
implicados.

Lisbeth no contestó: unos segundos después ya se le había olvidado el mensaje. Agarró el arma y la introdujo en una bandolera de color gris. Luego se puso la capucha de la sudadera, se colocó unos lentes de sol y, tras abandonar la habitación, bajó en el ascensor y salió a la plaza con paso firme y decidido.

Parecía que el cielo empezaría a nublarse de un momento a otro. Allí fuera había mucha gente, y tanto las terrazas como las tiendas estaban llenas. Giró a la derecha y enfiló Smålandsgatan hasta Birger Jarlsgatan. Luego se metió en el metro de Östermalmstorg, donde tomó la línea que la llevaría a Södermalm.

Rebecka Forsell se encontraba sentada junto a la cama de su marido, en el hospital Karolinska, cuando Mikael Blomkvist la llamó de nuevo. Se disponía a contestar cuando, en ese momento, Johannes pegó un respingo, como si se hallara en medio de una pesadilla. Ella le acarició el pelo y dejó que el teléfono siguiera sonando. En el pasillo había tres militares observándola.

Se sentía vigilada y como desposeída de su preocupación. ¿Cómo podían tratarlos así? ¡Si hasta habían visitado a la madre de Johannes! Era escandaloso, pero el peor de todos ellos era Klas Berg, el jefe del Must, y luego, claro está, Svante Lindberg. ¡Dios, había que ver lo comprensivo y conmocionado que podía llegar a mostrarse!

Se había presentado con una caja de bombones, un ramo de flores y lágrimas en los ojos, y no había parado de lamentarse y abrazar a todo el mundo. Aunque a ella no la engañaba. Sudaba demasiado, y esquivaba su mirada, y al menos en dos ocasiones preguntó si Johannes le había dicho algo en Sandön que él necesitara saber. Y entonces ella sólo quiso gritarle: «¿Qué es lo que me están ocultando?». Pero no dijo nada. Tan sólo le dio las gracias por su apoyo y le pidió que se fuera.

No estaba para visitas, le comentó, y entonces él se marchó, aunque con cierta desgana. Y vaya que tuvo suerte, porque al cabo de un rato Johannes se despertó y pronunció un «Perdón» que parecía haber dicho con absoluta lucidez. Luego hablaron de cómo se encontraba, y también, aunque brevemente, de sus hijos. Pero a la pregunta «¿Por qué, Johannes, por qué?» él no respondió.

Quizá le flaquearan las fuerzas. O tal vez sólo quisiera desaparecer y evadirse de todo. Ahora se encontraba durmiendo o sumido en un profundo sopor. Sin embargo, no parecía hallarse en un estado que le proporcionara tranquilidad, y, al ir ella a sujetarle la mano, recibió un mensaje. Era Blomkvist de nuevo. Le pedía disculpas y le decía que necesitaba comentarle una cosa por una línea encriptada, o verla y hablar con tranquilidad. «No, no, ahora no.» No tenía ánimo. Y, desesperada, miró a su marido, que murmuraba algo entre sueños.

Johannes Forsell había regresado al Everest. Se veía andando y dando tumbos al mismo tiempo que intentaba abrirse camino a través de la azotadora e implacable tormenta de nieve. El frío resultaba insoportable, y apenas era capaz de pensar. Se limitaba a seguir avanzando por la nieve con dificultad, mientras oía el chirriar de los crampones de sus botas y el estruendo del cielo y los vientos, y se preguntaba cuánto más aguantaría.

A menudo sólo era consciente de cómo respiraba, jadeando, a través de la máscara de oxígeno, así como del contorno del cuerpo de Svante a su lado. Y, a veces, ni eso.

Porque a veces el paisaje se ennegrecía, y era posible que en esos momentos anduviera con los ojos cerrados. Y si hubiera habido un precipicio delante de él, no habría dudado en dar un paso al vacío y caer sin gritar ni preocuparse. Incluso las corrientes en chorro parecían haberse callado. Se encaminaba a una silenciosa oscuridad, a un vacío, y aun así no hacía mucho que le había venido a la memoria la figura de su padre animándolo en una carrera de esquí de fondo: «No te rindas, hijo mío, aún te quedan fuerzas». Cada vez que el terror los apresaba con sus garras, él se aferraba a esas palabras. Siempre quedaban fuerzas de las que tirar. Pero ya no.

Ahora ya no quedaba nada. Depositó la mirada en la nieve que se arremolinaba en torno a sus botas y se preguntó si tardaría mucho en desplomarse y rendirse, y fue entonces cuando oyó los chillidos, los alaridos de lamento que viajaban con los vientos y que, en un principio, se le antojaron inhumanos, como si fuese la montaña la que, a voz en grito, proclamaba su propia desesperación. Ahora Johannes dijo con total claridad, aunque Rebecka no sabía si hablaba en sueños o se dirigía a ella:

—¿Lo oyes?

No oía más que lo que llevaba oyendo todo el día: el ruido de fondo de la autopista, el zumbido de los equipos médicos y las voces del pasillo. No le contestó; se limitó a secarle una gota de sudor de la frente y a peinarle un poco el copete. En ese momento, él abrió los ojos y a ella la invadió un atisbo de esperanza. «Háblame —pensó—. Cuéntame lo que pasó.»

Él la miró tan aterrado que ella se asustó.

—¿Estabas soñando? —preguntó.

—Sí, otra vez los gritos.

—¿Los gritos?

—Los del Everest.

Ya habían hablado muchas veces de todo lo que aconteció en la montaña. Pero ella no recordaba ningún grito, así que pensó que sería mejor no insistir, porque vio en sus ojos que él no estaba del todo lúcido. A continuación, le dijo:

—No sé muy bien a qué te refieres.

—Yo creí que era la tormenta, ¿no te acuerdas? Que eran los vientos los que sonaban casi como si fueran humanos.

—No, cariño, no me acuerdo. Yo no estuve contigo allí arriba. Yo estuve todo el tiempo en el campamento base, ya lo sabes.

—Pero seguro que te lo conté.

Rebecka negó con la cabeza mientras sentía que deseaba cambiar de tema. Y no sólo porque él delirase, sino también porque un cierto malestar se apoderó de ella, como si ya intuyera que en esos gritos había algo funesto.

—¿No quieres descansar un poco más? —le preguntó.

—Pero luego creí que eran perros salvajes.

—¿Qué?

—¡Perros salvajes a ocho mil metros de altura! ¿Te lo imaginas?

—Ya hablaremos más adelante del Everest, si quieres —le dijo ella—. Pero antes tienes que ayudarme a entender todo esto, Johannes. ¿Qué te llevó a salir corriendo de aquella manera?

—¿Cuándo?

—Cuando estábamos en Sandön. Luego te pusiste a nadar mar adentro.

Ella vio en su mirada que estaba volviendo en sí, y enseguida advirtió que eso no mejoraba nada las cosas. Era como si se encontrara más a gusto en el Everest, con sus perros salvajes.

—¿Quién me salvó? ¿Fue Erik?

—No, no fue ninguno de tus guardaespaldas.

—Entonces ¿quién fue?

Ella se preguntó cómo tomaría la noticia.

—Fue Mikael Blomkvist.

—¿El periodista?

—Sí, el mismo.

—Qué raro —dijo. Y, sí, lo cierto es que aquello era tremendamente raro. Sin embargo, no reaccionó como si lo fuera.

Sonó débil y triste. Acto seguido, ella lo vio mirándose las manos con una indiferencia que

la asustó y se quedó esperando a que él continuara con sus preguntas. Y, cuando por fin lo
hizo, ella no percibió mucha curiosidad en su
voz.

—¿Qué pasó?

—Me llamó cuando yo estaba muy histérica.
Estaba trabajando en un reportaje.

—¿Qué reportaje?

—No lo vas a creer —le contestó ella, aunque
sospechaba que él sí se lo creería, y demasiado
bien.

Lisbeth se bajó en la estación de Zinkensdamm y
cruzó Ringvägen hasta Brännkyrkagatan mientras los recuerdos, de nuevo, acudían sin cesar a su
cabeza. Tal vez fuera debido a que había vuelto al
barrio de su infancia, o tal vez al simple hecho de
encontrarse muy alterada por enfrentarse a una
nueva operación.

Miró al cielo. Ahora estaba oscuro. Seguro que
llovería, igual que en Moscú. En la atmósfera había mucha presión, como la que precede a una tormenta. Delante de ella, en la acera, distinguió a un
hombre joven, inclinado hacia delante como si
estuviera a punto de vomitar. Había personas borrachas por todas partes; quizá hubiera una fiesta
de barrio, o la gente hubiera acabado de cobrar o
fuera fin de semana.

Giró a la izquierda y subió por una escalera que la conduciría, desde Tavastgatan, hasta la casa de Mikael. Poco a poco, fue concentrándose al máximo, atenta a cada detalle y a todo aquel que veía a su alrededor. Y, sin embargo..., no vio nada de lo que esperaba. ¿Se habría confundido? No descubrió nada sospechoso, sólo aún más personas borrachas. «Pero ¡un momento!... Allí, en el cruce.»

No. Era tan sólo una espalda, una espalda ancha, con un bléiser de pana. Una mano sostenía un libro, y los criminales no suelen llevar bléiser de pana ni leer libros. No obstante, había algo en ese hombre que la puso tensa: su postura o la manera en la que alzaba la mirada. Pasó frente a él sin ser advertida y luego le echó un rápido vistazo: era alto y tenía sobrepeso. Y enseguida se dio cuenta de que su primera impresión había sido correcta y de que el bléiser y el libro no resultaban ser más que un ridículo disfraz, un torpe intento de hacerse pasar por un hípster de Söder. Lisbeth no sólo comprendió qué clase de tipo era, sino que también lo reconoció.

Se llamaba Conny Andersson, y era un miembro muy reciente en la banda, un chico para todo. No ocupaba precisamente una posición muy elevada en la jerarquía del club, aunque, por otra parte, el hecho de que hubieran mandado a alguien como él no resultaba muy sorprendente: esperar a un tipo que con toda probabilidad no iba a aparecer era un trabajo de mierda. No obstante, a pesar de su bajo estatus, Lisbeth sabía que no se trataba de ningún novato: medía casi dos metros y tenía pinta de matón, razón por la que más de una vez lo habían enviado a cobrar deudas. Lisbeth siguió avanzando con la cabeza gacha, como si no lo hubiera visto.

Luego se volvió y, con la mirada, escaneó la calle de enfrente. Había dos chicos borrachos de unos veinte años y, un poco más adelante, una señora que rondaba los sesenta y que paseaba con demasiada lentitud, lo cual no era bueno. Pero Lisbeth no tenía tiempo para esperar a que la señora se alejara, porque tan pronto como Conny Andersson reparara en ella se vería en un aprieto. Por eso se limitó a seguir caminando tranquilamente.

A continuación dio un rápido giro a la derecha y fue directa hacia él, y entonces él levantó la mirada y buscó con torpeza su arma. Pero no le dio tiempo a más. Lisbeth le propinó un rodillazo entre las piernas y, al ver el cuerpo de Conny doblándose, le asestó dos cabezazos. Él perdió el equilibrio y, acto seguido, como era de esperar, se oyó a la señora gritar:

—¡Oiga, ¿qué está haciendo?!

Pero a Lisbeth no le quedó más remedio que ignorarla. No había tiempo para tranquilizar a señoras mayores y, además, estaba bastante segura de que ésta no se atrevería a acercarse. Y le daba igual que llamara a la policía. Ningún agente llegaría a tiempo para ver cómo se abalanzaba sobre Conny Andersson y lo tiraba al suelo, ningún agente vería cómo, justo después, se sentaba encima de él y le ponía el cañón de la pistola en el cuello. Y entonces él la miró aterrado.

—Te mataré —le dijo Lisbeth.

Él murmuró algo que en absoluto encajaba con su pinta de matón, y luego ella siguió diciéndole con su voz más cavernosa:

—Te mataré. Te mataré a ti y a todos los de tu club si se atreven a tocar a Mikael Blomkvist. Es a mí a quien buscan, así que, ya, vengan por mí, pero no vayan por nadie más. ¿Te ha quedado claro?

—Sí —respondió él.

—O, mejor..., dile a Marko que me da igual si tocan a Mikael o no, porque de todas maneras voy a ir por ustedes. Hasta que en Svavelsjö MC no queden más que unas mujeres y unas novias aterrorizadas.

Conny Andersson no contestó, y entonces ella apretó con más fuerza el cañón de la pistola contra su garganta.

—¿Lo has entendido?

—Sí..., se lo diré —balbució Conny.

—Estupendo. Y oye...

—¿Sí?

—Hay una mujer mirándonos, así que no voy

a quitarte el arma, ni tirarla, ni hacer ninguna tontería que pueda llamar la atención. Sólo te daré una patada en la cabeza, pero como intentes agarrar el arma, te pego un tiro. Porque lo que pasará entonces es que...

Ella lo cacheó deprisa con la mano izquierda y le quitó el celular, un iPhone nuevo con reconocimiento facial, de uno de los bolsillos de sus pantalones.

—... podré transmitir mi mensaje de todos modos. Aunque dé la casualidad de que te mueras.

Le colocó la pistola bajo la barbilla.

—Así que, vamos, Conny, una sonrisita.

—¿Qué?

Le acercó el celular a la cara y lo desbloqueó, y en un santiamén hizo otras dos cosas que no eran tan sofisticadas tecnológicamente. Volvió a darle un cabezazo y le sacó una foto. Después se puso los lentes de sol y desapareció en dirección a Slussen y Gamla Stan mientras iba mirando los contactos del teléfono de Conny Andersson. Allí había unos nombres que le sorprendieron: un famoso actor, dos políticos y un policía de la brigada de estupefacientes que, con toda probabilidad, estaría corrupto. Pero no les prestó mayor atención.

Se limitó a buscar a los otros miembros de Svavelsjö MC y, cuando los encontró, les mandó la fotografía en la que Conny levantaba la mirada ate-

rrado y desconcertado. Luego —tras haber copiado
el contenido del teléfono—, escribió:

El chico tiene algo que contarles.

Después tiró el celular a la bahía de Riddarfjärden.

Capítulo 24

27 de agosto

Johannes Forsell sólo quería volver a refugiarse en sí mismo y buscar el amparo del sueño y de los recuerdos. No obstante, cuando oyó a su mujer mencionando el nombre de Nima Rita con una inesperada agudeza y percibió la rabia contenida de su voz, la realidad lo sacó nuevamente de su refugio.

—¿Cómo pudo aparecer así, de buenas a primeras, en Suecia? Creía que había muerto —dijo Rebecka.

—¿Quién estuvo aquí? —preguntó él.

Notó la irritación de su mujer por haber cambiado de tema.

—Ya te lo dije.

—Pero se me ha olvidado.

—Los chicos, claro. Y tu madre. Se está ocupando de ellos.

—¿Cómo se lo han tomado?

—¿Qué quieres que te diga, Johannes? ¿Qué quieres que te diga?

—Lo siento.

—Gracias —dijo Rebecka, e intentó serenarse para volver a ser la fuerte Becka de siempre.

Sin embargo, no lo consiguió más que a medias. Johannes les lanzó una mirada a los militares del pasillo y sintió cómo las vías de salida, de escapatoria, las amenazas, las posibilidades y los riesgos pasaban revoloteando como pájaros inquietos por sus pensamientos.

—No puedo hablar de Nima ahora —comentó.

—Como quieras.

Sólo haciendo gala de una gran voluntad, Rebecka consiguió mostrarle una cariñosa sonrisa para, acto seguido, acariciarle el pelo. Él se sacudió la caricia.

—¿Y de qué puedes hablar?

—No lo sé.

—Una cosa has conseguido al menos —le dijo ella.

—¿Qué?

—Mira a tu alrededor. Todas estas flores. Sólo hemos podido quedarnos con una pequeña parte. El odio que te tenían se ha convertido ahora en amor.

—Eso sí que no me lo puedo imaginar.

Ella le acercó el celular.

—Métete en Internet y lo verás.

Él hizo un gesto de rechazo con la mano.

—Seguro que están escribiendo necrológicas.

—No, es muy bonito, de verdad.

—¿Estuvieron aquí los del Must? —preguntó.

—Vinieron Svante y Klas Berg, y Sten Siegler, y otros tipos como ellos, así que supongo que la respuesta es «Sí, sí y mil veces sí». ¿Por qué lo preguntas?

«Exacto, ¿por qué?»

Si él ya sabía la respuesta... Tenía muy claro que habían ido, y advirtió la sospecha en los ojos de Rebecka. Aquella mano rascándose el cuero cabelludo... Y, de repente, con una inesperada fuerza, sintió algo: quería contárselo. Pero eso era, naturalmente, porque sabía que no podía hacerlo.

Allí habría, sin duda, micrófonos ocultos. Lo pensó dos veces y sopesó de nuevo las cosas. Y entonces se acordó de su desesperado deseo de vivir cuando estaba hundiéndose en el mar, en medio de aquellas olas.

—¿Tienes papel y bolígrafo? —preguntó.

—¿Qué? Sí, supongo que sí.

Ella rebuscó en su bolso hasta que encontró un bolígrafo y unos pósits, y se los dio.

Él le escribió:

Tenemos que salir de aquí.

Rebecka Forsell leyó lo que Johannes había escrito y, con ojos asustados, miró a los militares que los vigilaban desde fuera. Por suerte, parecían estar aburridos y absortos en sus teléfonos, de modo que escribió con letra nerviosa y descuidada:

¿Ahora?

Él contestó:

Ahora. Quítame estos aparatos y deja tu celular y tu bolsa. Les haremos creer que bajamos al quiosco.

Pero ¿qué dices?

Nos largamos.

¿Estás loco?

Quiero contarte algo y no puedo hacerlo aquí.

¿Contarme qué?

Todo.

Lo escribieron rápidamente y con el mismo bolígrafo. Pero de pronto Johannes dudó y miró a Rebecka con unos ojos tristes y perdidos, aunque también se vislumbraba en ellos un resquicio de su espíritu de lucha, ese espíritu que ella, durante un buen tiempo, había echado tanto de menos. Y entonces, a pesar de todo, a Rebecka se le atenuó un poco el miedo que sentía.

No pensaba huir con él ni, por supuesto, abandonar el hospital estando todos aquellos guardias y militares allí y rodeados de toda aquella paranoia. Pero era maravilloso que él quisiera hablar, y quizá le viniera bien moverse un poco. Su pulso era elevado, aunque estable y fuerte. Seguro que podrían encontrar un sitio donde nadie oyera lo que decían.

Mientras le quitaba el suero y los aparatos, pensó que no tenían nada que ganar haciendo caso omiso del personal del hospital, por lo que le escribió:

Llamo a los enfermeros y se lo explico.

Mientras ella llamaba a los enfermeros, él puso:

Luego buscamos un sitio donde nadie pueda encontrarnos.

«Sí, claro —pensó ella—. Sí, claro.» Y, acto seguido, escribió:

¿De qué quieres huir?

Must.

Ella preguntó:

¿Es Svante?

Él asintió con la cabeza, o, al menos, eso quiso creer ella, lo que la llevó a desear gritarle: «¡Lo sabía!». Cuando volvió a escribirle, le temblaba la mano, el pecho le palpitaba con más fuerza y tenía la boca seca.

¿Hizo algo?

Johannes no contestó ni tampoco movió la cabeza. Se limitó a mirar por la ventana hacia la autopista, lo que ella interpretó como un sí. Escribió:

Tienes que denunciarlo.

La miró como si quisiera decirle que no entendía nada de nada.

O habla con los medios. Mikael Blomkvist acaba de llamar. Él está de tu lado.

«De mi lado», murmuró Johannes, y a continuación hizo una mueca. Agarró el bolígrafo de nuevo y escribió un par de frases ilegibles. Ella se quedó observándolas.

No entiendo lo que has puesto, escribió, aunque

era posible que sí lo entendiera, y entonces él se lo aclaró sólo en una:

No sé si es el mejor lado para estar.

Rebecka sintió la punzada de una nueva clase de instinto de supervivencia, como si, con esas palabras, Johannes se distanciara de ella. O incluso como si después de esa frase no fuera ya tan evidente que ellos eran un *nosotros*, una unión, sino dos personas que ya no se pertenecían necesariamente, y entonces se preguntó si no debería ser ella, más bien, la que huyera de él.

Miró a los guardias que estaban en el pasillo e intentó diseñar un nuevo plan. Pero justo en ese momento oyó unos pasos aproximándose, tras lo cual el médico, el de la barba pelirroja, entró y les preguntó qué querían. Ella dijo —no se le ocurrió otra cosa— que Johannes se encontraba mejor y que se sentía lo bastante fuerte como para dar un paseo.

—Vamos a bajar al quiosco a comprar un periódico y un libro —comentó con una voz que no parecía la suya, pero que, aun así, sonó con una sorprendente autoridad.

Eran las siete y media de la tarde y hacía ya un buen rato que Jan Bublanski debería haberse marchado a casa. Sin embargo, seguía en su despacho, fijando la mirada en un joven rostro que irradiaba una especie de agresivo idealismo, cosa que, sin duda, pensó, podría irritar a más de uno. Aunque lo cierto era que le gustaba esa actitud, tal vez él era igual a esa edad: él también había tenido esa sensación de que los mayores no se tomaban la vida con la seriedad que requería, de modo que le mostró a la chica una cálida sonrisa.

Ella le correspondió con otra sonrisa. Rígida. Bublanski pensó que quizá el sentido del humor no fuera su punto fuerte, pero que seguro que su apasionado compromiso social podría hacer mucho bien en el mundo. La mujer tenía veinticinco años, se llamaba Else Sandberg y era médica en prácticas del hospital de Sankt Göran. Llevaba un corte de pelo a lo paje y unos lentes redondos.

—Gracias por tomarse la molestia de venir —dijo Bublanski.

—No hay de qué —contestó ella.

Era Sonja Modig la que había encontrado a esa médica después de averiguar que el *sherpa* había empapelado de pasquines el cristal de la parada de autobús de Södra Station y de enviar a unos colegas para que hablaran prácticamente con todas las personas que solían esperar el autobús allí.

—Ya me enteré de que no se acuerda usted muy bien, pero cualquier cosa que pueda recordar sería muy valiosa para nosotros —comentó Bublanski.

—Resultaba difícil leerlo. Había muy poco espacio entre las líneas, y la sensación que daba era la de una persona con delirios paranoides.

—Es posible que así sea —dijo él—. No obstante, me gustaría pedirle que intentara recordar algo.

—Era un texto impulsado, en gran medida, por un sentimiento de culpa —continuó ella.

«Por favor, hija mía, no intentes interpretármelo», pensó Bublanski.

—¿Qué ponía? —preguntó.

—Ponía que estaba ascendiendo una montaña. «Una vez más», escribió. Subió una montaña *one more time*. Pero no veía mucho. Hubo una tormenta de nieve, le dolía todo y pasó mucho frío. Estaba perdido, creía. Pero oyó unos gritos que lo guiaron.

—¿Qué clase de gritos?

—Gritos de muertos, me parece.

—¿De muertos?

—Sí, resultaba difícil de entender, pero los espíritus lo acompañaban siempre, había escrito, dos espíritus, creo, uno bueno y uno malo, un poco...

Soltó unas risitas, y a Bublanski le resultó delicioso que ella mostrara de repente su lado humano.

—Un poco como el capitán Haddock de *Tintín*, ya sabe, que tiene un diablo y un ángel sobre los hombros cuando le entran ganas de tomar un trago.

—Exacto —respondió Bublanski—. Una bonita metáfora.

—Pero yo no lo entendí como una metáfora. Era como si para él fuese verdad.

—Sólo quería decir que es algo que conozco muy bien: una voz buena y una mala que me susurran cuando se me somete a una tentación —explicó Bublanski.

Se sintió un poco avergonzado.

—¿Qué le dijo el espíritu maligno? —añadió a continuación.

—Que la abandonara allí arriba.

—¿Que la abandonara?

—Sí, creo que fue eso lo que escribió. Era una mujer, una *mam* o algo así que se había quedado en la montaña. Pero luego ponía algo sobre Rainbow Valley, el valle del Arcoíris, donde los muertos extendían las manos pidiendo comida. Como le dije, todo era muy raro. Luego, de hecho, ponía que aparecía Johannes Forsell. Una cosa rarísima. Y, sinceramente, no leí más. Llegó el autobús y hubo un chico que se metió con el conductor, y yo perdí la concentración, pero a esas alturas ya había deducido que el hombre sufría de esquizofrenia paranoide. Ponía que los gritos nunca habían dejado de resonar en su interior.

—Algo que, sin duda, uno podría sentir sin sufrir de esquizofrenia.

—¿Qué quiere decir?

Eso, ¿qué era en realidad lo que quería decir?

—Tan sólo que... —empezó Bublanski.

—¿Qué?

—Que me identifico con eso también. Hay ciertas cosas que uno nunca puede quitarse de encima. Te corroen por dentro y te gritan año tras año.

—Pues sí, supongo —dijo ella, ahora menos segura de sí misma—. Es verdad.

—¿Puede esperar un momento? Voy a buscar una cosa.

Else Sandberg asintió con la cabeza y Bublanski encendió su computadora y buscó en Google una combinación de tres palabras. Acto seguido, giró la pantalla hacia ella.

—¿Ve esto?

—Terrible —respondió ella.

—¿A que sí? Es Rainbow Valley, en el monte Everest. No sabía nada de ese mundo, pero durante los últimos días me he informado un poco, y lo he reconocido enseguida cuando me lo ha dicho. Rainbow Valley, claro, no es más que el nombre extraoficial, pero aun así se usa bastante, y, naturalmente, resulta obvio por qué. Mire aquí.

Señaló la pantalla mientras se preguntaba si no sería demasiado cruel. Pero es que quería que a ella no le cupiera ninguna duda de que eso era un asunto muy serio. En las imágenes aparecían escaladores muertos en la nieve por encima de los ocho mil metros, y aunque muchos llevaban allí bastantes años, quizá décadas, aún se los veía musculosos y fuertes. Estaban congelados en el tiempo y todos vestían ropa de muchos colores: rojo, verde, amarillo y azul. A su alrededor había equipos de oxígeno, restos de tiendas de campaña o banderas tibetanas de oración, también muy coloridas. Lo cierto era que aquel paisaje parecía estar lleno de todos los colores del arcoíris, un macabro testimonio de la locura humana.

—Es que —continuó Bublanski— el hombre que escribió los papeles que pegó en la parada de autobús era porteador y guía en el Everest.

—O sea, que es verdad que lo fue.

—Era *sherpa*, razón por la que quizá no debería haber utilizado esas palabras. «Rainbow Valley» es una ocurrencia occidental, una estupidez impregnada de humor macabro. Pero es muy probable que, aun así, se le pegara el nombre y se mezclara con las ideas religiosas que tenía sobre los espíritus y los dioses que viven allí. Son más de cuatro mil personas las que han escalado ese monte, y trescientas treinta las que han muerto en el intento, y a muchas de ellas no se las ha podido bajar, así que yo entiendo muy bien que ese hombre, que subió a la cumbre once veces, tuviera la sensación de que los muertos le hablaban.

—Pero... —empezó ella.

—Aún no he terminado —continuó Bublanski—. Allí arriba la vida es horrible. Los riesgos son considerables. Puedes sufrir, por ejemplo, un ECA, un edema cerebral de altitud.

—Sí, y entonces el cerebro se hincha, ¿verdad?

—Exacto, el cerebro se inflama —dijo Bublanski—. Eso lo entenderá usted mejor que yo. Se hincha y empieza a ser difícil hablar y pensar de forma racional. Se corre el riesgo de cometer unos errores terribles, y a menudo provoca alucinaciones que te hacen perder el contacto con la realidad. Muchas personas que están en su sano juicio, como usted y como yo o, mejor dicho, que son más atléticas e intrépidas que yo, claro, han visto fantasmas o han sentido una presencia misteriosa allí arriba, y ese hombre siempre escalaba sin equipo de oxígeno, cosa que te agota, tanto mental como físicamente. Por si fuera poco, durante el tiempo que duró ese drama que luego intentó describir, trabajó muy duro, subiendo y bajando, y logró salvar a muchos. Lo más seguro es que se encontrara extenuado, mucho más allá de lo comprensible, por lo que no es nada raro que viera ángeles y demonios, como el capitán Haddock, nada raro.

—Perdone, no quería ser irrespetuosa —dijo Else Sandberg en un tono más conciliador.

—Y no lo ha sido, y seguro que tiene razón —continuó Bublanski—. El hombre estaba enfermo de gravedad, de esquizofrenia, de hecho. Pero, aun así, puede que tuviera algo importante que contar. Por eso me gustaría preguntarle de nuevo: ¿no se acuerda de nada más?

—No, lo siento.

—¿Y de algo más de lo que escribió acerca de Forsell?

—Pues sí, quizá.

—¿De qué?

—Dijo que ese hombre salvó a mucha gente, ¿verdad?

—Sí, eso dije.

—Creo que escribió que Forsell no quería ser salvado.

—¿Y qué querría decir con eso?

—No lo sé, es algo de lo que me acabo de acordar. Pero tampoco estoy del todo segura. Llegó el autobús, y al día siguiente los papeles ya no estaban.

—Lo sé —contestó Bublanski.

Luego, cuando la mujer se fue, permaneció en el despacho con la extraña sensación de que su cometido consistía en interpretar un sueño. Se quedó mirando un buen rato las fotografías del cadáver de Klara Engelman que las corrientes en chorro le habían arrebatado a Viktor Grankin y que una expedición estadounidense fotografió un año después. Klara yacía tumbada de espaldas, con los brazos congelados en un gesto de súplica, como si intentara agarrar a Grankin, o quizá más bien —pensó Bublanski— como si fuera una niña extendiéndole los brazos a su madre.

¿Qué habría ocurrido allí arriba? Era probable que nada más que aquello sobre lo que ya se había escrito centenares de veces. Aun así, no se podía saber con seguridad. No dejaban de descubrirse nuevas capas en aquella historia. Ahora, por ejemplo, parecía existir una conexión militar con el *sherpa* de la que los médicos de Södra Flygeln no estaban autorizados a hablar, y Bublanski llevaba toda la tarde buscando a Klas Berg, del Must, para que le diera una explicación.

Klas Berg había prometido ofrecer, al día siguiente por la mañana, un completo informe de lo sucedido, pero le había advertido a Bublanski que también a él le quedaban unas cuantas dudas, lo que no le gustó nada al comisario. Odiaba tener que depender de los servicios de inteligencia, y no porque le preocupara el prestigio —que le importaba un comino— o la sensación de encontrarse siempre en una situación de inferioridad —ni siquiera eso—, sino porque sabía que iba en detrimento de la investigación policial, y él estaba firmemente decidido a volver a tomar la iniciativa.

Por eso cerró la página de las fotos de Klara Engelman y volvió a llamar al secretario de Estado, Svante Lindberg. Pero, al igual que en anteriores intentos, él no contestó el teléfono. El comisario

Bublanski se levantó y decidió dar un largo paseo para ver si eso le aclaraba un poco las ideas.

Svante Lindberg entró en el hospital. Ya había estado allí antes, ese mismo día, y no se había sentido muy bien recibido por Rebecka, así que, a decir verdad, carecía de motivos para regresar. No obstante, ahora que se había enterado de que Johannes se había despertado, tenía que hablar con él para decirle... ¿Qué?... No lo sabía. Lo único que sabía era que, costara lo que costase, debía obligarlo a mantener la boca cerrada, razón por la que también apagó su teléfono, para no contribuir al caos general.

Definitivamente, no pensaba hablar con Mikael Blomkvist, el cual lo había estado buscando, ni tampoco con el comisario Bublanski, que acababa de llamarlo por tercera vez. Tenía que mantener la cabeza fría.

En su maletín llevaba unos documentos clasificados sobre la campaña rusa de desinformación, unos documentos que, comparados con otros, no eran demasiado importantes, pero que le darían una excusa para hablar con Johannes en privado, sin que nadie los vigilara. Ni por un instante. Tenía que ser tan fuerte como siempre. Seguro que todo se arreglaría. Intentó convencerse a sí mismo de que así sería.

¿A qué olía allí? ¿A amoníaco?, ¿a desinfectante?, ¿a hospital? Nada más pisar el vestíbulo, miró a su alrededor temeroso de que hubiera periodistas rondando y de que Blomkvist se presentara frente a él diciendo que se había enterado de sus secretos más oscuros. Pero no vio a ninguno de ellos; allí sólo había enfermos, familiares de éstos y personal sanitario en bata blanca. Frente a él pasó una camilla con un hombre que tenía la cara pálida y que parecía encontrarse al borde de la muerte. Pero no le prestó mucha atención.

Bajó la mirada y se olvidó del mundo exterior. Aun así, percibió algo con el rabillo del ojo y se volvió, y entonces divisó la espalda de una mujer alta y esbelta que llevaba un bléiser gris y estaba delante del cajero automático, al lado de la farmacia.

¿No era ésa Becka? Sí, era Rebecka. Sin lugar a dudas. Reconoció su porte y su forma de inclinarse hacia delante. ¿Se acercaría a decirle unas palabras? «No, no», pensó. Ésa era más bien una excelente oportunidad para hablar con Johannes en privado sin tener que poner la excusa de los documentos clasificados, así que se dirigió a los ascensores. Pero luego se volvió, quizá porque se le ocurrió pensar que tal vez no estuviera sola, y ya no la vio.

¿Se habría confundido? Creyó que lo más probable fuera que sí, aunque en realidad le daba lo mismo. Ya se disponía a marcharse de allí cuando descubrió una gran columna al lado del cajero. ¿Y si se estuviera escondiendo de él? Eso sería muy retorcido, ¿no? Aun así, una sensación desagradable se apoderó de él y se fue acercando a la columna, al principio algo dubitativo, pero luego cada vez más rápido. Y, sí, efectivamente, allí sobresalía algo que se parecía al bléiser de Rebecka.

Aceleró el paso mientras pensaba en lo que iba a decirle —hasta era posible que llegara a enfadarse: ¿qué tontería era ésa de estar jugando al escondite?—, cuando tropezó y se cayó. Sin embargo, no se permitió pensar en ello ni un solo instante, como tampoco intentó explicarse lo que había sucedido. Percibió un movimiento y, acto seguido, oyó unos pasos alejándose. Y entonces soltó una maldición, se puso en pie y echó a correr detrás de esa persona.

Tercera parte

Servir a dos amos

Los agentes dobles presumen de ser leales a una persona, pero lo cierto es que están al servicio de otra.

A veces su misión es, ya desde el principio, infiltrarse en las filas del enemigo y crear cortinas de humo. En otras ocasiones se trata de agentes que se han convertido en dobles por motivos políticos o porque han sido atrapados mediante amenazas o cebos.

A menudo no queda claro a qué bando pertenecen realmente. Puede ocurrir, incluso, que ni ellos mismos lo sepan.

Capítulo 25

27 de agosto

Catrin Lindås aún no había comido, sólo había bebido un poco de té mientras leía sobre Forsell y el Everest, y no había hecho más que volver a recordar, recurrentemente, su encuentro con el mendigo de Mariatorget. Como si fuera un enigma que había que resolver. Las palabras de ese pobre hombre se le antojaban cada vez más desesperadas.

Sin embargo, hubo otras cosas que también acudieron a su mente: recuerdos, momentos de dolor, el final del viaje a la India y a Nepal de su infancia, cuando la miseria no hacía más que aumentar y cuando por fin abandonaron Katmandú para subir a Khumbu. Aunque no llegaron muy lejos, pues el síndrome de abstinencia de su padre se agravó. No obstante, tuvieron tiempo de conocer a la población local y, tras haberle dado muchas vueltas al mensaje que le había enviado Mikael, se preguntó si en realidad habría reconocido al mendigo no tanto por Freak Street como por su visita al valle de Khumbu. Por eso le envió otra pregunta a Mikael, a pesar de que él no había contestado a la anterior:

¿El mendigo era un *sherpa*?

La respuesta llegó enseguida:

No debería hablar contigo. 😁 Perteneces a la competencia.

Te pusiste bastante en evidencia en tu anterior mensaje.

Soy un idiota.

Y yo soy el enemigo.

Exactamente. Deberías concentrarte en criticarme en tus artículos de opinión.

Estoy afilando mis cuchillos.

Te echo de menos, escribió Mikael.
«Déjalo ya —pensó ella—. Déjalo.» Y, sin embargo, fue incapaz de reprimir una sonrisa. ¡Por fin! Pero no pensaba contestarle, en absoluto. Se

dirigió a la cocina a recogerla un poco y puso música de Emmylou Harris a todo volumen. Cuando volvió a la sala y vio el teléfono, descubrió que Mikael le había escrito otro mensaje:

¿Podemos vernos?

«Ni hablar —pensó ella—. Ni hablar.»
Pero escribió:

¿Dónde?

Lo hablamos por Signal.

Lo hablaron por Signal.
Nos vemos en el hotel Lydmar, propuso él.
Está bien, contestó ella. Nada de «¡Oh, qué bonito, qué elegante!», nada de eso, sólo un simple «Está bien».
Luego se cambió y, tras pedirle al vecino que se encargara del gato, empezó a hacer la maleta.

Camilla se encontraba en el balcón, sintiendo cómo la lluvia le caía sobre los hombros y las manos. Iba a haber tormenta. Aun así, ansiaba salir de casa. En Strandvägen y en los barcos de la bahía se vivía una vida que debería haberle pertenecido y que ahora le recordaba sin cesar todo aquello de lo que se la había privado. «Esto no puede seguir así —pensó—. Esto tiene que terminar.»

Cerró los ojos y sintió cómo las gotas de lluvia le mojaban la frente y los labios. Intentó perderse en sueños y esperanzas, pero el pasado la arrastraba y siempre la llevaba de vuelta a Lundagatan, con Agneta gritándole que la iba a echar de allí y con Lisbeth, que se limitaba a callar. Como si quisiera matarlos a todos con su silencio, con su rabia contenida.

De pronto notó una mano en el hombro: era Galinov, que había salido al balcón. Se volvió y lo miró; se quedó contemplando su dulce sonrisa y su bello rostro... Él la apretó contra su pecho.

—Mi niña... —dijo—. ¿Cómo estás?

—Estoy bien.

—No te creo.

Camilla dirigió la mirada hacia el muelle.

—Todo se arreglará, ya lo verás —comentó él.

Ella examinó sus ojos.

—¿Pasó algo?

—Tenemos visita.

—¿Quién es?

—Tu encantadora banda de criminales.

Ella asintió con la cabeza, entró en el departamento y vio a Marko y a otra triste existencia que llevaba pantalones de mezclilla y un saco barato marrón. Se trataba de un tipo que estaba todo magullado, como si le hubieran dado una buena paliza. Debía de medir unos dos metros y se lo veía repulsivamente fofo y paliducho, y, al parecer, se llamaba Conny.

—Conny quiere contarte algo —indicó Marko.

—Pues que me lo cuente.

—Estaba vigilando la casa de Blomkvist... —empezó explicando Conny.

—Y, por lo que se ve, te fue muy bien —dijo Camilla.

—Es que lo atacaron —terció Marko.

Camilla miró el labio partido de Conny.

—¿De verdad?

—Salander.

Camilla dijo en ruso:

—Ivan: el tipo este, Conny, es más alto que tú, ¿verdad?

—Más gordo, en todo caso —respondió Galinov—, y peor vestido.

Camilla siguió en sueco.

—Mi hermana mide un metro cincuenta y dos centímetros, y está como un palillo. No irás a decirme que te ha dado una paliza...

—Es que me ha tomado por sorpresa.

—Le ha quitado el teléfono —intervino Marko— y les ha mandado un mensaje a todos los del club.

—¿Y qué les puso?

—Que debemos escuchar a Conny.

—Pues te escucho, Conny.

—Salander dijo que, si no dejamos de vigilar a Mikael Blomkvist, vendrá por todos nosotros.

—Y luego añadió algo más —apostilló Marko.

—¿El qué?

—Que de todos modos vendrá por nosotros, y que destruirá nuestro club.

—Estupendo —soltó Camilla sin perder la calma.

—Lo que pasa es que... —continuó Marko.

—¿Qué? —dijo ella.

—Es que en el teléfono que le robó había información sensible. La verdad es que estamos preocupados.

—Y hacen muy bien en estarlo, me parece a mí —contestó ella—. Aunque no por Lisbeth, ¿verdad, Ivan?

Él asintió con la cabeza mientras Camilla continuaba poniendo una cara sarcástica y amenazante; aunque lo cierto era que por dentro se hallaba descompuesta. Luego le dijo a Galinov que siguiera hablando con los chicos y se fue a su habitación, donde dejó que las sucias aguas negras del pasado la arrollaran por completo.

Rebecka Forsell no podía creer que hubiera hecho lo que acababa de hacer. Pero había oído susurrar a Johannes «Que no me vea», y en una ocurrencia que nunca llegaría a entender del todo, le puso la zancadilla a Svante Lindberg. Después salieron corriendo por las puertas giratorias y buscaron un taxi bajo la lluvia.

Johannes eligió uno independiente, uno de esos vehículos que no pertenecen a ninguna empresa y que suelen tener un taxímetro que avanza con una implacable avaricia.

—¡Vámonos, arranca! —le espetó, y entonces el conductor, un hombre joven y moreno con el pelo rizado y unos ojos somnolientos, se volvió.

—¿Adónde? —preguntó.

Rebecka miró a Johannes, que no dijo nada.

—Vamos hacia el centro, por el puente de Solna —contestó ella mientras pensaba que ya lo decidirían más tarde.

Pero también notó algo que le resultó inesperadamente tranquilizador. El conductor no se había sorprendido al ver a Johannes, algo que quizá fuese justo lo que éste esperaba al montarse en un taxi independiente: que se tratara de un conductor que viviera tan ajeno a lo que sucedía en Suecia que ni siquiera supiera qué cara tenía el hombre más odiado del país. Ahora bien, tampoco es que eso supusiera un gran avance, y mientras pasaban por delante del cementerio de Solna, Rebecka intentó comprender el alcance de lo que acababan de hacer.

Algo que, a pesar de todo, no debería resultar tan llamativo, se dijo al tiempo que intentaba convencerse de ello. Su marido había sufrido una crisis, y ella era médica y podría haber llegado a la conclusión de que él necesitaba paz y tranquilidad lejos del bullicio del hospital.

—Tienes que contarme lo que está pasando. Si no, no podré seguir haciendo este tipo de locuras —le susurró ella.

—¿Te acuerdas de aquel catedrático de relaciones internacionales que conocimos en la embajada francesa? —le preguntó él.

—Janek Kowalski —contestó ella.

Él asintió con la cabeza y ella lo miró sin entender nada: Janek Kowalski no era nadie en su vida. Ni siquiera se habría acordado de su nombre si no fuera porque hacía poco tiempo que había leído un artículo suyo en el que hablaba de los límites de la libertad de expresión.

—Exacto —respondió él—. Vive en Dalagatan. Podemos dormir en su casa.

—¿Y por qué diablos vamos a ir allí? ¡Si apenas lo conocemos!

—Yo lo conozco —dijo Johannes, algo que a ella no le gustó.

Rebecka se acordó de que él y su marido se habían saludado como dos desconocidos en la embajada y de que no habían intercambiado más que unas frases de cortesía. ¿Sólo había sido un juego? ¿Un poco de teatro? Le susurró:

—Iré a la casa que sea con la condición de que me lo cuentes todo.

Él la miró.

—Te lo contaré todo. Y ya decidirás lo que quieres hacer —contestó.

—¿Cómo que ya decidiré lo que quiero hacer?

—Si todavía quieres estar conmigo.

Ella no respondió. Se limitó a mirar hacia delante por el puente de Solna y dijo: «Dalagatan. Vamos a Dalagatan», mientras pensaba en los límites, quizá también en los de la libertad de expresión, pero sobre todo en los del amor:

¿Qué tendría que pasar para que ella lo abandonara?

¿Qué clase de cosa —si es que existía alguna— acabaría con su amor?

Catrin Lindås dejó a su espalda la plaza de Nytorget y, tras desembocar en Götgatan, sintió cómo recuperaba un poco las ganas de vivir. Aunque, ¡madre mía, qué chaparrón! Llovía a cántaros, pero ella avanzaba maleta en mano con pasos apresurados. Llevaba demasiadas cosas, sí, como siempre, como si tuviera que pasarse fuera varias semanas. Claro que, por otra parte, ignoraba cuánto tiempo iban a estar en el hotel. Lo único que sabía era que Mikael no podía volver a su casa y que, por desgracia, además debía trabajar un poco, algo que, a decir verdad, ella también tenía que hacer.

Eran las nueve y media de la noche y se dio cuenta de que estaba hambrienta. Apenas había comido nada desde el desayuno. Pasó por delante de los cines Victoria y de Göta Lejon y, aunque se sentía realmente mejor, el malestar no había desaparecido del todo. Dirigió la mirada hacia Medborgarplatsen.

Una multitud de jóvenes hacía cola bajo la lluvia, quizá con la intención de comprar entradas para algún concierto. Ya estaba a punto de bajar la escalera del metro cuando, de improviso, se sobresaltó y, tras volverse, miró a su alrededor. No vio nada por lo que debiera preocuparse: ninguna sombra de antaño, nadie con pinta de ser de esos que dirigían su odio contra ella en Internet..., nada. Bajó corriendo la escalera, pasó los torniquetes y llegó al andén intentando convencerse de que todo estaba bien. No tardó mucho en tranquilizarse.

Hasta que se bajó en T-Centralen y salió a Hamngatan no volvió a inquietarse. Bajó la calle andando deprisa y pasó frente a Kungsträdgården. Ya en Blasieholmen, aligeró el paso un poco más hasta llegar casi a correr. Entró jadeando en el vestíbulo del hotel y subió una curvada escalera que la condujo a la recepción. Una chica morena muy joven, no tendría más de veinte años, le mostró una sonrisa de bienvenida. Ella le correspondió con un «Buenas noches» y, al oír unos pasos en la escalera, por detrás de ella, se quedó en blanco: no se acordaba del nombre al que Mikael había reservado la habitación. Sólo sabía que empezaba con B: Boman, Brodin, Brodén, Bromberg...

—Tenemos una habitación reservada a nombre de... —dijo antes de dudar un rato y darse cuenta de que debía comprobarlo en el teléfono, lo que resultaba sospechoso, pensó, o sórdido, como si Mikael y ella estuvieran metidos en algo sucio; y cuando lo miró y vio que era Boman, pronunció el nombre en una voz tan baja que la recepcionista no lo oyó, por lo que tuvo que repetírselo más alto. Se acordó entonces de los pasos que había oído a su espalda y se volvió.

Pero no había nadie. Sí vio, no obstante, a un hombre con chamarra de mezclilla y pelo largo que estaba saliendo del hotel, y mientras se registraba pensó: ¿habría estado ese hombre allí arriba aunque sólo fuera un instante? Parecía poco probable, ¿no? O tal vez lo hubiera hecho, pero luego pensó que el hotel tenía aspecto de ser demasiado caro... O quizá no le hubiera gustado. No le dio más vueltas al tema.

O, al menos, lo intentó. Tomó la llave y, tras subir en el ascensor y entrar en la habitación, se quedó contemplando la enorme cama de matrimonio con sus sábanas azul celeste, para, a continuación, preguntarse qué iba a hacer. Decidió darse un baño, beberse una pequeña botella de vino tinto del minibar y pedir una hamburguesa con papas fritas al servicio de habitaciones. Pero nada la ayudó a disminuir su inquietud. Ni la comida, ni el alcohol, ni siquiera el baño. No había sido capaz de bajar sus pulsaciones, y empezó a preguntarse cada vez más a menudo por qué Mikael tardaba tanto.

Janek Kowalski no vivía en Dalagatan. Pero se introdujeron en un portal de Dalagatan para luego pasar por un patio hasta Västeråsgatan, donde se metieron en otro portal y subieron en el ascensor hasta el quinto piso. Entraron en un departamento muy grande y lleno de encanto, aunque un poco caótico: la casa de un soltero, un intelectual algo anticuado al que no le faltaban ni dinero ni buen gusto, pero a quien ya no le importaba tenerlo todo recogido y ordenado.

Allí dentro había demasiadas cosas: demasiados cuencos, objetos de decoración, cuadros, libros y carpetas. Estaban por doquier. El propio Kowalski se encontraba sin afeitar y con el pelo enmarañado, hecho un bohemio, sobre todo ahora que no llevaba puesto el traje con el que lo habían visto en la embajada. Tendría unos setenta y cinco años y vestía un fino suéter de cachemir al que las polillas le habían hecho un par de agujeros.

—Queridos amigos: He estado muy preocupado por ustedes —comentó antes de darle un abrazo a Johannes y dos besos a Rebecka.

Era evidente que se conocían. Luego, los dos hombres se dirigieron a la cocina y, tras pasar veinte minutos cuchicheando, se presentaron en la sala con una bandeja de sándwiches, té y una botella de vino blanco. Miraron a Rebecka con rostro serio.

—Querida Rebecka —dijo Kowalski—: Tu marido me ha pedido que sea sincero, cosa que he aceptado a regañadientes. Debo confesar que es algo que no se me da muy bien. Pero intentaré hablar sin tapujos, y te pido disculpas desde ya si ves que me ando con rodeos.

A Rebecka no le gustó nada su tono de voz, se le antojó triste y estudiado al mismo tiempo. Pero tal vez se hallara nervioso, porque al servir el té le tembló la mano.

—Creo que debo empezar por contar mi verdadera hazaña —continuó él—. Si se conocieron fue gracias a mí.

Ella lo miró asombrada.

—¿Qué estás diciendo?

—Fui yo el que envió a Johannes al Everest. Algo terrible por mi parte, sí, pero es lo que Johannes quería. Incluso me insistió en ello. Por algo es un hombre de las salvajes tierras nórdicas, ¿verdad?

—No entiendo nada de lo que me estás contando —contestó Rebecka.

—Johannes y yo nos conocimos en Rusia por motivos laborales y nos hicimos amigos. Y vi enseguida que poseía muy buenas cualidades.

—¿Como cuáles?

—Todas, Rebecka. Es posible que a veces fuera un poco lanzado y demasiado impaciente, pero por lo demás era un oficial brillante.

—¿Tú también eras militar?

—Yo era... —dio la impresión de que le costaba pronunciarlo— un polaco que se hizo inglés de niño. Mis padres eran refugiados políticos y recibieron ayuda de la vieja Inglaterra, motivo por el que tal vez sintiera que formar parte del Foreign Office era casi una obligación.

—¿En el MI6?

—Bueno, no hablemos más que de lo estrictamente necesario. Fuera como fuese, lo cierto es que tras mi jubilación acabé aquí, no sólo por mi amor al país, sino también por ciertas complicaciones que, de alguna manera, están relacionadas con lo que nos traíamos entre manos en aquellos momentos. Porque has de saber, querida Rebecka, que Johannes y yo teníamos un interés común no exento de riesgos. Y no me refiero sólo al Everest.

—¿A qué te refieres entonces?

—A los desertores y a los topos del GRU, tanto a los ya existentes como a los futuros, y también a

los que nos imaginábamos que lo eran, debo añadir, y a raíz de todo eso empezamos a unir nuestras
fuerzas. Mi grupo se enteró de que una pequeña
sección de la policía sueca de seguridad le había
echado el guante a un miembro de considerable
importancia dentro del GRU que, al morir, adquirió una fama excesiva debido a una persona con la
que ustedes han tratado hace poco.

—¿Por qué no hablas claro y te dejas de adivi-
nanzas?

—Ya te dije que me cuesta expresarme. No se
me da muy bien... Pero me refiero a Mikael
Blomkvist, que destapó el así llamado «Asunto
Zalachenko», un caso del que ya se han comentado demasiadas cosas, excepto lo que tal vez sea lo
más importante, que es justo lo que se nos susurra-
ba al oído por aquel entonces.

—¿Y qué es lo que les susurraban?

—Mmm, bueno... A ver cómo te lo explico...
Primero debería ponerte un poco en antecedentes.
Resulta que una sección especial de la policía sueca
de seguridad protegía, con casi todos los medios de
que disponían, a Alexander Zalachenko, que había desertado del GRU, porque les ofrecía información valiosa, o eso creían ellos, sobre los servicios de inteligencia rusa.

—¡Ah, sí! —exclamó Rebecka—. Tenía una
hija, ¿verdad? Lisbeth Salander. La pobre sufrió
mucho...

—Exacto. A Zalachenko le dieron prácticamente carta blanca. Podía hacer lo que quisiera (maltratar a su familia y construir un imperio criminal) mientras revelara lo que sabía de los rusos. La decencia tuvo que ceder ante el bien superior.

—La seguridad nacional.

—Yo no lo expresaría con tanta solemnidad. Yo hablaría más bien de una sensación de exclusividad, un grado superior de información que hizo que ciertos caballeros de la Säpo no cupieran en sí de orgullo. Pero quizá, y eso fue lo que sospechamos en mi grupo, no existiera ni siquiera eso.

—¿Qué quieres decir?

—Se nos llegó a informar de que Zalachenko se mantenía fiel a Rusia. Que siguió siendo un agente doble hasta su muerte y que le dio mucha más información al GRU de la que le proporcionó a la Säpo.

—¡Madre mía! —soltó Rebecka.

—Sí, eso mismo pensamos nosotros. Pero no eran más que sospechas, de modo que intentamos confirmarlas, y al cabo de un tiempo nos llegó cierta información sobre un hombre, un teniente coronel que, de puertas para fuera, era civil, un asesor de temas relacionados con la seguridad turística, pero que en realidad trabajaba en secreto en la investigación interna del GRU y que había descubierto una enorme red de corrupción.

—¿Qué tipo de corrupción?

—Las conexiones que tenían una serie de agentes del GRU con el sindicato del crimen Zvezda Bratva. Pero de él se comentaba, sobre todo, que estaba enfadado, furioso de que se permitiera que esas conexiones continuaran. Se llegó a decir que dimitió de su cargo en el GRU para dedicarse a su gran interés, la escalada de gran altura.

—¿Estás hablando de Grankin? —preguntó Rebecka excitada.

—Sí, en efecto, del difunto Viktor Grankin. Una personalidad extremadamente interesante, ¿no?

—Sí, sí, por supuesto, aunque... —murmuró ella.

—Tú fuiste médica de su expedición. La verdad es que nos sorprendió.

—A mí también me sorprendió —dijo ella pensativa—. Pero en esa época yo tenía ganas de aventuras, y estando en un congreso en Oslo me hablaron de Viktor.

—Lo sabemos.

—Bueno, continúa.

—Grankin parecía un hombre con los pies en la tierra, ¿verdad? Directo y sencillo. Aunque en realidad era un hombre muy inteligente y complejo, y muy apasionado. Se encontraba en un dilema, entre dos lealtades: entre el amor a su país y la necesidad de ser honrado y decente. En febrero de 2008 empezamos a estar bastante seguros no sólo de que Grankin estaba al tanto del doble juego de Zalachenko y de sus conexiones con la mafia, sino también de que era vulnerable, de que le tenía miedo al GRU y necesitaba protección y nuevos amigos, y por eso se me ocurrió la idea de mandar a Johannes a la expedición del Everest. Creíamos que una aventura de ese calibre podría generar una amistad, una relación casi fraternal.

—¡Dios mío! —exclamó Rebecka. Acto seguido, se volvió hacia Johannes—: Entonces ¿fuiste allí con la idea de reclutarlo para Occidente?

—Ése era el objetivo ideal —dijo Kowalski.

—¿Y Svante?

—Svante representa la parte triste de esta historia —continuó Kowalski—. Pero eso no lo sabíamos entonces. En aquella época, llevarse a Svante sólo era una condición altamente razonable que ponía Johannes para ir. Por supuesto, habríamos preferido que nos llevara a alguno de nosotros. Pero Svante conocía muy bien Rusia y había trabajado cerca de Johannes en el Must, y, sobre todo, era un experimentado escalador. Parecía el apoyo perfecto. Por suerte (cosa que, en especial, nos alegra ahora), no le ofrecimos toda la información. Nunca se enteró de mi nombre ni de que se trataba de una operación británica más que sueca.

—No lo puedo creer —dijo ella, como si hasta ese momento no lo hubiera asimilado por completo—. ¿Así que todo fue una misión de espionaje?

—Se convirtió en muchas otras cosas también, querida Rebecka. Johannes te conoció a ti. Pero bueno, sí..., él estaba en una misión y nosotros lo vigilábamos muy de cerca.

—¡Qué locura! No tenía ni idea.

—Siento que te hayas enterado en estas circunstancias.

—¿Y cómo fue la misión? —preguntó ella—. Quiero decir..., antes de que todo se fuera a la mierda allí arriba.

Johannes hizo un gesto con las manos como si no supiera qué decir. Fue de nuevo Janek el que contestó:

—Por lo que se refiere a ese punto, Johannes y yo no nos ponemos de acuerdo. Yo considero que hizo un trabajo fantástico. Se ganó su confianza, y aquello prometía. Pero es verdad que la situación se volvió cada vez más tensa, y además ejercimos una enorme presión sobre Viktor. Nos aprovechamos de él en un momento muy sensible de la escalada. Así que..., bueno, es posible que Johannes también tenga razón. Nos arriesgamos demasiado. Pero sobre todo...

—Carecíamos de información decisiva —completó Johannes.

—Sí, por desgracia —reconoció Janek—. Pero ¿cómo podríamos haberlo sabido? Nadie en Occidente lo sospechaba por aquel entonces, ni siquiera el FBI.

—¿De qué demonios están hablando? —replicó ella.

—De Stan Engelman.

—¿Qué pasa con él?

—Él estaba vinculado a Zvezda Bratva desde que empezó a construir hoteles en Moscú en los años noventa, y eso lo sabía Viktor, pero nosotros no.

—¿Y cómo pudo enterarse?

—Fue algo que averiguó cuando estuvo trabajando para el GRU, pero, como ya dije, formaba parte de su trabajo jugar a dos bandas, y por eso fingía llevarse bien con Stan. Aunque en su fuero interno lo considerara una persona detestable.

—Por eso le quitó a su esposa.

—Eso fue más bien algo inesperado.

—O una condición indispensable —terció Johannes.

—¿Pueden hablar claro para que les entienda? —se quejó Rebecka.

—Creo que lo que Johannes quiere decir es que la relación romántica y lo que le contó Klara fue lo que impulsó a Viktor a querer actuar —continuó Janek.

—¿Cómo?

—Si no podía llegar a sus colegas del GRU, al menos podría acabar con un estadounidense corrupto hasta la médula.

Capítulo 26

27 de agosto

En algunas ocasiones Galinov le preguntaba: «¿Qué significa él para ti hoy? ¿Qué piensas de él?». Por regla general, ella no contestaba, pero una vez le dijo: «Recuerdo que me sentí elegida, y no fue sólo una sensación».

Hubo una época en la que las mentiras de su padre fueron lo mejor de su vida, y durante mucho tiempo vivió con la convicción de que era ella quien tenía el poder. Que era ella la que lo hechizaba a él y no al revés. Pero eso no se trataba más que de una ilusión que, naturalmente, le arrebataron y que fue sustituida por un abismo. Y, a pesar de ello, el recuerdo de sentirse superior a todos los demás aún permanecía, y a veces perdonaba a Zala del mismo modo que uno perdona a un depredador. Lo único que nunca remitía era el odio que les profesaba tanto a Lisbeth como a Agneta, y ahora, tumbada en esa cama de Strandvägen, intentó contener la fuerza de ese odio, igual que en sus años de adolescencia, cuando se vio obligada a reinventarse y a crear una nueva Camilla, una Camilla libre de toda atadura.

Fuera caía la lluvia y las sirenas aullaban. Oyó unos pasos que se acercaban, unos pasos rítmicos, seguros de sí mismos. Era de nuevo Galinov, y Camilla se levantó y le abrió la puerta. Él le sonrió. Camilla sabía que Galinov y ella compartían un mismo odio y ese sentimiento de superioridad.

—Es posible que, a pesar de todo, tengamos noticias esperanzadoras —dijo.

Ella no contestó.

—No es nada excepcional —continuó—, pero algo es algo. La mujer con la que Blomkvist fue visto en Sandhamn acaba de alojarse en el hotel Lydmar de Estocolmo.

—¿Y...?

—Ella vive en esta ciudad, ¿verdad? Entonces ¿por qué alojarse en un hotel si no es para encontrarse con alguien que no quiere volver a su propia casa o que tampoco puede ir a la de ella?

—¿Como Blomkvist?

—Exacto.

—¿Y qué crees que debemos hacer?

Galinov se pasó la mano por el pelo.

—El hotel no es un buen lugar. Hay demasiada gente; incluso ahora, por la noche. Hay terrazas. Pero Marko...

—¿Causa problemas?

—No, no, todo lo contrario. Creo que he conseguido ponerlo en su sitio. Dice que puede tener un coche preparado a la vuelta de la esquina, incluso una ambulancia, una que uno de sus esbirros ha robado, y yo...

—¿Y tú, Ivan?

—Quizá yo pueda hacer un poco de teatro. Resulta que Blomkvist y yo compartimos intereses, si hay que creer a Bogdanov.

—¿Cuáles?

—A los dos nos interesa el ministro de Defensa sueco, y también algunos de sus antiguos asuntos.

—Bien —dijo Camilla sintiéndose un poco más fuerte—. Adelante.

Rebecka aún no había sido capaz de asimilar la información. Pero tampoco se tomó su tiempo en intentarlo. Entendió que lo peor estaba por llegar.

—En la actualidad sabemos que Stan Engelman eligió precisamente la expedición de Viktor Grankin para su mujer porque estaba convencido de que Viktor era uno de ellos —continuó diciendo Janek—. Pero, en realidad, Grankin había investigado al sindicato del crimen y se había ido enojado cada vez más, y creo que Johannes, con su capacidad para crear alianzas y ganarse la confianza de las personas, consiguió que Grankin quisiera hablar de eso. Johannes, por decirlo de alguna manera, plantó la semilla en Grankin. Y me da la impresión de que Klara terminó el trabajo que Johannes había empezado.

—¿De qué manera?

—Klara hizo que Viktor le abriera su corazón. Creo que se animaban entre sí. Ella le hablaba del cerdo que era su marido en casa y Viktor complementaba esas historias con las actividades de Stan en Zvezda Bratva.

—El amor los hizo compartir eso —dijo.

—Sí, quizá. Ésa es, al menos, la teoría de Johannes. Pero eso no tiene mucha importancia. Lo grave fue que, por muchas precauciones que tomaran, todo aquello se filtró y llegó hasta Manhattan.

—¿Y quién lo filtró?

—Su pobre *sherpa*.

—¡Ay, por favor!

—Me temo que sí.

—¿Nima los delató?

—Yo no creo que él lo interpretara así —continuó Kowalski—. Le habían pagado un dinero extra para que se ocupara de Klara y los informara de todo lo que ella hacía en el campamento base. Mi opinión es que él lo vio, más bien, como que estaba cumpliendo con su cometido, nada más.

—¿Y qué podría haberles dicho?

—No lo sabemos con exactitud, pero lo suficiente como para encontrarse más tarde en peligro. Luego te hablaré de ello. De lo que no cabe duda, en cambio, es de que Engelman se enteró de la historia, lo que no hizo sino generarle, como es normal, mucha rabia y una enorme suspicacia que otros no tardaron en completar con más información. Total, que al final Stan sabía exactamente qué era lo que estaba en juego: aquello no sólo podría destruir su matrimonio, sino también dar al traste con su futuro como hombre de negocios, y tal vez incluso poner fin a sus días de libertad.

—¿Y quién más filtró información?

—Seguro que lo deduces tú misma —respondió Kowalski—. Pero preguntaste cómo era posible que Nima Rita hubiera sido un delator. Pues que no se te olvide que estaba preocupado y enfadado, como tantos otros *sherpas* ese año.

—¿Estás pensando en sus convicciones religiosas? —preguntó Rebecka.

—Pienso en eso y en su mujer, Luna. Klara la había tratado muy mal, ¿verdad? Así que Nima tenía sus motivos para no serle muy leal a Klara Engelman.

—Eres injusto con Nima, Janek —dijo Johannes—. Él no quería hacerle daño a nadie. Lo único que le pasaba era que tenía el mismo dilema que Viktor: que se hallaba entre dos lealtades. Unos le pedían unas cosas y otros le pedían otras. Tuvo que cargar con todo sobre sus hombros y no hacía más que recibir órdenes y contraórdenes, y al final eso acabó con él. Tuvo que llevar una carga demasiado pesada y, aun así, fue él, y no todos los demás, el que sucumbió ante los remordimientos de conciencia.

—Sí, perdona, Johannes. Yo me mantuve a cierta distancia de todo aquello, por decirlo de alguna manera; quizá sea mejor que continúes tú —intervino Janek.

—No sé yo —dijo Johannes malhumorado.

—Prometiste contarlo todo —terció Rebecka.

—Sí, lo prometí. Pero me molesta que quieran convertir a Nima en una especie de chivo expiatorio. Él ya sufrió lo suyo.

—¿Lo ves, Rebecka? Johannes es un buen hombre, no pienses lo que no es... Siempre defiende a los débiles —prosiguió Kowalski.

—¿Y tu relación con Nima era tan buena como parecía? —preguntó ella.

Ella misma percibió la ansiedad que había en su propia voz.

—Era buena —contestó Johannes—. Es probable que incluso demasiado buena cuando llegó la hora de la verdad.

—¿Qué quieres decir con eso?

—Ahora te lo cuento —continuó él—, aunque la mayoría de las cosas ya las conoces. Pero quizá deba empezar contándote que mi relación con Viktor fue empeorando a medida que comenzamos a subir a la cumbre, y estoy bastante convencido de que se debió a Stan Engelman. Creo que Viktor temía que el GRU y Zvezda Bratva también se enteraran, de un modo u otro, de nuestra relación, lo que, en definitiva, supondría el fin de sus días. Así que me mantuve un poco al margen: lo último que yo quería era sembrar preocupación. Nosotros debíamos ser un puerto seguro para él, nada más, y, como ya sabes, Becka, todos abandonamos el campamento cuatro poco después de la medianoche del 13 de mayo. Las condiciones parecían perfectas.

—Pero el ritmo se ralentizó.

—Sí, Klara tuvo problemas, y Mads Larsen también, y quizá Viktor tampoco fuera el mismo de siempre, cosa a la que no le presté ninguna atención en ese momento; tan sólo advertí que Svante se iba irritando y me iba jalando. Quería que subiéramos solos a la cumbre. Si no, perderíamos nuestra oportunidad, me dijo. Y al final Viktor nos dejó irnos. Tal vez deseara librarse de mí. Nos marchamos.

—Ya lo sé —respondió ella impaciente.

—Sí, perdona, ya voy al grano. Desaparecimos sin tener la más mínima idea de la catástrofe que estaba a punto de apoderarse sigilosamente de nuestra expedición. Nos limitamos a caminar con pasos pesados por la nieve y llegamos a la cumbre a una buena hora. Pero al bajar de Hillary Step empecé a tener problemas. El cielo aún estaba despejado y el viento no era demasiado fuerte, y teníamos oxígeno y líquido de sobra. Sin embargo, el tiempo pasaba, y...

—De repente, oyeron un estruendo.

—En medio de aquel cielo despejado oímos un trueno por la parte norte. Fue como el disparo de una escopeta. Y, en un abrir y cerrar de ojos, estalló la tormenta. El paisaje desapareció por completo. La tormenta de nieve empezó a castigarnos y la temperatura descendió drásticamente. Enseguida hizo un frío insoportable, y avanzamos a trompicones. Apenas podíamos vernos los pies; yo me caí de rodillas en varias ocasiones y Svante se acercó para darme la mano y ayudarme a levantarme. Pero fuimos perdiendo ritmo, y las horas pasaban volando. Llegó la tarde y tuvimos miedo de que se hiciera de noche. Recuerdo que volví a caerme y que pensé que había llegado mi hora. Pero justo entonces vi frente a mí...

—¿Qué viste?

—Algo azul y rojo, de contornos difusos, y recé para que fueran las tiendas del campamento cuatro, o por lo menos algunos escaladores que pudieran ayudarnos, lo que me infundió esperanza. Conseguí ponerme de pie y entonces me di cuenta de que aquello no era lo que yo imaginaba, sino todo lo contrario. Eran dos cuerpos, uno más pequeño que el otro, que yacían muy juntos sobre la nieve.

—Eso no me lo habías contado.

—No, Becka, no te lo había contado, y es aquí donde empieza el infierno.

—¡Pues cuéntamelo ya!

—Sí, te lo voy a contar, pero todavía me cuesta hacerlo. Estaba completamente agotado. Ya no podía más. Sólo quería tumbarme en el suelo y morir, fue como si visualizara mi propia muerte. El terror que sentía era más real que lo que tenía ante mí, y ni por un instante contemplé la posibilidad de que se tratara de personas que yo conocía, sólo pensé que tal vez fueran dos más de los cientos de muertos que seguían tirados allí arriba. Acto seguido, me levanté, me quité la máscara de oxígeno y dije que teníamos que bajar deprisa, alejarnos de aquel lugar, y entonces comencé a caminar, aunque, bueno, sólo di un paso. Porque de pronto me invadió una sensación muy extraña.

—¿Qué te pasó?

—En realidad fueron un montón de cosas. A través de los radiocomunicadores habíamos oído que se había producido una situación de emergencia en nuestra expedición, y tal vez pensara en ello. Obviamente, también debería haber reconocido la ropa y otros detalles. Pero había algo en el cuerpo más pequeño que me resultaba espeluznante, y me acuerdo de que me incliné hacia delante para mirarle la cara, aunque no pude verle mucho. Tenía la capucha por encima del gorro tapándole la frente. Llevaba puestos los lentes de sol. Una capa de hielo le cubría las mejillas, la nariz y la boca. Aun así, lo supe.

—¿Que era Klara?

—Que eran Klara y Viktor Grankin. Ella se encontraba más o menos de lado, con un brazo sobre la cintura de él. Y me convencí de que lo mejor sería dejarlos así. Pero esa espeluznante sensación no me dejaba en paz. Klara parecía hallarse completamente congelada. No obstante, creí percibir cierta vida en ella, y entonces la aparté de Viktor e intenté quitarle la nieve de la cara. Imposible. Estaba demasiado dura y congelada, y yo apenas tenía fuerzas en las manos, así que saqué mi piolet. Debí de ofrecer un espectáculo absurdo. Le quité los lentes de sol y empecé a darle golpecitos en la cara con el piolet. Los trozos de hielo salieron volando y Svante me gritó que parara y que continuara con el descenso. Pero seguí de manera obsesiva, aunque intentando ir con mucho cuidado, claro. Sin embargo, mis dedos estaban medio congelados y yo no tenía mucho control sobre mis actos. Le hice daño. La herí en los labios y en la barbilla, y entonces su cara se estremeció, cosa que más bien interpreté como una reacción a mis golpes y no como una señal de vida. Aun así, tomé mi máscara de oxígeno y, tras colocársela, se la dejé puesta durante mucho tiempo, a pesar de que yo apenas podía respirar y de que tampoco creía que ella estuviera viva. Y de repente inhaló aire. Lo

vi en el tubo y en la máscara, y me puse a gritarle a
Svante. Pero él se limitó a negar con la cabeza, y la
verdad es que no le faltaba razón. Daba igual que
ella respirara. Se hallaba todo lo cerca de la muerte
que una persona puede estar, y nos encontrábamos
a una altura de ocho mil metros. No había esperanza. Ella estaba más allá de cualquier ayuda. Nunca
seríamos capaces de bajarla y, además, también
nuestras vidas peligraban.

—Pero gritaron pidiendo ayuda.

—Habíamos gritado tantas veces que ya habíamos perdido la esperanza. Sólo recuerdo que volví
a ponerme la máscara de oxígeno y que después
seguimos bajando. Avanzamos dando tumbos y
poco a poco fui perdiendo la noción de la realidad.
Tuve alucinaciones. Vi a mi padre en una bañera,
y a mi madre en la sauna de Åre. Se me aparecieron todo tipo de cosas, ya te lo he contado.

—Sí.

—Pero ¿a que nunca te conté que también vi a
unos monjes, los mismos monjes budistas que habíamos visto en Tengboche, y luego a otra persona
que me los recordó, pero que, aun así, era completamente diferente? Esa persona subía en lugar de bajar y, a diferencia de los monjes, existía de verdad.
Era Nima Rita, que venía a nuestro encuentro.

Mikael se había retrasado y se arrepintió de haber convencido a Catrin para que fuera al hotel Lydmar. Debería haber elegido otro día, pero no era fácil ser racional, al menos con mujeres como ella. Así que allí se encontraba él ahora, caminando bajo la lluvia por Drottninggatan, de camino al islote de Blasieholmen, de camino al hotel. Estaba a punto de enviarle un mensaje con las palabras «Diez minutos» cuando ocurrieron dos cosas.

Recibió un mensaje. Pero no le dio tiempo de leerlo, pues en ese mismo instante sonó el teléfono. Mikael descolgó. Durante todo el día había estado intentando localizar a tanta gente con el teléfono —incluso a Svante Lindberg— que, cada minuto que pasaba, esperaba que alguno de ellos le devolviera la llamada. Pero la persona que se hallaba al otro lado no era ninguno de ellos, sino un señor mayor que ni siquiera se presentó, por lo que Mikael pensó sólo en colgarle. Aun así, se quedó escuchándolo. Tenía un tono de voz amable, de una cierta edad, y hablaba sueco con un acento británico.

—Repita eso, por favor —le pidió Blomkvist.

—Me encuentro en mi departamento tomando té con un matrimonio que está contándome una historia conmovedora. Y quieren compartirla con usted. Aunque ya sería mañana por la mañana.

—¿Conozco yo a ese matrimonio? —preguntó Mikael.

—Le hizo un gran favor.

—¿Recientemente?

—Hace muy poco, en el mar.

Mikael alzó la vista hacia el cielo y aquella lluvia que seguía cayendo sobre él.

—Me reuniré con ellos con gusto —dijo—. ¿Dónde?

—Si no le importa, preferiría darle los detalles a través de otro teléfono, uno que no esté vinculado con usted, y que esté provisto de las herramientas adecuadas.

Mikael se quedó pensando. Tendría que ser el de Catrin, con su app Signal.

—Puedo mandarle un número en un enlace encriptado —respondió—. Pero antes me gustaría tener una confirmación de que esas dos personas están ahí y de que se encuentran bien.

—Bueno, tanto como bien, no sé —contestó el hombre—. Pero están aquí por su voluntad. Lo dejo intercambiar unas palabras con él.

Mikael cerró los ojos y se detuvo. Se hallaba ya en Lejonbacken, justo al lado del Palacio Real. Dirigió la mirada al mar y, acto seguido, al Grand Hôtel y al Museo Nacional. No sabría decir cuánto tiempo tardó el hombre en ponerse, sin duda no más de unos veinte o treinta segundos, pero lo cierto fue que la espera se le hizo eterna.

—¡Mikael! —dijo por fin una voz—. Estoy en deuda contigo. Mil gracias.

—¿Cómo estás? —le preguntó él.

—Mejor que entonces.

—¿Que cuándo?

—Que cuando estuve a punto de ahogarme.

Definitivamente, aquel hombre era Johannes Forsell.

—¿Quieres hablar? —dijo Mikael.

—En realidad no, no mucho.

—¿No?

—Pero es que mi mujer, Rebecka, que pronto sabrá toda la historia, insiste en ello, así que no me queda más remedio.

—Entiendo.

—No creo que lo entiendas. Pero ¿puedo pedirte que me dejes leer el texto antes de que se publique?

Mikael comenzó de nuevo a andar y, mientras pensaba en esas palabras, bajó la cuesta en dirección al puente que conducía a Kungsträdgården.

—Puedes cambiar tus citas textuales si no te gustan, y también comprobar mis datos. Incluso puedes intentar convencerme de que escriba el reportaje de otra manera. Aunque en este último punto no te prometo nada.

—Suena razonable.

—Bien.

—Pues manos a la obra.

—Eso es.

Johannes Forsell volvió a darle las gracias, y después el otro hombre tomó de nuevo el teléfono. Se pusieron de acuerdo en cómo comunicar la dirección del domicilio. Luego Mikael le envió el número de Catrin y apresuró el paso. El corazón le palpitaba. Los pensamientos revolotearon por su cabeza. ¿Qué estaba pasando? Debería haberle hecho más preguntas. Por ejemplo, ¿por qué no estaba Johannes en el Karolinska? ¿No era algo inverosímil que hubiera dejado el hospital tan deprisa, teniendo en cuenta el estado en el que se encontraba? ¿Y quién era ese hombre británico que lo había llamado?

Mikael no sabía nada, tan sólo que, probablemente, tuviera que ver con Nima Rita y el Everest, aunque seguro que había otras cartas en juego de las que no tenía ni idea, ¿una conexión rusa quizá? —toda la vida de Forsell apuntaba a Rusia—, ¿vínculos con Engelman en Manhattan?

Fuera lo que fuese, pronto lo vería —suponía—, lo que le provocó una intensa excitación. «Esto es una bomba —pensó—, una bomba.» Aunque, a decir verdad, tampoco lo sabía a ciencia cierta; tenía que mantener la cabeza fría. Tomó su celular y le escribió a Catrin a través de Signal:

Lo siento, he tenido un día terrible, pero pronto estaré ahí. Y, oye, *sorry* de nuevo, también tienes que ayudarme con otra cosa. Luego te lo digo. Muchas ganas de verte.
Abrazo,

M

Luego se acordó del mensaje que había recibido poco antes de la llamada. Lo leyó y le pareció muy extraño. Era como una respuesta a sus preguntas, y pensó si tendría que ver con la llamada que acababa de recibir, o si, por el contrario, sería alguien del otro bando, fueran los que fuesen los bandos en esa historia, pensó. Decía:

He oído que tienes interés en lo que ocurrió en el Everest en mayo de 2008. Te recomendaría que buscaras información sobre Viktor Grankin, el guía de la expedición que murió en la montaña. Su pasado es mucho más interesante que lo que se conoce públicamente. La clave de esta historia está ahí. Grankin fue el causante de que Johannes Forsell fuera expulsado de Rusia en otoño de 2008.

No existen fuentes oficiales, pero con tu experiencia seguro que eres capaz de llegar a la conclusión de que su CV es falso, tan sólo una fachada. Me encuentro temporalmente en Estocolmo y estoy alojado en el Grand Hôtel. Si quieres, nos vemos y te lo cuento todo con mucho gusto, tengo documentación escrita.

Me acuesto muy tarde, un viejo y estúpido hábito. Además, tengo *jet lag*.

Charles

«¿Charles?». ¿Quién diablos era Charles? Sonaba a alguien de los servicios de inteligencia estadounidenses. Pero podría ser cualquiera, una persona totalmente diferente, o incluso una trampa. Resultaba un poco espeluznante que el hombre se alojara en el Grand Hôtel, que estaba justo delante de él, en la otra orilla, y muy cerca del hotel Lydmar. Claro que, por otra parte, casi todos los extranjeros adinerados y de cierta importancia se alojaban en el Grand, como, por ejemplo, Ed the Ned de la NSA, recordó. De modo que, a pesar de todo, quizá no fuera una coincidencia tan llamativa.

Pero no le gustaba. No, el señor Charles tendría que esperar. Lo que había ocurrido era más que suficiente, y ya tenía mala conciencia por Catrin, así que pasó frente al Grand con paso ligero y lo mantuvo hasta llegar al hotel Lydmar, donde se apresuró a subir medio corriendo la escalera que conducía a la recepción.

Capítulo 27

Noche del 27 al 28 de agosto

Rebecka ignoraba lo que había provocado y también las consecuencias que eso tendría para ella y sus hijos. Pero no vio otra salida, no podía seguir guardando silencio, al menos sobre eso. Ahora se encontraba tranquila, sentada en un sillón marrón con su copa de vino, mientras observaba cómo Johannes y Janek Kowalski cuchicheaban en la cocina. ¿Continuaban ocultándole cosas? Estaba convencida de que sí; ni siquiera tenía la seguridad de que lo que acababan de contarle fuera toda la verdad.

La historia presentaba aún algunas lagunas. Pero ahora ella creía entender lo que había sucedido en el Everest. El relato de los hechos resultaba de una implacable lógica, y entonces pensó en la poca información que habían tenido, no sólo mientras estaban en el campamento base, sino también después, cuando se escuchó a todos los testigos y se hizo una reconstrucción de los hechos.

Sabían que Nima Rita había subido dos veces y que había rescatado a Mads Larsen y a Charlotte Richter, pero no que subió una tercera vez, un hecho del que no mencionó ni media palabra en las entrevistas o en la investigación que se realizó. Aquello explicaba, en cambio, por qué Susan Wedlock, la jefa de su campamento base, no consiguió localizarlo aquella tarde. Estaba subiendo otra vez.

Serían algo más de las ocho de la tarde, si había entendido bien la historia de Johannes. No faltaba mucho para que oscureciera, y tanto el frío como aquellas insoportables condiciones no tardarían en empeorar. Y, a pesar de todo, Nima se fue y, en un desesperado intento de bajar a Klara Engelman, se adentró en la tormenta, aunque ya estaba bastante maltrecho. La figura que Johannes vio aparecer en medio de aquella tormenta de nieve avanzaba dando tumbos y con la cabeza agachada. Por supuesto, no llevaba ninguna máscara de oxígeno, tan sólo una linterna en la frente que se movía de un lado a otro bajo la nevada.

Tenía las mejillas gravemente congeladas, y durante mucho tiempo no vio ni a Johannes ni a Svante, mientras que ellos, en cambio, cuando se percataron de que aquella aparición era una persona de verdad, lo vieron como alguien mandado por los dioses. Johannes apenas era capaz de mantenerse en pie. Estaba a punto de convertirse en la tercera víctima de la noche, pero eso a Nima Rita le daba igual. Lo único que dijo fue que debían rescatar a *mamsahib*. Svante gritó que era inútil. Que estaba muerta. Sin embargo, Nima no lo escuchó, ni siquiera cuando Svante aulló:

—¡Si te vas, moriremos! ¿Prefieres rescatar a una muerta en lugar de salvarnos la vida?

Nima Rita se limitó a seguir avanzando hacia la cumbre. Se adentró en la tormenta con su chamarra de plumas agitándose al viento y desapareció, lo que fue determinante: Johannes volvió a desplomarse y fue incapaz de ponerse de pie ni por sí mismo ni con ayuda. Ignoraba lo que sucedió a continuación ni cuánto tiempo pasó, lo único que recordaba era que cayó la noche, que tenía mucho frío y que Svante le gritó aún con más fuerza:

—¡Carajo, esto es una puta mierda! ¡Esto es una maldita...! ¡Carajo, no quiero dejarte, Johannes! Pero tengo que hacerlo, lo siento; si no, moriremos los dos.

Svante le puso una mano en la cabeza y, acto seguido, se levantó, y entonces Johannes comprendió que se quedaría solo. Que moriría congelado. Pero fue también en esos instantes cuando oyó los gritos, aquellos alaridos que le resultaron tan inhumanos. A pesar de todo, Rebecka se negó a pensar que aquello hubiera sido tan grave. Aquella decisión no resultaba nada agradable, pero era humana, comprensible, y allí arriba no se podían medir las cosas con el mismo rasero que en una situación normal. Allí arriba regían otras normas éticas, y Johannes no cometió ningún error. Al menos, en aquel momento.

Se hallaba demasiado cansado como para comprender lo que sucedió; por eso ella quería, independientemente de lo que pasara después, que se lo contara a un periodista como Blomkvist, que tenía la capacidad de meterse de lleno en las historias, comprender todos sus entresijos y su profundidad psicológica. Pero tal vez se tratara de un error. Tal vez hubiera cosas que ella aún desconocía y que eran mucho peores.

No resultaba imposible, sobre todo ahora que Johannes cuchicheaba alterado en la cocina mientras Janek negaba con la cabeza y gesticulaba con los brazos. ¡Dios santo, qué idiota había sido! Quizá debieran guardar silencio. Por el bien de sus hijos. Y por el de ella. ¡Que Dios los ayudara! Acto seguido, maldijo a Johannes.

¿Cómo había podido meterlos en esa situación?

«¿Cómo has podido, Johannes?»

Mikael oyó a Catrin murmurar entre sueños. Era tarde y estaba agotado, pero le resultaba imposible dormir. Los pensamientos le atronaban en la cabeza y el corazón le palpitaba acelerado. «Carajo, Mikael —pensó—, ya llevas unos cuantos añitos en esto.» Y, sin embargo, se sentía tan excitado como un becario ante su primera exclusiva, y no hacía más que dar vueltas en la cama recordando una y otra vez lo que Catrin le había dicho:

—¿Ese Grankin no era también militar?

—¿Por qué lo dices? —le había preguntado él.

—Porque tiene toda la pinta de haberlo sido —contestó ella, cosa que ahora le daba la sensación de que debía de ser verdad.

Había ciertos rasgos en su aspecto, en su porte, que hacían pensar que había sido un alto oficial; un hecho al que Mikael, en circunstancias normales, no le habría dado mayor importancia. La gente puede tener pinta de ser cualquier cosa y luego resultar ser algo distinto. Pero es que ahora tenía ese mensaje del misterioso Charles, lo que también abogaba por esa interpretación. Supuestamente, Grankin era, incluso, la razón por la que Forsell había sido expulsado de Rusia, cosa que, como es natural, se le antojó interesante.

Ésa era la sensación que había experimentado desde un principio. No obstante, pensó en comprobarlo al día siguiente por la mañana, antes de reunirse con el matrimonio Forsell. Aunque, puesto que ahora no podía dormir, ¿por qué no se levantaba y lo averiguaba? Lo único que debía procurar era no despertar a Catrin. Ya tenía mala conciencia por ella. Se levantó muy despacio, con sumo cuidado, y fue andando con sigilo hasta el cuarto de baño, donde se sentó celular en mano. «Viktor Grankin —murmuró—. ¿Viktor Grankin?»

Había sido una estupidez no investigarlo mejor. Claro que, por otra parte, no había tenido ni la más mínima sospecha de que Grankin fuera algo más que un guía del Everest totalmente desvinculado de aquella historia; tan sólo se trataba de un pobre diablo que se había enamorado de una mujer casada y que había tomado unas erróneas decisiones que lo condujeron sin remedio hasta la muerte. Pero era verdad, la información que se ofrecía acerca de su pasado resultaba demasiado perfecta y general, sin detalles específicos.

Había sido un alpinista de categoría, cierto, y había escalado muchas de las cumbres más difíciles del mundo: el K2, el Eiger, el Annapurna, el Denali, el Cerro Torre y, por supuesto, el Everest. Por lo demás, la información era poco concreta, allí figuraba tan sólo que había trabajado como asesor de viajes de aventura, un dato que aparecía una y otra vez. Pero ¿qué significaba eso en realidad? Mikael no encontró mucha información al respecto, aunque se detuvo en una imagen que le llamó la atención: una antigua foto en la que se veía a Grankin con el empresario ruso Andrei Koskov. «Koskov», pensó. ¿No le sonaba ese nombre?

Sí, carajo, claro que sí. Koskov era un empresario y un alertador que, en noviembre de 2011, cuando se encontraba en el exilio, reveló los vínculos que había entre los servicios de inteligencia rusos y el crimen organizado. No mucho tiempo después, en marzo de 2012, cayó muerto mientras daba un paseo por el barrio de Camden, en Londres. Y, aunque en un principio la policía no descubrió nada sospechoso, un par de meses después se detectaron en su sangre rastros de *Gelsemium elegans*, una planta asiática también conocida como «hierba rompecorazones» porque, en altas dosis, puede hacer que el corazón se pare.

No se trataba, precisamente, de un veneno desconocido, pensó Mikael. En el año 1879, alguien como nada más y nada menos que Conan Doyle ya había escrito sobre la planta en el *British Medical Journal*. Pero durante mucho tiempo la planta había estado desaparecida de la historia y de las noticias, y hasta ese año, hasta 2012, no adquirió una renovada actualidad, porque no sólo la encontraron en el cuerpo de Koskov, sino también en el de Igor Popov, un agente del GRU que había desertado y que había fallecido en Baltimore, Estados Unidos. En ese momento, Mikael se sobresaltó: los servicios de inteligencia militar, supuestos asesinatos realizados con veneno, Forsell afirmando haber analizado las actividades del GRU y habiendo sido expulsado de Rusia...

¿Eran también ésas unas conexiones ilusorias, tal y como ocurría con el historiador militar Mats

Sabin? Podrían serlo, por supuesto. Al fin y al cabo, aquélla no era más que una fotografía de Grankin con una persona que había fallecido en misteriosas circunstancias. Pero aun así... A lo mejor podría comprobarlo con ese maldito Charles, tal vez él supiera algo. Le envió una pregunta:

¿Quién era Grankin en realidad?

Pasaron diez minutos antes de que él le contestara:

Un policía militar del GRU. Teniente coronel.

Policía interna. Investigaba a sus colegas.

«¡Dios mío! —pensó Mikael—. ¡Dios mío!». Aunque ni por un instante diera aquello por cierto. No cuando ni siquiera sabía con quién estaba hablando.
Le escribió:

¿Quién eres?

La respuesta llegó en el acto:

Un viejo funcionario.

¿MI6, CIA?

Sin comentarios, como elegantemente suele decirse.

¿Nacionalidad?

Estadounidense, por desgracia.

¿Cómo sabes que estoy investigando esa historia?

Se trata de ese tipo de cosas que no tengo más remedio que saber.

¿Por qué quieres filtrarle información a la prensa?

Supongo que estoy chapado a la antigua.

¿Qué quieres decir?

Pienso que los crímenes deben salir a la luz y que los criminales deben ser castigados.

¿Así de sencillo?

Tal vez tenga también mis propios motivos. Pero ¿importa mucho eso ahora? Tú y yo tenemos intereses comunes, Mikael.

Pues dame algo. Para asegurarme de que no estoy perdiendo el tiempo.

Transcurrieron cinco minutos. Y entonces le llegó la fotografía de un documento de identidad: el carnet de la organización de nada más y nada menos que el teniente coronel Viktor Aleksievich Grankin con el emblema que el GRU tenía por aquel entonces, un trébol rojo de cinco hojas sobre un fondo negro, un documento que le pareció una prueba lo bastante fiable, al menos hasta donde alcanzaban sus conocimientos.

Escribió:

¿Tenían Grankin y Forsell otros intereses comunes al margen del Everest?

Forsell acudió allí para reclutar a Grankin. Pero todo se fue al traste.

«¡Puta madre!», murmuró Mikael. Acto seguido, le contestó:

¿Y querrías darme esa historia?

Con discreción y protección de fuentes, sí.

Hecho.

Tendrás que tomar un taxi y venir aquí ahora mismo. Nos vemos en el vestíbulo. Pero no mucho tiempo: hasta un ave nocturna como yo tiene que dormir.

Mikael le respondió:

De acuerdo.

¿Iba a cometer una imprudencia? No sabía nada de ese hombre. Pero, al parecer, estaba bien informado, y Mikael necesitaba toda la información que pudiera conseguir para su encuentro del día siguiente por la mañana, y no creía que el simple hecho de darse un paseo de un minuto hasta el Grand Hôtel entrañara ningún riesgo. Era la 01.58 y en la calle aún se oían voces. La ciudad seguía despierta. Por lo que él recordaba, por la noche había taxis delante del Grand Hôtel, y lo más seguro era que también hubiera guardias en la entrada. No, no corría ningún peligro, de modo que, tras vestirse sigilosa y cuidadosamente, abandonó la habitación y subió al ascensor para, acto seguido, bajar la escalera. Las calles estaban mojadas a causa de la lluvia. El cielo se iba despejando en medio de la oscuridad.

Resultaba agradable salir allí fuera. El Palacio Real, que quedaba en la otra orilla, estaba iluminado, y más allá, por Kungsträdgården, aún había vida y movimiento. También vio gente en el muelle por el que andaba, cosa que le alegró; una pareja joven lo adelantó. Una camarera de pelo moreno y corto estaba recogiendo vasos y limpiando las mesas de una terraza, mientras un hombre alto y vestido con un traje blanco de lino se hallaba sentado en una de las sillas que había al fondo, al otro lado de la barra, con la mirada depositada en el mar. No había duda de que todo estaba tranquilo, pensó, y comenzó a andar. Pero no le dio tiempo de llegar muy lejos. De repente, oyó una voz:

—¡Blomkvist!

Se volvió y advirtió que quien lo llamaba era el hombre del traje blanco, un señor alto de unos sesenta años, de pelo canoso, limpias facciones y una tímida sonrisa, que parecía estar a punto de soltar alguna pequeña gracia, quizá un comentario jocoso sobre el periodismo y la persona de Mikael. Fuera lo que fuese, él nunca llegó a oírlo.

De pronto oyó pasos a su espalda, y entonces se sobresaltó y sintió cómo todo su cuerpo era recorrido por una descarga eléctrica. Se desplomó y se golpeó la cabeza contra el suelo, y lo raro fue que su primera reacción no fuese de terror o dolor, sino de rabia, aunque se trataba de una rabia que no iba dirigida contra la persona que acababa de atacarlo, sino contra sí mismo: ¿cómo diablos podía haber sido tan estúpido? ¿Cómo era posible? Intentó moverse, pero le propinaron otra descarga eléctrica y todo él se estremeció como si le hubieran dado múltiples calambres.

—¡Dios mío, ¿qué le pasó?!

Era la camarera, supuso Mikael.

—Parece un ataque de epilepsia. Hay que llamar a una ambulancia.

Debía de ser el hombre del traje blanco el que hablaba, cuya voz sonó tranquila. Después los pasos se alejaron y otras personas se acercaron, y Mikael percibió el ruido de un coche. Luego todo ocurrió muy deprisa: lo subieron a una camilla y lo introdujeron en el vehículo. Acto seguido, una puerta se cerró y el coche arrancó, y entonces él se cayó de la camilla e intentó gritar. Pero estaba tan paralizado que sólo profirió un gemido, y hasta que el vehículo cruzó Hamngatan no consiguió pronunciar las palabras que llevaba un rato intentando decir:

—¡¿Qué están haciendo?! ¡¿Qué están haciendo?!

A Lisbeth la despertó un ruido que no sabía qué era, y, como tenía miedo de que alguien hubiera entrado, extendió, medio dormida, la mano hasta la mesita de noche y buscó a tientas su pistola. Pero justo cuando logró encontrarla y, apuntando con ella, barrer la habitación, se dio cuenta de que el ruido provenía de su teléfono. ¿Alguien había gritado en él?

No estaba segura, y hasta que pasaron unos instantes extrañamente largos no comprendió que no podría haber sido otra persona más que Blomkvist; en ese momento cerró los ojos, inspiró hondo e intentó poner en orden sus pensamientos. «Vamos, Mikael —pensó—. Dime que pronunciaste esas palabras sin querer. Dímelo, por favor.»

Subió el volumen del teléfono y oyó una serie de ruidos y chisporroteos. Sí, era posible que no fuera nada, tan sólo un coche que pasaba, o un tren. Pero luego oyó gemidos seguidos de una pesada y dificultosa respiración. Sonaba como si alguien perdiera la conciencia, y entonces soltó una palabrota, se levantó y se sentó ante el escritorio. Lisbeth se encontraba aún en el hotel Nobis de Norrmalmstorg, y llevaba toda la noche, desde que había atacado a Conny Andersson, de Svavelsjö MC, vigilando el departamento de Strandvägen. Había advertido que allí había cierta actividad y había visto a Galinov abandonando el inmueble. Pero no creyó que fuera nada por lo que debiera preocuparse y acabó durmiéndose en torno a la una de la madrugada —según parecía, hacía muy poco—, pensando que iba a poder disfrutar de un día más de respiro. Se había equivocado.

A través de la computadora vio cómo Mikael se dirigía hacia el norte y se alejaba de Estocolmo. Seguro que no tardarían mucho en revisarlo y quitarle el celular. Si Galinov y Bogdanov estaban implicados, sabrían, evidentemente, cómo eliminar el rastro que dejaban tras de sí, de modo que ella no podía quedarse sentada como una tonta frente a la computadora, siguiendo el recorrido en el

mapa. Tenía que actuar ya. Retrocedió la grabación y oyó a Mikael gritar:

—¡¿Qué están haciendo?!

Pronunció la frase dos veces, y no había duda de
que se encontraba muy tocado y conmocionado. Acto
seguido, se calló, aunque todavía se le podía oír respirar. ¿Lo habrían drogado? Pegó un puñetazo en la
mesa y reparó en que el vehículo se hallaba en Norr-
landsgatan, no demasiado lejos de donde ella estaba.
Pero resultaba difícil que fuera allí donde lo habían
capturado. Por eso retrocedió un poco más la grabación y oyó sus pasos, y su respiración, y una voz que
dijo «Blomkvist», la voz de un hombre mayor, creyó,
y luego un «Ay», una respiración profunda y una
mujer que gritaba «¡Dios mío, ¿qué le pasó?!».

¿Dónde había sucedido aquello?

Al parecer, en Blasieholmen. Aunque no vio la
ubicación exacta. Pero tenía que haber sido delante del Grand Hôtel o del Museo Nacional, en algún sitio de las inmediaciones. Llamó a emergencias y dijo que habían atacado al periodista Mikael
Blomkvist en esa zona. El joven que atendió la
llamada reaccionó al oír el nombre y, excitado,
quiso saber más detalles. Pero antes de que Lisbeth llegara a dárselos se oyó otra voz de fondo que
dijo que ya habían recibido un aviso desde aquel
lugar: un hombre había sufrido un ataque epiléptico y se había desplomado frente al hotel Lydmar,
pero ya se lo habían llevado.

—¿Cómo se lo llevaron? —preguntó Lisbeth.

A través del teléfono se oyó cierta confusión, voces que hablaban entre sí:

—Así pues, ¿la ambulancia fue por él? —le preguntó el joven a alguien que había a su lado.

—¿La ambulancia? —dijo Lisbeth.

Sintió un momentáneo alivio, pero luego se quedó pensando.

—¿Mandaron una ambulancia? —quiso saber.

—Supongo que sí.

—¿Supones que sí?

—Voy a comprobarlo.

Se oyeron nuevas voces de fondo, pero resultaba difícil percibir lo que decían. El joven volvió a ponerse al teléfono, ahora aparentemente nervioso:

—¿Con quién hablo?

—Con Salander —respondió ella—. Lisbeth Salander.

—No, parece que no.

—Pues si no es una ambulancia suya, hay que pararla. ¡Pero ya! —le espetó Lisbeth.

Tras soltar una maldición, colgó y escuchó por entero la grabación. «Demasiado silencio», pensó. Sólo se oía el ruido sordo del vehículo. La respiración de Mikael resultaba pesada y atormentada. Por lo demás, no se oía nada, nadie decía ni mu, y sin embargo..., si de verdad había una ambulancia, ya tenía al menos un hilo del que tirar, y contempló la posibilidad de llamar a la policía y reclamarles a lo grande. Pero no, seguro que ya iban detrás de esa ambulancia, a no ser que los de emergencias fueran unos completos ineptos.

Para Lisbeth se trataba de actuar antes de que las señales de rastreo desaparecieran, y justo entonces —por si acaso había dudado de la certeza de las informaciones— se activó la sirena de una ambulancia que sonó estrepitosamente, y luego se oyó algo más: como un raspar, el roce de unas manos, creía, que buscaban en los bolsillos de Mikael, y a continuación unos movimientos y una respiración pesada. Después un ruido fuerte, un golpe, un estruendo, no como si hubieran tirado el celular, sino como si lo hubieran destrozado con un mazo. A continuación, el más absoluto de los silencios. La tensión quedó flotando en el aire, como después de un disparo, igual que cuando se produce un corte de luz, y Lisbeth le dio una patada a la silla. Agarró un vaso de whisky que había en la mesa y lo estrelló contra la pared, donde saltó en mil pedazos. Acto seguido, se puso a gritar:

—¡Mierda! ¡Carajo! ¡Maldita sea!

Sacudió la cabeza y, tras intentar serenarse, quiso saber dónde se encontraba Camilla. Todavía en Strandvägen, por supuesto. Era posible que ni siquiera deseara mancharse las manos. Que se fuera a la mierda. Llamó a Plague y empezó a gritarle cosas mientras se vestía y metía su computadora, su arma y su IMSI-catcher en su mochila. Después soltó unas cuantas palabrotas más, le pegó una patada a uno de los apliques que había en la pared y se puso su casco y sus Google Glass. Se dirigió a la plaza donde había aparcado su moto, montó en ella y salió de allí derrapando.

Rebecka Forsell había pedido que la dejaran dormir sola. Pensó que Janek y Johannes podrían compartir habitación sin ningún problema. Sin embargo, le estaba costando conciliar el sueño. Se hallaba acostada en una cama estrecha, en un pequeño despacho lleno de libros, leyendo las noticias en su celular. Ni una palabra de que Johannes hubiera desaparecido del hospital. Claro que eso sin duda tenía que ver con el hecho de que ella hubiera llamado a Klas Berg a través de una línea protegida para decirle que, a partir de ese momento, sería ella quien se ocupara de Johannes. Y no se preocupó lo más mínimo de las advertencias o las amenazas de Klas. A decir verdad, Klas Berg ignoraba que él era la menor de las preocupaciones de Rebecka.

Ni él ni todos los del Ministerio de Defensa le importaban. Sólo deseaba entender el alcance de lo que acababa de oír, y quizá también intentar comprender por qué no había sospechado nada. Porque lo cierto era que no le habían faltado indicios, constató. Ahí estaba, por ejemplo, la crisis que sufrió Johannes después, en el campamento base, y su negativa a contarle nada. Había un sinfín de pequeños detalles que ella había sido incapaz de interpretar, pero que ahora, vistos en conjunto, le ofrecían una nueva perspectiva. Como aquella conversación de una noche de noviembre de hacía ya casi tres años, por ejemplo, después de que Johannes fuera nombrado ministro de Defensa. Estaban sentados en el sofá de la casa de Stocksund y los chicos ya dormían, y, de pronto, Johannes mencionó a Klara Engelman con un nuevo y preocupante tono de voz.

—Me pregunto lo que pensaría —dijo.

—¿Cuándo? —quiso saber Rebecka.

—Cuando fue abandonada.

Ella contestó que quizá lo más lógico fuera que no hubiera pensado absolutamente nada, que con toda probabilidad ya estuviera muerta. Pero ahora Rebecka entendió lo que Johannes había querido decirle, y eso era más de lo que podía soportar.

Capítulo 28

13 de mayo de 2008

Klara Engelman no pensó nada cuando fue abandonada la primera vez. Su temperatura corporal había descendido hasta los veintiocho grados, y el corazón le latía de forma lenta e irregular. Nunca oyó los pasos alejándose ni la tormenta aullando.

Se hallaba en un profundo nivel de inconsciencia y no sabía que había puesto un brazo sobre el cuerpo de Viktor, ni tan siquiera que el cuerpo que abrazaba era el de él. Su sistema vital se había ido apagando como un último mecanismo de defensa, y no tardaría mucho en morir. De eso no cabía ninguna duda, al menos en ese momento; tal vez fuera eso, en cierto modo, lo que ella deseaba.

Su marido, Stan, ya llevaba un tiempo mostrándole sin disimulo su desprecio, y le era infiel sin ni siquiera ocultárselo, mientras que su hija Juliette, que tenía once años, también estaba atravesando una crisis. Klara había querido huir de todo aquello yendo al Everest, y había fingido que era feliz, como hacía siempre. Pero en realidad sufría una enorme depresión, y hasta una semana antes no había vuelto a encontrar nada por lo que mereciera la pena vivir, y no se trataba sólo de su amor por Viktor. También había empezado a tener la esperanza de poder vengarse de Stan de una vez por todas.

Había comenzado a sentirse fuerte de nuevo, incluso en su ascenso hacia la cumbre, y había tomado una buena cantidad de la sopa de arándanos de cuyas fantásticas propiedades nutritivas había oído hablar. Sin embargo, no tardó mucho en sentir cómo su cuerpo se hacía extrañamente pesado y cómo se le caían los párpados mientras notaba que el frío se le metía cada vez más en los huesos, y al final sucedió: se desplomó. Se fue yendo, y permaneció ajena a la tormenta que entró de forma inesperada desde el norte y que puso en peligro a toda la expedición. Tuvo la sensación de que el tiempo se detenía y de que sobre ella se cernía una enorme y silenciosa oscuridad, y no oyó nada hasta que un piolet empezó a golpearle la cara.

Sin embargo, ignoraba lo que estaba sucediendo. Tan sólo oyó el ruido de unos golpes que, aunque los sintió cerca, muy cerca quizá, se le antojaron muy lejanos, como en otro mundo. Y luego, a pesar de todo, una vez que las vías respiratorias quedaron desobstruidas y los pasos desaparecieron, abrió los ojos. Casi un milagro. Hacía ya mucho tiempo que debería haber muerto. Pero Klara Engelman, a la que habían dado por desaparecida, volvió a mirar a su alrededor sin entender nada. Excepto que estaba viviendo algún tipo de infierno. No obstante, pronto empezó a recordar algo y se miró las piernas y las botas, y luego vio un brazo, sin saber muy bien a quién pertenecía, cosa que no sólo se debía al hecho de que se encontraba muy aturdida. El brazo se había quedado congelado y flotaba en el aire por encima de su cadera. Y entonces lo comprendió todo e intentó moverlo. No podía. Estaba muerto. Toda ella estaba congelada. Aun así, sucedió algo que la hizo levantarse.

Se le apareció su hija. La vio de forma tan nítida que le dio la sensación de que podía tocarla, y, tras realizar cuatro o cinco intentos, consiguió ponerse de pie y empezó a bajar dando tumbos y con aquellas manos, congeladas, extendidas hacia delante, como si fuera una sonámbula, y aunque casi no sabía dónde estaba la derecha y dónde la izquierda, se dejó guiar por unos gritos, unos alaridos inhumanos que parecían enseñarle el camino. Hasta que pasó una media hora no se percató de que era ella misma la que había proferido esos gritos.

Nima Rita se encontraba en ese paisaje que siempre había creído que estaba habitado por espíritus

457

y fantasmas, razón por la que hizo caso omiso de aquellos gritos. «Vamos, sigan gritando —pensó—, sigan.» Pero, para empezar, ¿por qué estaba allí arriba otra vez? Ni él mismo se lo creía. Él ya la había visto y se había despedido de ella. Ya no había ninguna esperanza. Por otra parte, sabía que había escuchado demasiado a los otros y que había abandonado a quien no podía abandonar, y quizá lo de menos fuera que él pudiera morir. Lo único importante era mostrar que no se daba por vencido. Si tenía que morir, al menos lo haría con dignidad.

Estaba extenuado, más allá del límite de lo humanamente comprensible, y se hallaba en un grave estado de congelación. Apenas era capaz de ver nada, tan sólo oía la tormenta y aquellos alaridos procedentes del interior de la niebla, pero ni por un instante se le ocurrió relacionarlos con *mamsahib*. Ya estaba a punto de detenerse para descansar un momento cuando advirtió la presencia de unos pasos, unos pasos chirriantes que se acercaban cada vez más.

Y de repente apareció ante sus ojos un espectro, una figura con los brazos estirados hacia delante, como si quisiera, a cualquier precio, algo del mundo de los vivos, un trozo de pan, un poco de consuelo, una oración quizá. Él acudió a su encuentro y, sólo unos segundos después, aquel ser se abalanzó sobre él con todo su peso. Ambos cayeron sobre la nieve y empezaron a rodar cuesta abajo, tras lo cual Nima se dio un golpe en la cabeza.

—Ayúdame, ayúdame, necesito ver a mi hija —le pidió la figura. Y entonces Nima lo comprendió todo.

No de inmediato, sino de una forma gradual y confusa que terminó con una punzada de alegría que invadió su exhausto cuerpo. Era ella. Era realmente ella, y no podía deberse a otra cosa más que al hecho de que, a pesar de todo, gozaba de la benevolencia de la diosa de la montaña, que sin duda habría visto lo mucho que había luchado y lo doloroso y pesado que le había resultado. Aquella historia podía acabar bien, creyó él; por eso hizo acopio de sus últimas fuerzas, la agarró por la cintura y consiguió que se pusiera de pie. Luego comenzaron a bajar juntos mientras ella no cesaba de gritar y él perdía, cada vez más, la noción de la realidad.

Su cara estaba extrañamente rígida y ennegrecida. Parecía alguien de otro mundo, y aun así... tenía los brazos alrededor de ella, y luchaba. Se percibía por su respiración que se estaba esforzando al máximo, y ella le pidió a Dios que le permitiera volver a ver a su hija mientras no dejaba de prometerse que nunca más se rendiría. Nunca, nunca más volvería a desfallecer. Ni ahora ni luego. «Lo conseguiré», pensó ella.

A medida que iba dando pasos se convencía cada vez más: «Si salgo de ésta, no habrá nada que se me resista», y poco después, algo más abajo, divisó otras dos figuras. Y entonces se le iluminó la cara aún más.

«Ahora estoy salvada.

»Ahora, por fin, estoy salvada.»

Capítulo 29

28 de agosto

Catrin se despertó a las ocho y media de la mañana en la cama de matrimonio que tenía en la habitación del hotel Lydmar y extendió una mano para atraer a Mikael hacia sí. Pero Mikael no estaba, y entonces lo llamó:

—¡*Brumkvist*!

Era un apodo tonto que se le había ocurrido la noche anterior porque él no prestaba atención a nada de lo que ella le contaba. «Tienes bruma en la cabeza, *Brumkvist*», le dijo, cosa que a él, a pesar de todo, lo hizo reír. Pero por lo demás, el hombre resultaba algo tedioso, siempre encerrado en sí mismo. Aunque, por otra parte, no era difícil entenderlo. Iba a entrevistar en exclusiva al ministro de Defensa, y había mucho secretismo en torno a ese encuentro, como esas instrucciones encriptadas que le enviaban a ella al celular. La única manera de intercambiar alguna palabra con él era hablando de su entrevista; sólo en esos instantes no se mostraba tan hermético e inaccesible: hubo un momento de la noche en el que incluso intentó reclutarla para *Millennium*. Poco después ella consiguió desabotonarle la camisa —y, a decir verdad, también el pantalón— y seducirlo... Luego, seguro que se había quedado dormida.

—*¡Brumkvist!* —volvió a gritar—. ¿Mikael?

Él no estaba, y ella miró la hora. Era más tarde de lo que esperaba. Seguro que hacía mucho tiempo que él se había marchado. Tal vez se hallara ya en plena entrevista. Catrin se sorprendió, desde luego, de no haberse despertado, pero es que a veces —por raro que pudiera parecer— dormía profundamente, y, además, la calle estaba tranquila, apenas se oían coches. Seguía acostada cuando su celular sonó.

—Catrin —respondió.

—Soy Rebecka Forsell —oyó que decía una voz.

—¡Ah, hola! —contestó.

—Empezábamos a estar preocupados.

—¿No está Mikael ahí?

—No, hace media hora que debería haber llegado, y su celular está apagado.

—¡Qué raro! —exclamó Catrin.

Era muy raro. No es que ya conociera muy bien a Mikael, pero no lo creía capaz de llegar media hora tarde a una entrevista de ese calibre.

—Entonces ¿no sabes dónde está? —preguntó Rebecka Forsell.

—Cuando desperté, ya se había ido.

—¿Ya se había ido?

Catrin detectó el miedo en la voz de Rebecka.

—Me estás preocupando —comentó.

O «me estoy quedando fría», debería haber dicho. Muy fría.

—¿Tienes algún motivo? —preguntó Rebecka—. Aparte de que se haya retrasado, quiero decir.

—Bueno...

Los pensamientos revolotearon por su cabeza.

—¿Qué?

—Lleva un par de días sin querer vivir en su casa. Dice que lo están vigilando —respondió ella.

—¿Debido a lo de Johannes?

—No, no creo.

Catrin no sabía hasta dónde debería contar. Luego decidió ser completamente sincera.

—Tiene que ver con su amiga, Lisbeth Salander. Es lo único que sé, de verdad —dijo.

—¡Dios mío!

—¿Qué pasa?

—Es una larga historia. Pero, oye...

Rebecka Forsell se quedó dudando. Sonaba alterada.

—¿Sí?

—Me gustó lo que escribiste sobre Johannes.

—Gracias.

—Veo que Mikael confía en ti.

Catrin no mencionó que había jurado solemnemente no comentar con nadie ni una sola palabra de aquella historia, ni tampoco todas las veces que había parecido que él no se fiaba del todo de ella. Se limitó a murmurar:

—Mmm.

—¿Puedes esperar un momento?

Esperó, pero se arrepintió enseguida. No podía quedarse allí sentada y cruzada de brazos... Tenía que hacer algo. Llamar a la policía, y quizá también a Erika Berger. Cuando Rebecka Forsell volvió a ponerse, ella había estado a punto de colgar el teléfono.

—Nos preguntamos si podrías venir aquí —dijo Rebecka.

—Creo que debería llamar a la policía.

—Sí, yo también creo que deberías hacerlo. Pero nosotros..., bueno, Janek cuenta también con gente que podría investigar el asunto.

—No sé... —respondió Catrin.

—La verdad es que pensamos que lo más seguro es que vengas. Si nos das la dirección, te mandamos un coche.

Catrin se mordió el labio y se acordó del hombre al que había visto rondando por la recepción. Y también se acordó de la sensación de haber oído pasos persiguiéndola de camino al hotel.

—De acuerdo —concluyó antes de facilitarles la dirección.

Pero no le dio tiempo a nada más, porque en ese mismo instante llamaron a la puerta.

Jan Bublanski acababa de telefonear a la agencia de información TT para comunicarles la noticia con la esperanza de que alguien pudiera aportar algún dato. De momento —a pesar de que llevaban trabajando duramente desde primera hora de la mañana— no tenían ni idea de dónde se hallaba Mikael Blomkvist. Sabían que había pasado las últimas horas de la tarde anterior en el hotel Lydmar sin que nadie —ni tan siquiera los recepcionistas— lo hubieran visto.

Gracias a la grabación, aunque corta, de una cámara de seguridad, pudieron saber que había salido del hotel poco después de las dos de la madrugada, y si bien las imágenes no eran muy nítidas, no había ninguna duda de que Blomkvist se encontraba bien, sobrio, al parecer, aunque un poco acelerado, pues iba dándose golpecitos en el muslo con la mano. Sin embargo, justo después sucedió algo nefasto: las cámaras de seguridad se apagaron. Dejaron de funcionar. Sin más. Menos mal que contaban con otros testimonios, en especial el de una joven llamada Agnes Sohlberg que en esos momentos estaba recogiendo las mesas de la terraza. Agnes vio a un hombre de mediana edad saliendo del hotel.

No se dio cuenta de que era Mikael Blomkvist. Pero oyó cómo un señor mayor, esbelto, vestido con un traje blanco y que estaba sentado de espaldas a ella en una de las sillas del fondo de la terraza, se dirigía a él. Poco después percibió unos rápidos pasos, y quizá también un gemido, un suspiro. Y cuando se volvió vio a otro hombre, más joven y más fuerte, vestido con unos pantalones de mezclilla y chamarra de cuero.

En un principio, Agnes Sohlberg creyó que se trataba de una persona amable que había acudido corriendo para socorrerlo. Ella fue testigo de cómo Blomkvist —o el hombre del que más tarde supo que era Blomkvist— se desplomaba sobre el asfalto, y también oyó una voz que, en un inglés con acento británico, habló de «un ataque epiléptico», y, como no llevaba encima su celular, entró a toda prisa en el local para llamar a emergencias.

Después tuvieron que confiar en otros testigos, entre otros, un matrimonio, los Kristoffersson, que vieron cómo se aproximaba una ambulancia desde Hovslagargatan. Luego Blomkvist fue colocado en una camilla e introducido en el vehículo, algo que no habría despertado ninguna sospecha si aquella pareja no hubiera reparado en la torpe manipulación del cuerpo y no hubiera visto cómo aquellos hombres se montaban en el vehículo de un modo que no era nada «natural».

La ambulancia —que resultó haber sido robada hacía seis días en Norsborg— fue vista en Klarabergsleden y en la E4, con la sirena activada y dirigiéndose al norte, pero poco después desapareció. Bublanski y su grupo estaban convencidos de que habían cambiado de vehículo. Aunque no se podía afirmar nada con rotundidad; lo único cierto era que Lisbeth Salander también había llamado a emergencias y que a Bublanski no le gustaba nada aquella situación.

No sólo porque Lisbeth se hubiera enterado tan rápidamente de lo sucedido, sino también porque sus sospechas se habían confirmado: el ataque tenía que ver con Salander, y hablar luego con ella no lo tranquilizó mucho que digamos. Era de agradecer, no obstante, el simple hecho de que Lisbeth lo hubiera llamado: toda información era bienvenida. Pero no le gustaba su voz. Él notó la rabia que había en ella, su palpitante furia, y dio igual las veces que le dijera:

—Mantente al margen de esto. Déjanos hacer nuestro trabajo.

Hizo oídos sordos a esas palabras, y Bublanski tampoco creía que ella se lo hubiera contado todo. Creía que ella se hallaba en medio de una operación personal, y, cuando colgaron, Bublanski soltó unos cuantos improperios, cosa que continuaba haciendo ahora, mientras estaba sentado en la sala de reuniones con sus colegas: Sonja, Jerker Holmberg, Curt Svensson y Amanda Flod.

—¿Qué? —dijo.

—Me preguntaba cómo es posible que Salander se haya enterado tan pronto de que Blomkvist ha sido atacado —quiso saber Jerker.

—¿No te lo dije?

—Me dijiste que ella había manipulado su teléfono.

—Eso es, lo manipuló con su visto bueno. Podía escuchar a Mikael y ver dónde se encontraba en todo momento, hasta que se lo rompieron en mil pedazos.

—Sí, ya, pero me refería más bien a cómo pudo actuar tan deprisa —continuó Jerker—. Casi parece que..., no sé, como si hubiera estado esperando a que algo así ocurriera.

—Me ha dicho que se lo temía —explicó Bublanski—. Estaba preparada para el peor escenario posible. Los de Svavelsjö MC habían estado vigilando a Mikael tanto en Bellmansgatan como en Sandhamn.

—¿Y seguimos sin tener pruebas contra el club?

—Esta mañana hemos despertado a su presidente, Marko Sandström. Pero él no ha hecho más que reírse de nosotros. Ha dicho que ir tras Blomkvist sería un suicidio por su parte. Estamos rastreando a los demás miembros, y vamos a vigilarlos. Pero de momento no podemos relacionar a ninguno de ellos con lo acontecido, tan sólo constatar que es imposible contactar con varios de ellos.

—Y seguimos sin saber qué hacía Mikael en el hotel Lydmar —apuntó Amanda Flod.

—Ni idea —contestó Bublanski—, aunque ya tenemos a gente allí. Pero Mikael anda muy callado últimamente. Nadie, ni siquiera los de *Millennium*, sabe lo que se encontraba haciendo. Se había tomado unos días de vacaciones, comentó Erika Berger. Pero por lo visto ha estado trabajando en su reportaje sobre el *sherpa*.

—Que quizá tenga que ver con Forsell.

—Que quizá tenga que ver con Forsell, sí, y que está poniendo muy nerviosos a los de la inteligencia militar, como ya saben. Y también a los de la Säpo.

—¿Podría tratarse de una operación extranjera? —preguntó Curt Svensson.

—El hecho de que hayan *hackeado* las cámaras de vigilancia indica que así es, y no me gusta que hayan utilizado una ambulancia robada, me resulta una provocación, pero sobre todo...

—...lo relacionas con Salander —completó Sonja Modig.

—¿No lo hacemos todos? —intervino Jerker.

—Sí, tal vez sí —contestó Bublanski antes de volver a sumirse en sus pensamientos y preguntarse, de nuevo, qué era lo que Lisbeth le estaba ocultando.

Lisbeth no le había hablado del departamento de Strandvägen. Esperaba que Camilla la condujera hasta Mikael, y no quería que la policía echara a perder esa posibilidad. Pero, de momento, Camilla se encontraba aún en el departamento. Quizá estuviera esperando la misma cosa que esperaba —y temía— Lisbeth: fotos de Mikael torturado y la exigencia de un intercambio, de que ella se cambiara por él. O lo que sería peor: fotos de un Mikael muerto y la amenaza de asesinar a otras personas cercanas a ella si no se entregaba.

Lisbeth ya había contactado con Annika Giannini, Dragan, Miriam Wu y algunas otras personas —incluso con Paulina, a la que nadie conocía— para decirles que se pusieran a salvo, lo cual no había sido, precisamente, muy divertido. Pero había hecho lo que tenía que hacer.

Miró por la ventana. No supo decir qué tiempo hacía. Sol, creía. Como si había una tormenta de nieve; a ella no le importaba en absoluto. Ignoraba adónde se habían llevado a Mikael, tan sólo sabía que parecían haberse dirigido hacia el norte, razón por la que se alojó en el hotel Clarion de Arlanda, que, al menos, quedaba por la zona. Pero tanto la habitación como el hotel, al igual que todo lo demás, la traían sin cuidado. No había pegado ojo en toda la noche.

Se la había pasado sentada ante el escritorio intentando buscar una pista, un resquicio, y no se levantó de allí hasta la mañana siguiente, cuando recibió una alerta en la computadora: se trataba de Camilla, que abandonaba el departamento de

Strandvägen. «Muy bien, hermana —pensó—. Ahora sé un poco tonta y llévame hasta él.» Pero no quiso creérselo, al menos en su totalidad. Camilla tenía a su Bogdanov, y Bogdanov era un tipo cuya capacidad estaba al nivel de Plague.

Por eso no tenía por qué representar ningún avance el hecho de que su hermana pudiera conducirla a algún sitio. Podría tratarse perfectamente de una trampa. Un intento de alejarla. Debía estar preparada para todo. «Pero, espera un momento...». Se quedó con la mirada fija en el mapa: el coche en el que viajaba su hermana se dirigía al norte por la misma carretera por la que había circulado la ambulancia la noche anterior, por la E4, con dirección norte, lo que resultaba de lo más prometedor. Tenía que serlo. Lisbeth recogió sus cosas, bajó hasta la recepción para hacer el *check out* y se largó en su Kawasaki.

Catrin se envolvió en un albornoz y se acercó a la puerta para abrir. Ante ella apareció un policía uniformado, un chico joven con el pelo rubio, peinado con la raya a un lado, y unos finos ojos entornados al que le murmuró un nervioso «Buenos días».

—Estamos buscando a personas que puedan haber visto al periodista Mikael Blomkvist, o que hayan podido tener algún tipo de contacto con él —le explicó el agente y, ya en ese mismo instante, Catrin notó cierto recelo en sus palabras; tal vez hasta hostilidad.

Tenía una expresión altiva en la mirada y erguía la espalda como si quisiera presumir de su altura y su fuerza.

—¿Qué sucedió? —preguntó ella. Y, desde luego, no resultó difícil percibir el miedo en su voz.

El agente dio un paso al frente y la observó de arriba abajo de una forma que Catrin conocía demasiado bien. Se había encontrado muchas veces con esa mirada en la calle. Aquellos ojos querían desnudarla y hacerle daño al mismo tiempo.

—¿Cómo se llama?

Era parte de la provocación. Ella vio en su cara que él sabía perfectamente quién era ella.

—Catrin Lindås —le contestó.

El agente lo apuntó en su bloc.

—Estuvo con él, ¿verdad?

—Sí —respondió ella.

—¿Pasaron la noche juntos?

«¡¿Qué mierda tiene que ver eso ahora?!», quiso gritar. Pero tenía miedo y contestó también de modo afirmativo a esa pregunta. Y, tras adentrarse en la habitación, le explicó que Mikael ya no estaba allí cuando ella se despertó por la mañana.

—¿Se registraron con un nombre falso?

Ella intentó respirar con toda tranquilidad mientras se preguntaba si al menos sería posible razonar con él, en especial ahora que estaba entrando desconsideradamente en la habitación.

—¿Y tú? ¿Tienes nombre?

—¿Qué?

—No recuerdo haber oído que te presentaras.

—Me llamo Carl Wernersson, de la comisaría de Norrmalm.

—Muy bien, Carl —dijo ella—. Entonces ¿podrías contarme primero qué es lo que ocurrió?

—Anoche se llevaron a Mikael Blomkvist después de atacarlo aquí mismo, frente al hotel, así que, como comprenderá, lo consideramos un asunto de extrema gravedad.

Fue como si las paredes de la habitación se le vinieran encima.

—¡Dios mío! —exclamó.

—De modo que es de la máxima importancia que nos cuente con exactitud lo que sucedió antes de que eso ocurriera.

Catrin se sentó en la cama.

—¿Le hicieron daño?

—No lo sabemos.

Ella se limitó a mirarlo.

—Aún no me ha contestado... —insistió él.

El corazón le palpitaba mientras buscaba las palabras.

—Mikael iba a acudir a una importante reunión esta mañana, pero acabo de enterarme de que no llegó a presentarse.

—¿Qué tipo de reunión?

Ella cerró los ojos. Qué idiota era. Había jurado no decir ni una palabra al respecto. Pero estaba aterrorizada y muy desconcertada y, obviamente, su cerebro no funcionaba bien.

—No puedo contártelo. Por la protección de fuentes, ya sabes... —le explicó.

—Entonces ¿no quiere colaborar?

Tuvo la sensación de que le costaba respirar y miró por la ventana, buscando desesperada una salida. Pero fue el propio Carl Wernersson el que la ayudó al quedarse contemplando sus pechos, cosa que la sacó de quicio.

—Colaboraré con mucho gusto. Pero en ese caso debo hablar con alguien que al menos tenga unos rudimentarios conocimientos sobre lo que es la protección de fuentes, y que sepa mostrar un mínimo respeto por una persona cercana a la víctima que acaba de recibir una información que le ha producido un gran impacto.

—¿De qué está hablando?

—Anda, contacta con tus superiores y lárgate de aquí.

Carl Wernersson pareció querer arrestarla de inmediato.

—¡Pero ya! —le gritó aún más furiosa.

Y entonces el agente murmuró un «Está bien», aunque, naturalmente, no pudo dejar de añadir:

—Pero no se mueva de aquí.

Ella no contestó; se limitó a abrirle la puerta. Y, a continuación, se sentó de nuevo en la cama y se sumió en sus pensamientos. De repente, el zumbido del celular que llevaba en la mano la sacó de su ensimismamiento. Era un *flash* informativo de *Svenska Dagbladet*.

«Conocido periodista atacado y secuestrado frente al hotel Lydmar», ponía. Acto seguido, se zambulló en la noticia y luego siguió viendo más páginas durante unos cuantos minutos. Había grandes titulares por todas partes, aunque ninguno de los artículos contenía mucha información, tan sólo que, según parecía, se lo llevaron en una ambulancia a la que nadie había llamado. Aquello resultaba... increíble. ¿Qué diablos iba a hacer? Quiso gritar. Luego se acordó de algo que había permanecido anclado en su mente toda la noche: unos sonidos procedentes del baño, unos susurros, creía, unas palabras alteradas de Mikael. Era posible, incluso, que ella le hubiera contestado murmurándole un «¿Qué haces?».

O tal vez sólo lo hubiera soñado. Daba igual. Seguro que aquellos susurros tenían que ver con su desaparición. Se lo llevaron a las dos de la madrugada, habían escrito. Y además, desde allí mismo, desde el hotel, de modo que parecía lógico —intentó pensar con claridad— que Mikael se hubiera alterado o inquietado por algo; se habría marchado sin decir nada, dejándola allí sola, y después lo habrían secuestrado. ¿Habría sido todo una trampa? ¿Un intento de sacarlo del hotel? «¡Mierda, mierda!». ¿Qué era lo que estaba ocurriendo? ¿Qué le habría pasado?

Pensó en el mendigo. Y en Rebecka Forsell, y en la desesperación que había en su voz... Y en toda la histeria que la había invadido la noche anterior por los nervios de la entrevista. Que se fuera a la mierda ese policía. «¡Idiota!». Resuelta, se vistió, recogió sus cosas y, tras bajar a la recepción, pagó la cuenta y desapareció en un coche diplomático negro de la embajada británica que estaba esperándola.

Capítulo 30

28 de agosto

Allí hacía calor: un enorme horno para la fabricación de vidrio que funcionaba con gas estaba encendido. Los techos eran altos. Aquel espacio se encontraba prácticamente a oscuras, tan sólo unos pocos focos lo iluminaban. Pero ninguna luz se filtraba de fuera: los grandes ventanales se hallaban cubiertos de hollín o tintados, por lo que la mirada de Mikael no hizo más que errar, de un lado para otro, por las vigas de hormigón, por aquella estructura de hierro y por los trozos de cristal que había en el suelo, así como por los resplandecientes bordes de metal del horno, que reflejaban su imagen como en un espejo.

Se encontraba en una nave industrial abandonada, una vieja fábrica de vidrio —supuso— que, con toda probabilidad, debía de estar bastante alejada de Estocolmo, aunque no tenía ni idea de dónde. Aun así, el viaje había durado mucho, creía. Habían cambiado de coche una o dos veces, aunque debía de hallarse bastante drogado y aturdido. Sólo le quedaban recuerdos sueltos de la noche y de esa mañana, y ahora estaba allí, tumbado en una camilla, atado con correas de cuero y no muy lejos del horno. Gritó:

—¡Hola! ¿Hay alguien? ¡Carajo! ¿Hay alguien?

No es que pensara que gritar le sirviera de algo, pero necesitaba hacer algo distinto que retorcerse, intentar deshacerse de aquellas correas y sudar y sentir cómo el fuego le calentaba los pies. Si no, se volvería loco. El horno siseaba como una serpiente, y él estaba aterrado y empapado en sudor y tenía la boca seca. Y entonces... «¿Qué fue eso?» Oyó un crujido en el suelo, como trozos de cristal rompiéndose, pasos aproximándose... Y se dio cuenta enseguida: aquellos pasos no iban a aliviar su sufrimiento. Todo lo contrario: parecían avanzar con cierta desgana, con una exagerada lentitud, e iban acompañados de unos silbidos.

«¿Qué clase de persona silba en una situación así?»

—Buenos días, Mikael —lo oyó decir en inglés.

Era la misma voz con la que había hablado la noche anterior. Pero no pudo ver a nadie. Quizá fuera ésa la intención. Quizá quisieran ocultarle las caras. Él contestó también en inglés:

—Buenos días.

Los pasos se detuvieron y los silbidos cesaron.

Mikael percibió una respiración y un ligero aroma a *aftershave* y se preparó para cualquier cosa: un golpe, un cuchillazo, un empujón contra la camilla que acabara con sus pies en el horno... Pero no ocurrió nada. El hombre se limitó a decir:

—Ése fue un saludo inesperadamente alegre.

Mikael no fue capaz de articular palabra alguna.

—A mí también me acostumbraron a eso en la infancia —dijo la voz.

—¿A qué? —balbució.

—A fingir estar tranquilo, pasara lo que pasase. Pero ahora no es necesario. Prefiero la sinceridad, y no me importa admitir que siento cierto... desagrado. Una resistencia.

Mikael consiguió preguntar:

—¿Y eso a qué se debe?

—Me caes bien, Mikael. Tengo respeto por tu compromiso con la verdad, y esta historia... —la voz hizo una pausa dramática— debería haber sido un mero asunto familiar. Pero, como sucede a menudo con las disputas de sangre, involucra a gente ajena a ellas.

Mikael notó que había empezado a temblar.

—¿Te refieres a Zala? —logró preguntar entre gemidos.

—Ah, sí, el camarada Zalachenko. Pero tú no llegaste a conocerlo, ¿verdad?

—No.

—Pues debería felicitarte por ello. Conocerlo fue una experiencia colosal, aunque dejó secuelas.

—¿De modo que lo conociste?

—Lo adoraba. Pero, por desgracia, era un poco como adorar a un dios. No te devuelve nada. Sólo un gran resplandor que te deslumbra y que hace que te vuelvas irracional y ciego.

—¿Ciego? —repitió Mikael sin apenas ser consciente de lo que decía.

—Eso es, ciego y loco. Me temo que es probable que siga estándolo un poco. Mis lazos con Zalachenko parecen imposibles de cortar, y me expongo a riesgos innecesarios. Ni tú ni yo, Mikael, deberíamos estar aquí.

—Entonces ¿por qué lo estamos?

—Lo más fácil es decir que por venganza. Tu amiga debería hablarte un poco del enorme poder destructivo que eso tiene.

—¿Lisbeth? —dijo.

—Exacto.

—¿Dónde está?

—Sí, ¿dónde está? Es justo lo que nos preguntamos.

A continuación hubo otra pausa, quizá no tan larga, pero sí lo suficiente como para que Mikael pensara que el hombre iba a demostrarle hasta qué punto estaba loco y ciego. Éste dio un paso hacia delante, y lo primero en lo que pensó Mikael fue en el traje blanco de lino, el mismo que llevaba la noche anterior, y en una imagen aterradora: su propia sangre manchándole el saco.

Luego se fijó en su cara. Era armónica y de limpias facciones, aunque con una ligera asimetría en torno a los ojos y una desdibujada cicatriz en la mejilla derecha. Tenía un abundante pelo gris, con algunos mechones completamente blancos. Su cuerpo era esbelto y delgado. En otro contexto podría haber pasado, sin ningún problema, por un excéntrico intelectual, al estilo de Tom Wolfe. Pero ahora había algo heladoramente inquietante en él, y una anormal lentitud en sus movimientos.

—Supongo que no estás solo —dijo Mikael.

—He venido con unos cuantos compañeros, unos jóvenes que, por una serie de inexplicables motivos, no quieren dar la cara, y además tenemos una cámara en el techo.

El hombre señaló hacia arriba.

—¿Van a grabarme?

—No te preocupes por eso, Mikael —respondió el hombre, y de pronto, de forma incomprensible, pasó a hablar en sueco—. Considéralo como algo entre tú y yo, una especie de intimidad.

Los temblores del cuerpo de Mikael no hicieron más que intensificarse.

—¿Hablas sueco? —le preguntó aterrado.

Era como si la capacidad que tenía aquel hombre para cambiar de lengua confirmara la diabólica imagen que se había hecho de él.

—Soy un hombre de lenguas, Mikael.

—¿En serio?

—Sí, pero tú y yo vamos a viajar más allá de las lenguas.

Desplegó una tela negra que sostenía en la mano derecha y colocó un par de objetos brillantes encima de una mesa de acero que había cerca de él.

—¿Qué quieres decir?

Mikael se retorció aún más desesperado sobre la camilla mientras miraba fijamente el fuego que chisporroteaba ante él y la imagen de su propia cara que se intuía en el marco de metal del horno.

—Hay un montón de palabras bonitas para la mayoría de las cosas de esta vida —continuó el hombre—. Quizá, sobre todo, para el amor, ¿verdad? Imagino que habrás leído a Keats, y a Byron, y a todos ésos cuando eras joven, y supongo que estarás de acuerdo conmigo en que captaban el sentimiento amoroso bastante bien. Pero el dolor sin fondo, Mikael, no tiene palabras. Nadie ha sido capaz de describirlo, ni siquiera los más grandes artistas, y es ahí adonde vamos, Mikael. A lo que no tiene palabras.

«A LO QUE NO TIENE PALABRAS.»

Yuri Bogdanov estaba sentado en el asiento trasero de un Mercedes negro que se dirigía al norte, hacia Märsta, al tiempo que le enseñaba a Kira la secuencia de la grabación. Ella la miraba con los ojos entornados mientras Bogdanov sólo esperaba el momento en el que apareciera en ella ese destello de excitación que siempre se vislumbraba en sus ojos cuando veía sufrir a sus enemigos.

Pero eso no sucedió. Únicamente una atormentada impaciencia recorrió su cara, cosa que no fue del agrado de Bogdanov. Él no se fiaba ni un pelo de Galinov, y estaba convencido de que habían llevado todo aquello demasiado lejos. Atacar a Mikael Blomkvist no podía conducir a nada bueno. El ambiente estaba demasiado tenso, había demasiada agresividad, y no le gustaba nada la resuelta expresión de Kira.

—¿Cómo estás? —le preguntó Bogdanov.

—¿Vas a mandárselo? —dijo ella.

—Antes tengo que asegurar el enlace. Pero si te soy sincero, Kira...

Bogdanov dudó. Sabía que a ella no le gustaría oírlo, y no fue capaz de mirarla a los ojos.

—Deberías mantenerte alejada del edificio —continuó—. Deberíamos meterte en un avión y enviarte a casa ahora mismo.

—No me montaré en ningún avión hasta que Lisbeth esté muerta.

—Creo... —empezó diciendo él.

«... que no se dejará atrapar con tanta facilidad —quiso soltarle—, que la estás subestimando.» Pero se calló. Ninguna palabra o mirada debía revelar que en realidad admiraba a Lisbeth, o a Wasp, que era el nombre con el que él la había conocido. Había buenos *hackers*, había genios y luego estaba ella. Así era como él la veía, y, en lugar de continuar hablando, se agachó y tomó una caja metálica de color azul.

—¿Qué es eso? —preguntó ella.

—Una caja de aislamiento. Una jaula de Faraday. Mete tu celular aquí. No podemos dejar ningún rastro.

Kira miró por la ventanilla y, acto seguido, introdujo el teléfono en la caja. Luego permanecieron en silencio, sumidos en sus pensamientos. Se limitaron a posar una seria y concentrada mirada en el chofer y el paisaje hasta que Kira quiso ver un poco más de lo que estaba pasando en la nave industrial de Morgonsala, y entonces Bogdanov se lo enseñó.

Fueron imágenes que habría preferido no ver.

Lisbeth acababa de pasar Norrviken cuando la señal de sus Google Glass se apagó. Entonces soltó una palabrota y golpeó el manillar con la mano derecha. No obstante, al fin y al cabo, era algo con lo que contaba, así que redujo la velocidad y entró en un área de descanso que tenía una mesa y un banco de madera junto a un pinar, donde se sentó con su computadora con la esperanza de ver recompensadas todas las horas que se había pasado ese verano investigando los círculos en los que se movía Camilla.

Toda esa operación no podría haberse llevado a cabo sin la ayuda de los miembros de Svavelsjö MC, y, aunque Lisbeth daba por descontado que todos ellos llevaban celulares de prepago, quiso creer que se había producido algún pequeño error en el camino, motivo por el que volvió a investigar a los chicos que habían visitado a Kira en el departamento de Strandvägen: Marko, Jorma, Conny, Krille y Miro. Pero tampoco esta vez consiguió obtener un resultado satisfactorio, a pesar de haber *hackeado* sus teléfonos y tener acceso a las antenas de telefonía de sus operadores, por lo que, llena de rabia, pegó un puñetazo sobre la mesa. Ya estaba a punto de darse por vencida e intentar buscar otra alternativa cuando se acordó de Peter Kovic.

Peter Kovic era el miembro de Svavelsjö MC que contaba con los antecedentes penales más graves. Se decía de él que tenía problemas con el alcohol, las mujeres y la disciplina, y a él no lo había visto en las inmediaciones del departamento de Strandvägen. Pero era uno de los que habían acudido a Fiskargatan ese verano, de modo que lo intentó también con él y su celular. Al cabo de un rato, muy excitada, soltó un grito de satisfacción. Esa misma mañana, muy temprano, Kovic había ido por el mismo camino que había tomado Camilla hacía tan sólo un momento, con la diferencia de que él continuó hasta más arriba, hasta Uppsala, pasando por Storvreta y Björklinge. Lisbeth estaba a punto de ponerse en marcha cuando sonó el teléfono.

¡No sería tan idiota como para contestar...! Aun así, miró la pantalla. Era Erika Berger, y entonces lo contestó a pesar de todo. Aunque en un principio no comprendió nada: Erika no hacía más que pegar gritos. Después, lo único que Lisbeth entendió fueron las palabras:

—¡Está ardiendo, está ardiendo!

Y luego algo más:

—Lo han metido en un enorme horno. Está gritando y sufriendo muchísimo, y han dicho que..., han escrito que...

—¿Qué?

—Que lo quemarán vivo si no te presentas en un lugar determinado de un bosque que hay a las afueras de Sunnersta, y dicen que si ven a algún policía por la zona o tienen la más mínima sospecha de algo, Mikael tendrá una muerte horrible y atacarán a otras personas cercanas a ti y a él, y que no pararán hasta que te entregues. ¡Dios mío, Lisbeth, es terrible! Los pies de Mikael...

—Lo encontraré, ¿me oyes? Lo encontraré.

—Me pidieron que te mande la grabación y una dirección de correo para que te comuniques con ellos.

—Mándamelas.

—¡Lisbeth, tienes que contármelo todo! ¡¿Qué es lo que está pasando?!

Lisbeth colgó. No tenía tiempo de contarle nada. Debía volver a lo que había encontrado: el rastro de Peter Kovic, que, de madrugada, había hecho el mismo camino por el que Camilla había ido hacía tan sólo un momento, pero que había continuado en dirección a Tierp y Gävle, lo cual prometía.

Y, sí, durante un breve instante resultó realmente prometedor, y Lisbeth empezó a murmurar palabras y a tamborilear en la mesa con los dedos para acabar soltando:

—Vamos, puto borracho. Llévame hasta ellos.

Pero, por supuesto —¿cómo no?—, el rastro cesó en el pueblo de Månkarbo, y Lisbeth dirigió una mirada ausente a la carretera. Seguro que tenía aspecto de estar muy furiosa, porque un hombre joven que acababa de parar en el área de descanso con su Renault cambió de opinión y se fue muy asustado. Lisbeth ni siquiera reparó en su presencia. Puso la grabación que le había mandado Erika Berger y, con la mandíbula tensa, se quedó mirando un primer plano de Mikael.

Tenía los ojos abiertos como platos y completamente en blanco, como si sus pupilas hubieran desaparecido, y toda su cara estaba tan tensa y torcida que apenas resultaba reconocible. Se le apreciaba sudor por todas partes: en la barbilla, en los labios, en el pecho de la camisa... Luego la cámara descendió hasta los pantalones y los pies. Mikael llevaba puestos unos calcetines rojos que, poco a poco, se acercaban a un gran horno de ladrillo donde el fuego llameaba y chisporroteaba. Los calcetines y las perneras prendieron fuego y, con un extraño retraso, como si Mikael lo hubiera contenido todo el tiempo que pudo, se oyó un enajenado grito, desgarrador.

Lisbeth no pronunció palabra, apenas se inmutó. Pero con la mano —que en ese momento parecía una garra— abrió tres profundos surcos en la mesa de madera. Luego leyó el mensaje que le habían enviado y, tras mirar la dirección de correo, una puta mierda infernalmente encriptada, se la envió a Plague junto con unas breves instrucciones, una imagen de Peter Kovic y un mapa de la E4 y del norte de la provincia de Uppland.

Luego agarró su computadora y su arma y volvió a ponerse sus Google Glass. Acto seguido, tomó la carretera que conducía a Tierp.

—¡Tienes que contármelo todo! ¡¿Qué es lo que está pasando?! —había gritado Erika Berger al teléfono.

Pero los únicos que la oyeron fueron los que se habían congregado a su alrededor en la redacción de Götgatan, quienes no entendían más que el hecho de que Erika se hallaba fuera de sí. Sofie

Melker, que estaba más cerca, creyó incluso que Erika iba a desplomarse, por lo que fue corriendo hacia ella y le puso un brazo alrededor del cuerpo. Pero Erika ni siquiera reparó en ello.

Estaba desesperadamente concentrada en intentar diseñar un plan de acción. Bajo ningún concepto podía llamar a la policía, le habían escrito. Que ni se le ocurriera contactar con ellos. Pero ¿de verdad era una opción no hacerlo? Aquello no sólo resultaba ser lo más terrible que había visto en su vida, es que, además, tenía que ver con Mikael, su mejor amigo y su gran amor, y la había tomado de improviso, cuando menos lo esperaba, mientras miraba el correo electrónico, como una de esas tantas veces en las que uno ni siquiera es consciente de que lo está haciendo. Lo miras como un acto reflejo y de repente ves eso...

Había llamado a Lisbeth antes de asimilarlo, y ni siquiera había considerado la posibilidad de que se tratara de una broma macabra, una grabación falsa, trucada. Pero todas esas ideas desaparecieron de su cabeza cuando oyó su voz y comprendió que eso era más o menos lo que Lisbeth llevaba tiempo esperando: el mal absoluto.

Resultaba indescriptible. De forma inconexa, empezó a maldecirse en voz alta, y fue entonces cuando se dio cuenta, como si hubiera vivido en otra realidad distinta, de que Sofie la estaba abrazando. Y por un momento pensó en contarle con todo detalle lo que había pasado. Pero, en lugar de hacerlo, se soltó del brazo de Sofie y se limitó a decir:

—Perdona, necesito estar sola. Luego se lo cuento.

Después entró en su despacho y cerró la puerta. No hacía falta decirlo: si hiciera algo que le costara la vida a Mikael, no lo resistiría. No obstante, eso no quería decir que fuera a quedarse de brazos cruzados, o que fuera a obedecer a esos criminales. Tenía que... Sí, ¿qué tenía que hacer? Pensar, concentrarse, claro. Y, por cierto, ¿no pasaba siempre lo mismo en ese tipo de casos?

Los secuestradores siempre insisten en que no se avise a la policía. Sin embargo, cuando se les consigue detener es porque alguien ha informado de forma secreta a la policía. Tenía que llamar a Bublanski por una línea segura, ¿no? Y, tras dudar un minuto, lo llamó. No pudo contactar con él. Estaba marcándole. Y entonces le sucedió algo: empezó a temblar descontroladamente.

—¡Carajo, Lisbeth! —exclamó—. ¿Cómo rayos has podido meter a Mikael en esto? ¡¿Carajo?!

El comisario Bublanski llevaba mucho tiempo hablando con Catrin Lindås. Y ahora ella le pasó el teléfono a un hombre que se presentó como Janek Kowalski. Afirmó estar relacionado con la embajada británica, y Bublanski supuso que no tenía más remedio que creérselo.

—Estoy un poco preocupado —dijo el hombre. Y por la mente de Bublanski pasaron un par de palabras acerca de la maldita sobriedad que tienen los ingleses al expresarse.

Contestó seco.

—¿Por qué?

—Lo que aquí se nos presenta son dos historias dispares que convergen de una delicada manera, quizá por casualidad. O quizá no. Como ya sabemos, Blomkvist tiene vínculos con Lisbeth Salander, ¿verdad?, y Johannes Forsell...

—¿Sí? —preguntó Bublanski impaciente.

—En 2008, durante su última etapa en Moscú, Forsell trabajó en la investigación que se le hizo al padre de Lisbeth, Alexander Zalachenko, con motivo de su deserción a Suecia.

—Creía que sólo la Säpo sabía eso en aquel entonces.

—Nada, señor comisario, es tan secreto como la gente piensa. Lo interesante es que después Camilla, la otra hija, estableció lazos íntimos con un miembro del GRU que había sido el colaborador más cercano de su padre y que mantuvo el contacto con él incluso después de la alta traición que Zalachenko cometió contra su país.

—¿Y de quién se trata?

—Se llama Ivan Galinov y, por una serie de motivos que no hemos llegado a entender en su totalidad, se ha mantenido fiel..., ¿cómo decirlo?, incluso *post mortem*. Ha ido por los viejos enemigos de Zalachenko después de la muerte de éste y ha silenciado a todo aquel que se hallara en posesión de una comprometedora información. Se trata de un hombre despiadado y peligroso, y creemos que se encuentra en Suecia y que está implicado en el secuestro de Blomkvist. Significaría mucho para nosotros que se lo pudiera detener, y por eso queremos ofrecer nuestra ayuda, sobre todo si consideramos que el ministro de Defensa tiene sus propios planes, unos planes a los que, quizá con cierta temeridad por mi parte, he dado mi bendición.

—Ahora sí que no entiendo nada.

—Ya lo entenderá, no se preocupe. Vamos a enviarle un material y unas fotografías de Galinov que, por desgracia, son de hace unos cuantos años. Adiós, señor comisario.

Bublanski asintió con la cabeza para sí mismo. No era muy habitual que ese tipo de personas —porque ahora entendía exactamente de qué tipo de persona se trataba— prestara su ayuda, y reflexionó sobre eso y sobre todo lo demás. A continuación, se levantó. Ya estaba a punto de entrar en el despacho de Sonja Modig para contárselo cuando el teléfono volvió a sonar. Era Erika Berger.

Catrin estaba sentada en un sillón marrón en la sala de Janek Kowalski, frente a Johannes Forsell y al lado de Rebecka. No resultaba fácil concentrarse. Pensaba constantemente en Mikael. Pero le habían dejado una grabadora —del celular mejor que se olvidara—, así que creyó que aquello se solucionaría, y, poco a poco, y a pesar de todo, la historia la absorbió por completo.

—Entonces ¿no fuiste capaz de dar ni un solo paso más? —preguntó Catrin.

—No —continuó Johannes—. La noche había caído ya y hacía un frío gélido, y yo estaba helado; sólo esperaba que aquello fuera rápido. Esperaba sumirme en ese último estado de sopor en el que el cuerpo pierde su calor y en el que dicen que nos sentimos bien. Y justo en ese instante oí los gritos y levanté la mirada. Al principio no vi nada, pero luego apareció Nima Rita de nuevo, en medio de la tormenta, esta vez con dos cabezas y cuatro brazos, como un dios hindú.

—¿Qué quieres decir?

—Así es como lo vi. Aunque en realidad estaba cargando con alguien. Tardé en darme cuenta de quién era. Estaba demasiado cansado para pensar. Demasiado cansado para tener la esperanza de que me salvaran. Quizá incluso demasiado cansado para querer que me salvaran, y debí de perder la conciencia. Me desperté al sentir que tenía a alguien tumbado a mi lado, una mujer con los brazos rígidos y extendidos, como si quisiera abrazarme. Murmuraba cosas sobre su hija.

—¿Qué decía?

—No llegué a entenderlo. Sólo recuerdo que nos quedamos mirándonos, completamente desesperados, claro, pero también asombrados. Creo que nos reconocimos. Era Klara, y le di unas palmadas en la cabeza y en el hombro, y recuerdo que pensé que nunca más sería guapa: su cara estaba destrozada por el frío. Le vi la herida que yo le había hecho en los labios con mi piolet, y quizá le dije algunas palabras. Es posible que ella me respondiera algo. No lo sé. La tormenta tronaba, y cerca de nosotros Svante y Nima estaban discutiendo. Gritaban y se daban empujones. Todo resultaba muy raro, y lo único que capté fue algo tan absurdo y desagradable que pensé que lo había oído mal. Fueron las palabras inglesas *slut* y *whore*: «zorra» y «puta». ¿Por qué iba a decir alguien una cosa así en un momento tan crítico? Resultaba incomprensible.

Capítulo 31

28 de agosto

Mikael nunca había perdido antes las ganas de vivir. Ni siquiera había experimentado una crisis demasiado profunda. Pero ahora, tumbado en aquella camilla con ruedas y con graves quemaduras en las piernas y los pies, sólo deseaba dormirse y desaparecer. No existía nada más que su dolor, y ni siquiera era capaz de gritar. No hacía más que sufrir violentas convulsiones intentando resistir, y no era consciente de que aquello podía ir a peor. Pero sí podía.

El hombre del traje blanco, que se había presentado como Ivan, agarró un escalpelo que había en la mesa de al lado y le hizo un corte en la quemadura, y entonces Mikael arqueó el cuerpo y dio un grito a pesar de todo. Siguió gritando hasta que algo lo devolvió a la realidad. Pero tardó en entender lo que estaba pasando, y sólo de forma vaga percibió que se acercaban unos nuevos pasos, esta vez unos tacones que repiqueteaban contra el suelo; y al girar la cabeza vio a una mujer rubia, ligeramente pelirroja, de una belleza celestial. Acto seguido, ella le sonrió, lo que quizá a él debería haberle infundido la esperanza de que, de algún modo, ella iba a aliviar su sufrimiento. Sin embargo, aquello no hizo más que acrecentar su terror.

—Tú... —murmuró.

—Yo —respondió ella.

Camilla le acarició la frente y el pelo. Había un reprimido sadismo en su gesto.

—Hola —le dijo.

Mikael no contestó. Todo su ser no era más que una herida abierta. Y, aun así..., los pensamientos revoloteaban por su cabeza, como si tuviera algo importante que decirle.

—Estoy preocupada por Lisbeth —continuó ella—. Y tú también deberías estarlo, Mikael. El tiempo se acaba. Tic-tac, tic-tac... Pero tú no sabes la hora que es, ¿verdad? Pues te diré que son más de las once, y que Lisbeth ya debería haberse puesto en contacto con nosotros si es que en realidad quiere ayudarte. Pero seguimos sin noticias de ella.

Volvió a sonreír.

—Quizá ya no te quiera tanto, Mikael. Quizá tenga celos de todas esas otras mujeres tuyas. De tu pequeña Catrin.

Un escalofrío recorrió el cuerpo de Mikael.

—¿Qué le han hecho?

—Nada, querido, nada. De momento. Pero, al parecer, Lisbeth prefiere verte muerto a colaborar con nosotros. Te va a sacrificar, como ha hecho con tantos otros.

Mikael cerró los ojos y continuó buceando en su memoria en busca de aquello que tenía la sensación de que quería decir, pero lo único que encontró fue su propio dolor.

—Son ustedes los que me sacrifican —dijo—. No ella.

—No, nosotros no. Lisbeth ha recibido una oferta y no la ha aceptado, y la verdad es que no tengo nada en contra de eso. No me importa que sepa lo que se siente cuando se pierde a alguien importante. ¿No hubo un día en el que tú fuiste importante para ella?

Camilla volvió a acariciarle el pelo y, al hacerlo, él descubrió algo inesperado en su rostro. Vio el parecido que tenía con Lisbeth, quizá no tanto en su aspecto físico como en esa expresión muda y furiosa de sus ojos. Y entonces balbució:

—Los que...

Luchó para asumir el control de su dolor.

—¿Los que qué, Mikael?

—Los que... eran importantes para ella eran su madre y Holger, y a ésos ya los perdió —respondió, y de pronto supo lo que había estado buscando en su memoria.

—¿Qué quieres decir?

—Que Lisbeth ya sabe lo que significa perder a alguien cercano, mientras que tú, Camilla...

—Mientras que yo...

—... tú has perdido algo que es mucho peor.

—¿Y qué se supone que es?

Se lo escupió con los dientes apretados:

—Una parte de ti misma.

—¿A qué te refieres?

Un destello de rabia apareció en sus ojos.

—Tú perdiste tanto a tu madre como a tu padre.

—Eso es verdad.

—Una madre que no quiso ver el mal que te hicieron y un padre... al que querías, sí..., pero que se aprovechaba de ti, y yo creo...

—¿Qué mierda es lo que crees?

Mikael cerró los ojos intentando concentrarse.

—Que la mayor víctima de la casa fuiste tú. Todos te fallaron.

Camilla lo agarró por el cuello:

—¿Qué es lo que te ha metido Lisbeth en la cabeza?

Le costaba respirar, y no sólo a causa de la mano de Camilla. Era como si el fuego se acercara a él, y se dio cuenta de que había cometido un error: había querido despertar algo en ella, pero no había conseguido más que enfurecerla.

—¡Contesta! —le gritó.

—Lisbeth me dijo que...

Jadeó pesadamente.

—¿Qué?

—Que ella debería haber sabido por qué Zala te buscaba por las noches, pero que en aquel entonces estaba tan concentrada en salvar a su madre que no lo entendió.

Ella le soltó el cuello y le dio tal patada a la camilla que los pies de Mikael chocaron contra el marco del horno.

—¿Eso te contó?

El pulso de Mikael se disparó.

—Ella no lo sabía.

—¡Y una mierda!

—No, no.

—¡Ella siempre lo supo, claro que lo sabía! —gritó Camilla.

—Tranquilízate, Kira —le pidió Ivan.

—¡Ni hablar! —le espetó—. Sobre todo cuando resulta que Lisbeth le ha contado una sarta de mentiras.

—Ella no sabía nada —balbució Mikael.

—¿Así que eso es lo que va diciendo? ¿Quieres saber lo que en realidad pasó con Zala? ¿Quieres saberlo? Zala me convirtió en mujer. Eso fue lo que él me dijo.

Camilla dudó. Parecía estar buscando las palabras.

—Él me convirtió en mujer más o menos de la misma manera que ahora yo te convertiré en hombre, Mikael —continuó. Y, acto seguido, se inclinó hacia delante y lo miró fijamente a los ojos, y, aunque en un principio su mirada estaba llena de rabia y de venganza, luego cambió.

Mikael intuyó un atisbo de vulnerabilidad que lo llevó a pensar que habían establecido algún tipo de contacto o que incluso ella había visto algo de sí misma en la indefensión que él experimentaba. Sin embargo, era muy probable que se hubiera equivocado. Porque un instante después Camilla dio media vuelta y fue en dirección a la salida mientras gritaba algunas palabras en ruso que sonaban a órdenes.

Luego Mikael se quedó a solas con el hombre que decía llamarse Ivan, y no pudo hacer otra cosa que intentar aguantar y evitar dirigir la mirada a las llamas.

13 de mayo de 2008

Cuando Klara vio a los escaladores entre la tormenta de nieve se desplomó y cayó rodando por la pendiente, al tiempo que se alejaba de Nima Rita, para ir a chocar contra el cuerpo de un hombre. ¿Estaba muerto? No, no, seguía vivo, se movía. Y entonces él la miró y empezó a negar con la cabeza. Llevaba una máscara de oxígeno. Ella no pudo ver quién era. Pero él le dio unas palmadas en el hombro.

Luego se quitó la máscara y le sonrió con los ojos, tras lo cual ella le devolvió la sonrisa. O, al menos, lo intentó. Después advirtió que, un poco más arriba, estaba teniendo lugar una pelea. Sólo oyó algunos fragmentos. Algo relacionado con todo lo que Johannes —¿habían dicho «Johannes»?— había hecho por Nima y con todo lo que iba a hacer: construirle una casa, ocuparse de Luna... Pero Klara no relacionó nada de eso con su persona.

Le dolía mucho. Se limitó a permanecer allí tumbada, en la nieve, indefensa, incapaz de levantarse, y rezó a Dios para que Nima la ayudara a bajar, cosa que, de hecho, parecía que se disponía a hacer, porque ahora él se agachaba para poder sujetarla. Y entonces fue como si todo el mundo le tendiera una mano para ayudarla. La iban a rescatar a pesar de todo. Iba a poder ver a su hija de nuevo, y llegar a casa. Pero no fue a ella a quien ayudó a levantarse.

Fue a la otra persona, aunque en un principio no se preocupó demasiado. Tan sólo lo estaban agarrando a él primero. Eso no significaba nada más, ¿verdad? Y al levantar la mirada vio que el hombre se apoyaba ahora en Nima, casi colgando de él, justo como ella había estado hacía tan sólo unos instantes, por lo que pensó que a ella la ayudaría el otro hombre, el que había armado tanto alboroto. Pero éste tardaba en llegar, y luego ocurrió algo profundamente inquietante. Se marcharon dando tumbos y se alejaron de allí. ¿La iban a abandonar?

—¡No! —les gritó—. ¡Por favor, no me abandonen!

Pero se marcharon, y ni siquiera voltearon, y durante unos segundos ella se quedó con la mirada fija en sus espaldas antes de que desaparecieran en la tormenta; y hasta que lo único que oyó fueron sus chirriantes pasos no sintió que el terror se apoderaba por completo de ella, y entonces gritó a más no poder y sus gritos se convirtieron en un callado llanto. Luego sintió una desesperación que no creía que fuera posible sentir.

Yuri Bogdanov se hallaba en un pequeño espacio recién construido y anexo a la nave, justo delante de Kira, que estaba sentada, hundida en un sillón de cuero, mientras bebía nerviosa algún caro borgoña blanco que, por supuesto, habían tenido que llevar allí por ella.

Bogdanov tenía la vista clavada en la computadora. Debía controlar unas cuantas cámaras de video, no sólo la de Blomkvist, quien no cesaba de retorcerse de dolor, sino también las que habían colocado allí fuera, en la planicie. El edificio era una vieja fábrica de vidrio que había producido exclusivos jarrones y fuentes y que, tras su quiebra, Kira había adquirido hacía ya un par de años. Se encontraba en un lugar aislado junto al bosque, lejos de cualquier edificación, y aunque sus ventanales eran grandes y altos, no se podía ver nada a través de ellos. Además, Bogdanov se había asegurado obsesivamente de que todos los implicados tomaran las mayores precauciones posibles. Allí deberían estar seguros. Pero eso no significaba que le gustara el sitio, y de vez en cuando pensaba en Wasp y en lo que le habían contado de ella. Se decía que había logrado entrar en la intranet de la NSA, donde había leído documentos que ni siquiera el presidente había podido ver. Había conseguido cosas que se consideraban imposibles, era toda una leyenda en el mundo de Bogdanov, mientras que Kira... ¡Dios mío, Kira...!

Se encontraba sentada detrás de él, en aquel sillón, y la miró de reojo: allí estaba la bella Kira que lo había rescatado de la calle y que lo había hecho rico, y hacia la que sólo debería sentir gratitud, pero de la que, a pesar de todo —cosa que sintió como una verdadera y repentina carga—, se había cansado. Se había cansado de sus amenazas y de sus golpes, de su sed de venganza, y, sin entender muy bien por qué, entró en la dirección de correo que había creado y permaneció quieto durante un par de segundos con una extraña excitación en el cuerpo.

Acto seguido, le escribió las coordenadas GPS pensando que, si ellos no podían encontrar a Wasp, que Wasp viniera hasta ellos.

Lisbeth estaba con su computadora portátil en otra área de descanso de la E4, no muy lejos de Eskesta, cuando un coche se detuvo en el arcén. Era un Volvo V90 negro. Se sobresaltó y se palpó el arma por encima de la chamarra. Pero tan sólo se trataba de una pareja mayor con un niño que quería ir al baño.

Lisbeth desvió la mirada. Acababa de recibir un mensaje de Plague que contenía... Sí, ¿qué era lo que contenía?... Quedaba claro que no se trataba de ningún avance, ni tan siquiera nada que se le pareciera, aunque sí una modificación de la dirección, un poco más hacia el este.

Era justo lo que ella esperaba: el imbécil de Peter Kovic, de Svavelsjö MC, la había cagado. Su cara había sido captada a las 03.37 de esa madrugada por una de las cámaras de seguridad de una gasolinera de Industrigatan, en Rocknö, situada al norte de Tierp. Tenía una pinta asquerosa: muy gordo y fofo, y con la mirada acuosa. En la secuencia de la grabación se podía ver cómo se quitaba el casco y bebía agua de una botella plateada, y todo lo que no se bebió se lo echó por el pelo y por la cara. Parecía estar realizando un enorme esfuerzo por despejarse y quitarse de encima una tremenda resaca.

Lisbeth le preguntó a Plague:

¿Lo siguieron después?

Plague respondió:

Esto es lo último que tenemos. Después, nada de nada.

¿Y su señal de celular?

Más que muerta.

Lo que significaba que ese borracho podía haber ido en cualquier dirección: subiendo al norte, a la costa de Norrland, o adentrándose en el interior. Lisbeth continuaba sin tener ni la más mínima idea de adónde habían llevado a Mikael, y quiso gritar y patalear. Pero se controló; permaneció quieta preguntándose si no debería, a pesar de todo, contactar con esos delincuentes y ver si así podía sacarles alguna pista sobre el paradero de Mikael. Por eso entró en la cuenta de correo que le habían pasado y descubrió que le habían escrito: dos líneas con números y letras que, por un instante, no supo cómo interpretar. Luego lo vio: eran coordenadas GPS de un lugar situado en el pueblo de Morgonsala, en la provincia de Uppland.

«Morgonsala.»

¿Qué significaba que le hubieran enviado esas coordenadas? Antes habían intentado conducirla hasta las afueras de Sunnersta, pero habían tenido mucho cuidado en indicarle con todo detalle cómo debía proceder. Ahora no decían ni una palabra, tan sólo una posición... ¿Dónde? Lo miró más de cerca: en medio de la nada, en un campo de cultivo. Morgonsala, vio, era una pequeña población de unos sesenta y ocho habitantes situada al noreste de Tierp y con una gran extensión de bosque y de llanura. Había una iglesia, naturalmente, una serie de sitios de interés arqueológico y algunas naves industriales de los años setenta y ochenta —cuando esos lares gozaban de cierto espíritu empresarial— que hoy estaban abandonadas, lo que llamó la atención de Lisbeth. Entró en Google Earth para inspeccionar la zona y descubrió que en medio de ese campo de cultivo, no muy lejos del bosque, había un edificio alargado, rectangular, hecho de ladrillo y con grandes ventanales.

Podría ser el escondite perfecto para unos criminales. Claro que, por otra parte, eso podría serlo cualquier edificio de Suecia. Había un país entero en el que buscar. El problema era que ella no lo entendía: ¿por qué habían querido llevarla hasta ese edificio? ¿Se trataba de una pista falsa? ¿De una trampa?

Volvió a consultar el mapa y vio que Rocknö, donde Peter Kovic había hecho una parada y se había echado agua en la cara, estaba situado en la carretera de Morgonsala, y entonces, excitada, murmuró algo para sí misma.

¿Le habría filtrado esa información alguien del círculo de Camilla? ¿Era eso siquiera posible? Aunque es cierto que no debía de haber sido especialmente popular entre ese grupo de delincuentes de Svavelsjö MC recibir la orden de atacar a un hombre como Mikael. Seguro que lo vieron demasiado peligroso. Pero ¿por qué le habían pasado esa información a ella? ¿Qué esperaban recibir a cambio?

Aquello no cuadraba, pero, definitivamente, tenía que investigarlo. Le escribió a Plague:

Tengo una posible pista en Morgonsala.

Él contestó:

Tell me.

Tras mandarle las coordenadas GPS, tecleó:

Salgo para allá. ¿Podrías armar revuelo entre el vecindario?

Claro que sí. De puta madre. ¿Cómo?

Cortes de luz, envíos masivos a los teléfonos...

Entendido.

Estaré en contacto.

Luego se montó en la moto y puso rumbo a Morgonsala. Al cabo de un par de minutos se levantó mucho viento, el cielo se nubló y Lisbeth agarró el manillar con tanta fuerza que sus dedos se pusieron blancos bajo los guantes.

Capítulo 32

28 de agosto

Ivan Galinov observó al periodista que estaba tumbado en la camilla. Era un luchador. Hacía mucho que no veía a nadie aguantar tan estoicamente dolores como ésos, lo cual no le serviría de nada: el tiempo apremiaba y ya no podían esperar más. El periodista debía morir. Tal vez en vano, aunque eso ya daba igual. Lo cierto ahora era que allí estaba él. Y que había llegado hasta aquel lugar por las sombras de su pasado. Llevado allí por el mismísimo fuego, se podría decir.

Galinov, a diferencia de tantos otros colegas del GRU, no había aplaudido cuando aquella niña de doce años le tiró un coctel molotov a Zalachenko para verlo arder en su coche. Todo lo contrario: él se apartaba cuando sus colegas comentaban el asunto, y juró solemnemente vengarse y buscar a la chica en el futuro. Aunque también era verdad, claro, que le había supuesto un duro golpe enterarse, unos años antes, de que su amigo más íntimo y mentor había desertado y se había convertido en lo peor de lo peor, en un traidor a la patria.

Sin embargo, luego comprendió que las cosas no eran tan sencillas, y recuperaron el contacto. Todo volvió a ser como antes, o, al menos, casi como antes, y empezaron a verse en lugares secretos para intercambiar información, y así fue como fundaron Zvezda Bratva juntos. Nadie, ni siquiera su padre, había significado tanto para él como Zalachenko. Galinov siempre honraría su memoria, aunque sabía, por supuesto, que Zala había hecho una inmensa cantidad de maldades, no sólo las que su profesión exigía, sino también otras, como las que había cometido contra su propia familia, contra la sangre de su sangre, lo cual era una más de las razones que lo habían conducido hasta allí.

Haría cualquier cosa por Kira. Veía en ella tanto a Zala como a sí mismo, tanto al que traiciona como al que es traicionado, tanto al que sufre como al que hace sufrir, y jamás la había visto tan alterada como después de hablar con Mikael junto a la camilla. Galinov irguió la espalda. Ya era tarde; tenía el cuerpo cansado y los ojos le escocían. Pero allí seguía. Y ahora debía cumplir su cometido, un trabajo que nunca le había gustado, no como a Kira o a Zala. Para él era sólo un deber. Dijo:

—Vamos a terminar con todo esto, Mikael. Todo irá bien.

Él no contestó. Se limitó a apretar las mandíbulas y a intentar ser valiente. Se había quemado los pies y los tenía llenos de cortes, y se hallaba tumbado en aquella camilla, empapado en sudor, mientras el horno continuaba echando fuego frente a él como la boca de un monstruo. A Galinov no le costó mucho identificarse con esa situación.

Él también había sido torturado y había estado convencido de que lo iban a ejecutar, y pensó, como una especie de consuelo, tanto para sí mismo como para Mikael, que seguramente existía un límite para el dolor, un punto en el que el cuerpo se apaga. Pues desde un punto de vista evolutivo no tenía sentido alguno dotar al hombre de una ilimitada capacidad de sufrimiento, incluso cuando ya no queda ninguna esperanza de supervivencia.

—¿Estás preparado? —preguntó.

—Yo... he... —empezó el periodista, pero al parecer no tenía fuerzas para seguir, porque luego se calló. Así que, nada, Galinov ya no esperaría más.

Comprobó los raíles de la camilla mientras se secaba el sudor de las mejillas y veía su propia imagen reflejada en los bordes metálicos del horno. Ya estaba listo para la acción.

Mikael habría querido decir cualquier cosa con la única intención de que le dieran un pequeño respiro. Sin embargo, las fuerzas le flaqueaban, y los recuerdos y los pensamientos se le echaron encima como una enorme ola. Vio a su hija, y a sus padres, y a Lisbeth, y a Erika, un sinfín de imágenes acudieron a su cabeza, muchas más de las que podía abarcar, y, a continuación, advirtió cómo se le arqueaba la espalda. Le temblaron las piernas y las caderas, y pensó: «Ya está, ahora moriré quemado». Después levantó la vista y miró a Ivan, aunque no pudo ver nada con nitidez.

Toda la estancia parecía estar envuelta en una neblina, razón por la que no supo a ciencia cierta si las lámparas del techo parpadearon y se apagaron de verdad o si había sufrido alguna alucinación. Durante un buen rato creyó que esa oscuridad sólo era una consecuencia del terror que sentía ante la muerte. Pero acabó dándose cuenta de que algo estaba ocurriendo en realidad, y, acto seguido, oyó unos pasos y vio cómo Ivan se volvía y decía en sueco:

—¿Qué diantres está pasando?

Varias voces alteradas contestaron. ¿Qué había pasado? Mikael no entendía nada. Tan sólo que, de repente, una gran inquietud se había instalado entre los allí presentes, y que la luz se había ido de verdad. Todo se había apagado, todo excepto el horno, que aún ardía con la misma amenazante intensidad, y Mikael continuaba tumbado en aquella camilla, a un solo empujón de una dolorosa muerte. Aun así, aquel caos debería infundirle... esperanza, ¿verdad? Luego miró a su alrededor y discernió unas figuras que, como sombras, se movían por la oscuridad.

Quizá hubiera llegado la policía. Intentó evadirse de su dolor para poder pensar con nitidez. ¿Y si los asustaba un poco más? ¿Y si les decía que estaban rodeados y que todo se había acabado? No, eso sólo podría llevarlos a que lo empujaran rápidamente contra las llamas. La garganta se le contrajo. Apenas podía respirar. Dirigió la mirada a las correas de cuero que inmovilizaban sus piernas. Eran unas nuevas, porque las otras se habían quemado y, al derretirse, se le habían pegado a la piel. Las pantorrillas le rugían, gritaban de dolor. Su piel no eran más que jirones, pero, aun así, quizá fuera capaz de arrancarse las correas y soltarse. Decidió hacer un intento. Le produciría un dolor indescriptible. Pero ya no había tiempo para pensar en eso, y consiguió articular unas palabras:

—¡Mierda, el techo se cae!

El hombre que decía llamarse Ivan levantó la mirada, y entonces Mikael inspiró hondo y, dando un tirón, se liberó de las correas de las piernas al tiempo que pegaba un enorme grito que cortó el aire, y, sin pensarlo siquiera, le dio una patada a Ivan en el estómago, tras lo cual todo se volvió borroso y se torció. Lo último que oyó antes de perder la conciencia fue una voz que gritaba en sueco:

—¡Mátalo!

Mayo de 2008

Al día siguiente, de camino al campamento base, acudieron a su mente las palabras que, muy vagamente, le llegaron a través de la tormenta y los remolinos de nieve, lo último que habían oído de Klara, aquellos desesperados gritos:

—¡Por favor, no me abandonen!

Era más de lo que se podía soportar, y ya entonces sospechó que esas palabras retumbarían en su cabeza para el resto de su vida. A pesar de todo, las cosas no eran tan sencillas. Él estaba vivo, cosa que le confería una fuerza eufórica, y una y otra vez le pidió a Dios que le permitiera llegar abajo para poder caer en los brazos de Rebecka. Así que no, no sólo estaba lleno de culpa. También quería vivir, y por eso le estaba agradecido a Nima, por supuesto, pero también a Svante. Sin él habría muerto allí arriba y, sin embargo, no tenía fuerzas para mirarlo a la cara; las más de las veces sólo miraba a Nima Rita. Y no era el único que lo hacía: todos lo observaban preocupados.

Nima era un despojo humano. Se hablaba de intentar bajarlo en helicóptero hasta el hospital, pero él se negaba a recibir ayuda, y mucho menos de Svante y de Johannes. El hombre, también por otras razones, era motivo de preocupación. ¿Qué diría cuando se repusiera? Eso atormentaba a Johannes. Y parecía hacer sufrir aún más a Svante, por lo que el ambiente se volvía cada vez más tenso. Al final dejó de pensar en ello. Que pasara lo que tuviera que pasar. A medida que las fuerzas le flaqueaban y Svante y él se acercaban cada vez más al campamento, a la salvación, sus ganas de vivir eran sustituidas por la apatía, y, cuando por fin pudo abrazar a Rebecka, no sintió nada de todo lo que había soñado. Ninguna sensación de encontrarse a salvo, ningún deseo por ella, tan sólo un gran peso en el pecho.

Apenas quiso comer ni beber. Se limitó a dormir durante catorce horas y, cuando se despertó, permaneció más o menos callado. Era como si todo aquel impresionante paisaje montañoso se hubiera cubierto de ceniza, como si en ningún sitio pudiera encontrar consuelo, ni siquiera en la sonrisa de Rebecka. Sentía que su vida estaba muerta. Un único pensamiento lo invadía: tenía que contarlo. Pero siempre lo iba aplazando, y no sólo por Svante y sus inquietas miradas. Les habían dicho que la carrera de Nima Rita como guía se había acabado. ¿De verdad deseaba convertirse Johannes en la persona que le daría el tiro de gracia? ¿Quería convertirse en el que contara que ese hombre —que, en todos los sentidos, había sido el gran héroe de la montaña y que le había salvado la vida— había abandonado a su suerte a una mujer en medio de la tormenta?

Le resultaba prácticamente imposible. Aun así, con toda probabilidad lo habría hecho si no hubiera sido porque Svante se le acercó mientras bajaban desde el campamento base. Fue a la altura de Namche Bazaar, no muy lejos de un barranco a cuyos pies se oía el murmullo de un arroyo. Iba caminando solo. Rebecka iba más adelante y cuidaba de Charlotte Richter, preocupada por los congelados dedos de sus pies. Svante puso un brazo sobre los hombros de Johannes y dijo:

—No podemos decir nada. Jamás. Lo entiendes, ¿verdad?

—Lo siento, Svante. Tengo que contarlo. Si no, no podré estar en paz conmigo mismo.

—Lo entiendo, amigo mío, lo entiendo. Pero estamos atados de manos —afirmó, y a continuación comentó con su voz más amable lo que los rusos sabían sobre ellos, y entonces Johannes contestó que quizá lo de contarlo pudiera esperar.

Tal vez lo viera incluso como una tabla de salvación, una excusa para escapar del deber de contarlo que sentía en su interior.

Le había costado llegar. Si es que ése era en realidad el edificio... Lisbeth no se había atrevido a ir por la ruta convencional: había encontrado un sendero en el bosque por el que se había abierto camino derrapando, y ahora se hallaba allí, junto a su moto, detrás de un pino, oculta entre la maleza y con la mirada puesta en aquella nave.

No había visto ninguna señal de vida allí dentro, por lo que se convenció de que no era más que una cortina de humo, una manera de llevarla a una pista falsa. La nave era alargada, como un establo, y estaba hecha de piedra y ladrillo, aunque se encontraba bastante deteriorada. El tejado necesitaba un arreglo, y en las fachadas se desconchaba la pintura. Desde donde ella estaba no podía ver si había algún coche o alguna moto. Pero de pronto se percató de que salía humo por la chimenea, y fue entonces cuando le dio la orden a Plague de que pusiera en marcha su operación.

Poco después, una figura se asomó a la puerta de la nave: un hombre vestido con ropa oscura y con el pelo largo. No lo vio más que borrosamente. Pero aun así pudo percibir que miraba preocupado a su alrededor, lo que fue más que suficiente para ella.

Montó su IMSI-catcher, su estación base portátil, y, apenas unos pocos segundos después, se asomó otro hombre que parecía igual de nervioso que el primero. Lisbeth se fue convenciendo cada vez más de que eran ellos y de que, con toda probabilidad, si es que de verdad tenían a Mikael allí dentro, no serían pocos. Por eso sacó una foto del edificio y, junto a las coordenadas GPS, se la envió al comisario Bublanski en un mensaje encriptado con la esperanza de que la policía acudiera rauda a aquel lugar. Luego se acercó andando a la nave, lo que a todas luces entrañaba un enorme riesgo.

En aquella llanura no había donde esconderse. Pero ella quería intentar mirar por aquellos ventanales que llegaban hasta el suelo. Hacía viento y el cielo estaba oscuro, y avanzó agazapada, preparada para sacar su arma en cualquier momento. Sin embargo, no tardó mucho en retroceder. Y no sólo porque los ventanales estuvieran tintados y no pudiera ver nada, sino también porque, al haberse acercado demasiado, se vio de repente en peligro. Luego miró su teléfono. Había interceptado un mensaje:

Él debe morir y nosotros largarnos de aquí.

Después, resultaría difícil reconstruir con exactitud lo que ocurrió a continuación. A Lisbeth le dio la impresión de que volvía a vacilar, justo como en el bulevar Tverskoi. Pero Conny Andersson, que en ese instante la descubrió a través de una de las cámaras de vigilancia, tuvo la sensación contraria: lo que allí vio fue una figura que se mostraba arrolladoramente resuelta y que salió corriendo hacia el bosque.

Bogdanov también la vio en la pantalla de su computadora, pero, a diferencia de Conny, no dio la alarma, sino que, fascinado, muy a su pesar, se quedó observando cómo desaparecía entre los árboles. Luego estuvo unos cuantos segundos sin verla. Acto seguido, oyó el ruido de un motor que aceleraba y, un instante después, ella apareció de nuevo en pantalla: venía directa hacia ellos a toda velocidad, montada en una moto que avanzaba volando y dando botes por la llanura, y Bogdanov supuso que eso sería lo último que vería de ella.

Los disparos empezaron a repiquetear, los cristales se rompieron y la moto derrapó. Pero Bogdanov no se quedó a ver el final: agarró las llaves del coche que estaban sobre una mesa aledaña y se largó con un repentino e irresistible deseo de ser por fin libre y salir de toda esa historia que no podía acabar bien, ni para ellos ni para Wasp.

Mikael abrió los ojos y percibió, justo delante de él, la imagen borrosa de un hombre sin afeitar, de rostro abotargado, de unos cuarenta años, con el pelo largo, una ancha mandíbula y unos ojos inyectados en sangre. Sus manos temblaban y sostenían una pistola que también temblaba. Luego, ese hombre miró nervioso a Ivan, que aún hacía esfuerzos para respirar.

—¡¿Lo mato?! —gritó el hombre.

—Mátalo —dijo Ivan—. Tenemos que irnos de aquí.

Mikael empezó a patalear como si fuera a detener las balas con sus destrozados pies y vio cómo el hombre se concentraba, arrugaba la frente y tensaba los músculos del antebrazo. Y entonces gritó: «¡No, carajo, no!». Después oyó el rugiente ruido del motor de un coche o de una moto que se acercaba a toda velocidad. Acto seguido, el hombre se volvió.

A continuación, aquella gente empezó a disparar, quizá con armas automáticas, aunque resultaba imposible saberlo. Lo único seguro era que un vehículo venía directo hacia ellos. Se oyó un tremendo golpe. Y el estruendoso ruido de unos cristales que se rompían en mil pedazos y se esparcían a diestro y siniestro. Había entrado una moto conducida por una persona delgada y vestida de negro, una mujer, creía, que se llevó por delante a uno de los hombres y que acabó estampándose contra la pared.

Mientras tanto, el tiroteo seguía y el hombre de la cara abotargada y de ancha mandíbula disparó con su pistola, pero no a Mikael, sino a la mujer que había sido arrojada de la moto, aunque erró en sus tiros. Ella ya se había puesto en movimiento. Unos pasos salvajes y rápidos se acercaron y Mikael observó cómo la cara de Ivan se quedaba petrificada debido al miedo o la concentración. Después ya no se dio cuenta de nada más. Sólo oyó nuevos disparos y gritos antes de volver a perder la conciencia como consecuencia del dolor y de los mareos.

Catrin, Kowalski y el matrimonio Forsell habían hecho una pausa para comer lo que habían pedido por teléfono a un restaurante hindú. Ahora se hallaban de nuevo en la sala, donde Catrin intentó concentrarse otra vez. Necesitaba saber con más detalle qué era lo que Svante le había dicho a Forsell mientras descendían hasta el campamento base.

—Sólo creí que se preocupaba por mí —comentó Johannes—. Me pasó el brazo por los hombros y me confesó que tenía miedo de que pudieran acusarnos también de otras cosas si lo contábamos, aunque, bueno, lo cierto es que ya estábamos en peligro.

—¿Y por qué dijo eso?

—Los responsables del GRU sabían quiénes éramos. Supongo que ya desde aquel mismo momento se preguntarían si existía una relación entre la muerte de Grankin y nuestra presencia en la montaña. Después él, sin cambiar su tono amistoso, añadió: «Ya sabes que llevan tiempo intentando atraparte», cosa que yo sabía que era verdad. El GRU me consideraba peligroso y molesto, y luego Svante me recordó, igual de jodidamente comprensivo, que lo más probable era que ya tuvieran *infocomp*.

—¿*Infocomp*?

—Sí, información comprometedora.

—¿Y qué información era ésa?

—Una historia con el ministro Antonsson.

—¿El ministro de Comercio?

—Exacto. Por aquel entonces, Sten Antonsson acababa de divorciarse y andaba un poco desorientado, y a principios de los años 2000 se enamoró de una joven rusa que se llamaba Alisa. El pobre estaba como en una nube. Pero durante una visita que realizó a San Petersburgo en la que yo también participé, el champán corrió a mansalva en la habitación del hotel donde se alojaban. En medio de la fiesta, Alisa empezó a hacerle preguntas relacionadas con cierta información delicada, y creo que fue entonces cuando se le cayó la venda de los ojos. Aquello no era amor, sino la clásica trampa de miel. Entonces él perdió los estribos y empezó a gritar y a agitar los brazos. Después, sus guardaespaldas irrumpieron en la habitación y se armó un caos, y alguien tuvo la estúpida idea de que yo interrogara a la chica, razón por la que me pidieron que me presentara en la habitación.

—¿Y qué pasó?

—Entré corriendo y lo primero con lo que me encontré fue con Alisa, vestida con unas pantaletas de encaje, unas ligas y todo lo demás. Estaba histérica, e intenté calmarla. Pero empezó a gritar y a decir que quería dinero. Que si no se lo daban denunciaría a Antonsson por malos tratos. A mí todo aquello me tomó totalmente de improviso, y como llevaba encima un montón de rublos, se los di. Tal vez no fuera muy elegante por mi parte, pero fue lo único que se me ocurrió en aquel momento.

—Temías que hubiera fotos de eso, ¿no?

—Sí, y cuando Svante me recordó el incidente, todo se complicó aún más y pensé en Rebecka. Pensé en lo mucho que la quería y me entró un miedo atroz a que ella creyera que yo era, en realidad, un tipo turbio.

—Por eso decidiste guardar silencio sobre lo ocurrido.

—Decidí esperar, y cuando me di cuenta de que Nima tampoco decía nada, esperé un poco más. Luego el tiempo pasó. Y después tuvimos otros problemas.

—¿Qué clase de problemas?

Janek Kowalski intervino:

—Alguien le filtró al GRU que Johannes había intentado reclutar a Grankin.

—¿Y cómo fue eso posible?

—Pensamos que fue Stan Engelman —continuó Kowalski—. A lo largo de aquel verano y de aquel otoño nos fueron llegando noticias cada vez más fiables de que pertenecía a Zvezda Bratva. Sospechamos que Engelman contaba con un topo en la expedición que lo informaba de los frecuentes contactos que se producían entre Johannes y Viktor. Hasta llegamos a creer que ese topo era Nima Rita.

—¿Y era verdad?

—No, pero quedó claro que el GRU había sido informado. No creíamos que lo supieran con total certeza, aunque, no obstante..., los rusos presentaron una protesta formal al Gobierno sueco. Se habló incluso de que las presiones de Forsell habían contribuido a generar el estrés que sufrió Grankin en el Everest y que le costaron la vida. Y a Johannes lo expulsaron de Rusia, como ya sabes.

—¿Así que ése fue el motivo? —preguntó ella.

—En parte, sí. En esa época, Rusia echó a un montón de diplomáticos. Pero, sí, es cierto que aquello tuvo algo que ver, y fue una gran pérdida para todos nosotros.

—Menos para mí —apostilló Johannes—. Para mí fue el comienzo de algo nuevo y mucho mejor. Dejé la vida militar y sentí una enorme liberación. Estaba enamorado y me casé, y me dediqué a la empresa de mi padre y tuve hijos. Sentí otra vez lo maravilloso que es vivir.

—Lo cual es peligroso —repuso Kowalski.

—¡Qué cínicos son! —terció Rebecka.

—Pero es verdad. El que es feliz baja la guardia —apuntó Kowalski.

—Yo dejé de actuar con prudencia y no fui capaz de sumar dos más dos como debería haber hecho —dijo Johannes—. Seguí considerando a Svante un amigo en quien confiar, además de un apoyo. Lo convertí, incluso, en mi secretario de Estado.

—¿Y eso fue un error? —preguntó Catrin.

—Decir «un error» es quedarse corto. Aquello no tardó mucho en salpicarme.

—Fuiste objeto de una campaña de desinformación.

—Eso también, pero, sobre todo, recibí la visita de Janek.

—¿Y qué quería?

—Hablar de Nima Rita —respondió Kowalski.

—¿Por qué?

—Has de saber —empezó Johannes— que yo llevaba mucho tiempo manteniendo contacto con Nima, ayudándolo con dinero y construyéndole una casa en Khumbu. Pero al final poco importó lo que yo hiciera. Tras la muerte de Luna, toda su vida se derrumbó y Nima cayó gravemente enfermo. Sólo conseguí hablar por teléfono con él un par de veces, y apenas se lo podía entender. Lo único que hacía era delirar. Tenía tal lío en la cabeza que ya no había quien soportara escucharlo. Se lo consideraba inofensivo; incluso por parte de Svante. Pero durante el otoño de 2017 la situación cambió. Una periodista de *The Atlantic* llamada Lilian Henderson estaba trabajando en un libro que recogía los acontecimientos ocurridos en el Everest y que iba a publicarse al año siguiente, con motivo del décimo aniversario de la tragedia. Lilian había hecho una investigación increíble, y no sólo estaba al tanto de la aventura que tuvieron Viktor y Klara, sino también de las conexiones que había entre Stan Engelman y Zvezda Bratva. Hasta llegó a indagar en el rumor que decía que Engelman quiso ver muertos tanto a su mujer como a Grankin en la montaña.

—¡Dios mío!

—Sí. Y Lilian Henderson también le realizó a Stan una dura entrevista en Nueva York. Stan, como es natural, negó todas las acusaciones, de modo que no estaba muy claro que Lilian pudiera demostrarlas. Aun así, Engelman comprendió, sin duda, que se hallaba en grave peligro.

—¿Qué pasó?

—Lilian Henderson cometió la imprudencia de comentar que iba a ir a Nepal para hablar con Nima Rita, y Nima Rita, como acabo de decir, era inofensivo en circunstancias normales, pero no necesariamente frente a una periodista de investigación que poseía los suficientes conocimientos para poder discernir cuánto había de fantasía y cuánto de realidad en toda su verborrea.

—¿Y qué era lo que había de realidad?

—Entre otras cosas, justo lo que Lilian estaba investigando —respondió Kowalski.

—¿A qué te refieres?

—Teníamos a un hombre de la embajada sueca en Nepal que había leído los pasquines que Nima escribió y publicó en Katmandú, donde, entre otras cosas, se decía que Stan le había pedido a Nima que matara a *mamsahib* en la montaña, aunque, al parecer, Nima hablaba de un *Angelman*, así que más bien sonaba como si el que le había dado la orden hubiera sido un ángel oscuro del cielo.

—¿Y eso era verdad? —preguntó Catrin.

—Sí, creemos que sí —continuó Kowalski—. Creemos que, durante un tiempo, Stan barajó la idea de utilizar a Nima.

—¿Es eso posible?

—No olvides que lo más probable es que Engelman se desesperara cuando se enteró de que Klara y Grankin conspiraban para acabar con él.

—¿Cómo reaccionó Nima? ¿Lo saben?

—Como es lógico, se quedó en un profundo estado de *shock* —apuntó Johannes—. Durante toda su vida, a lo largo de toda su carrera profesional, su objetivo había sido el de ayudar a la gente, no el de matarla, de modo que se negó a hacerle caso, claro. Pero después, cuando las cosas salieron como salieron y él, a pesar de todo, contribuyó a la muerte de ella, aquello no dejó de perseguirlo. Resulta bastante fácil imaginárselo. La culpa y la paranoia lo destrozaron, y durante el otoño de 2017, cuando Janek me visitó, Nima intentó desesperadamente confesar sus pecados en Katmandú. Quería confesarse ante todo el mundo.

—Sí, eso parece —dijo Kowalski—, y entonces

yo informé a Johannes de que tal vez la visita de Lilian Henderson constituyera un peligro. Le comenté que corría el riesgo de que Stan y Zvezda Bratva se deshicieran de Nima, ante lo cual Johannes se apresuró a decir que teníamos una deuda pendiente con él y que debíamos protegerlo y darle todo tipo de cuidados.

—¿Y se los dieron?

—Sí.

—¿Cómo?

—Informamos de ello a Klas Berg, del Must, y trajimos a Nima Rita en un vuelo diplomático británico para ingresarlo en Södra Flygeln, en Årstaviken, donde por desgracia...

—¿Qué? —preguntó Catrin interesada.

—No recibió unos cuidados muy allá y yo... —continuó Johannes.

—¿Y tú...?

—No lo visité con tanta frecuencia como pensaba. No sólo porque tuviera demasiado que hacer, sino también porque, simplemente, me dolía verlo en aquel estado.

—Pero tú seguiste siendo feliz.

—Supongo que sí, aunque no mucho tiempo.

Capítulo 33

28 de agosto

Lisbeth Salander agachó la cabeza al atravesar aquellos ventanales montada en la moto, y, cuando, al instante siguiente, la levantó y vio que un hombre con un chaleco de cuero le estaba disparando, lo atropelló. El golpe fue tan violento que ella salió volando por los aires y, tras estamparse contra la pared, aterrizó sobre una viga de hierro que había en el suelo. Se puso de pie en un segundo y buscó protección detrás de una columna mientras su mirada registraba los detalles del edificio, el número de hombres y las armas que tenían, las distancias, los obstáculos y, un poco más al fondo, el horno que había visto en la grabación.

Junto a ella había un hombre vestido con un traje blanco que apretaba un trapo contra la cara de Mikael, que se encontraba tumbado en una camilla. Y entonces Lisbeth advirtió que, empujada por una indomable fuerza interior, ya estaba dirigiéndose hacia ellos. Una bala le impactó en el casco. Otras pasaron volando a su alrededor. Ella devolvió los tiros, y uno de los hombres que se hallaban junto al horno cayó en redondo sobre el suelo. Algo era algo. Pero, por lo demás, no tenía ningún plan.

Se limitó a seguir corriendo y vio que el hombre del traje blanco agarraba la camilla con la intención de lanzarla contra las llamas; entonces volvió a disparar, aunque debió de errar el tiro, por lo que se abalanzó sobre él y ambos acabaron en el suelo. Después de eso, no supo muy bien qué sucedió.

Sólo era consciente de haberle dado un cabezazo y haberle roto la nariz, y de que luego se puso de pie y abatió de un tiro a otra borrosa figura, tras lo cual consiguió liberar uno de los brazos de Mikael de las correas, lo que fue un tremendo error que le salió caro. Pero lo creyó necesario. Mikael estaba tumbado en una especie de camilla provista de raíles, y un solo empujón podría mandarlo directamente a las llamas, y aunque quitarle las correas sólo le llevó a Lisbeth un par de segundos, provocó que su atención se desviara.

Sintió un golpe en la espalda y el impacto de una bala en el brazo que la hizo caer de bruces sobre el suelo. Luego no fue lo bastante rápida como para esquivar una patada que le quitó el arma de las manos, un error fatal, porque antes de que le diera tiempo a levantarse ya la habían rodeado, y estaba convencida de que iban a matarla en el acto. Pero había tensión en el ambiente, y una enorme confusión. Tal vez esperaran una orden.

Al fin y al cabo, era a ella a quien habían estado buscando. Barrió la nave con la mirada, por si veía alguna salida, y advirtió que dos hombres habían caído y que uno más estaba herido pero continuaba en pie. Eran tres hombres contra ella, y Mikael difícilmente podría ayudarla: parecía aturdido, y sus piernas...

Lisbeth desvió la mirada y volvió a dirigirla hacia ellos, y se dio cuenta de que eran Jorma y Krille, de Svavelsjö MC, y de que el que se encontraba herido era Peter Kovic, que daba la sensación de que necesitaba sentarse. Él era el eslabón débil, aunque Krille tampoco parecía estar muy bien. ¿Era a él a quien había atropellado con la moto?

Al fondo había una puerta azul. «Seguro que hay más gente ahí dentro», pensó. Luego, por detrás de ella, oyó cómo el hombre al que le había dado el cabezazo gemía y se movía; Galinov, sin duda. Tampoco él estaba neutralizado. Lisbeth se dio cuenta de que la sangre salía a borbotones de su brazo, y también de algo más: estaba jodida. Un solo e imprudente movimiento y la acribillarían a tiros. Aun así, se negó a darse por vencida. Los pensamientos le hacían tic-tac, tic-tac... ¿Qué clase de dispositivos electrónicos habría allí dentro? Por supuesto, una cámara, y una computadora, y conexión a Internet, y quizá también una alarma. Pero no..., a nada de eso podría tener acceso ahora. Además, la luz estaba cortada.

Lo único que le quedaba era intentar ganar tiempo, y volvió a mirar a Mikael. Lo necesitaba. Necesitaba toda la ayuda posible, y también, tal vez, pensar en positivo. Por lo menos había salvado a Mikael, aunque fuese por el momento. El resto había sido un absoluto fracaso. Desde el mismo instante en que se quedó dudando en el bulevar Tverskoi no había hecho más que causar problemas y sufrimiento, razón por la que no dejaba de maldecirse mientras su cerebro buscaba soluciones.

Estudió el lenguaje corporal de los hombres y midió la distancia que había hasta el agujero del ventanal y hasta su moto, y también hasta una barra de hierro, una de las herramientas de los sopladores de vidrio —creía— que se hallaba tirada en el suelo. A su cabeza no hacían más que acudir planes de actuación que rechazaba al instante siguiente. Era como si fotografiara cada pequeño detalle del edificio y aguzara el oído ante cualquier ruido o sonido raro, aunque también tuvo una especie de presentimiento. Luego la puerta azul se abrió de golpe y una persona demasiado familiar se le aproximó con unos resonantes pasos que se le antojaron tanto de triunfo como de desesperación. Toda la nave se llenó de inquietud y solemnidad y, por detrás de Lisbeth, una voz algo tomada dijo en ruso:

—Por todos los demonios, Kira. ¿Todavía estás aquí?

30 de septiembre de 2017, Katmandú

Nima Rita se hallaba arrodillado en una callejuela, no muy lejos del río Bagmati, donde se quema a los muertos, y estaba sudando, con su chamarra puesta, la misma que llevaba la última vez que vio a Luna allí arriba, en la grieta del Cho Oyu. Y ahora también la vio: se le apareció tumbada boca abajo con los brazos extendidos, como si volara, mientras lo llamaba desde el más allá:

—¡Por favor, no me abandonen!

Gritaba igual que *mamsahib*. Estaba igual de sola y desesperada, y resultaba insoportable pensar en ello. Nima Rita apuró, de un buen trago, la cerveza que se estaba bebiendo, que no acallaba aquellos gritos —nada podía hacerlo—, pero los aminoraba y hacía que el mundo lo acompañara con un canto un poco más suave. Miró a un lado: aún le quedaban tres botellas, lo cual era bueno. Se las bebería. Luego regresaría al hospital para reunirse con Lilian Henderson, que había viajado desde Estados Unidos para verlo, cosa que era muy importante, quizá lo único que en realidad le había infundido esperanza a lo largo de todos esos años, aunque, como era lógico, también temía que Lilian Henderson le diera la espalda.

Le había caído una maldición. Ya nadie lo escuchaba. Sus palabras sólo salieron revoloteando como la ceniza del río. Él era como una enfermedad de la que la gente huía. Un apestado. A pesar de ello, les pedía constantemente a los dioses de las montañas que alguien como Lilian lo comprendiera, y sabía con exactitud lo que quería contarle. Quería contarle que se había equivocado. *Mamsahib* no era mala persona. Los malos eran los que habían dicho que ella era mala —*sahib* Engelman y *sahib* Lindberg—, los que querían que ella muriera, los que lo habían engañado susurrándole palabras terribles al oído. Ellos eran malos, ella no, eso era lo que iba a contarle; aunque ¿de verdad iba a poder hacerlo? Estaba enfermo. Era consciente de ello.

En su cabeza, todo se mezclaba. Era como si no sólo hubiese abandonado a *mamsahib* en la nieve, sino también a su Luna, y por eso se vio abocado a querer a *mamsahib* y llorar su muerte, al igual que quería a Luna y lloraba su muerte a diario, lo que hizo que el accidente fuera el doble de grande. Cien veces más grande. Pero sería valiente, e intentaría diferenciar las voces y no confundirlo todo para no asustar a Lilian de la misma manera que solía asustar a la gente. Por eso se bebió la cerveza de forma rápida y metódica, con los ojos cerrados. A su alrededor olía a especias y a sudor. La calle era un hervidero de gente y, al oír unos pasos que se acercaban mucho a él, levantó la vista. Eran dos hombres, uno mayor y otro más joven. Y en un inglés con acento británico le dijeron:

—Estamos aquí para ayudarte.

—Tengo que hablar con *mamsahib* Lilian —declaró él.

—Sí, hablarás con ella —contestaron.

Luego no supo muy bien lo que sucedió, tan sólo que unos momentos después ya se hallaba en un coche de camino al aeropuerto, y que nunca llegó a coincidir con Lilian Henderson. Nunca encontró a nadie que lo entendiera, y dio igual las veces que les pidiera perdón a los dioses. Estaba perdido.

Moriría perdido.

Catrin se inclinó hacia delante y miró a Johannes Forsell a los ojos.

—Si Nima Rita quería hablar con los periodistas, ¿por qué no lo dejaron hacerlo?

—Consideramos que se encontraba demasiado desequilibrado.

—Antes dijiste que recibió una atención pésima. Que la mayor parte del tiempo la pasó encerrado. ¿Por qué no se le ofreció ayuda para aclarar su historia?

Johannes Forsell bajó la mirada. Sus labios temblaron nerviosamente:

—Porque...

—...porque tú en realidad no querías eso —lo interrumpió, con mucha más dureza de la que pensaba—. Tú querías seguir siendo feliz, ¿verdad?

—¡Dios mío! —terció Janek—. Ten un poco de piedad. Johannes no es el malo de la película y, como ya sabes, su felicidad no duró mucho.

—Sí, claro, perdona —dijo ella—. Continúa.

—No hace falta que pidas perdón —contestó Johannes—. Tienes razón, sí. Fui un mezquino. Me olvidé de Nima. Ya tenía bastante con mi propia vida.

—¿Por toda esa oleada de odio?

—Lo cierto es que nunca me afectó demasiado —prosiguió Johannes—. Me lo tomé como lo que era, o sea: un montón de falsedades e información manipulada. No, la tragedia llegó ahora, en agosto.

—¿Qué fue lo que pasó?

—Me encontraba en mi despacho, en el ministerio. Hacía días que sabía que Nima se había escapado de Södra Flygeln y estaba preocupado.

Justo pensaba en eso cuando entró Svante, quien se dio cuenta de que algo iba mal. Nunca llegué a decirle que habíamos traído a Nima. Ni una sola palabra. Había recibido órdenes de Janek y su grupo al respecto. Pero al enterarme de que Nima se había fugado se me cayó el mundo encima. Y, a pesar de que conocía la faceta de manipulador de Svante, en los momentos críticos solía apoyarme en él, una costumbre que adquirí cuando estuvimos juntos en el Everest. Así que se lo conté todo. Me salió. Simplemente.

—¿Y cómo reaccionó?

—Con calma, sereno. Se sorprendió, claro. Pero no percibí nada alarmante, en absoluto. Tan sólo asintió con la cabeza y abandonó el despacho, y yo creí que todo se arreglaría. Ya había contactado con Klas Berg, y él había prometido encontrar a Nima y llevarlo de vuelta al hospital. Pero no pasó nada, y hasta el domingo 16 de agosto no me llamó Svante. Estaba sentado en su coche, delante de nuestra casa de Stocksund, y necesitaba hablar. No debía llevarme el celular, me advirtió, de modo que comprendí que se trataba de algo delicado. Tenía la música del coche puesta a un volumen muy alto.

—¿Y qué te dijo?

—Que había encontrado a Nima y descubierto que iba pegando pasquines por las paredes en los que contaba lo que sucedió en el Everest, y que había intentado contactar con algunos periodistas. «No podemos permitirnos que ese tipo de información se haga pública ahora —dijo—, estamos demasiado expuestos.»

—¿Y qué le respondiste?

—La verdad es que no lo sé. Sólo recuerdo que me comentó que se había encargado del asunto y que yo no tenía por qué preocuparme de nada. Yo estallé y le exigí que me contara exactamente qué era lo que había hecho, y él me contestó con toda tranquilidad: «No me importa contártelo, pero en ese caso tú también te verás involucrado. Y ya seremos dos», y yo le grité: «¡Me importa una mierda, quiero saber lo que has hecho!», y entonces el cabrón me lo contó.

—¿El qué?

—Que había dado con Nima Rita en Norra Bantorget y que le entregó una botella preparada sin que él lo reconociera, y que al día siguiente Nima se durmió tan tranquilo. Ésas son las palabras que empleó: «Se durmió tan tranquilo». Y luego añadió que nadie pensaría jamás que la muerte se había producido por otra causa distinta de la de una muerte natural o una sobredosis. Empecé a gritarle. Le grité que lo denunciaría y que lo metería en la cárcel de por vida. Y le grité cosas mucho peores. Perdí la cabeza por completo. Pero él se limitó a mirarme con serenidad, y fue en ese momento cuando acabé comprendiéndolo todo.

Lo vi todo muy claro, como si un relámpago me hubiera iluminado.

—¿Y qué fue lo que te quedó claro?

—Quién era, y de lo que era capaz. Comprendí tantas cosas que apenas sé por dónde empezar. Pero recuerdo que me vino a la memoria la sopa de arándanos del Everest.

—¿La sopa de arándanos? —dijo Catrin sorprendida.

—Svante había conseguido el patrocinio de una empresa de Dalecarlia que fabricaba una sopa de arándanos especialmente nutritiva, y ya sabemos que la sopa de arándanos es algo muy sueco. Pero en el Everest la elogió tanto que todos los de nuestra expedición empezaron a tomarla, y cuando estábamos sentados en el coche se me vino a la mente el momento en que él, en el campamento cuatro, justo antes de que ascendiéramos hacia la cumbre, empezó a repartir las botellas que nuestros *sherpas* habían subido. Y me acordé muy bien de cómo le daba una a Viktor y otra a Klara, y luego pensé en lo débiles que se quedaron después, y entonces comprendí...

—Que tenía experiencia en «preparar» botellas.

—No es algo que yo pueda demostrar ni nada que él haya reconocido. Pero comprendí que fue así como procedió. Él les metió algo en las botellas que los debilitó, quizá somníferos también. Entendí que él y Engelman eran cómplices. Que trabajaban para protegerse a sí mismos y a Zvezda Bratva.

—Pero ¿no te atreviste a denunciarlos?

—No, y eso fue lo que me destrozó.

—¿Tenía él algo que pudiera usar contra ti?

—Por supuesto, tenía las fotos de cuando le di el dinero a la amante de Antonsson, cosa que ya de por sí era bastante mala. Pero eso no era todo. ¡Qué va! Había un montón de testimonios que aseguraban que yo había estado con prostitutas y que había pegado a algunas mujeres, todo un dosier, me dijo. Aquello me resultó tan absurdo que me quedé boquiabierto, sin saber qué decir. Nunca le he puesto la mano encima a una mujer, tú lo sabes, Becka. Pero se lo noté, se lo vi por primera vez.

—¿El qué?

—Que le daba igual que se tratara de pruebas falsas. Ni siquiera le importaba que fuéramos amigos, él me hundiría si le convenía. Nunca se me olvidará cuando me dijo que también me echaría la culpa del asesinato de Nima Rita si me enfrentaba a él. Me quedé completamente aterrorizado. Vi cómo la catástrofe más absoluta se cernía sobre nosotros, Becka, y no lo soporté. En lugar de actuar, me tomé unos días libres y nos fuimos a Sandön. Y el resto ya lo saben: no soporté vivir con eso, y me metí en el mar.

—¡Qué hijo de puta! —exclamó Catrin.

—¡Increíble! —dijo Rebecka.

—Y ese dosier del que habló Svante ¿existe? ¿O fue sólo una treta?

—Por desgracia, existe —repuso Janek con más aplomo en la voz—. Pero quizá sea mejor que eso también lo cuentes tú, Johannes. Y yo, si acaso, iré completando.

Kira estaba ante lo que llevaba toda su vida adulta deseando, y sintió..., ¿qué? ¿Qué fue lo que sintió? Más que nada, una decepción, creía. Y no sólo porque por fin todo hubiera acabado y ya no pudiera soñar con ello. La sensación de triunfo tampoco era tan intensa como había imaginado. Todo aquel momento estaba manchado por las prisas y la preocupación que reinaba en el ambiente. Pero, sobre todo, por Lisbeth.

Su hermana no presentaba el aspecto que ella habría deseado, no parecía ni destrozada ni asustada. Sólo estaba indescriptiblemente sucia y delgada, tumbada boca abajo, con la sangre saliéndole del brazo. Aun así, de alguna extraña manera, lograba asemejarse a un felino al acecho. Apoyaba la parte superior del cuerpo en los codos, como si se dispusiera a atacar. Sus negros ojos se dirigían por detrás de todos ellos, hacia la puerta, un hecho —la sensación de ser ignorada— que enfureció a Kira. «¡Mírame, hermana! —quiso gritarle—. ¡Mírame!». Pero no podía ponerse en evidencia.

Dijo:

—Así que al final hemos conseguido que vengas...

Lisbeth no contestó. Su mirada seguía recorriendo la estancia, pero ahora se detuvo a contemplar a Mikael, sus quemadas piernas y el horno. Los ojos parecían buscar su reflejo en el brillante marco metálico, lo que le infundió un poco más de fuerza a Kira; no descartaba que Lisbeth, pese a todo, tuviera un poco de miedo.

—Vas a arder, al igual que Zala —le dijo, tras lo cual habló, por fin, su hermana:

—¿Crees que te sentirás mejor después?

—Eso deberías saberlo tú.

—Pues no, una no se siente mejor.

—Yo sí me sentiré mejor.

—¿Sabes de qué me arrepiento, Camilla?

—Me trae sin cuidado de lo que tú te arrepientas.

—Me arrepiento de no haberlo visto.

—¡Vete al carajo!

—Me arrepiento de no habernos aliado contra él.

—Nunca habría... —empezó Camilla, pero luego se calló, quizá porque no tenía ni idea de cómo continuar o porque sabía que, dijera lo que dijese, le saldría mal, razón por la que se interrumpió y ordenó—: Dispárenle en las piernas y llévenla al horno. —Y, a pesar de todo, sintió una punzada de excitación en el pecho.

Y aunque esos malditos idiotas dispararon, seguro que estuvieron dudando demasiado, aunque fuese tan sólo un segundo. Porque Lisbeth tuvo tiempo de dar una vuelta rodando y Blomkvist —¿cómo diablos lo hizo?— logró ponerse de pie. Entonces Camilla dio unos pasos hacia atrás mientras veía cómo su hermana se hacía con una oxidada barra de hierro que había en el suelo.

Al amparo del caos que se había creado en torno a Lisbeth, Mikael había logrado soltarse las manos de las correas de cuero y decidió levantarse, si bien es cierto que pensó que las piernas difícilmente lo sostendrían. No obstante, fortalecido por la inyección de adrenalina que corría por su sangre, fue capaz de mantenerse en pie y alcanzar uno de los cuchillos que había en la mesa de al lado.

A tan sólo unos metros de él, Lisbeth rodó por el suelo con una barra de hierro en la mano y consiguió llegar hasta su moto. La levantó de un rápido y violento movimiento y la usó, durante unos segundos, a modo de escudo contra las balas. Luego pegó un salto y, tras montarse en ella, la arrancó, salió por el hueco del ventanal y desapareció campo a través. Todo ocurrió de forma tan inesperada que incluso los otros dejaron de disparar. ¿Había huido?

Aquello resultaba casi imposible de asimilar. Pero la verdad era que el ruido del motor se alejó cada vez más, hasta que calló por completo. Fue como si un viento gélido barriera a Mikael.

Dirigió la mirada hacia el ardiente horno y sus quemadas piernas, y se sintió ridículo empuñando aquel cuchillo, como si llevara un palito de madera para una lucha a muerte. Después se desplomó sobre el suelo, aquejado de unos insoportables dolores, y durante un momento no ocurrió nada de nada.

El repentino asombro lo paralizó todo. Luego se oyeron pesadas respiraciones y gruñidos, y los movimientos que hizo Ivan, su torturador, al levantarse. Le sangraba la nariz, que tenía rota, y llevaba el traje manchado de ceniza y de sangre. Una vez de pie, murmuró que deberían marcharse de allí de inmediato. Camilla intercambió una mirada con él e hizo un indefinido gesto con la cabeza que podía significar tanto un sí como un no o nada en absoluto. Parecía encontrarse tan conmocionada como los demás, mascullaba palabrotas y le dio una patada a uno de los hombres, que yacía herido en el suelo. Un poco más allá, un hombre gritó algo acerca de Bogdanov.

Pero justo en ese instante, Mikael advirtió otro ruido: un motor acelerando que se aproximaba al edificio. Tenía que ser Lisbeth. ¿Qué estaba haciendo? Iba hacia ellos de nuevo, pero esta vez no tan rápido como antes, ni tampoco por el hueco que había abierto en el ventanal. Se dirigía hacia donde estaba él, hacia el horno, y ellos volvieron a disparar de forma salvaje y descontrolada. Pero el ruido del motor seguía acercándose de todos modos, y entonces la moto irrumpió estrepitosamente por el ventanal que había justo delante de Mikael.

Lisbeth volvió a aparecer en medio de una lluvia de cristales que le dieron a Ivan en la cabeza y en los hombros y que lo hicieron sobresaltarse como si hubiera visto un fantasma. Y no era de extrañar, porque Lisbeth estaba pálida como un cadáver y parecía hallarse completamente fuera de sí, aunque ahora no tenía las manos en el manillar, sino en la barra de hierro. De un golpe, le quitó el arma de las manos a uno de los hombres antes de estamparse contra la camilla y caer encima de Mikael para, acto seguido, seguir rodando hacia la pared. Pero se puso de pie rauda como un rayo y, tras hacerse con el arma, que se había deslizado por el suelo, empezó a disparar.

Todo el edificio relampagueó, y Mikael no llegó a hacerse una idea clara de lo que estaba sucediendo allí: tan sólo oyó los disparos, y los gritos, y los pasos, y las respiraciones, y los gruñidos, y aquellos cuerpos cayendo sobre el suelo. Pero cuando por fin el ruido cesó, al menos por el momento, decidió actuar; hacer algo, lo que fuera.

Se dio cuenta de que todavía tenía el cuchillo en la mano e intentó levantarse. No podía. Le dolía demasiado. Pero volvió a intentarlo y logró ponerse de pie, aunque se tambaleó: su dolor era inconmensurable. Con la vista nublada, miró a su alrededor y vio que ahora sólo quedaban tres personas en pie: Lisbeth, Ivan y Camilla.

Lisbeth era la única de los tres que empuñaba un arma. La situación se le había vuelto favorable, de modo que podría terminar con todo aquello en cuanto quisiera.

Aun así, no ocurrió nada. Permaneció extrañamente inmóvil, como si se hubiese petrificado; ni siquiera los ojos le parpadeaban. Algo iba mal. Mikael lo sintió como una punzada de terror en el pecho y, acto seguido, lo vio: la mano de Lisbeth estaba temblando.

No podía disparar. Ivan y Camilla se atrevieron a acercarse, cada uno desde una dirección; Ivan sangrando y dócil, y Camilla temblando de rabia. Durante un par de segundos, Camilla le lanzó a su hermana una mirada llena de odio, casi de locura. Luego, en un repentino ataque, como si de verdad quisiera que le pegara un tiro, se abalanzó contra ella. Pero Lisbeth no disparó. Esta vez tampoco.

Salió despedida hacia atrás, hacia el horno, y se golpeó la cabeza contra la pared de azulejos que había junto a él. A continuación, Ivan se acercó a toda prisa y la agarró, y, un poco más lejos, otro hombre se levantó del suelo. Lisbeth y Mikael parecían estar de nuevo acabados.

Capítulo 34

28 de agosto

—Durante aquellos días, me desesperé cada vez más, y no sólo por culpa del miedo —explicó Johannes Forsell—. También por el desprecio que sentí por mí. Svante consiguió amenazarme, pero además deformó la imagen que yo tenía de mí mismo. Aquello por lo que él quería incriminarme se me metió muy dentro, y empecé a sentir que no merecía vivir. Antes he mencionado la campaña de odio de los medios de comunicación. Nunca me preocupó demasiado. Pero después del encuentro que tuve con Svante en el coche, todo lo que se había dicho de mí lo viví, de repente, como real y verdadero, como una parte de mí, y no fui capaz de hacer nada. Tan sólo estar echado allí arriba, en el despacho de mi casa de Sandön, totalmente paralizado.

—Aun así, te oí gritar por teléfono —dijo Rebecka—. Parecía que todavía querías luchar.

—Es verdad, también quería luchar. Había llamado a Janek para ponerlo al corriente de la situación, y más de una vez agarré el teléfono con la intención de llamar al primer ministro y al jefe de la policía. Estaba dispuesto a actuar. O, al menos, eso es lo que quiero creer. Pero seguro que Svante se preocupó cuando me tomé esos días libres. Y se presentó en nuestra casa de Sandön. Ahora, una vez pasado todo, me pregunto si no me estaría vigilando.

—¿Por qué dices eso? —quiso saber Catrin.

—Porque una mañana, cuando Becka se fue a hacer la compra, apareció sin avisar y estuvimos hablando en la playa. Fue entonces cuando me enseñó el dosier.

—¿Y cómo era?

—Se trataba de una falsificación, claro, pero se había realizado con un espeluznante esmero, con fotografías de mujeres maltratadas llenas de moratones, y muchos testimonios, copias de denuncias policiales, testigos que lo confirmaban todo, certificados que parecían pruebas técnicas... La documentación era abundante, muy profesional, de eso no cabía duda, y enseguida comprendí que habría una considerable cantidad de personas que darían por ciertos todos esos datos durante un tiempo lo bastante largo como para que me ocasionaran un daño irreparable. Recuerdo que, cuando volví a entrar en la casa y miré a mi alrededor, todos los objetos que había allí dentro (los cuchillos de la cocina, las ventanas de la planta superior, los enchufes...) se habían convertido en algo con lo que podría hacerme daño. En ese momento quise morir.

—No del todo, Johannes —intervino Janek—. Todavía te quedaba un poco de espíritu de lucha. Me volviste a llamar y me lo contaste.

—Es verdad. Lo hice.

—Y nos proporcionaste la suficiente información como para que pudiéramos confirmar que Svante Lindberg fue reclutado por Zvezda Bratva a principios de los años 2000. No sólo nos dimos cuenta de que estaba corrompido hasta el fondo, sino que también nos quedó claro lo que en realidad había ocurrido.

—¿Que envenenó a Grankin y a Klara Engelman?

—Comprendimos sus motivos desde el principio. Al igual que Stan Engelman, tenía miedo de lo que Klara y Viktor fueran capaces de declarar públicamente. No creemos, bien miradas las cosas, que Grankin se hallara al tanto del papel que desempeñaba Svante en el sindicato del crimen, pero eso apenas es importante. Una vez que estás dentro debes hacer lo que te mandan. En ese momento, Zvezda Bratva tenía motivos más que de sobra para querer deshacerse de Viktor y Klara.

—Ya empiezo a entenderlo —dijo Catrin.

—Bien —continuó Janek—. Entonces quizá también comprendas que Svante tenía más motivos para abandonar a Klara allí arriba que para ayudar a un amigo.

—Quería acallarla.

—Que ella hubiera resucitado de entre los muertos habría significado que el sindicato volvería a correr peligro.

—Es terrible.

—Sin duda. Pero lo lamentable fue que trabajamos con tanta intensidad con nuestras informaciones que se nos olvidó informar a Johannes.

—Lo abandonaron a su suerte —concluyó Rebecka.

—Se nos olvidó darle el apoyo que merecía, lo que me causa un enorme dolor.

—Pues muy merecido.

—Sí, es verdad. Todo es endiabladamente lamentable e injusto, y espero que, después de escuchar todo esto, ésa sea también tu opinión, Catrin.

—¿Cuál? —dijo ella.

—Que Johannes ha querido siempre hacer el bien.

Catrin no contestó. Se había quedado mirando una noticia en el celular.

—¿Ha pasado algo? —preguntó Rebecka.

—Se está realizando una operación policial en

Morgonsala que puede estar relacionada con Mikael —respondió.

Lisbeth se golpeó la cabeza contra la pared de azulejos y, tras sentir cómo el calor del horno le abofeteaba la cara, se dio cuenta de que tenía que espabilarse. Y no sólo por su propio bien. Pero no había forma. Era capaz de quemar a un hombre con una plancha, de tatuarle a otro unas palabras en el estómago, y hasta de volverse loca. Pero no era capaz de matar a su hermana, ni siquiera si su propia vida dependía de eso. Eso fue lo que, definitivamente, comprendió.

Había vuelto a vacilar una vez más, y ahora, en medio de aquella caótica locura, Camilla la agarró del brazo herido e intentó arrastrarla hasta el horno. Lisbeth estuvo a punto de acabar entre las llamas, pero consiguió zafarse de su hermana y sólo se chamuscó un poco el pelo. Luego vio cómo un hombre, Jorma creía que era, le apuntaba con su pistola, y entonces ella le disparó y le dio en el pecho. Hubo una serie de movimientos y amenazas por todas partes, y ahora también Galinov se agachó para recoger un arma del suelo, tras lo cual ella se dispuso a dispararle. Pero no le dio tiempo.

Mikael se desplomó con la cara retorcida de dolor, pero mientras lo hacía logró asestarle una puñalada en el hombro a Galinov, y, justo en ese momento, Camilla retrocedió un paso y le lanzó a Lisbeth una mirada cargada de un odio infinito. Todo su cuerpo temblaba. Acto seguido, tomó impulso y se abalanzó sobre ella con la intención de que cayera en el horno, pero Lisbeth tuvo tiempo de echarse a un lado y Camilla se precipitó sobre las llamas impulsada por su propia fuerza. Todo sucedió en un instante.

Aun así, a Lisbeth se le antojó un instante extrañamente prolongado. No sólo por sus movimientos, y la caída, y las manos que se agitaban. Sino también por el estruendo que se produjo: el ruido del cuerpo de Camilla aterrizando sobre las llamas, su piel chisporroteando, su pelo quemándose, el grito que siguió, ahogado enseguida por el fuego, y el desesperado esfuerzo para levantarse y salir de allí, y luego esos primeros tambaleantes pasos, con el pelo y la blusa ardiendo.

Camilla gritaba, sacudía la cabeza y agitaba los brazos mientras Lisbeth se limitaba a quedarse quieta a su lado observando la escena. Por un segundo pensó en ayudar a su hermana, pero permaneció inmóvil, y pasó otra cosa totalmente distinta. Camilla se calló, como paralizada, y no resultaba fácil decir a qué se debía. Pero es muy probable que viera su imagen reflejada en el marco metálico del horno, porque de repente empezó a gritar:

—¡Mi cara, mi cara!

Sonó como si hubiera perdido algo más importante que la vida. Aun así, por alguna misteriosa razón, se mantuvo enérgica y resuelta. Se agachó a toda prisa para agarrar la pistola que se le había caído a Galinov y apuntó a su hermana con ella, por lo que Lisbeth, como es natural, se sobresaltó. Pero ahora, a pesar de todo, estaba dispuesta a devolver los disparos.

El pelo de Camilla continuaba ardiendo, lo que, con toda probabilidad, afectaba a su visión. Se movía de un lado para otro blandiendo el arma en el aire, como si buscara algo a tientas, en la oscuridad, mientras Lisbeth tenía el dedo puesto en el gatillo, preparada para disparar en cualquier momento. Y por un instante pensó que lo había hecho. Se oyó un tiro. Sin embargo, no fue Lisbeth quien disparó.

Fue Camilla. Se pegó un tiro en la cabeza y, sin que ni siquiera fuera consciente de ello, Lisbeth extendió la mano hacia su hermana y estuvo a punto de decir algo. Pero no dijo nada. Camilla cayó, y Lisbeth, inmóvil, se quedó mirándola al tiempo que toda una vida desfilaba por su cabeza, una vida repleta de fuego y destrucción.

Pensó en su madre, y en Zala, ardiendo en su Mercedes, y poco después se oyó el ruido de un helicóptero, y miró a Mikael, que también se encontraba tirado en el suelo, no muy lejos de Camilla y de Galinov.

—¿Se acabó ya? —preguntó entonces Mikael.

—Sí, ya se acabó —contestó ella, y en ese mismo momento oyó cómo la policía gritaba desde fuera y se aproximaba al edificio.

Capítulo 35

28 de agosto

Jan Bublanski —o Burbuja, como lo llamaban a veces— se hallaba frente a la vieja fábrica de vidrio. Había policías y personal sanitario por todas partes, y hasta un equipo de televisión que estaba emitiendo en directo y que lo informó de que ya se habían llevado a Mikael y a otros muchos heridos. Pero, para su gran asombro, en una de las ambulancias descubrió a una persona que conocía. La puerta del vehículo se encontraba abierta, por lo que pudo ver a aquella persona sucia, llena de heridas, con el pelo chamuscado y el brazo vendado. En ese momento dirigía una vacía mirada hacia una camilla que tenía un cadáver tapado con una manta gris y que estaban sacando del edificio. Y entonces, Bublanski, dubitativo, se acercó.

—Lisbeth, querida, ¿cómo estás? —preguntó.

Ella no contestó. Ni siquiera lo miró. Bublanski continuó:

—Debemos darte las gracias. Sin ti...

—... esto no habría sucedido —lo interrumpió Lisbeth.

—No seas tan dura contigo. Aunque me gustaría que me prometieras... —empezó a decir él, si bien tampoco en esta ocasión pudo concluir la frase.

—No te prometo nada —respondió ella con una voz que lo asustó. Bublanski volvió a pensar en el ángel caído, en ese que «no pertenece a nadie ni sirve a nadie», y, tras mostrarle una forzada sonrisa, incitó al personal sanitario a que la llevaran al hospital cuanto antes.

Por eso se volvió hacia Sonja Modig, que venía hacia él, y pensó por enésima vez que ya era demasiado viejo para ese tipo de locuras. Deseaba irse a algún sitio con mar o a cualquier otro lugar tranquilo y lejos de allí.

Estaban todos sentados con los ojos clavados en los teléfonos. Un reportero de la televisión nacional sueca informaba en directo y anunciaba que Blomkvist y Salander habían sido sacados de la nave, heridos pero con vida, mientras Catrin notaba cómo las lágrimas le brotaban de los ojos. Las manos le temblaban y tenía la mirada perdida. Sintió una mano en su hombro.

—Parece que saldrán de ésta —comentó Janek.

—Esperemos —contestó ella, y se preguntó si no debería marcharse ya de allí.

Sin embargo, luego se dio cuenta de lo poco

que le valdría en esos instantes, así que por qué no concluir lo que había empezado. Acto seguido, dijo:

—Supongo que la gente comprenderá tu situación, Johannes, por lo menos la que quiera hacerlo.

—No suele ser mucha —terció Rebecka.

—Que pase lo que tenga que pasar —sentenció Johannes—. ¿Podemos llevarte a algún sitio, Catrin?

—No, gracias —contestó ella—. Pero espera, todavía tengo una pregunta.

—Dime.

—Has comentado que no visitaste a Nima con mucha frecuencia mientras estuvo en Södra Flygeln. Aunque sí fuiste a verlo alguna vez, ¿verdad? ¿Y no te diste cuenta de que no se encontraba bien?

—Sí, me di cuenta.

—¿Y por qué no exigiste que se tomaran medidas? ¿Por qué no intentaste que lo trasladaran a un sitio mejor?

—Exigí todo tipo de cosas. Incluso discutí a gritos con los de la clínica. Sin embargo, no sirvió de mucho, así que me di por vencido demasiado pronto. Hui de aquello. Quizá fuese más de lo que era capaz de soportar.

—¿Por qué?

—Hay ciertos asuntos con los que uno no puede —explicó—. Al final, uno acaba desviando la mirada y hace como que no existen.

—¿Tan mal estaba la cosa?

—Me has preguntado si lo visité. Al principio iba a verlo con frecuencia. Pero luego dejé pasar casi un año. No por nada, simplemente el tiempo pasó... Me recuerdo nervioso e incómodo cuando volví. Vino a mi encuentro vestido de gris y arrastrando los pies al andar. Parecía un preso. Lo vi hundido, destrozado, y me levanté para darle un abrazo. Su cuerpo estaba rígido y como sin vida. Intenté hablar con él. Le hice mil preguntas. Sin embargo, él solamente me contestaba con monosílabos. Parecía haberse rendido, y al final fue como si se me acabara la paciencia y experimenté una terrible rabia.

—¿Contra la clínica?

—Contra él.

—No lo entiendo.

—Pues eso fue lo que pasó, y eso es lo que pasa con los sentimientos de culpa: que acaban generando un montón de rabia. Al final, Nima era como...

—¿Como qué?

—Como mi otra cara. Él era el precio que yo había pagado para llevar una vida feliz.

—¿Qué quieres decir?

—¿Es que no lo entiendes? Yo tenía una deuda impagable con él. Ni siquiera podía darle las gracias sin recordarle aquello que lo desgarraba por dentro. Yo vivía porque se había sacrificado a Klara. Yo vivía porque se le había sacrificado a él, pero también a su mujer, y eso era más de lo que era capaz de soportar. No volví a pisar Södra Flygeln. Miré hacia otra parte.

Capítulo 36

9 de septiembre

Erika Berger negó con la cabeza una vez más. «No», dijo. No sabía cómo había ocurrido, pero no le gustaban las palabras que utilizaban para referirse a Catrin. «Esa mujer no es Doña Perfecta ni una insensible moralista. Todo lo contrario: es jodidamente buena. Escribe con sentimiento y garra, y en lugar de quejarse deberían estar orgullosos de ella. Así que lárguense de aquí y pónganse a trabajar.»

—¡Ahora mismo! —les soltó.

—Bueno, bueno —murmuraron—. Es sólo que pensamos que...

—¿Que pensaron qué?

—Nada, olvídalo.

Los jóvenes reporteros Sten Åström y Freddie Welander agacharon la cabeza y salieron del despacho de Erika, tras lo cual los maldijo, si bien es cierto que hasta ella misma se preguntó: ¿cómo podía haberse llegado a aquello? Bueno, aquello era el inesperado fruto de una aventura, de una noche de hotel, eso lo tenía claro, pero aun así... ¡Carajo, Catrin Lindås...!

Catrin Lindås era la última persona sobre la faz de la Tierra que Erika esperaba que escribiera para *Millennium*. Sin embargo, Catrin no sólo les había entregado un bombazo; además le había imprimido al reportaje una extraordinaria pasión, y antes de que ni siquiera se publicara, el ministro de Defensa, Johannes Forsell, había dimitido y su secretario de Estado había sido detenido como consecuencia de una serie de fundadas sospechas de asesinato, extorsión y espionaje. No obstante, nada de lo que se había filtrado a los medios y había ocasionado grandes titulares, día tras día, hora tras hora, había podido arrebatarles ni una pizca de gloria ni reducido sus expectativas ante el próximo número de la revista.

«Con motivo de las informaciones que se van a publicar en el próximo número de *Millennium*, pongo mi cargo a disposición del Gobierno», escribió Johannes Forsell en su comunicado de prensa.

Era, simplemente, fantástico, y el hecho de que algunos de sus propios colaboradores no sólo no se alegraran del éxito de la periodista responsable de la exclusiva, sino que encima echaran pestes sobre ella y, además, se quejaran de una colaboración realizada con la revista alemana *Geo*, donde una mujer de la que nadie había oído hablar, Paulina Müller, había escrito un artículo sobre el trabajo científico que había conducido a la identificación del *sherpa* Nima Rita, sólo demostraba el grado de envidia que existía en el mundillo periodístico.

Mikael, por su parte, no había escrito ni una sola línea, aunque sí había realizado todo el trabajo previo de investigación, claro. Había sido sometido a varias intervenciones quirúrgicas, y la mayor parte del tiempo había permanecido tumbado con la mirada turbia y en medio de sus nieblas de morfina como consecuencia de sus enormes dolores. Era cierto que los médicos le habían dado unas tranquilizadoras noticias: en seis meses podría andar de nuevo con toda normalidad, lo que, por supuesto, suponía un gran alivio, pero, aun así, permanecía encerrado en sí mismo y con la sensación de tener un gran peso encima, y sólo a veces, como cuando trataban el tema del divorcio de Erika, volvía a parecer el Mikael de siempre. Si hasta se rio cuando ella le contó que tenía un romance con un hombre que se llamaba Mikael.

—¡Pues mira qué práctico! —le respondió él; pero para hablar de sí mismo y de lo que había vivido carecía de fuerzas.

Se limitaba a dejar que todo aquello le doliera por dentro, y Erika estaba preocupada por él. Ella esperaba que ese día se abriera un poco. Ese día le darían el alta, y ella iría a verlo por la noche a su casa. Pero antes le echaría un vistazo al reportaje sobre las fábricas de troles que él no había querido publicar y que sólo a regañadientes le envió. Se puso los lentes y empezó a leerlo. «Bueno, a pesar de todo, el comienzo no está mal», pensó. El hombre sabía cómo presentar una historia, pero luego... Bueno, la verdad es que entendía un poco por qué no quería publicarlo.

Perdía ritmo. Se enredaba demasiado. Quería decir demasiadas cosas a la vez, y Erika se levantó por un café y se puso a tachar una frase aquí y otra allá. Pero después... ¿Qué era eso? Algo más abajo, en un añadido bastante torpe, ponía que Vladimir Kuznetsov no sólo era el propietario y el máximo responsable de las fábricas de troles de Rusia, sino que también era quien se hallaba detrás de la campaña de odio que había precedido a los asesinatos de homosexuales que se cometieron en Chechenia, cosa que ella no creía que fuera de dominio público.

Lo comprobó. No, lo único que había sobre Kuznetsov en la red era más bien... entrañable. Era restaurador, decían, y un bromista, y un fanático del hockey sobre hielo, y un experto en filetes de oso y en organizar fiestas para la élite del poder. Pero en el reportaje de Mikael se lo presentaba de una forma muy diferente. Era el hombre que se hallaba detrás de las campañas de *hackeo* y desinformación que desencadenaron el crac bursátil.

Él era el gran general que se encontraba tras las mentiras y el odio que se propagaron por todo el mundo, una revelación que resultaba, simplemente, sensacional. Así que, ¿qué diablos había hecho Mikael? ¿Cómo podía haberse callado, a lo largo de todo el reportaje, unos datos tan relevantes y luego soltarlos sin más, sin la más mínima prueba?

Erika volvió a leer el párrafo y vio que, junto al nombre de Kuznetsov, iba un enlace que daba acceso a una serie de documentos en ruso. Y entonces llamó a Irina, su asistente editorial, que había ayudado a Mikael en la investigación. Irina tenía cuarenta y cinco años, y era una mujer rechoncha, morena, con grandes lentes de pasta y una torcida y dulce sonrisa. Se sentó en la silla de Erika, se sumergió en aquel material y empezó a traducírselo en voz alta. Cuando acabó, las dos mujeres se limitaron a mirarse y a murmurar:

—¡Carajo!

Mikael acababa de llegar a su casa de Bellmansgatan en muletas y no entendía los desvaríos que Erika le estaba soltando por teléfono. Claro que, por otra parte, no es que estuviera muy ágil de mente. Lo habían atiborrado de morfina y la cabeza le pesaba; en su interior, las imágenes de lo acontecido se repetían sin cesar.

Los primeros días de hospital, Lisbeth permaneció a su lado, lo que le proporcionó cierta tranquilidad, como si el hecho de tener a su lado a la única persona que comprendía lo que él había pasado lo ayudara. Pero justo cuando ya se había acostumbrado a su presencia, desapareció sin despedirse, sin pronunciar ni una palabra. ¡La que se armó! Los médicos y las enfermeras corrieron de un lado para otro buscándola, al igual que Bublanski y Sonja Modig, que no habían terminado de tomarles declaración a todos los testigos. Aunque, por supuesto, eso era lo de menos.

Lo importante era que Lisbeth ya no estaba junto a él, lo que le afectó profundamente. «¡Carajo, Lisbeth! —quiso gritar—. ¿Por qué te largas siempre de mi lado? ¿Por qué no te entra en la cabeza que te necesito?». Pero eso era lo que había, por lo que Mikael compensó su ausencia con más analgésicos, palabrotas y maldiciones.

En algunos momentos, en el espacio fronterizo que hay entre la noche y el día, se sentía arrastrado hasta el límite de la locura, y si, a pesar de todo, conseguía conciliar el sueño, siempre soñaba con el horno de Morgonsala. Soñaba que su cuerpo era introducido poco a poco en aquel mar de fuego hasta que las llamas lo devoraban. Después se despertaba gritando y sobresaltado y, desconcertado, se miraba las piernas para asegurarse de que no se las había quemado.

Lo mejor eran las tardes, cuando recibía visitas y a veces casi se olvidaba de sí mismo o, al menos, era capaz de mantener alejados los recuerdos de la vieja fábrica de vidrio. La visita más inesperada fue la de una mujer morena con ojos resplandecientes y un ramo de flores entre los brazos. Llevaba un traje azul claro con pantalón de campana y tenía el pelo cuidadosamente peinado con trenzas. Parecía una corredora o una bailarina, y se movía casi sin hacer ruido. Al principio no supo de qué la conocía. Luego cayó en la cuenta de que se trataba de Kadi Linder, la mujer que había conocido en la puerta del departamento de Fiskargatan.

Quería ayudar, le dijo conmocionada por lo que había leído en la prensa, pero también parecía querer contarle otra cosa, y cuando, algo avergonzada, empezó a moverse nerviosa como si no se decidiera a hablar, la curiosidad de Mikael se despertó.

—Recibí un correo —le explicó—. O, bueno, quizá correo no sea la palabra correcta. La pantalla centelleó y, de repente, me encontré con un archivo con información sobre Freddy Carlsson, el de Formea Bank, ya sabes, el hombre que ha estado años y años calumniándome y luchando contra mí porque lo llamé «inmoral» en la revista *Veckans Affärer*.

—Sí, me suena —comentó Mikael.

—Pues en ese archivo había pruebas irrefutables

que demostraban que Freddy había realizado una serie de sofisticadas operaciones para blanquear dinero cuando era el responsable de las actividades del banco en los países bálticos. Y me di cuenta de que no sólo era un inmoral, sino también un criminal.

—¡Pues vaya tipo!

—Aun así, no fue esa información lo que más me asombró, sino el mensaje que venía debajo.

—¿Qué decía?

—Pues literalmente decía: «Controlaré las cámaras de vigilancia por si alguien no se ha enterado de que me he mudado». Eso es todo. Al principio no entendí nada. Es que no había ningún remitente, ningún nombre. Pero luego me acordé de tu visita y de todo lo que pasó en Morgonsala. Y entonces comprendí que la casa que había comprado era la de Lisbeth Salander, así que me quedé...

—No tienes de qué preocuparte —la interrumpió Mikael.

—Ah, no. No me quedé preocupada. ¡Qué va! ¡Me quedé deslumbrada! Me di cuenta de que ese archivo sobre Freddy Carlsson era la manera que tenía Salander de compensarme por las posibles molestias que pudiera sufrir por su culpa. A decir verdad, me quedé impactada y pensé que quería ayudarlos a los dos.

—No hace falta que hagas nada —respondió Mikael—. Has sido muy amable viniendo a verme; con eso basta.

Con un atrevimiento que después lo asombraría, le preguntó a Kadi si a ella —considerando la delicada situación de *Millennium* en el mercado de los medios de comunicación y todos los agresivos intentos realizados para comprarla— le gustaría presidir la junta directiva de la revista. A Kadi se le iluminó el rostro. Acto seguido, le dio una respuesta afirmativa, y al mismísimo día siguiente, Mikael consiguió que Erika y los demás aceptaran su propuesta.

Por lo demás, sin duda era Catrin la que más había ido a visitarlo al hospital, no sólo porque los dos se hubieran convertido prácticamente en una pareja, sino también porque Mikael, como es lógico, tenía interés por el reportaje de Catrin. Leyó los borradores y comentaron la historia una y otra vez. Tanto Svante Lindberg como Stan Engelman habían sido detenidos, y también Ivan Galinov. Y parecía que el fin de Svavelsjö MC se hallaba cerca, aunque no el de Zvezda Bratva, que, a todas luces, tenía demasiados protectores poderosos.

Johannes Forsell, en cambio, parecía salir muy bien parado, razón por la que Mikael pensó que Catrin había sido demasiado benevolente con él. Pero era Forsell, a pesar de todo, el que les había dado la exclusiva. Además, Johannes le caía bien, de modo que era una concesión que tenía que hacer, suponía. Aquello, además, debía de ser un alivio para Rebecka y los niños.

Pero, más que nada, fue muy bonito que Nima Rita hubiera sido quemado según el rito budista de Tengboche, en Nepal. Y se celebraría otro acto conmemorativo al que asistirían tanto Bob Carson como Fredrika Nyman. Así que, al final, todo parecía arreglarse. No obstante, pese a ello, Mikael no lograba alegrarse de verdad. Era como si se encontrara al margen de todo, en especial ahora que Erika no paraba de hablar por teléfono completamente acelerada. ¿De qué diablos estaba hablando?

—¿Quién es Kuznetsov? —le preguntó él.

—¿Te volviste loca?

—No, ¿por qué?

—Pero si lo has desenmascarado tú mismo...

—Qué va, yo no he hecho eso.

—¿Qué drogas te están dando?

—No las suficientes.

—Y encima escribes fatal.

—Ya te lo dije.

—Pero, a pesar de lo mal escrito que está, lo cierto es que dejas bien claro que Vladimir Kuznetsov fue el causante del crac bursátil del verano. Y que también es uno de los responsables de los asesinatos que se cometieron en Chechenia contra los homosexuales.

Mikael no entendía nada. Se limitó a acercarse dando tumbos hasta su computadora y buscó el reportaje.

—¡Pero esto es un disparate!

—Y mucho más por lo que me estás diciendo.

—Esto tiene que ser...

No concluyó la frase, pero tampoco le hizo falta. Erika parecía haber tenido la misma idea.

—¿Tiene que ver con Lisbeth?

—No lo sé —dijo él aún en estado de *shock*—. Pero cuéntame... ¿Kuznetsov, has dicho?

—Léelo tú mismo. Irina está traduciendo los documentos y las pruebas que aparecen en el enlace. Pero la historia es una auténtica locura. Kuznetsov es la persona sobre la que cantan las Pussy Strikers en *Killing the World with Lies*.

—¿Dónde?

—Ay, lo siento. Se me había olvidado que tú te quedaste en Tina Turner.

—Ya olvídalo.

—Lo intentaré.

—Pero permíteme, al menos, que lo compruebe.

—Esta noche paso a verte y lo hablamos.

Mikael pensó en Catrin, que iba a ir a verlo esa misma tarde.

—Mejor mañana, así me da tiempo a enterarme un poco mejor de la historia.

—Muy bien, ¿y cómo te encuentras ahora?

Pensó qué decir. Le pareció que Erika merecía una respuesta sincera.

—Ha sido bastante duro.

—Lo entiendo.

—Pero ahora...

—¿Qué?

—He tenido una pequeña inyección de vida.

Mikael se sintió impaciente por colgar.

—Tengo que... —continuó.

—¿Contactar con cierta persona?

—Algo por el estilo.

—Bueno, mientras tanto, cuídate —le dijo ella.

Mikael colgó y volvió a intentar lo que había intentado tantas veces desde el hospital: contactar con Lisbeth. No había tenido de ella ni la mínima señal de vida —a excepción del mensaje que le había enviado a Kadi Linder—, y estaba preocupado. Era parte de la angustia que sentía, ese desasosegante malestar que se apoderaba de él y que era peor por las noches y al amanecer. Temía que ella no fuera capaz de parar, que buscara nuevas sombras del pasado y se vengara, y que al final, un día, la suerte no la acompañara. Era un pensamiento recurrente, que no lo dejaba en paz, como si ella estuviera predestinada a tener un final violento, y eso Mikael no lo soportaba.

Agarró su teléfono. ¿Qué escribiría esta vez? Fuera, el cielo volvió a nublarse. Se levantó viento y una ráfaga hizo temblar los cristales de la ventana. Y entonces se le aceleró el corazón; los recuerdos de la boca del horno de Morgonsala acudieron a su mente en tropel y lo hicieron pensar en formular algo que rayaba en una severa bronca: que Lisbeth tenía que dar señales de vida. Si no, se volvería loco.

Aun así, le escribió con un tono desenfadado, como si tuviera miedo de mostrarle hasta qué punto estaba preocupado:

Así que no fue suficiente que me ayudaras con la exclusiva... También has tenido que servirme la cabeza de Kuznetsov en bandeja.

Pero tampoco en esta ocasión recibió respuesta. Las horas pasaron y llegó la tarde, y luego acudió Catrin y se besaron y compartieron una botella de vino, y durante un tiempo se olvidó de su malestar y hablaron ininterrumpidamente hasta que se durmieron abrazados a eso de las once. Tres horas más tarde, Mikael se despertó con la sensación de que se avecinaba una catástrofe y buscó inquieto su teléfono. Pero allí no había nada de Lisbeth, ni una palabra. Tras tomar sus muletas, fue cojeando hasta la cocina, donde permaneció sentado pensando en ella hasta el amanecer.

Epílogo

Una sensación de tormenta flotaba en el aire cuando el inspector de policía Artur Delov se estacionó en el camino de grava que había delante de la quemada casa de Gorodishche, al noroeste de Volgogrado. No quedaba muy claro por qué ese incendio había causado tanto revuelo.

Nadie había resultado herido, y el edificio no era gran cosa. Todo el barrio era pobre y se encontraba en mal estado, y ni siquiera había aparecido nadie que reclamara la propiedad de esa casucha. Aun así, allí se encontraban varios peces gordos, gente de los servicios de inteligencia, también algunos gánsteres —creía—, y luego unos cuantos chicos que deberían estar en el colegio o en casa, con sus madres. Tras echarlos de allí, se quedó mirando la ruina. No quedaba más que una vieja estufa de hierro y una chimenea medio caída. Todo lo demás había sido devorado por las llamas. El suelo estaba cubierto de brasas, ya apagadas. Todo el solar era un paisaje negro, devastado por el fuego, y en medio de todo se abría un agujero, como una puerta al inframundo. Cerca de allí había unos árboles chamuscados, fantasmagóricos, con ramas que se asemejaban a dedos carbonizados.

Unas ráfagas de viento levantaron del suelo ceniza y hollín que dificultaban la respiración. El aire estaba como envenenado, y Artur sintió una presión sobre el pecho. No obstante, se la sacudió de encima y se volvió hacia su colega Anna Mazurova, que estaba agachada entre los escombros.

—¿De qué se trata? —dijo.

Anna tenía hollín y ceniza en el pelo.

—Creemos que se trata de una advertencia —contestó ella.

—¿A qué te refieres?

—La casa se compró hace una semana a través de un bufete de abogados de Estocolmo —dijo—. La familia que vivía aquí se mudó a Volgogrado, a una vivienda mucho mejor y más moderna, adonde se llevaron todos los muebles. Pero anoche, tras unas cuantas explosiones, toda esta casa empezó a arder y se quemaron hasta los cimientos.

—¿Y por qué eso preocupa tanto a la gente?

—Alexander Zalachenko, el fundador del sindicato Zvezda Bratva, pasó aquí sus primeros años. Al morir sus padres, lo trasladaron a un orfanato de Sverdlovsk, en los Urales. Anteayer, ese edificio se quemó hasta los cimientos, lo que, al parecer, causó inquietud entre algunos pe-ces gordos, sobre todo considerando que, última-mente, el sindicato ha sufrido algún que otro re-vés.

—Es como si alguien quisiera quemar las raí-ces del mal hasta lo más profundo —dijo el ins-pector antes de sumirse en sus pensamientos.

El cielo tronaba sobre las cabezas de los dos po-licías. Una ráfaga de viento levantó un remolino de ceniza y hollín de entre las ruinas y se lo llevó más allá de los árboles y del barrio. Poco después cayó la lluvia, una lluvia liberadora que pareció limpiar el aire, y Artur Delov sintió cómo se le ali-viaba la presión del pecho.

No mucho tiempo después, Lisbeth Salander ate-rrizó en Múnich. Abordó un taxi en el aeropuerto y, al mirar el teléfono, descubrió la serie de mensa-jes de Mikael. Decidió contestarle. Le escribió:

He puesto el punto final.

La respuesta no se hizo esperar:

¿El punto final?

Es hora de volver a empezar.

Luego sonrió, y Mikael también sonrió en su casa de Bellmansgatan, aunque eso ella nunca lo sabría. A Lisbeth le pareció que había llegado el momento de empezar algo nuevo.

Agradecimientos

Gracias de todo corazón a mi editora, Eva Gedin, y a mis agentes, Magdalena Hedlund y Jessica Bab Bonde.

Muchas gracias a Peter Karlsson, editor de Norstedts, y a mi redactor, Ingemar Karlsson. Gracias al padre y al hermano de Stieg Larsson, Erland y Joakim Larsson.

Gracias a la periodista y escritora Karin Bojs, que me dio la idea del gen *sherpa*, y a Marie Allen, catedrática de medicina forense, que me ayudó a buscarlo.

Gracias también a David Jacoby, investigador de seguridad de Kaspersky Lab, a Christopher MacLehose, mi editor británico, a George Goulding, mi traductor al inglés, a Henrik Druid, catedrático de medicina forense, a Petra Råsten-Almqvist, directora de departamento del Centro de Medicina Forense de Estocolmo, a Johan Norberg, guitarrista y escritor, a Jakob Norstedt, asesor en ADN, a Peter Wittboldt, inspector de policía, a Linda Altrov Berg, a Catherine Mörk y a Kajsa Loord, de Norstedts. Y a mi primera lectora, mi Anne.

Índice

Entra al universo *Millennium*

Los hombres que no amaban a las mujeres,
Stieg Larsson

Harriet Vanger desapareció hace treinta y seis años en una isla sueca propiedad de su poderosa familia. El caso está cerrado, pero su tío Henrik, un empresario retirado, no logra olvidar. Por ello encarga al periodista Mikael Blomkvist que retome la búsqueda de su sobrina, quien contará con la inestimable colaboración de Lisbeth Salander, una peculiar investigadora privada, socialmente inadaptada, tatuada y llena de *piercings*, y con extraordinarias e insólitas cualidades.

«Una de las mejores novelas populares de los últimos veinte años.» CARLOS RUIZ ZAFÓN

La chica que soñaba con un cerillo y un galón de gasolina, Stieg Larsson

Lisbeth Salander se ha tomado un tiempo: necesita apartarse del foco de atención y salir de Estocolmo. No contesta a las llamadas ni a los mensajes de Mikael Blomkvist, que no entiende por qué ha desaparecido de su vida sin dar ningún tipo de explicación. Pero sus caminos volverán a encontrarse cuando llegue a sus manos un reportaje apasionante sobre el tráfico y la prostitución de mujeres procedentes del Este.

«He leído *Millennium* con la felicidad y excitación febril con que de niño leía a Dumas o Dickens. Fantástica.» Mario Vargas Llosa

La reina en el palacio de las corrientes de aire,
Stieg Larsson

Lisbeth Salander se ha enfrentado con éxito a una complicada operación que le ha salvado la vida, pero ahora debe reponer fuerzas en el mismo centro donde un paciente muy peligroso sigue acechándola: Alexander Zalachenko, Zala. Así, Mikael Blomkvist tendrá que ingeniárselas para llegar hasta Salander, ayudarla incluso a su pesar, y hacerle saber que sigue allí, a su lado, para siempre.

«Matrícula de honor. Quien lo compre, lo regale o recomiende no se equivocará.» SERGIO VILA-SAN-JUÁN, *La Vanguardia*

Lo que no te mata te hace más fuerte,
David Lagercrantz

Lisbeth Salander acaba de participar en un ataque *hacker* sin razón aparente asumiendo riesgos que en otras circunstancias habría evitado. Mikael Blomkvist, por su parte, recibe una llamada sorprendente: el eminente profesor especializado en Inteligencia Artificial Frans Balder afirma tener en su poder información vital sobre los servicios de inteligencia de Estados Unidos.

«Salander y Blomkvist son tan absorbentes como siempre. Lagercrantz demuestra una conexión instintiva con el mundo que Larsson creó y con sus dos inusuales detectives.» MICHIKO KAKUTANI, *The New York Times*

El hombre que perseguía su sombra,
David Lagercrantz

Lisbeth Salander cumple condena en la cárcel de Flodberga, en la que intenta a toda costa evitar cualquier tipo de conflicto con el resto de las presas. Cuando se convierte en la protectora de la joven de Bangladés que ocupa la celda vecina, la peligrosa líder de las internas la coloca en su punto de mira. Holger Palmgren visita a Lisbeth y le explica que ha recibido una serie de documentos que contienen información relativa a los abusos que sufrió en su infancia. Salander acude a Mikael Blomkvist y ambos emprenden una investigación que puede sacar a la luz uno de los experimentos más atroces auspiciado por el Gobierno sueco en los años ochenta.

«Maravilloso. Salander emerge como la mejor y más carismática investigadora: débil en habilidades sociales pero implacable ante el poder corrupto.» Tom Nolan, *The Wall Street Journal*